GYMNIPPERS DICIADAIN

Rugadh Màrtainn Mac an t-Saoir ann an 1965 agus thogadh e ann an Lèanaidh (Lenzie), baile beag faisg air Glaschu. Buinidh e do dh'Uibhist a Deas air taobh athar is tha ùidh air a bhith aige riamh ann an ealain na Gàidhlig. An dèidh na sgoile, thug e a-mach ceum dotaireachd ann an Oilthigh Obar Dheathain ann an 1988 agus choisinn e teisteanasan ann an Cuspairean na Gàidhealtachd agus nam Meadhanan aig Sabhal Mòr Ostaig eadar 1990 is 1992.

'S e seo an dàrna leabhar o Mhàrtainn. Nochd *Ath-Aithne*, cruinneachadh de sgeulachdan goirid, aig Fèis Leabhraichean Dhùn Èideann ann an 2003, is bhuannaich e a' chiad duais airson Ciad Leabhar aig an Saltire Society san t-Samhain air a' bhliadhna sin. Bidh Màrtainn cuideachd a' sgrìobhadh bàrdachd is tha e air leabhar bàrdachd a chrìochnachadh a thathar an dùil fhoillseachadh.

A bharrachd air sgrìobhadh, bidh e ag innse sgeulachdan do chloinn is do dh'inbhich, is bidh e a' seinn òran on dualchas.

Tha Màrtainn is a bhean Annmarie a' fuireach an Dùn Èideann còmhla rin dithis chloinne, Sorcha agus Iain Fhionnlaigh.

Gymnippers Diciadain

Màrtainn Mac an t-Saoir

CLÀR

CLÀR

Foillsichte le CLÀR, Station House, Deimhidh,
Inbhir Nis IV2 5XQ Alba

A' chiad chlò 2005

Air a chur ann an clò Minion
le Edderston Book Design, Baile nam Puball.
Air a chlò-bhualadh le Creative Print and Design, Ebbw Vale, A' Chuimrigh

Tha clàr-fhiosrachadh foillseachaidh dhan leabhar seo
ri fhaighinn bho Leabharlann Bhreatainn

LAGE/ISBN: 1-900901-18-8

ÙR-SGEUL

Tha amas sònraichte aig Ùr-Sgeul – rosg Gàidhlig ùr do dh'inbhich a bhrosnachadh agus a chur an clò. Bhathar a' faireachdainn gu robh beàrn mhòr an seo agus, an co-bhonn ri foillsichearan Gàidhlig, ghabh Comhairle nan Leabhraichean oirre feuchainn ris a' bheàrn a lìonadh. Fhuaireadh taic tron Chrannchur Nàiseanta (Comhairle nan Ealain – Writers Factory) agus bho Bhòrd na Gàidhlig (Alba) gus seo a chur air bhonn. A-nis tha sreath ùr ga chur fa chomhair leughadairean – nobhailean, sgeulachdan goirid, eachdraidh-beatha is eile.

Ùr-Sgeul: sgrìobhadh làidir ùidheil – tha sinn an dòchas gun còrd e ribh.

www.ur-sgeul.com

Dhuibhse a bhios thall is a chì!

Ro-Ràdh

Olc air mhath is toigh le cuid a dhaoine 'label' a chur air na bhios daoine eile tàlantach a sgrìobhadh, 's iad air an dòigh ghlan ma ghabhas '-achd' no '-as' – 'ism' air choireigin – a chur air. Is chan eil gainnead seòrsachan sgrìobhaidh air a bhith againn, air cho òg is a tha ficsean sa Ghàidhlig fhathast: romansachd, is cinnteach, air uairean stèidhte air eachdraidh na Gàidhealtachd; fìorachas anns na nobhailean a nochd anns na 1990n, cuid dhiubh seo sgaiteach; os-fhìorachas cuideachd, cuid dheth bho pheann Mhic an t-Saoir fhèin. Saoil an e 'dian-fhìorachas', no 'hyper-realism', a chanar ris a' ghleus sgrìobhaidh a tha ga chleachdadh cho sgileil ann an *Gymnippers Diciadain*? Oir 's ann glè ainneamh gu dearbh a leigeas an t-ùghdar leinn dìochuimhneachadh gur ann an Dùn Èideann a tha sinn (nuair nach ann san Fhraing no an Uibhist), agus gur ann tron bhliadhna 2004 a tha an sgeulachd a' ruith – a' bhliadhna a dh'eug an dotair borb Harold Shipman, bliadhna an uamhais spreadhaidh ann am Madrid agus a' bhliadhna a dh'èalaidh am 'Mad World' binn aig Gary Jules dhan inntinn. Gun teagamh, tha sùil gheur aig an ùghdar seo air mionaideachd àite agus àm, naidheachd agus cultar.

Ach coma leinn dè an '-as' no an '-achd' a chuirear air *Gymnippers Diciadain* – chan e an rud as fhìre mun leabhar seo an àrainneachd sa bheil na caractaran a' gluasad 's a' bruidhinn, ach an doimhneachd a tha ri lorg ann de spiorad an duine. Ann am facal, tha blas na fìrinn ann. No fìrinnean: fìrinnean mu na Gaidheil is mun a' Ghàidhlig (nach eil fhios – agus mu na Goill cuideachd), ach a bharrachd, fìrinnean mu phàrantachd; mu theaghlaichean, na snaidhmean toinnte a bhios gar ceangal 's gar cuingealachadh, air uairean gar tachdadh; mu phòsaidhean; mu bhannan breath sòisealta. Tha fìrinnean san nobhail seo mu chàirdeas is gaol, dìlseachd is buaireadh, dleastanas is saorsa, diofaireachd is buintealas.

Tha an saoghal anns a bheil Caroline is DJ is an còrr a' tighinn beò 's a' sireadh na shaoghal ioma-thaobhach caochlaideach, saoghal anns a bheil ionannachd agus càirdeas – agus cultar na Gàidhlig an lùib sin – an dà chuid daingeann agus cugallach, cinnteach agus teagmhach.

Leugh mi *Gymnippers Diciadain* dà thuras gu ruige seo agus 's e leabhar a tha ann gu'n till mi, le cinnt gu bheil tuilleadh ri fhaighinn às – an còrr thlachd, agus soilleireachadh spioraid, an tuilleadh fìrinn air ceistean pearsanta agus sòisealta a bhios a' cur dragh is dùlan air mòran againn. Ged as cabach na caractaran san leabhar, tha gu leòr ann cuideachd nach eil iad ag innse, rudan is dòcha nach eil iad fhèin a' tuigsinn – 's e caractaran ioma-fhillte a dhealbh Mac an t-Saoir an seo, a tha nan sgàthain dhuinn ach fhathast nan dìomhaireachd, agus bidh iad ga mo thàladhsa co-dhiù air ais chuca. Nì mi fiughair ri bhith tilleadh thuca cuideachd airson àile Dhùn Èideann, agus àile Uibhist, agus àile na Frainge a bhlaiseadh as ùr. Tha an sgeulachd gaoil seo a' ruith mar an t-uisge agus cho cruaidh ris a' chreig. Tha mi a' cur meas mòr air gliocas is onarachd an ùghdair, agus air a shàr-ealantachd.

Michel Byrne

An t-Iuchar 2005

Buidheachas

'S iomadh duine a thug cuideachadh dhomh le bhith a' rannsach-adh, a' leasachadh agus a' sgrìobhadh *Gymnippers Diciadain*. Tha fhios agamsa is agaibhse cò sibh, is tha mi an dòchas gun tug mi urram ceart dhuibh. O chionn, às ur n-aonais, chan e an leabhar seo a bhiodh nur lamhan an-dràsta. Ceud taing, ma-tha!

Ach bu thoigh leam, ge-tà, spèis a chur an cèill do Mhichel Byrne, a ghabh ùidh phearsanta san leabhar is a bha cho fialaidh le ùine, agus do Mharion Nic na Ceàrdaich, a chuir gu mòr ri altram le a comhairle mhisneachail on chiad latha chun an latha mu dheireadh. Mo bheannachdan dhuibh le chèile.

Tha mi an comain Chomhairle Ealain na h-Alba, Seirbheis nam Meadhanan Gàidhlig agus Urras Leabhraichean na h-Alba airson an taicean riatanach.

Tuigidh sibh on chiad duilleig gu bheil *Gymnippers Diciadain* stèidhte ann an àite fìor, ann an saoghal fìor, air bliadhna shònraichte. Air a shon sin, chaidh prìomh charactaran is thachartasan an leabhair uile a thional nam mhac-meanmna. Cha bhuin iad do bheatha duine sam bith beò no marbh.

Tha mi an dòchas gun còrd ur turas an cuideachd Caroline, DJ is an càirdean ribh. Saoil am biodh sibh deònach Gymnippers fheuchainn le duine beag?

Màrtainn Mac an t-Saoir, 2005

Diciadain 07 Am Faoilteach

Mar a thachair, 's ise a bha air a bheulaibh a' feitheamh frithealaidh bho mhuinntir na cafaidh san Ionad-Spòrs. Bha aon chòignear – boireannaich air fad – nan seasamh romhpasan san loidhne shlaodach. Coltas orra cuideachd gu robh iad eòlach air a chèile is eòlach air a bhith fulang naidheachdan mu chloinn chàch-a-chèile.

'S ann a' sgrùdadh biast orains làn reòiteagan, air an robh an t-ainm Summer Inside, a chuir e gleus air a bhriathran dhi. Gheibheadh tu Whippy Cornetto air nota no Double Caramel Magnum airson dìreach fichead sgillinn a bharrachd. *Saoil a bheil na celebrations sna Hearadh a' dol fhathast, ma-thà?*

Cha robh i mòran a bharrachd air còig troighean, is a gruag ghoirid shoilleir air a dath. Bha a briogais aotrom-bhuidhe a' coimhead ro thana airson na sìde seo, nas lugha na bha i gu bhith a-mach is a-staigh às a' chàr fad na h-ùine. 'S e bu choltaiche. Cha bu thoigh leis fhèin a bhith ro bhlàth san tagsaidh na bu mhò. "At least you get paid for providing a door to door Taxi Service." Nan robh a h-uile boireannach greannach a thuirt sin ris thar nam bliadhnachan air tip ceart a thoirt dha, dh'fhaodadh e bhith air an obair a leigeil seachad orra.

Laigh sùil DJ air rud olc eile air an robh Gluttony – làn seòclaid gheal – a bh' aca ga thairgsinn a dh'aona ghnothach airson ciont na Nollaig a ghleidheadh agus geallaidhean na Bliadhn' Ùire a reothadh às inntinn lapach phàrantan.

'S e cothrom coinneachaidh car na bu nàdarraiche a fhuair e.

"Bainne?"

"Sorry?"

"San tì: 'n gabh thu splaiseag bhainne innte?"

Bha siuga mhòr, 's nach robh ach drudhag bheag bhainne air fhàgail sa bhonn, aige na làimh chlì os cionn a' chupa aice.

"Eh, no, thanks. Cha ghabh. Earl Grey, 's fheàrr leam i dubh. You go for it – siuthad."

"Yeez want mair milk. Wuv goat heaps 'n heaps o milk. Heaps 'n heaps 'n heaps o it."

Mum b' urrainn dha aon bhoinne dhen bhainne a chur na chofaidh fhèin, spìon fear beag cruinn, mun an dà fhichead, air an robh Downs Syndrome, an t-siuga às a làimh is theann e ri a crathadh suas is sìos mu shròin an fhir shocair chaoil a bha a' ruith na cafaidh.

"Need mair milk Henry. Aw run oot, ken. Heaps 'n heaps in 'e fridge. Mair milk for the laddie, Henry: mair milk, ken."

Gun ghuth a chantail, dh'fhosgail Henry am frids agus thug e às botal plastaig uaine san robh dà liotair de bhainne.

"Ready for pouring, Willie?"

Dhòirt e e uile a-staigh dhan t-siuga mun robh crògan Willie nan grèim dùrachdach.

Thug ise sùil air a' ghleoc gu h-àrd air a' bhalla os cionn a' phrìomh dheasg, mun do shuidh i aig bòrd beag meatailte leatha fhèin. Fichead mionaid an dèidh a dhà mar-thà. An treas cuid dhe h-ùine air a goid. Fois. Damn it, bha an *Guardian* aig cuideigin eile – tud, tè nach leughadh e cuideachd, 's i na suidhe còmhla ri triùir mhàthraichean eile a chuireadh a dholaidh nan doileag ann am

mionaid i. Cha bhiodh e air cus diofair a dhèanamh co-dhiù, oir
bha An Intrigued Greying Male Gael (chuala ise esan a' bruidhinn
ann an Gym nan Gymnippers cuideachd: "We'll jist kip yir wee
shoes under this bench fir jist now, son!") a' dol a shuidhe ri taobh,
agus bha e a' dol a dhèanamh tòrr mòr bruidhne mun eilean aige
agus bàs na Gàidhlig – ged a bha an tè bheag aicese a' dèanamh cho
math, a rèir choltais.

"Mind if I join you?" gun feitheamh is gun dùil ri freagairt: bha
an dude ann an denim (seacaid liath, briogais dhubh, t-shirt gheal
is dìreach aon chearcall beag dubh oirre: *dè a-nise a bha sgrìobhte
air?* Speuclairean. *O, seadh, Guinness: yeah, about right*) air sèithear
a shlaodadh chun a' bhùird aice le sgread faramach on ùrlar lino
uaine. Na làimh eile bha muga cofaidh is cliobh mòr cèic churran
air truinnsear beag. Le obair an draghaidh, dhòirt beagan dhen
chofaidh is shalaich i bàrr geal na cèice.

"Bliadhn' Ùr Mhath dhut! DJ!" Shìn e a-mach a làmh dheas dhi.

"Pardon?" Rug i oirre gu faiceallach. Bha i gu math mòr, ach
rudeigin bog agus blàth na broinn.

"M' ainm: Donald James. DJ a th' aig a h-uile duine orm. Happy
New Year to you."

Ach cho Sasannach is a thuirt e na faclan sin 'Happy New Year
to you'.

"Oh ... right ... Bliadhna Mhath Ùr, eh ... Caroline. Hi.
Dòmhnall Seumas?"

"Sin agad e: Dòmhnall Sheumais MacMhuirich."

"Mac dè?"

"Mhuirich."

"Murray, an e?"

"Chan e, feuch a-rithist."

"MacGillivray? Chan eil fhios a'm."

"Currie"

"Currie?"

"Clann 'ac Mhuirich, the Hereditary Bards to MacDonald of Clan Ranald, chaidh iad nan Curries air deireadh thall. Mu Uibhist co-dhiù. 'S ann bhuapasan a thàinig sinne. Mise Mac Fhearchair 'ic Dhòmhnaill 'ic Fhearchair Mhòir. Fearchar Mòr Currie a bha sin, mo shinn-seanair. Bha e a-muigh an taobh an ear, seachad air Loch a' Chàrnain, Rubha Caolas Liubharsaigh a th' air an àite, chan eil duine beò an sin an-diugh. Pàirt de dh'East Gerinish. Uill, 's e mo sheanair, Dòmhnall Mac Fhearchair Mhòir, a fhuair a' chroit ann a West Gerinish, Gèirinis an Iar, nuair a bhristeadh an tac ann an 1909. Sin far an do thogadh mise, o chionn a dhà no thrì bhliadhnachan air ais. Bha thu ann, tha fhios, an robh?"

"Càite? West Gerinish no ann an Uibhist a-Deas?"

"'S ann, an Uibhist."

"Bha, aon uair. Chaidh mi fhìn is caraid bhon Oilthigh tro na h-Eileanan air fad air baidhsagal. Tha greis bhuaithe sin, ge-tà: sna lathaichean mus robh dithis chloinne slaodte rium. 1986, 's dòcha, no 1987, chan eil cuimhn' a'm, a dh'innse na fìrinn. An samhradh a bh' ann. Dh'fhuirich sinn sa hostail. Thatched cottage làn Ghearmailteach nach sguireadh a shadail mòine dhan stòbha san àite-bhìdh. Feumaidh gur e seòrsa Teutonic addiction a th' ann. Dè an t-ainm a th' air an àite. Howbeg no Howmore?"

"Sin e dìreach: taigh Sheumais 'ic 'Ain Òig an Tobha Mòr. Taigh-tughaidh beag snog a bha sin, ma-thà. Làn cèol-gàire a bha an taigh sin uaireigin cuideachd, tha e coltach. B' aithnte dha mo mhàthair na daoine sin. Bha càirdean gu leòr againn an Tobha aig aon àm. 'S ann le Trust air choreigin a tha an t-àite, nach ann?"

"'S ann. The Gatliff Trust."

"That's the one. Uill, tha Gèirinis dìreach mu dhà mhìle tuath air Tobha. Aig bonn Ruaidheabhal, a' bheinn air a bheil an statue is mission control nan rockets."

"Tha cuimhn' a'm gu robh i a' fàs car dorcha nuair a bha sinn a' tighinn tarsainn a' chauseway, is chùm sinn oirnn a Bharraigh an ath latha."

"'S ann a chaill sibh a' chuid a b' fheàrr dheth, a Charoline. Feumaidh tu tilleadh dìreach."

"Yeah, chan eil càil a dh'fhios. Nuair a bhios na darlings bheaga agam beagan nas sine. Chuireadh e às mo rian mi an-dràsta a bhith feuchainn rin cumail toilichte fad seachdain san dìle bhàthte, is cha tigeadh an duin' agam – tha fhios a'm air a sin. City boy. Am bi sibh fhèin a' dol dhachaigh a h-uile bliadhna?"

"Cha bhi. 'N ann às Na Hearadh a tha thu, a Charoline? Tha fhios a'm nach ann à Leòdhas a tha thu co-dhiù."

"'N e deagh rud a tha sin?"

"Chan eil fhios a'm an e. Gheibhear math is dona am measg nan Leòdhasach bochda cuideachd, tha fhios, dè? Nan deargadh tu air am maplais aca a thuigsinn!"

"'S ann às an Eilean Sgitheanach a bha m' athair. Thogadh mise eadar Inbhir Nis is Peairt."

"Ann an Kingussie?" Bha fiamh a' ghàire na shùilean liatha.

"Good one. Primary School in Inverness, Secondary in Perth and then Edinburgh ever since. That's about it: pretty boring, really."

"Chùm sibh an cànail co-dhiù, ma-thà.

"Cha robh roghainn agam."

"Feumaidh gu robh am bodach gu math mòr mu dheidhinn."

"Rinn mo mhàthair cinnteach gu robh."

"Co às a bha i fhèin?

"Steòrnabhagh." Cha do ghluais cnead na h-aodann.

"'N ann gu dearbha – nach i . . ."

"Had you backtracking a bit there. No, 's ann às an Fhraing a tha mo mhàthair, ach thachair i fhèin is m' athair an Steòrnabhagh. Thàinig i dhan Nicolson na Language Assistant. Bha m' athair a' teagasg an sin. You know: steamy staffroom romance and all that. Thug dà mhìos air Matheson Road oirre a bhith caran làidir mun Ghàidhlig airson a' chòrr dhe beatha. Bhiomaid a' faighinn òraid bhuaipe mu Internal Colonialism agus Linguistic Imperialism mun aon àm a h-uile bliadhna.

" 'The bourgeoisie, with their fine hats and their fur coats, feel threatened by the native peasants whose heart and soul belong to the land which they colonise but can never inhabit. So, they simply disempower them by a process of sophistry and self-delusion, whereby their language and culture become merely a piece of second-rate shit. In time, in their own eyes they too are *merde*. And so it continues down through the generations.' "

"Ghabh i beachd air a' ghnothach, ma-thà!"

"You could say that. She terrorised my rather laid-back Highland father."

"Uill, tha a bhlàth 's a bhuil! Tha bruidhinn aig an tè bhig agad nach cuala mi riamh reimhid. Oighrig a th' oirre. Bha piuthar dham mhàthair air an robh Oigh . . ."

Chuir fonn àrd a fòn-làimhe aig Caroline stad air a' phort-molaidh.

"Hi, David, what's the problem!" Chùm i a h-anail. "What? Shit, again. Well, could you not pick her up and take her back to the office with you. She'll sit and draw all afternoon if someone can find her some paper." Thionndaidh i air falbh on bhòrd is dh'èigh i ann an cagar: "What? Well, can you not just tell them you're going to be a bit late – that the boiler's broken in the school and you have to collect your daughter. What's so terrible about appearing to take

some responsibility for once? Stuff Christopher's team meeting, just 'cos he's a saddo doesn't mean . . . Forget it – just forget it, David."
Bhrùth i am putan dearg is dhùin i am fòn na chèis; bha braon fallais gu tuiteam air a mailghean. Shuath i air falbh e le bàrr a corragan. "Sorry about that. It seems that the school heating system has gone down, so I'm going to have to drag Oighrig screaming and kicking from Gymnippers and drive now to Tollcross to collect Catrìona."

"Ma tha thusa ag iarraidh falbh an-dràsta, dh'fhaodainn-sa sùil a chumail air an nighinn bhig gu 'n till thu. Ruithidh i mun cuairt ann an seo còmhla ri Brian, no bother."

"No, 's fheàrr dhomh a toirt leam an-dràsta: bidh an trafaig a' tòiseachadh ri fàs trang air an rathad air ais. Thanks anyway, though!"

Thog Caroline a seacaid ghoirid chlò is a sgarfa sìoda uaine is ghreas i oirre a dh'ionnsaigh doras na Gymnasium. Mar a bha i an dùil, cha robh an tè bheag idir toilichte a bhith falbh mun robh còir aice, ach thug Karen, a bha air a bhith dèanamh forward rolls leatha, sticker Tweenies dhi airson a baga. Dh'fhàg seo beagan na bu shocraiche i.

Bha DJ na sheasamh a-muigh aig balla a' Phulse Centre a' gabhail smoc nuair a gheàrr an dithis seachad air nan ruith chun a' chàir. BMW: 3 series. Bha iad air iarraidh gun an àireamh air. Dà bhliadhna a dh'aois a' tighinn suas. Dh'fhosgail am boot romhpa is chaith Caroline an t-seacaid, an sgarfa is baga Barbie Oighrig a-staigh na bhroinn. Cheangail i an tè bheag ann an cathair-chàir mhòir phurpaidh sa chùl, is a-mach a ghabh iad gun amharc air duine beò.

Cha robh am bodach maol, a bha ag eacarsaich tron uinneig ri taobh DJ, ag amharc air creutair beò na bu mhotha. Bha aire-san uile-gu-lèir air an sgàilean mhòr mu choinneimh, 's e an dòchas gum fàgadh beòthas MTV is mìltean an treadmill na shorts aige beagan na b' fhaisge air a bheast theann lycra.

Nuair a bha DJ deiseil dhen roll-up, thilg e bhuaithe am bun meanbh, is choisich e a-null chun an tagsaidh dhuibh aige. Bha ceòl a' tighinn às. Feumaidh gu robh e air an rèidio fhàgail air na cheud chabhaig faighinn ann ro dhà uair. Dh'fhosgail e an doras is dh'èist e airson tiota. A' chiad fharpais air an *Tom Morton Show* a bh' ann, prògram a bu thoigh leis uaireannan. Bha òran ainmeil ga sheinn gu sgreataidh air fonn 'When the Saints Go Marching In'. *Fear furasta an-diugh, 'Starman' le David Bowie.* Cha robh e air a bhith fada sam bith an Lunnainn nuair a ghabh Bowie airson na ciad uair air *Top of the Pops* e. Abair thusa othail mu dheidhinn cuideachd: na samhlaidhean, an fheallsanachd, a h-uile sìon dìreach a bha fuaighte ris. Bhrùchd fàileadh lobhte a' bhedsit tro na dathan aig Ziggy Stardust. Seachdain on oidhche sin, 12th of July 1972, an oidhche a thuit Seonaidh bochd marbh ann am Palma, Mallorca. A' chiad holiday a-null fairis riamh air an deach duine dhen teaghlach. *Aladdin Sane*, 's e album math a bha sin cuideachd. Cha robh *Diamond Dogs* a leth cho math. Bha DJ an impis an rèidio a chur dheth nuair a chaidh fhaighneachd an robh fios aig an èisteachd dè a' Ghàidhlig a bh' air 'Weapons of Mass Destruction'.

Uidheaman-millidh?

"Armachd Lèirsgrios," orsa Tom, "and there's apparently a new Heavy Metal Band by that very name . . . they hail from the Gaelic heartland of East Kilbride . . . Runrig, eat your heart out!" 'S e fear à Mississippi a bha ann an Colaiste na h-Eaglaise Saoire an Dùn Èideann a ghlèidh an fharpais. Latha àraid gu dearbha, latha ainneamh. Latha a bheireadh ort smaointinn.

Bha an t-adhar air dorchnachadh gu mòr agus fras car trom air tighinn oirre a-nist cuideachd. Dh'fheumadh e a' hood a thoirt a-mach bho chùl na seacaid aig an fhear bheag. Cha tug e bonaid leis idir. Cha robh feum oirre: bha latha cho math ann.

Air an rathad air ais a-staigh dhan Ionad-Spòrs, mhothaich e gu robh inneal-tomhais san oisean ri taobh fuaran-uisge. Cha robh sìon a chuimhne aige cuin a ghabh e a chudrom mu dheireadh.

Dè cho trom 's a bha e co-dhiù – mu cheithir clachan deug? Laigh a làmh air a bhrù air feadh an tomhais. Sia clachan deug. A Dhia nan Gràsan, bha an t-àm aige fhèin tòiseachadh air an treadmill, beagan lèirsgrios a dhèanamh air na bha am falach fon bhelt. "A sedentary lifestyle." 'S dòcha gum b' urrainn dha sineach a dhèanamh, mu leth-uair a chur seachad sa Phulse Centre fhad 's a bha Brian sna Gymnippers. Aidh, uill, chitheadh e ciamar a rachadh dha. Math dh'fhaodte gun fheumadh tu bhith nad member, ge-tà. Is gun aige ach an aon latha, bha fhios nach b' fhiach dhut a dhol ga cheannach.

Bha cròileagan bhoireannach a-nist air cruinneachadh mu dhoras na Gym a' feitheamh gu 'n leigte a-staigh iad airson an cuid chloinne fhaighinn air ais. Mionaid no dhà ri dhol gu 'm biodh e trì uairean. Nach ann orra a bha a' chabhag. Cò air a bha iad uile a' lasganaich is ag èigheachd?

"Did you see that jump I done off the highest swing at the end, Dad? I zoomed down."

"I think I did see that one, a bhalaich. Now, it's pouring out there, so you'll have to keep your hood up while we run over to the car."

Cha b' urrainn dhut tagsaidh fhàgail ann an àite nan ciorramach, mar a bhiodh cuid anns a' Phulse Centre a' dèanamh, 's cinnteach.

"Come on, Brian, greas ort, Grannie will be waiting for us at the house."

Bu thoigh le Brian gu mòr a' chathair aige fhèin ann an *cab* a Dhadaidh. Chan e car-seat a bh' ann idir, ach cathair shònraichte a shlaodadh tu a-nuas is a bha na pàirt ceart dhen chàr. Esan an aon ghille a b' aithne dha aig an robh tè dhe seòrsa.

Thionndaidh iad seachad air an togalach air an rathad a-mach is chunnaic DJ an soidhne ann an sgrìobhadh dubh air a' bhalla gheal san sgàthan: Drum Brae Leisure Centre. Drum Brae . . . Druim a' Bhràighe?

"An taobh thall de Dhruim Uachdair an fheòir," sheinn e, 's a' Chruinneag Dhubh gan seòladh gu ciùin seachad air bus 32.

Flòraidh, David agus Odile

Bha na seachd latha a lean air an comharrachadh gu nàiseanta aig gach ceann le sgeulachdan mu dhotairean a chuir às dhaibh fhèin. Bha e coltach gun do shluig an lighiche-inntinn Barbara Richardson còrr air ceud Co-proxamol nuair a fhuair i a-mach gu robh a fiancé, Dr Long Jiao, fhathast pòsta is gu robh mac aige a bha ochd bliadhna dh'aois. Aig sia uairean sa mhadainn air Dimàirt 13 am Faoilteach, chroch am murtair-GP, Harold Shipman, e fhèin ann am prìosan Wakefield.

Cha deach duine a bhuineadh do Charoline no DJ faisg air dotair an t-seachdain sin. Cha robh feum aca orra.

Thog Ealasaid Ruadh an 'repeat prescription' aig Flòraidh 'Ain Sheumais aig an t-surgery am Beinn a' Bhadhla air a' chiad Diardaoin dhen mhìos mar a b' àbhaist. 'S e ceann-latha Diluain 05 a bha sgrìobhte air. 'S math nach do dh'fhàg i gu Dihaoine e, oir, air an latha a chùm Greg Rusedski a-mach gu robh e neoichiontach a dh'aindeoin e a bhith 'nandrolone positive', rugadh gu dubh air an duine aice, Eòghainn Ailig, leis a' phoileas aig 09.15 sa mhadainn, an taobh a-muigh bùth Lovats. Chaidh fhaighneachd dheth nuair a sheall am miotair gu robh 70mcg de dheoch-làidir air anail an robh e air dràibheadh dhachaigh an oidhche roimhe. Dh'fhàg an gnothach bochd seo nach do nochd a' Home Help aig màthair DJ gus an robh Mòrag Alasdair Mhòir air trì òrain a chluich air a' phrògram aice. Bha a' chailleach air tòiseachadh ri painigeadh nach tigeadh i idir, is cha d' fhuair i freagairt an dà thuras a dh'fhòn i chun an taighe aice.

Chan e buaidh na dìbhe ach sgìths is cothrom a shùilean a dhùnadh a thug air David Barnes tuiteam na chadal mu leth-uair ro dheireadh *Peter Pan* air Didòmhnaich. Cha tug Catrìona for sam bith, is i air a beò-ghlacadh, gu h-àraid le maise Wendy. "She is so, so lovely." Nan robh Oighrig air a bhith còmhla riutha, cha bhiodh e air mionaid fhaighinn.

B' ann a' dùnadh na seacaid-sgì aice a bha e nuair a dh' innseadh sna credits gur e Muhammad Al Fayed a chuir suas an t-airgead airson an fhilm – mar chuimhneachan air a' ghille aige fhèin nach fhàsadh suas gu bràth. Dh'fheumadh e tagsaidh a chur air dòigh airson sia uairean sa mhadainn airson plèan aig 07.00. Alarm aig 05.30? Nah, dhèanadh 05.40 an gnothach. Air an rathad a-mach às an Dominion, thug David an aire nach biodh *Love Actually* aca ach seachdain eile. Dh'fhònadh e gu Safehands Sitters às an oifis an Lunnainn a-màireach. Surprise laghach do Charoline, 's dòcha, air oidhche Haoine.

Ann an Plélauff, air Dimàirt, dheasaich Odile Robertson *déjeuner* airson a dlùth-charaid Marjorie. *Pot-au-feu*. Bha Marjorie a' coimhead sgìth. Tuilleadh 's a' chòir dhen teaghlach air a bhith mun cuairt oirre eadar an Nollaig is a' Bhliadhn' Ùr. Bu thoigh le Odile is Marjorie gu mòr a bhith leotha fhèin. 'S e fìon dearg car *tanique* às na Pyrenées a thagh Marjorie, ach chuir iad crìoch air dà ghlainnidh mhòir an urra.

Diciadain 14 Am Faoilteach

Cha tug DJ an aire dhi idir air a rathad a-staigh dhan àite, oir bha Caroline agus Oighrig air a bhith a' snàmh còmhla airson cairteal na h-uarach bho bheagan an dèidh uair feasgar. Leis a sin, 's i Oighrig a' chiad tè tron doras airson nan Gymnippers mu thrì mionaidean gu dhà, agus a màthair a' chiad tè a bh' air a saorsa a bhuannachd, is cupa cofaidh na làimh agus pàipear-naidheachd fosgailte mu coinneimh.

Bha i air roghnachadh suidhe aig bòrd gu math faisg air an uinneig mhòir eadar an cafaidh agus an t-amar-snàimh. Bha a cùl ris an t-sluagh an dòigh 's gum biodh e car doirbh a sùil a ghlacadh, is gu dearbha chan fheumadh ise sùilean dhaoine eile a choinneachadh mura toilicheadh i.

Bha Brian gu math deònach ruith leis fhèin a dh'ionnsaigh a' chearcaill bhig a bha a' fàs timcheall air Karen, is i a' leughadh a-mach ainmeannan na cloinne à folder. Chunnaic DJ on bheingidh aig cliathaich an talla a mhacan a' cur suas a làimhe gu dealasach, nuair a chaidh ainm-san èigheachd a-mach: "Brian Currie!" Mhothaich e cuideachd gu robh tunail car de rud aca air a cur a-mach, nach robh idir ann air an t-seachdain sa chaidh. Gheibheadh a' chlann plòidh gu leòr a' falbh air mhàgaran troimhe sin. Nuair a chuir e aghaidh air an doras, bha a ghille beag bàn trang a' cabadaich is a' sealltainn nan sgrìoban air a ghlùinean do nighinn àird le figheachan na gruaig chuachaich. Bha Oighrig na suidhe gu socair a' cluich le a corragan. Chitheadh DJ a màthair innte gu soilleir.

"Hi, aidh, bheil thu ag iarraidh sìon? Bidh thu air sin òl mun ruig mi an cunntair, chanainn. Earl Grey eile, an e, a Charoline?"

"Chan e – cofaidh a th' agam an-diugh. Eh, OK, gabhaidh mi cupa eile. Dìreach bainne, ma gheibh thu e!"

Cha robh ach dithis roimhe, luchd-obrach a rèir an aodaich, ach dh' iarr iad sandwich an t-aon, tì agus cofaidh. 'S e Henry fhèin a rinn a h-uile sgrios mun cuairt air na sandwiches. Bha iad a' coimhead glè mhath cuideachd – cearc is tuna a bha na seòid seo sna lèintean liatha a' gabhail. Coltas gu math ùr air an t-sailead.

"Willie getting a day off today, then?"

'S e gille òg car caol air an robh aparan agus foidhe sin lèine spaideil is taidh a fhreagair.

"Willie's no well, goat the cauld. Willie's goat the cauld." Bha 'Grant' sgrìobhte ann an litreachan mòra air baidse a bha ceangailte le cliop ri bàrr an aparain.

"Sorry about that. You'll all be missing him."

"Naeb'dy misses me when A'm no weel," orsa boireannach mu leth-cheud le aodann dearg. 'Mary' a bh' air a' bhaidse aicese. "A wis in ma bed for four days last week: naeb'dy came near me. A couldnae come tae ma work, or A'd a sneezed ower aw the food. A hid to jist lie there alane in sweat it oot. Whit's yer name, onyway? A've never saw ye afore."

"DJ."

"Hello, DJ. A'm Mary in this is Grant, he's handicapped, ken, but he's . . . "

"Mary! Can you please think about what you're saying?" Ghlan Henry a làmhan gu clis air searbhadair shoitheachan.

"An thon's Henry, the boss. He tells ye whit to dae in think. Ye goat a beautiful wee lassie – at the swimmin? Watch she disnae droun!"

"I've got a wee laddie, Mary. A little fair-haired boy called Brian. He's four. He's doing the Gym thing, you know, over there through the double doors, the Gym – eh, teds . . .

"Gymnippers."

"That's it."

"It's the wee tiny wans whit dae the Gymteds. In you'd have to go with them. Nae sittin wi yer feet up haein a cup ae tea."

"Dae ye want a cuppie tea?" dh'fhaighneachd Grant.

"No, two mugs of coffee, please – what's the cake?"

"Whit's the cake, Henry? Whit's aw in the cake, Henry?" dh'èigh e.

"Banana and walnut – see the walnuts on the top, Grant? Willie helped to bake it at the Oaktree yesterday."

"Prob'ly sneezed aw ower it tae," orsa Mary. "Two slices, is it?"

Thog i pìos le sgithinn o mheadhan na cèice agus fear dhen chùl, is chuir i air dà thruinnsear bheag iad.

Bha Grant air a' chofaidh a chur sìos air a' chunntair is bha e a' cur nam prìsean a-staigh. Bha crith mhòr na làimh 's e a' gluasad a chorraige mòire eadar na h-àireamhan a bha sgrìobhte air duilleig pàipeir os cionn a' chash-register is na putain oirre. Dh'èigh e gach tè air leth.

"Eighty pence, eighty pence. Sixty pence, sixty pence. Total: two pounds, eighty pence. Two pounds, eighty."

Thug DJ bonn nota is bonn dà nota dha. An dèidh dha an t-airgead a chur san earrainn cheart ann an drathair an *till*, thug e trì buinn às – aon leth-cheud sgillinn, fichead sgillinn agus còig sgillinn. San tionndadh thuit an leth-cheud sgillinn às a làimh, a-staigh dhan phoca dhubh a bha a' dìon a' bhion phlastaig dheirg.

"Sorry! A'm awfy sorry – jist a minute," is theann e gun dàil, gun muilichinnean a lèine ùire a thruiseadh, ri rùrach am measg an sgudail fhliuich.

"Easy does it, Grant," orsa Henry. "What's the problem?"

"There's no problem," orsa DJ. "You keep my twenty pence, and here's thirty pence to balance the books."

"Grant!" orsa Henry, a' fàs beagan iomagaineach, "will you stop raking about in there. You might cut yourself on an open tin."

Thog Henry am pocan dubh às a' bhion is chuir e fear falamh a-staigh na àite.

"I'll get the rubber gloves on at the end of the shift and see what I can find. If you can live without twenty pence, we might live without thirty pence. Thanks, though."

"No bother at all, Henry." Dh'òl DJ beagan às a chofaidh airson 's gum b' urrainn dha deagh thòrr bainne fhaighinn sa mhuga. "Ah, fine cup o coffee there, Grant, just the way I like it. You've learned him well, Mary." Thug an dithis aca sùil car laghach air a chèile.

Bha siuga a' bhainne làn is chuir e deagh bhalgam an ceann gach cupa. Thug e leis sachet shiùcair dha fhèin. Shaoil leis, nuair a chunnaic e an toiseach e, gur e fear dhe na 'artificial sweeteners' a bh' ann, ach 's e 'Sugar' a bha sgrìobhte orra ann an litrichean geala ceart gu leòr. B' fheàrr leis siùcar ruadh ann an cofaidh. Ged as e an t-aon rud a bh' ann, 's cinnteach.

Bha an *Guardian* fosgailte aig Caroline, is shuidh e sìos air taobh a làimhe clì. Tron uinneig, dh'fhidir e tè òg ann an lèine-t phurpaidh agus shorts dhubha a' seall005tainn, le bhith ag obair le a gàirdeanan air ais is air aghaidh seachad air a ceann, mar a bha còir am front-crawl a dhèanamh. Bha sianar nan seasamh ann an sreath. Leum fear beag dubh, ann an trunks speedo ioma-dhathte, a-staigh dhan uisge mun robh i ullamh dhe 'demonstration'. Rinn càch lasgan gàire. Shìn ise pòile dha leis an sreapadh e a-mach.

'S e sùilean falaichte agus gaoisid theann Harold Shipman a bha a' coimhead a-mach on duilleig a b' fhaisge air DJ.

"Feumaidh nach eil e furasta dhaibh."

"Cò dha?" Thog Caroline a ceann os cionn a' phàipeir.

"Uill, dhan dà bhuidhinn. An fheadhainn a tha car slow agus an fheadhainn a tha airson a bhith ag obair còmhla riutha. An fhoighdinn a dh'fheumadh tu. Cha b' urrainn dhomh a dhèanamh, dìreach. Nach eil e mì-chiatach? Duine còir a tha sin, Henry. Aithnichidh tu sineach air. Gu math ciùin na nàdar. Cha ruigeadh tu a leas a bhith brothach leotha."

"Cha leigeadh. Sorry, DJ – O, taing airson na cèic. Banana and Walnut, mmm. Tha iad uabhasach math air fuine, muinntir Laurel Grove."

Cha tuirt DJ sìon mu sgliongairean Willie. "Bha dùil a'm an sin gu robh thu a' bruidhinn mun mhonster a tha sin." Dhùin is phaisg i am pàipear, a' dèanamh dà leth air aodann Shipman.

"Nach e a rinn an gnothach oirnn uile, a Charoline. Nach ann aig a' bhèist a bha smachd aig an deireadh. Chan fhaighear a-mach gu sìorraidh carson a rinn e na rinn e no cia mheud a mharbh e."

"Bloody psychopath. Tha e cho eagalach. Is ciamar a b' urrainn dha leithid a bhith tachairt cho fada gun amharas mòr sam bith aig daoine mu dheidhinn?"

"Fuilingidh a' whole lot aca a-nist, na dotairean. Cha bhi duine gan trust tuilleadh mar a b' àbhaist."

"Anyway, it's just so fucking horrible. Let's talk about something else. How was your week?"

"Bha i glè mhath."

"Bheil thu ag obair an-dràsta?"

"Sia latha as t-seachdain, a Charoline. Seo an aon latha dheth agam, nuair a ghabhas mi dheth air fad e."

"Dè an obair a th' agad?"

"Nach tug thu an aire dhan Chruinneig Dhuibh air do rathad a Thollcross Diciadain sa chaidh?"

"Feumaidh nach tug."

"Trobhad, ach am faic thu i. 'S d' fhiach an tè seo a faicinn."

Lean Caroline DJ a-mach air doras aghaidh an Ionad-Spòrs, agus anns an àite-pharcaidh theaghlaichean bu ghiorra do dh'earrainn nan ciorramach, bha an London Taxi ghleansach aige a' feitheamh gu sèimh sa ghrèin gheamhraidh.

"Very nice. Tha e a' coimhead gu math ùr."

"Tha i dìreach mu bhliadhna gu leth. A' Chruinneag Dhubh. The Black Lass. Twenty-nine thousand pounds sterling, if you please. Just like that. Cheap at the price, dè? 'S math gun do choimhead mi às deaghaidh na seann tè."

"An e a' Chailleach Dhubh a bh' oirre sin? The Black Nun? No an e a' Chailleach Dhubh Dhubh a dh'fheumadh a bhith air an tè sin?"

"Bhiodh i sin car doirbh a cumail air a dòigh, chanainn, a Charoline. A bheil thu ag iarraidh sùil bheag a thoirt na broinn?"

"Actually, I think I'll drink that cup of coffee and pig out on your scrumptious cake if you don't mind."

"Tha mi duilich. Taxi-drivers – tha sinn car faisg air na carabadan againn."

"Tha mi faicinn sin. 'S math gur e cruinneag is nach e cailleach a th' innte, mar sin."

"An cuala tu an stòiridh mun taxi-driver is an nun?" dh'fhaigh-neachd DJ nuair a bha iad air ais mu choinneimh an amair-snàimh. Bha grunn mhàthraichean is co-dhiù dà sheanmhair air sèithrichean a ghluasad, is bha iad nan suidhe eadar iad fhèin is an uinneag mhòr.

"Cha chuala. Cà 'n robh iad? An Dùn Èideann, New York, Uibhist?"

"Chan eil e gu diofar. 'S e joke a th' ann. Dad ort. Chan e: tha iad sa bhaile mhòr. Dùn Èideann. Co-dhiù, there's this taxi-driver . . ."

"In his Cruinneag Dhubh."

"Seadh, na Chruinneig Dhuibh. Bheil thu dol a leigeil leam seo innse dhut?"

"Tha, tha mi duilich. I'm a bit of a joke saboteur. Chan eil fhios a'm carson. Cùm ort. Tha an taxi-driver na Chruinneag Dhubh."

"Tha am fear tha seo, an taxi-driver a tha seo. Tha e dràibheadh thro shràidean Dhùn Èideann mu thoiseach a' gheamhraidh, agus, eh, tha e car anmoch air an oidhche, tha fhios agad, agus tha e dìreach air a sholas a chur air is e a' dol a ghluasad, nuair a thig an nun bheag a tha seo chun an dorais. Chan e cailleachan-dubha a chanamaid riutha idir. Bean-chràbhaidh. Mnathan-cràbhaidh. Sin a bh' againne orra. Tha còig bliadhna fichead o nach do smaoinich mi air an fhacal sin. Co-dhiù, thig a' bhean-chràbhaidh bheag a tha seo suas chun an tagsaidh is iarraidh i air an dràibhear a toirt dhachaigh gu Gilmore Place. 'Tha sin ceart gu leòr,' ors esan. 'Leumaibh a-staigh, sister.' Co-dhiù, chan eil iad air ach astar glè ghoirid a shiubhal nuair a chanas ise – chan e ach esan – 'Sister, am faod mi rud innse dhuibh? Rud a th' air m' inntinn is a tha cur dragh mòr mòr orm?'

"'Leabhra, faodaidh,' ors ise. 'Whatever's troubling you. Just get it off your mind.'

"'Uill,' ors esan, 'it's like this. Bho thòisich mi falbh a-mach còmhla ri boireannaich, fhios agaibh, bha e riamh nam mhiann, eh, deagh phòg fhaighinn bho thè bheannaichte dhe ur seòrsa. Tha mi smaointinn gum biodh e dìreach math fhèin a leithid fheuchainn.'

" 'Nach eil sin a-nist annasach,' ors an nun . . .

Leum Caroline a-staigh, "Oir bha mise riamh ag iarraidh tè mhòr fhliuch fhaighinn bho taxi-driver."

Cha tug DJ feart sam bith air a' bhristeadh seo. Leig e le a ghàire a bheul a dhèanamh na bu leathaine is ghluais e a cheann na b' fhaisge oirre.

" 'Bheil thu smaointinn,' ors esan, 'nan rachamaid suas an lane air cùl na garaids air Leamington Terrace gum faodamaid pòg a thoirt dha chèile, is an uair sin bhiodh tu aig doras a' chonvent ann am mionaid?'

Nochd dithis dhoigealan beaga aig a' bhòrd, nighean bheag is gille beag le Quavers is Watsits nan dùirn. Bha iad a' draghadh sèithear eatarra. Phriob DJ orra is shìn e a-mach a làmh airson crisp. Thug an tè bheag fear dha, fear gu math beag. "Ta," orsa DJ. Dh'èigh am màthraichean orra tighinn a-nall is theich iad sa bhad, a' fàgail an t-sèithir aig DJ is Caroline.

" 'Uill,' ors ise, 'chan eil mi cinnteach. A bheil thu pòsta?'

" 'Chan eil gu dearbha,' ors esan.

" 'Am buin thu dhan Eaglais Chaitligich?'

" ' 'S e Joseph O'Reilly an t-ainm a th' orm,' ors esan. 'An ruig mi leas an còrr a ràdh?'

" 'Uill,' ors an nun, 'OK, ma-thà.'

"Thèid an dithis aca suas Leamington Terrace, is air cùl na garaids an sin, 'fhios agad, is tòisichidh iad air pògadh a chèile. Is, uill, a Dhia, bheir an nun rud dhàsan às am biodh siùrsach fìor mhoiteil.

"Air an rathad air ais a Ghilmore Place, gu dè ach gun start na deòir a' sruthadh às a shùilean is thig rànaich air dìreach mar phàiste.

" 'Dè tha ceàrr, ma-thà?' ors ise.

" 'Tha mi faireachdainn cho dona is cho ciontach. Bha a' phòg a thug thu dhòmhsa an sin cho math, cho làidir. Ach,' ors esan, 'bha mise ag innse nam breug dhut. Tha mi pòsta le triùir chloinne, agus 's e Iùdhach a th' annam. Tha mi faireachdainn sgràthail, dìreach.'

" 'Na gabh dragh, 'ille,' ors an nun. " ''S mise Richard, is tha mi dol gu Fancy Dress party ann am Polwarth.' "

"Ah, very good. Glè mhath, DJ." Leum aon deur na sùil dheis dhuinn is ruith rudhadh na busan geala. "Ha, ha. I usually hate jokes. Ha, ha."

"Chòrd an tè sin riut, ma-thà! 'S ann dìreach nuair a thòisich thu a' bruidhinn mu na cailleachan-dubha. Tha gu leòr eile agam a tha a cheart cho math rithe."

"Cuiridh mi geall gu bheil. But, please, promise you won't tell me one every week, or I'll dread meeting you. I'm serious: I really don't like them. I can't explain it – I begin to feel anxious that I'll laugh inappropriately or not understand the punch-line. Ach b' fheàrrde mi sin. Is na ceannaich cèic dhomh nas mò, no roiligidh mi a-mach à seo aig àm na Càisg."

"Chì sinn, mar a thuirt an dall!" orsa DJ, fiamh an fhir shunndaich air, "Ciamar a chaidh dhan bhoilear?"

"Dè am boilear?"

"Boilear na sgoile, a bha briste an t-seachdain sa chaidh?"

"Oh, aidh, am boilear a tha sin. Bha e air a chur air dòigh an ath latha. Bha againn ri èisteachd ri Radio Forth: sin a' chuid as miosa dheth, an rubbish a bhios aca sa mhadainn – is fad a' chòrr dhen latha cuideachd, tha mi cinnteach. Co-dhiù, ma chaidh fios a-mach a' mhadainn sin, madainn Diardaoin sa chaidh, chaidh e seachad orm fhìn is Catrìona, no chaidh e air chall eadar the Black Eyed Peas is 'Our Michelle – Straight in at Number One.' Bha David air a dhol a Lunnainn aig 06.30. Ach thàinig bus na sgoile is thilg mi air i, is cha do thill i chun an àm àbhaisteach."

"Am bi an duin' agad ag obair air falbh gu tric?"

"Ro thric. Chaidh e sìos a Lunnainn a-rithist a' bhòn-de; cha do thill e gu a-raoir. Co-dhiù, bidh e aig an taigh an ath-oidhch, is bidh mise ag èisteachd ri Joan Baez ann an Glaschu."

"Cha chuala mi gu robh i air tour. Tha cuimhn' a'm a faicinn san Troubadour Coffee House air Old Brompton Road ann an 1978, air an t-seachdain an dèidh do dh'Ally's Tartan Army a bhith air a cur dhachaigh à Argentina. Bha guth-seinn car math aice ceart gu leòr. Bha i fhèin is Bob Dylan air a bhith shuas an rathad an Earl's Court. Cha d' rinn i ach nochdadh, is chaidh iarraidh oirre òran no dhà a ghabhail: am meadhan oidhche bàrdachd, mas math mo chuimhne."

"Yeah, yeah, is cheannaich Bob pinnt Guinness dhut."

"Cha ruig thu leas mo chreidsinn!"

"Co-dhiù, tha i aig Celtic Connections airson a' chiad turas an ath-oidhch."

"Nach ann car fad' às a tha an connection aicese, ma-thà?"

"B' fheàrr leam sin na middle class pseudo-Celts às a seo. Tha feadhainn aca sin a dh'fhaodadh a bhith gu math nas fhaisge air an dualchas, mura robh iad cho mòr air an ceannach aig promoters nach aithnicheadh ceòl nan Gàidheal nan toireadh tu dhaibh gach madainn gu Latha Luain nam brochan e. Tha fhios a'm far a bheil mi le Joan Baez is tha mi smaoineachadh gu bheil i fìrinneach is straight. Co-dhiù, ma gheallas tu nach inns thu cus jokes dhomh, cha toir mi dhut an searmon sin ro thric."

"'N e searmon do mhàthar a th' ann?"

"Chan e buileach. You're a bit of an intuitive listener, aren't you? I thought taxi-drivers just talked all the time."

Bha Caroline fhathast a' gàireachdainn mun pseudo-nun air a rathad dhachaigh, is bha aice ri rudeigin a dhèanamh suas do dh'Oighrig airson a dian-cheasnachadh a riarachadh.

Chitheadh DJ dealbh màthair Caroline is i ga smachdachadh gu pongail is gu cruaidh airson rudeigin a rinn i na pàiste. A biadh a dhòrtadh? Bha dreasa fìnealta oirre agus a gruag dhubh air a ceangal air ais le bann. Bha i àrd is caol. Saoil an robh bràithrean is peathraichean aig Caroline? Aon duine eile a-mhàin, 's dòcha. Dè cho math 's a bhiodh a cuid Fraingis a-nist? Accountant de sheòrsa air choreigin a bhiodh anns an duine aice. Cha bhiodh e seachad air còig troighean is deich òirlich. A' fàs rud beag maol mu mhullach a' chinn. Deise dhorcha (a' fàs teann mun mheadhan) le lèine is taidh shoilleir. Purpaidh. Caroline 38, esan, David, 42 am-bliadhna. A' fuireach ann am Barnton no anns na taighean mòra far St. John's Road, Gordon Road no Old Kirk Road. Àite ceart mar sin. Taigh a gheibheadh tu nam b' ann à Dùn Èideann a bha thu, network Heriots agad is Dadaidh is Mamaidh deònach do chuideachadh no do dhìleab a shìneadh seachad dhut nuair a bha feum agad oirre. Cha robh guth aicese air obair, ge b' e dè a rinn i leis an degree aice. Bhiodh i siud trang le rudeigin. Aromatherapy, 's dòcha?

Susan agus David

Cha b' àbhaist do Shusan Currie a' *Herald* a leughadh idir. 'S e an *Scotsman* a bhiodh aice mar a bu trice. Bhiodh i ga cheannach fad na h-ùine a bha i an Lunnainn, rud a chuir beagan iongnaidh air Donald nuair a thachair e an toiseach rithe. Bhiodh a h-athair, Bert Graham, a' cumail a-mach anns na Seachdadan, tha e coltach, gur esan an aon duine ann an Clermiston Loan a bha ga leughadh, ged a bhiodh feadhainn eile ga fhaighinn tron doras is iad a' feuchainn ri toirt a chreidsinn air na nàbaidhean gu robh iad ionnsaichte.

"They Barkers cannae even read their coupons, never mind the rest!"

Dh'fhàg Bert an sgoil aig ceithir bliadhna deug is chaidh e tro Oilthigh na Beatha. Ionad-foghlaim às an robh e air leth pròiseil is a chùm spionnadh ris fad a làithean air an talamh. Cha robh e na Shaor-Chlachair, ged a bha tòrr dhen fheadhainn a thigeadh gu pinnt anns a' Railway Club gu math daingeann mu dheidhinn na buidhne. Ged a b' e Sòisealach a bh' ann, a bhòtadh airson nan Làbarach, cha robh e na bhall dhen phàrtaidh is cha deach e air stailc riamh, ged a phàigheadh e cìs an TGWU a h-uile seachdain. Fhuair e bàs aithghearr aig Tynecastle ann an 1987. 'S e grèim-cridhe a chuir iad air teisteanas a bhàis, ged nach robh cràdh angina no sgath mar sin air a bhith air thuige sin. Chuir e a-mach gu dona mun do thuit e, air muin an dithis ghillean òga a bha nan seasamh air a bheulaibh. 'S e luchd-leantail Hearts a bh' annta is b' fheudar dhaibh an sgarfaichean fhàgail air an terracing. Samh mì-chiatach dhiubh.

Bu thoigh le Susan a bhith a' leughadh a' phàipeir is i a' falbh a dh'obair air an No.12 eadar Meadow Mews Road is bonn Leith Walk. 'S e Diardaoin an latha a b' fhasa cuideachd o chionn 's gum biodh a màthair a' tighinn thuice tràth a choimhead às dèidh Bhrian. Gheibheadh i am fear a thigeadh aig 08.12. Dh'fhalbhadh an nighean bu shine, Louise, leatha fhèin gu Forrester High, is glè thric choisicheadh Susan is Julie còmhla gu Gylemuir Primary air an rathad gu stad a' bhus. Roghnaich Julie, an-diugh, greis a chur seachad còmhla ri Granaidh.

Bha aithisg car annasach an lùib nam features a' cur na ceist 'An tig Post-Natal Depression air fireannaich?' Bha am fear seo, George à Broxburn, a' cumail a-mach gu robh e airsan nuair a nochd a' chiad mhac aca. Bha a bhean ag obair uairean fada is bhiodh e tric na aonar a-staigh leis a' phàiste, agus b' ann gu math doirbh a dh'fhairich e an gnothach. Mu dheireadh thall b' fheudar dha aideachadh gu robh e ìseal na inntinn. Thug seo orra an dòigh-beatha atharrachadh gu tur, is a-nis bha bùth aca còmhla air a bheil George's Toys, is bha seo, a rèir choltais, na shochair mhòir dhaibh. Tha am fear beag air a dhòigh an lùib nan dèideagan. Thathar a' beachdachadh air seirbheis a stèidheachadh gu nàiseanta a bheir taic do dh'athraichean ùra son a leithid a thrioblaid a leasachadh.

Nach buidhe dhaibh. Na truaghain. Nam biodh an gnothach cho furasta sin a chur air dòigh. Nach ann orra a bha an aghaidh!

'S ann a' tighinn dhachaigh tràth an latha sin às oifis Dhùn Èideann a chuimhnich David nach do dh'fhòn e gu Safehands mar a bha e an dùil Diluain an Lunnainn. Bhiodh iad a' freagairt nam fònaichean gu leth-uair an dèidh a sia. Dh'fhònadh e thuca nuair a dh'fhalbhadh Caroline a Ghlaschu. Ach cha b' ann tric a gheibheadh tu babysitter airson na h-ath-oidhche. 'S dòcha gum biodh tè air chomas tighinn oidhche Shathairne.

Cha robh.

Bha deireadh-seachdain àbhaisteach aig David is Caroline, làn obair chloinne is droch shìde.

Diciadain 21 Am Faoilteach

Bha Caroline is Oighrig air a bhith snàmh, no a' cluich san uisge fad mu fhichead mionaid – bha an gnothach tòrr mòr na b' fhasa a-nist seach fiù 's o chionn bliadhna. Chuireadh an tè bheag dhith a h-aodach fhèin is chuireadh i oirre a deise-shnàimh bheag uaine le dotagan pince: cha robh an còrr feum air na bannan orains a bhith air an sèideadh mu gàirdeanan is air an slaodadh dhith fon fhrois theth nuair a bhiodh iad ullamh.

B' fhiach an dà theirm leasan a ghabh i an-uiridh airson a misneachd a leasachadh – gu dearbha, bha i math, math, gu h-àraidh air a druim-dìreach – laigheadh i air ais san uisge gun eagal sam bith a ghabhail – bha a casan a' sìor-fhàs na bu treasa – dìreach na làmhan ri obrachadh orra, bha i fhathast car leisg an cumail a' dol – thigeadh sin, dh'fhàsadh i na b' fheàrr mar bu trice a shnàmhadh iad còmhla – dhèanadh seachdain san Fhraing feum as t-samhradh cuideachd. Bha deagh amar-snàimh ann an Tost Aven. Is dòcha gun cuireadh i a-staigh gu 'Beginner's Two' i an dèidh dhi seatlaigeadh san sgoil – anns an Dàmhair, is dòcha. Bha amar-snàimh Dhrum Brae aca dhaib' fhèin cha mhòr – faisg orra bha athair le pàiste mu dhà gu leth. Bha an gille beag a' breabadh is a' splaiseadh ann an cearcallan is ag èigheachd a-mach gu h-aoibhneach. Cha tàinig sùil athar dheth.

Leis gun do dhiùlt Caroline sìon milis às a' chafaidh fhaighinn mun rachadh iad a shnàmh, cheannaich i sùgh orains agus pìos seòclaid (dh'fhaodadh i ithe an dèidh nan Gymnippers nan cuireadh i crìoch air an t-sandwich tuna), ach bha i math gu ithe; bhiodh an t-acras oirre daonnan an dèidh a bhith snàmh – cha do dh'fhàg i ach pìos dhen roile is aon phìos cucumber air an truinnsear nuair a thàinig an t-àm dhi falbh na deann-ruith gu doras nan Gymnippers. Chùm Caroline a brògan is a fleece phinc aig a' bhòrd sa chafaidh – ach choisich i air a socair suas gu doras nan Gymnippers airson dèanamh cinnteach gu robh iad deiseil air a son is gu robh cuideigin ann a bhiodh a' coimhead às a dèidh. Bha, agus bha i fhèin is nighean bheag a bha air a bhith còmhla rithe bho thòisich i san Lùnastal nan suidhe còmhla a' feitheamh gu 'n cuirte na mataichean boga uile sìos mu choinneimh an apparatus. Chan fhaiceadh i Karen; 's e gille òg le sgall air air fad ach earball mohican agus deise-spòrs aotrom Man Utd a bha a' stiùireadh chùisean. Cha robh e cho cofhurtail a' coimhead 's a bha Karen.

"Nach iad a bhruich an t-airgead dhaibh, ma-thà, na hamburgers – chunnaic iad an teans is ghabh iad eh – dè?"

Chuir DJ am Metro sìos air a' bhòrd air beulaibh Caroline, fosgailte aig duilleig a trì far an robhar a' sealltainn a' chiad McDonalds ann an 1948 (dithis aig a' chunntair ann an jeans drainpipe is lèintean-check), agus aithisg a dh'inns gu robh an tè leis an robh an ìompaireachd–bìdh air fiach £830 millean fhàgail aig an Salvation Army. An dìleab bu mhotha riamh a dh'fhàgadh aig Buidheann Carthannais.

"Cheannaicheadh sin 461 millean Big Mac dhut – no, ma bha thu ag iarraidh an t-airgead a sgaoileadh beagan na b'fhaide, 830 millean double cheeseburgers a rèir an advert aig fear an roundabout. Bidh na Sally Anns a' seinn aig àird an claiginn."

"Ceannaichidh sin mu 400 millean tambourine dhaibh," orsa

Caroline: "smaoinich air an ùpraid sna taighean-seinnse aig na weekends." Rinn Caroline atharrais air cuideigin a' feuchainn ri dramaichean fhaighinn, damaiste mhòr aice, is i a' dèanamh charades dhan bharman.

"Three glasses of red wine, pint of Guinness and whisky with ice . . . with ice" – leig i oirre ma b' fhìor gu robh i reòthe. "Ice – not eyes, ice: that's it. Bruidhinn air whisky and eyes, 's e an turn agamsa a th' ann a' chofaidh fhaighinn – gun chèic: sorry, fair's fair. Tha iad an deagh thriom an-diugh. Cofaidh ann am muga le còig siùcaran, an e?"

"Feuchaidh mi aon tè innte an toiseach," orsa DJ ann an guth milis, "mas e do thoil e, a Charoline."

"One for you and one for yer wee Gaylik boyfriend," orsa Mary, a' gabhail an airgid bho Charoline.

"Sorry?" orsa Caroline.

"Ma grannie wis Gaylick – Bella MacKenzie fae Acharacle. Spoke the lingo aw the time. Daft wee Mary they cried me. I'm no that daft."

'S e Willie a chuir a' chofaidh sìos mu coinneimh gun bhoinne a dhòrtadh.

"Goat a wee lassie, goat a wee lassie: she likes the swimmin' – goat a wee lassie likes the swimmin? Where's the wee lassie?"

"Yes, she's doing really well at the swimming – but she's gone over to the Gymnippers now."

"Swimmin' lessons, dis she dae the swimmin' lessons, dis she jump in?" Leig Willie lachan gàire.

"She used to, but now she just swims with me and then goes to do some gymnastics with Karen."

"She's aff again," orsa Mary. "She's ay aff, that yin. Whit's yer wee lassie's name?"

"Oighrig."

"Whit?"

"Oigh-rig."

"Ow-rick. Never heard 'at wan afore. Bella, that's what they cried ma grannie: Bella – Isabella – Mary MacKenzie. Spoke the Gaylik aw the time, hen. They gied me her middle name, no her first yin."

"Tapadh leat," orsa Caroline.

"Ciamar tha," orsa Mary.

"Feumaidh tu bhith faiceallach dè chanas tu, DJ. Tha làn a cinn a Ghàidhlig aig an tè mhòr, Mary," orsa Caroline, a' cur na cofaidh is pìos gingerbread sìos air a' bhòrd dha.

"Chan eil!"

"Cha chreid mi gu bheil – ach dh'aithnich i gur i a bha sinne a' bruidhinn."

"An do dh'aithnich a-nist?"

"Bha a Granaidh às Àird nam Murchan – Bella . . ."

"Aidh, seo a-nist thu. Chan urrainn dhut a dhol a dh'àite sam bith gun a bhith a' coinneachadh ri cuideigin aig a bheil ceangal air choreigin. Saoil dè tha ga fàgail mar a tha i, còmhla riuthasan. Tha i gu math nas fheàrr – seadh, nas glice – na an còrr, nach eil?"

"Sin a tha a' cur oirre, tha mi smaoineachadh. Tha coltas car brònach oirre fon fun. Saoil an e barrachd de thinneas-inntinn a th' oirre seach i bhith buileach deireannach?"

"Dh'fhaodadh gura h-e. Cha ghabhainn iongnadh ged a bha i trom air an deoch na latha cuideachd. Tha i gu math dearg mun aodann."

"Dh'fhaodadh medication no condition eile sin a thoirt dhut, DJ."

"Dh'fhaodadh, ach – chan eil fhios a'm – tha rudeigin na dòigh a tha toirt orm sin a smaointinn. Tha mi air gu leòr dhiubh fhaicinn.

Alcoholics. Boireannaich cuideachd. Feadhainn gu math leòmach. Tha dòigh aca air am beul obrachadh is an làmhan a ghluasad – chan eil fhios a'm, fàsaidh tu eòlach air, an uair sin tha iad furasta an aithneachadh. Shaoileadh tu, a' coimhead orra, gu bheil iad a' faireachdainn gu bheil a h-uile pàirt dhiubh, an craiceann is an colainn, a dhà uimhir cho tiugh 's a tha iad – mar gu robh layer eile orra."

"And where are you fae, my Hieland laddie?" Bha an dearbh thè na seasamh air an cùlaibh.

"South Uist, Mary. A long time ago."

"And whit's the DJ aw aboot?"

"Donald James. Dòmhnall Sheumais."

"Donald Hamish," ors ise ann an guth ma b' fhìor Gàidhealach, "fae South Yoo-ist." Leig i gàire mar a dhèanadh bana-bhuidseach ann am pantomime is thog i na soithichean salach a bha air fhàgail air a' bhòrd air an cùlaibh.

"Slàinte mhath," orsa Caroline, a' togail a muga. "Nach eil e neònach, ach, ged a tha a' chofaidh seo OK, 's e an t-àm dhen latha, bidh mi dìreach gu bàsachadh airson cupa, an dèidh madainn a chur seachad a' ruith mun cuairt mar chearc gun cheann le Oighrig – tha an snàmh cuideachd gad fhàgail tioram – cuideachd, cha bhi mi a' gabhail cofaidh idir aig an taigh madainn Diciadain son am faireachdainn, release, a tha seo a chumail glan gun a thruailleadh idir."

"Aidh, aidh. 'S fheàirrde duine beagan toileachais. Ma choisinn e e – 'n e sin dòigh nan Sgitheanach?"

"Stuff the Sgitheanaich. Life's too short for that crap. I think my motivation is much more hedonistic than Presbyterian."

"Joan Kroc, chan eil i aocoltach ri Margaret Thatcher."

"Cò?" dh'fhaighneachd Caroline

Thionndaidh DJ am Metro mun cuairt gu 'm faiceadh Caroline dealbh bean-uasal na hamburgers nach maireann.

"An aon taste ann am blouses, chanainn. Dè chanadh tu fhèin, DJ?"

"Bruidhinn air seann chrog eile air a bheil Joan – ciamar a bha Joan Baez?"

"Watch it. Bha i dìreach sgoinneil: cho làidir, ach clìor is tlachdmhor. Inspirational dìreach. OK, 's dòcha nach eil a guth mar a bha e buileach, ach chuir i a cridhe ann."

"The day they drove old Dixie down," thòisich DJ ann an guth car coltach ri Bob Dylan òg reubaltach air consairt sa Ghearastan.

"Cha chreid mi nach ann air an oidhche a chaidh Dixie bochd a spadadh, DJ."

"The night they drove old Dixie down, the night they drove old Dixie down."

"Sin e, sin thu fhèin, a bhalaich. Leig a-mach e."

Stad DJ a sheinn. "Deagh òran. An do ghabh i am fear sin?"

"'S i a ghabh; rinn i deagh thòrr chlassics dhen t-seòrsa, ach cuideachd bha stuth aice on chlàr ùr – ghabh i fiù 's *Time of Need*, 'fhios agad . . ."

Thòisich i ri ghabhail – "'S e cover a th' ann, cò thug a-mach an toiseach e, a bheil fhios agad?"

"Ryan Adams?"

"'S e, sin agad e – bha e dìreach àlainn – chaidh Joan Baez na b' fheàrr leis, saoilidh mi."

"Rinn i òran no dhà bho na folksongs Albannach – a bha freagarrach, 's dòcha, son Celtic Connections . . . ach, cuir mar seo e: laigh *It's All Over Now, Baby Blue* gu math na b' fheàrr air a guth na *The Bonnie Earl o Moray*. A dh'aindeoin a màthair a bhith Albannach."

Ghabh DJ aon rann de *It's All Over Now, Baby Blue.* "'S e 'm balach e, nach e, Bob beag."

"Nach ann agad a tha an repertoire, DJ."

"Dè an còrr a th' aig taxi-driver ri dhèanamh fad deich bliadhna fichead?"

"Deich air fhichead?"

"Cha mhòr. Naoi air fhichead am-bliadhna. Dh'fhàg mi am building site ann an Luton aig deireadh an t-samhraidh, is bha mi dèanamh oidhcheannan do dh'fhear illegally, 'fhios agad, ach thòisich mi gu ceart a' tighinn suas gu àm Christmas nuair a fhuair mi mo 'knowledge' – uill, bha mi fichead sa February às deaghaidh sin. Tha mi air a bhith ris on uair sin. *Diamonds and Rust*: sin fear dhe na h-òrain a ghabh Joan Baez san Troubadour an oidhch' ud. Agus dè an obair a th' agad fhèin, a Charoline – a bharrachd air a' chloinn, of course?"

"Charmer! Chan eil mòran, tha eagal orm. Bha mi nam thidsear. Tha mi nam thidsear, ach cha do theagaisg mi on a rugadh Oighrig. Bha mi dèanamh beagan supply ach dh'fhàs e cho doirbh – cha robh duine agam a choimheadadh às a dèidh. Tha David ... uill, chan eil an seòrsa obair sin a' ceadachadh do dhaoine diù a' choin a bhith aca dhen teaghlaichean."

"'N e accountant a th' ann?"

"Chan e. Tha e na Fund Manager aig Coates Anderson. Uairean fada. Meetings mhòra làn macho types, saoghal car caca. Ach tha e ag ràdh gum feum e a dhèanamh. Chan eil fhios a'm am feum. Co-dhiù, sin mar a tha. Bidh mi a' teagasg seinn airson sgillinnean. Thig daoine chun an taighe is bheir mi orra na diaphragms aca a lorg is a chudaileadh."

"Bheil iad doirbh an lorg?"

"Uaireannan, gu math doirbh – ach, yeah, thig a' chuid as motha air adhart. A' chuid as motha."

"Feadhainn nach tig gu bràth."

"Feadhainn nach tig gu sìorraidh, ged a stuffadh tu smeòrach nan sgòrnain!"

"Ach cumaidh iad orra a' tighinn chun nan leasan."

"'S iad a chumas, agus tha sin OK. Ach sin as coireach nach dèan mi barrachd air leth-uair gach leasan."

"Dè dhèanadh tu dhòmhsa?"

"Cha dèanadh mòran."

"Tha fhios gum bi e faisg air sia troighean?"

"Cò?"

"David."

"Uill, chan eil fhios a'm, beagan fon a sia, saoilidh mi. Co-dhiù, bha mi bruidhinn orm fhìn . . . bidh mi teagasg . . . "

"Dè bha siud? Dia gam shàbhaladh!" Leum DJ air ais. "I'm sorry, son, you gave Daddy a wee fright. I just didn't expect to see you. Is that the gymnastics over already?"

Choimhead Brian air sùilean athar is an uair sin air a' bhòrd.

"Dè an uair a tha e, a Charoline?"

"Dìreach cairteal gu trì."

"What's wrong, son? Did something happen? Were they teasing you? Are you not well?"

Cha tuirt an gille beag sìon. Thug e an lèine-t Winnie the Poo a-mach às na shorts bheaga, is chuir e air ais a-staigh i. Cha do choimhead e suas.

"Have you got a sore tummy, Brian? You tell Daddy: is your tummy sore?"

Sàmhchair.

"This is Oighrig's mummy. You know Oighrig, don't you? She's a lovely wee girl, isn't she, and good at the climbing and skipping, isn't she? Thug e an aire dhan sgiobadh aice. Bha e a' smaointinn gu robh i uabhasach mòr."

"Do you want to go back in? Will Daddy take you back over? You might as well, there's only ten minutes left. You'll get your sticker then and we'll get your wee shoes."

"Toilet," orsa Brian.

"No bother – come on, 'ille. You take Daddy's hand and we'll go to the toilet on the way back to the Gym. No problem."

Bha fios aig Caroline, on fhàileadh làidir a shìolaidh às nuair a dh'fhalbh Brian is DJ, dè bha DJ a' dol a lorg nuair a leagadh e briogais an fhir bhig. Nan robh tè de dhrathaisean glana Oighrig aice, bhiodh i air a tairgsinn dhaibh, ach cha robh. 'S fhada – uill, cha robh e cho fada, ach shaoil leatha gur h-fhada – o b' fheudar dhi drathais is bheast is bad aodaich glan a thoirt leatha dhan a h-uile àite.

"Oh, well, well, Brian, for goodness sake, I thought you were a big boy – look at the state o yer pants. What am I goin' to do? Oh, for goodness's sake. You should have told me you needed the toilet before the Gymnastics started. Your mother'll not let me hear the end of it. Stop crying now. There's no need to cry. Could you stop crying?"

Bha DJ ag iarraidh a chrathadh, gu 'n stadadh e a rànaich. Bha e dona gu leòr gu robh aige ri dèiligeadh ri drathais a bha bog le cac, gun an rànaich a bha seo a chluinntinn. Shaoileadh tu leis a' chrith a bh' air a' ghille bheag chaol gu robh athair ga chrathadh.

"OK, Brian. It's OK. We've all shat our pants before. You'll just have to be more careful, OK? Look on the bright side: it's not come through to your breeks – well, not much. OK, here's what we're going to do."

Thug DJ a' bhriogais far an fhir bhig is an uair sin an drathais. Thog e e is chuir e na shuidhe e os cionn an t-sinc, ruith e an t-uisge fuar is an t-uisge teth, is nuair a bha e aig an teas cheart, thilg e boinneagan suas air a thòin is air a bhigean is air cùl a dhroma – leth na galla, bha e air a bheast a shalachadh. Dh'fheumadh sin tighinn dheth. Rinneadh sin. Thiormaich e e le na tubhailtean pàipeir uaine is an uair sin thog e e is chuir e a phluic bheaga suas fon inneal-tiormachaidh is thòisich èadhar theth a' tighinn às sa bhad. Rinn am fear beag gliogadaich fhiaclach gun cha mhòr fuaim sam bith a dhèanamh.

"It's tickly on my wee man."

"I bet it is. OK, that's you. Now what are we going to do about pants? Will you manage till you get home to Grannie, or do you want to wear Daddy's?"

Rinn am fear beag gàire: "They'd be up to here," is chuir e oir na làimhe suas gu meadhan a chuim.

"OK – let's get the rest of your clothes on and go and get your shoes."

Dhinn DJ an drathais ann am pocan crisps falamh a bha sa bhion. Salt and vinegar.

Bha an còrr dhen chloinn a' dèanamh trèan is a' faighinn deiseil airson seasamh air an loidhne gun chas a ghluasad airson sticker a bhuannachd bhon bhalach. Ruith Brian gu cùl na trèana: bha aon ghille eile eadar e is Oighrig. Mas ann a' feitheamh na thàmh seach a bhith buiceil is a' dèanamh char a' mhuiltein a bha gu bhith fanear dha an-dràsta, bu chòir nach tuiteadh a bhriogais, smaoinich DJ, is iomagain air fhathast. Carson a bha seo a' tachairt? Seo an dàrna triop ann am mìos. Bu chòir dha bhith seachad air an obair seo o chionn fhada. Bha ise cho trang bho thill i dhan Executive pàirt-ùine. Feumaidh gu robh Brian a' call air.

'S e fear dhe na Teletubbies a bh' air an sticker an t-seachdain sa, le na faclan 'Star Performer' sgrìobhte air. Tha fhios gur e sin a bh' ann cuideachd na dhòigh fhèin. Saoil an tug Caroline an aire? Bhiodh sin gu math nàr. Cha d'rinn i ach smèideadh gu cabhagach riutha on doras. Ruith gun dàil a Thoilcrois gu mòr air a h-aire, 's cinnteach.

Alasdair agus Susan

Do dh'Alasdair Conaigean, an gille bu shine aig piuthar DJ, Sìneag (no Jane Anne mar a bh' aice oirre fhèin), bha gnothaichean ann an Oilthigh Obar-Dheathain air a dhol air ais car dhan àbhaist, is na h-oileanaich air tilleadh o chionn còrr air cola-deug. Ach 's e deagh àbhaist a bha sin, gu h-àraidh an taca ris an dàrna cola-deug san t-Sultain sa chaidh, a chiad sheachdainean riamh sa bhaile. Bha Alasdair toilichte gu robh àbhaist aige a bha gu fìrinneach a' tighinn dha rèir 's nach robh air a stiùireadh le eagal is faoineas chàich.

Bha Siobhán air cur gu mòr ris a sin, agus an dèis dha deich latha mun Bhliadhn' Ùir a chur seachad còmhla rithe fhèin is a teaghlach am Beul Feirste is an Gaoth Dobhair, bha cofhurtachd bhlàth eatarra, shaoil leis, a bha sgoinneil is nach iarradh a mìneachadh am faclan gun fhios nach rachadh a dochann.

Theab an dithis aca a bhith air an aon chùrsa còmhla, rud am beachd Siobháin nach robh air a bhith na bhuannachd dhaibh. 'S e psych-eòlas a chuir i fhèin sìos mar dhàrna taghadh nuair a bha i a' lìonadh nam foirmeachan UCAS. Le làn a cinn de Ghaeilge Dhùn nan Gall na claiginn, bha teans gum biodh i air co-dhiù bliadhna de Cheiltis a dhèanamh cuide ris. Bha h-uile dùil aice gur ann mar sin a bhiodh cùisean, ach nuair a fhuair i brath aig deireadh an t-samhraidh gu robh àite aice ann an Dotaireachd ma bha i ga iarraidh, ghabh i e gun feitheamh ri teagamh nochdadh. Chun a seo bha i dhen bheachd gur e an rud ceart a rinn i cuideachd. Bhiodh dòighean eile aice air cùisean cultarach a chumail a' dol. Air Diardaoin na Freshers Week, chaidh i na ball dhen Chomann Camanachd agus dhen Chomann Cheilteach. 'S ann air cuirm bheòthail air oidhche Shamhna a sheall Alasdair dhi a chomasan-dannsaidh is an rathad dhachaigh.

Bha Crombie gu math na bu spaideile na Hillhead Halls agus ceangal *cool* eadar-lìon aig Alasdair fon deasg. Bha athair is a mhàthair a' coimhead gu math òg ann an dealbh a chaidh a tharraing ann an 2002 aig banais co-ogha dha sna Hearadh. Bha Alasdair is a bhràthair Niall cuideachd a' coimhead uabhasach òg ann; agus beag. Fear-lagha a bha na athair, Teàrlach, nurs-choimhearsnachd na mhàthair. Leis gun d' fhuair e na còig Highers, bha a phàrantan dhen bheachd gum faodadh Alasdair a bhith air cùrsa na b' fheàrr, no fear san robh dùbhlan na bu motha, a thaghadh, ach cha do dh'fheuch iad ri ìmpidh a chur air mar sin. Bu thoigh leotha Siobhán gu mòr. Rinn iad stir mu deidhinn nuair a chaidh iad a dh'Obar-Dheathain gan togail aig làithean-saora na Nollaig. Bha Teàrlach a' smaointinn gu robh i cho Gàidhealach na nàdar, ach gun sgath dhen leisge no dhen dìth-mhisneachd innte. Bha i gu math na b' fheàrr gu bruidhinn na Alasdair, a dh'aindeoin làmhachas-làidir a mhàthar is foghlam tro mheadhan na Gàidhlig an Sruighlea.

Anns an Ref madainn Dimàirt 's e Aberdeen Bridies is Tony Blair a bh' air a' chlàr-bìdh ged nach do thagh iad uile an dà chuid a chur air an truinnsear. Ghabh feadhainn dhiubh beans ann an sabhs a bha fada bho bhith dearg. Bha Alasdair cinnteach, a dh'aindeoin na h-ùpraid is na h-èigheachd, gum buannaicheadh am Prìomhaire an deasbad air cìsean oileanach ged a rachadh e glè fhaisg.

"Thèid iad sin uile a chuipeadh mun tòin airson 's gun tuig iad cho ceart 's a tha an riaghaltas. Nì Brown dha e airson amhach a shàbhaladh. Fiù 's Cook, cha tèid e na aghaidh. Abstention, 's dòcha."

Thug e sùil a-null far an robh Clive, fear dhe charaidean. Bha am bridie aige deiseil is bha e a' coimhead air bòrd làn nigheanan-lagha is a' piocadh a shròine.

'S i seachdain fhada, fhada a bh' aig Susan Currie. Seachdain dhubh.

Diciadain 28 Am Faoilteach

Bha sreath de ghunnaichean geala airson falt a thiormachadh air do làimh dheis an taobh a-muigh dorsan dùbailte an amair-snàimh. Bha sgàthan fada a' ruith air am beulaibh. B'àbhaist do Charoline Oighrig, agus gu dearbha Catrìona roimhpese, a thogail is a chur na suidhe air a' bheingidh àird. Chitheadh iad iad fhèin na b' fheàrr is chumadh sin an aire far nam peallagan a bhiodh am màthair a' slaodadh às an cinn, a dh'aindeoin cop an t-siampù fon fhrois.

Bu bheag an t-iongnadh gum bu thoigh le Catrìona *A' Bhean Eudach*. Bhiodh co-fhaireachdainn aice rithe.

An-diugh bha Oighrig na seasamh air an ùrlar agus i a' leigeil le Caroline cha mhòr na thogradh i dhèanamh le bruis, teas is baubles. Bha adhbhar air a sin a bharrachd air modh is acras: tarsainn bhuaipe bha gille beag snog mu dhà bhliadhna a' cluich falach-fead sna preasaichean-gleidhidh. Ged nach b' urrainn dhi gluasad aon òirleach, bha sùilean mòra Oighrig nam pàirt riatanach dhen ghèam aige. Bhiodh an neochoireach a' sreap am broinn aon bhogsa, sam b' urrainn dha seasamh gu dìreach gun a cheann beag a shuathadh ris a' mhullach thana mheatailte. Dhùineadh e an uair sin an doras gu teann on taobh a-staigh, is an dèidh diog no dhà, dh'fhosgladh e e le brag agus lasgan smugaideach. Thigeadh e a-mach às an fhear sin is an uair sin ruitheadh e sìos seachad air Oighrig, a' feuchainn nan dorsan fosgailte le iuchraichean buidhe annta agus an fheadhainn ghlaiste. Nuair a lorgadh e fear falamh a chòrdadh ris, thòisicheadh an aon chleas a-rithist.

Ged a bha Oighrig ag iarraidh Ribena òl còmhla ri sandwich tuna, thug Caroline oirre taghadh eadar sùgh orains is sùgh ubhail. Sheall Mary do Willie far an robh iad is am fear am bu chòir dha a thogail.

"Wee carton a juice, wee straw an aw. Aw thirsty after the swimmin'. Dae ye love the swimmin', darlin'?"

Cha do fhreagair Oighrig.

"Oighrig, can rudeigin. Willie's asking if you like swimming. Do you?"

"Yes," orsa Oighrig, "I can do the doggy paddle."

"Like your juice, efter the swimmin'. Aw thirsty, ken," orsa Willie, is e cha mhòr a' leum suas is sìos le toileachas a chuid fiosrachaidh.

"Pure beautiful," orsa Mary, "butter wouldn't melt in her mooth. A bet she niver greets fir nuthin'. A wanted tae jist batter them. Goat them aw takin' off a me. Aw four o them. Never kent thir faithers, nane o them. Daft Mary hud tae look efter them. But they gret fir nuthin'."

"Carson a bha Mary ag iarraidh a' chlann aice a bhataradh?" dh'fhaighneachd Oighrig nuair a bha Caroline air an sràbh a chur ann an toll an t-sùigh aice gun deur a dhòrtadh.

"O chionn 's gu robh i a' faireachdainn gu robh cùisean gu math doirbh, feumaidh. Ach ged a bha i a' faireachdainn cho dona sin, cha chreid mi gun do bhuail i iad."

"Dè th' ann an 'gret'?" Bha an tè bheag a' toirt an tomàto a-mach às an t-sandwich.

"'Gret'? Rànaich. Rinn iad rànaich, na pàistean aice – mar a nì a h-uile pàiste. Gu dearbha, rinn thu fhèin is Catrìona gu leòr dheth nuair a bha sibh beag bìodach."

"Cho beag sin?" dh'fhaighneachd Oighrig, a' cur a làmhan cho faisg air a chèile is nach fhaigheadh aon Bhetty Spaghetti eatarra.

"Bha sibh beagan na bu mhotha na sin, a luaidh."

316–311 airson chìsean oileanach. 'Victory of sorts for Blair' an ceann-naidheachd an dearg air aghaidh a' phàipeir. Bha am Messia nuadh-Làbarach air a cheusadh a sheachnadh a-rithist, is a rèir na bha neach-deasachaidh poilitigeach an *Sun* ag ràdh a-raoir air Radio 4, cha robh Aithisg Hutton a' dol a bhith ro chruaidh air mu bhàs David Kelly na bu mhò.

"Greas ort, tutsag, tha sin dà uair mar-thà."

Bha i a-nist a' cur an t-sneachda air cùl nan snàmhadairean.

"Ithidh tu an còrr dhen tuna às dèidh nan Gymnippers."

"They gret fir nuthin'," sheinn Oighrig fo h-anail is i a' feuchainn ri falbh air aona chois seachad air a' Chrèche gu dorsan na Gymnasium mhòir. Cha robh sgeul air Brian am measg na feadhainn bheaga a bha feitheamh tòiseachadh. Air an rathad air ais dhan chafaidh chaidh Caroline dhan taigh-bheag. Fear do phàrantan le pàistean. Bha an nighean bheag aicese air a dhol mar phàirt dhen ghleadhraich a chluinneadh i gu fann air a cùlaibh.

Bha an sneachda ga chur na bu truime a-nist, agus coltas air gu robh e a' dol a laighe, co-dhiù sna h-àiteachan àrda far an robh an t-Ionad-Spòrs. Chitheadh Caroline na bleideagan gan siabadh is a' dèanamh char a' mhuiltein sa ghaoith – cha mhòr nach saoileadh tu gu robh a' chlann a' snàmh ann, leis cho goirid is a bha iad dhan uinneig. 'N e seo an cathadh mun robh iad a' rabhadh?

Deich mionaidean an dèidh a dhà: is cinnteach nach robh DJ is Brian a' dol a thighinn a-nis. Chailleadh a h-uile pàiste corra sheachdain – fuachd orra no temperature. Is dòcha gu robh DJ ag

obair is nach b' urrainn dha Brian a thoirt ann, ach nam biodh e
ag obair, dh'fheumadh cuideigin a bhith coimhead às a dhèidh
– 's dòcha gu robh dithis no triùir eile aig an tè sin, ge b' e cò bhiodh
ann: childminder no nàbaidh. A' Ghranaidh, nach e sin a thuirt e,
màthair na bean aige? 'S dòcha nach robh càr aicese.

Bha fios aig Caroline gu robh i a' dèanamh suas sgeulachdan
faoine feuch am freagradh tè air choreigin dhiubh a cuid iomagain
mu na thachair do Bhrian an t-seachdain sa chaidh.

An gille beag bochd, ged a bha e coimhead toilichte gu leòr na
ruith a dh'iarraidh an sticker, feumaidh nach do chòrd e ris a bhith
air e fhèin a shalachadh. Bha e doirbh do Charoline obrachadh
a-mach dè cho math 's a dhèiligeadh DJ ris an t-suidheachadh. Air
an dàrna làimh, bha coltas fear gu math pragtaigeach, matter of
fact air – chac thu thu fhèin, mar sin feumaidh mi do ghlanadh.
Rachadh David ann an sturs. Chan ann idir air sgàth 's cho
sgreamhail is a bha an obair, ach dìreach o chionn 's gur e e fhèin
a dh'fheumadh a dhèanamh – aocoltach ri gnìomhan beaga caca
eile na bheatha-obrach mar dèanamh cofaidh son choinneamhan,
dèanamh cinnteach gu robh pàipear sa phrinter etc: leis an fhear
seo, nam biodh David sa cheart shuidheachadh (rud nach bitheadh
– ach is dòcha aig pàrtaidh chloinne aig an deireadh-sheachdain),
cha b' urrainn dha a ràdh, "Oh, Oighrig, you've fouled your
pants – hang on a second, I'll text the shite secretary: she'll come
immediately. Caroline, Oighrig seems to have had an accident and
I'm already running late for a breakfast video-conference. Shit on
my suit won't clinch the deal, even with Koreans."

Chitheadh i cùl amhaich fo a chluasan a' fàs dearg is e a' feuchainn
ri pàipear-tòine fhaighinn is màs na tè bige a ghlanadh gun a h-uile
pìos aodaich a bh' oirre a chur am bogadh. Chluinneadh i a' chainnt
aige – a' feuchainn ri Oighrig a shocrachadh is e fhèin a chumail

ciùin aig an aon àm: "Now, now, just a minute, pet – we're just about there!"

Bha gu leòr mu DJ a dh'innseadh dhi gu robh an t-eòlas aige fhèin air gnothaichean a dhèanamh mun chloinn a cheart cho staoin is gun cuireadh sin gu mòr ris an tubaist. Mar sin, an do dhiùlt Brian tilleadh a chionn na dh'fhuiling e? No a bheil e a-nise air fàs nas duilghe do DJ a thoirt ann? 'S truagh sin mas ann mar sin a bha e – bha i air fàs car cleachdte ri DJ fhaicinn is an uair a thìde de dh'fhois is de dheagh leughadh a bhith air a toirt bhuaipe le còmhradh is beachdan an taxi-driver Uibhistich. Feumaidh gu robh e gu math òg nuair a chaidh e a Lunnainn – dè bheireadh air duine a bhith na thaxi-driver fad naoi bliadhna fichead? Cò no dè a bha e ag iarraidh a sheachnadh? A bhean? A theaghlach? Uibhist? A bheatha? Bha an craic na phàirt dheth – dàimh shònraichte eadar seòid nan sràidean is nan caol-shràidean, gach fear (is tè) aca air an dèanamh slàn am broinn an cruinneig siùbhlaich fhèin.

"A'll gie ye a penny fir yer thotes if ye gie me a shillin'." Thog Mary a cupa falamh. "Ir ye finished wi this one or dae ye want anither one to while away the oors?"

"No, that's fine, Mary, thanks. Do you think the roads will be blocked with the snow?"

"Na, a wee faw a snaw is no gonnae dae much. They'll hae it bad in the Hielands, though. They'll hae tae pit long johns under their kilts. Embra disnae get snaw worth singin' aboot. Yer aw alane, lassie. Jist like me – alane wi the bairns."

Bha i leatha fhèin, tòrr mòr dhen ùine, na h-ònar is a' chlann aice – gu math nas duilghe na bhith dìreach leat fhèin – ma tha thu leat fhèin: faodaidh tu am fòn a thogail is caraid nach fhaca tu o chionn fhada fhònadh, còmhradh fada a bhith agad leatha – cur air dòigh gum faic thu an ceann cola-deug i. Mar a bha a beatha-se, mura buineadh na bha a' dol a thachairt do phrògram sòisealta na cloinne, cha robh adhbhar sam bith aice a bhith bruidhinn ri inbhich – is bha tòrr aca gu math laghach: feadhainn aig an robh clann san aon chlas ri Catrìona, duine no dithis aca ris an do bhruidhinn i aig a' Manor School of Ballet, iad a' ruith mun cuairt gun an anail a tharraing is gun chomas aca còmhradh mòr sam bith a dhèanamh mu rud sam bith ach na bha a' chlann a' dol a dhèanamh. Càit am biodh sin? Càit am biodh seo? Dè an t-àm aig am biodh e a' tòiseachadh is a' crìochnachadh? OK, ag obrachadh air ais bhuaithe sin, dh'fheumadh i an taigh fhàgail aig a leithid seo a dh'uair: mar sin, dh'fheumadh i biadh Oighrig a thoirt dhi eadar X is Y; mar sin, de bheireadh i dhi, an dèanadh i an oidhche roimhe e no rudeigin fuar no crogan soup a theasachadh? Bha cus liostaichean na ceann airson còmhradh dòigheil a dhèanamh le pàrantan eile, eagal 's gun tuiteadh a dhà no trì rudan cudromach far na liosta gun fhiosda dhi – mar a bhith dèanamh cinnteach gu robh an deise-sgoile air Catrìona fo a seacaid 's i a' falbh dhan sgoil. Sin aisling a bhiodh aice fhèin tric is aig tòrr dhaoine tro na bliadhnachan, gu robh i air a fiathachadh gu banais no, fiù 's nas miosa, gu agallamh airson obair a bha i ag iarraidh, agus nuair a rachadh iarraidh oirre coiseachd a-staigh dhan t-seòmar, chuireadh i dhith a còta dìreach diog mus fosgaileadh an doras – bheireadh i sùil sìos is cha bhiodh oirre ach a drathais!

Sin, is dòcha, aon dhe na rudan a bha còrdadh rithe mu bhith tachairt ri DJ – nach robh iad air a bhith bruidhinn mun chloinn aca no gu dearbha mu ghnothaichean an taighe. Bha e doirbh dhi DJ fhaicinn na shuidhe air a beulaibh a' cur às a chorp mu thuras ànrachdach air choreigin dhan Ghyle Centre.

"Mar sin, nuair a ràinig sinn an dèidh dhuinn an càr fhàgail car fada on doras, bha ise feumach air brògan, mar sin chaidh sinn an toiseach gu Startrite – 'fhios agad, 's àbhaist dhut a bhith faighinn deagh bhrògan an sin, range gu math snog ach practaigeach ... Co-dhiù, ma dh'fheuch sinn aon phaidhir, dh'fheuch sinn deich, ach chan fhaigheamaid paidhir ceart – bhiodh iad ro mhòr no ro bheag, no, 'fhios agad, le design orra nach robh a' còrdadh rithe. Chan eil fhios a'm dè th' air tachairt dhaibh: bha feadhainn an sin a bha gu math grànda a' coimhead – I mean, dè cho doirbh 's a tha e brògan snoga a dhèanamh do chlann bheaga, dè ... Co-dhiù, chaidh sinn an uair sin gu ... is ged a bha ... agus bha dreasa againn ri fhaighinn airson pàrtaidh an ath latha – is cha robh an size aice ann am M&S."

Bhiodh David na bu chomasaiche air a leithid – nan robh eòlas sam bith aige mu na gnothaichean sin air am bruidhneadh e. Falbhaidh an New Man leis a' phlacenta – nì na companaidhean ris a bheil iad air an tàirgneadh cinnteach às a sin; bheir iad orra am barrachd uairean a thoirt dhaibh – nochdaidh feadhainn sna ficheadan, feadhainn mhatha gheura, a thig a-staigh aig seachd uairean sa mhadainn is air madainn Disathairne, ma tha an obair ri dèanamh – feadhainn nach bi pòsta son ochd bliadhna, aig nach bi clann airson dusan bliadhna. Bruidhnear air gluasad air adhart, promotions – cho cudromach 's a tha e gu faicear gu bheil thu feuchainn air an son, acras ort airson tuilleadh eòlais, coma ged a bhiodh tòrr mòr uallaich na chois.

"OK, Caroline, we have monthly outgoings amounting to around £2150, before Sainsbury's, before the kids' clothes and classes, before your visits to the Theatre. How do you want us to earn enough to survive? So, I become an Independent Consultant tomorrow, work from home – get bugger-all done, with the kids on top of me and we eat beans and toast and forget the foreign holidays. Do you think that would be easier? This is a period of consolidation in our life– whether I like it or not, I just have to get my head down and do the job properly."

Bha dealbh de Mhark Haddon air duilleig a seachd dhen *Ghuardian*. Bha e air Farpais Whitbread a bhuannachadh airson an leabhair aige, *The Curious Incident of the Dog in the Night-Time*. Cha robh e aocoltach ri David – beagan na bu shine a' coimhead, 's dòcha. Bha David gu math maiseach ann an deise-dhìnneir cuideachd – nach bochd nach e feadhainn coltach ri Mark Haddon a bhiodh a' tighinn chun nan dìnnearean is na bàiltean aig Coates Anderson seach an sgioba stalachdach a bhiodh aice ri fhulang. Leugh i a' chiad pharagraf dhen earrainn dhen leabhar a bha sa phàipear.

"And then it was 6.35pm and I heard Father come home (in his van) and I moved the bed up against the door so he couldn't get in and he came into the house and he and Mother shouted at each other. And Father shouted, 'How the fuck did you get in here?'"

Chan fheumadh pàiste autistic a bhith agad airson an t-suidheachaidh sin. Chan fheumadh tu èigheachd no guidheachan na bu mhò. Chan fheumadh tu dìreach ach dà bheatha air leth o chèile agus sradag stress no dhà.

Am b' aithne dhaibh a chèile? Cò a bh' annta? Cò a bh' annta o chionn còig bliadhna deug? Cò mu dheidhinn a bha a h-uile rud? Cà 'n robh iad a' feuchainn ri dhol? Esan? Ise? Carson?

Carson a bha ise leatha fhèin le màthair san Fhraing? Carson nach b' urrainn dhi càil a ràdh rithe an dèis na dh'fhuiling i, air sgàth 's mar a bha an suidheachadh eadar Maman is Dadaidh? Agus nach robh a màthair-se faisg oirre ann an Alba son a cuideachadh agus airson a cumail slàn na h-inntinn. 'N e sin an dìoghaltas? You've made your bed, so lie on it. Gun an còrr roghainn agad. Dè na roghainnean a bh' aice? Dè bheireadh oirre rudeigin mòr a dhèanamh? Dè bhiodh ann?

Bha i air an deise-ballet aig Catrìona a nighe aig an deireadh-sheachdain, bha i gu math feumach air cuideachd. An robh i air a tilleadh dhan bhaga bheag bhog aice còmhla ri na brogan? An tug i leatha sa mhadainn an-diugh e nuair a thàinig am bus – thug, a chionn, nuair a b' fheudar dhi am baga-sgoile aice fhosgladh airson an t-ubhal is an deoch uisge a chur ann, bha am baga-ballet dìreach ri thaobh aig an doras. Ach an robh an dreasa-ballet na bhroinn? – bha fhios gu robh. Bhiodh i air a thilgeil ann nuair a thug i an t-aodach far a' phuilidh oidhche Luain. Cha robh sìon a chuimhn' aice. An robh còir aca tilleadh dhan taigh airson dèanamh cinnteach air an rathad a Thoilcrois. Cha leigeadh iad a leas. Bhiodh i air a dhèanamh, is mura robh, dh'fheumadh Catrìona dìreach a' chùis a dhèanamh. Bhiodh fear san àite a bheireadh iad dhi. Dè bha i a' dol a thoirt dhaibh airson dìnnear? Pasta? Bha iad ag ithe cus pasta – thigeadh e a-mach air an cluasan mura toireadh iad an aire. Ach co-dhiù, dh'itheadh iad e gun strì – dh'fhaodadh i an sabhs a bha sin a rinn i an t-seachdain sa chaidh a thoirt às a' freezer: cha robh feòil no dad ann. Ghabhadh e teasachadh o bhith reòthte. Bhiodh iad san leabaidh ro leth-uair an dèidh a seachd. Cà 'n robh David – Glaschu? No, sin an-dè? Oh, yeah, aig an fhosgladh sin ann an Sruighlea. Bidh iad air deagh lunch a thoirt dhaibh, ithidh e am pasta còmhla riuthasan, ma bhios e dhachaigh na uair, airson adhbharan teaghlaich a-mhàin. Fhad 's nach nochd e staigh an doras nuair a tha *The Archers* air – dè bha dol co-dhiù? Cha tàinig dad o a cuimhne. Oh, *no* – bha i air dìochuimhneachadh: Adam! Bha i air an leasan-seinn aige a chur chun na seachdain seo a chionn 's gu robh i a' smaointinn gu robh i fhèin is Susanne a' dol a dh'fhaicinn a chèile an t-seachdain sa chaidh is i an Dùn Èideann son dà oidhche air adhbhar obrach. Cha deach leotha. Bha Catrìona le ceann goirt.

Gheall i do dh'Adam gum feuchadh i ri na faclan fhaighinn

airson *The Loch Tay Boat Song*. Bha fhios gum biodh iad air an Eadar-lìon – rachadh i air fhad 's a bha am pasta a' goil. Na Corries a bhiodh ga ghabhail, ach an e iadsan a rinn e? Cha robh e cho sean sin, 's dòcha gur e. Bu thoigh leatha Adam, bha e car èibhinn. Cha robh deagh ghuth-seinn aige, ach chumadh e fonn is cha mhilleadh e òrain le gnòstail is sgeadachadh nach b' urrainn dha a dhèanamh ceart. 'S math gur e Adam a bh' ann is nach e Roger. Sin fòirneart-chiùil oidhche Dhiardaoin – latha far a robh e ceadaichte dhi na thogradh i de chofaidh òl. 'S e seo a' bhliadhna mu dheireadh de Roger, bha i air cur roimhpe. Your five year course will soon be terminating. Bha Diardaoin 2005 gu bhith gun fheusaig, gun òrain air am murt aig Blàr na Ceapaich – agus loma-làn siabainn dhen a h-uile seòrsa, gu h-àraid feadhainn a ghlanas daoine. "Fhuair mi am P45 an latha eile on tidsear-seinn agam. Mhol i dhomh a dhol far an robh pìos maide feuch am biodh e deònach leasain a thoirt dhomh."

Thug an dealbh seo, Roger a' seinn is pìos maide ag èisdeachd gu modhail ris, gàire oirre. 'S dòcha gur e sin bu choireach nach do leig i bhuaipe gu seo e. Bha e cho truagh is gun togadh e do shunnd an dòigh mhuladach. Sin agus gu robh Roger na dhuine gu math doirbh faighinn cuidhteas e – rud air an robh e fhèin glè mhothachail. 'Ha, ha, màthair le dithis chloinne car òg, an duine aice ag obair air falbh gu tric: bidh e cus nas fhasa dhi dìreach gèilleadh is m' fhulang airson leth-uair seach feuchainn rim chur bhuaipe.' Seo a' bhliadhna airson smaoineachadh is neart fhaighinn – an ath-bhliadhna, action ann an grunn raointean dhe beatha: Oighrig san sgoil, clach-mhìle ro chudromach gun a bhith deiseil air a son.

Bha pàrantan is clann nan Gymnippers a' gabhail seachad air Mark aig a' phrìomh dheasg is a' dèanamh air an doras-aghaidh.

Bha muinntir nan leasan-snàimh aig 3.15 gan coinneachadh san trannsa. Sneachda ga chall mar fhionnadh far an còtaichean. Ach cò a chunnaic i an sin am measg an t-sluaigh is e a' cumail na làimhe aig boireannach ruadh car mòr mu dhà fhichead 's a còig ach Brian beag Currie.

A rèir Oighrig, bha e air a bhith ann bho thòisich an clas. Bha e math cuideachd, tha e coltach, air swingeadh gu h-àrd air na ròpaichean nuair nach robh còir aige.

Odile, Susan agus Flòraidh

Nuair a ràinig Odile Boulangerie Noclain an Rostrenen aig 08.00 Diardaoin, bha dithis a' fàgail na bùtha blasta aige le ultach de dhiofar sheòrsachan arain a' falach an aodainn. Dè, bho Dhia, na ghabhas ithe de dh'aran ann an aon latha? Bha na leadaidhean a' bruidhinn am Bretón mu chruaichnean is gum bu chòir tè ùr fhaighinn cho luath 's a thigeadh an anshocair ort seach a bhith fulang fad chòig bliadhna deug ann an cràdh uabhasach. Bheannaich tè aca an latha do dh'Odile tro bhaguette, tè bheag chaol a bha air a bhith san sgoil còmhla ri a piuthar bu shine, Veronique. Kristen.

"Bonjour, Madame, ça va bien?"

"Très bien – et vous?"

"Comme le temps."

Bha uair ann (cha robh cho fada bhuaithe) nuair a bhiodh Odile air a leithid a fhreagairt nan cànan fhèin, ach bho thill i dhachaigh a dh'fhuireach ann am Plélauff o chionn naoi bliadhna bha i air sgur a bhodraigeadh.

Bha e a' toirt saorsa dhi gu robhar a' dèiligeadh rithe mar choigreach no mar nach robh buintealas dlùth aice dhan àite. Gu dearbha, b' ann mar sin a chaidh gabhail riutha uile, *les enfants du professeur*, nuair a thàinig iad dhan bhaile is do sgoil ùir an athar ann an 1946. Chaidh aig feadhainn aca na b' fheàrr na chèile air a dhol *rustique*. B' ann air a druim-dìreach a rinn a piuthar òg

Justine e, is bha a seachdnar chloinne salaich is a' bhrùid aig an robh i fhathast pòsta nan deagh dhroch eisimpleir do dhuine sam bith. Stad Odile a moped ann an KerJul airson a gearanan innse do chat leisg a bha na laighe air gàrradh-cloiche. Ty Jili – mar a bh' aca air fàrdaich a' bhodaich shìmplidh nan òige. 'Warm Winds' a bha an-diugh sgrìobhte air soidhne shoilleir air aghaidh an taighe thraidiseanta. "A' chuid as motha dhiubh na bhroinn," shaoil Odile, is cha deach an cat às àicheadh sin.

B' ann na laighe a bha Susan Currie cuideachd air madainn Disathairne, air a druim no air a beul foidhpe le a ceann fon chluasaig. Bha i air a bhith san staid sin, gun chòmhradh is gun a h-aodach a chur oirre, cha mhòr bho thill i le Brian bho na Gymnippers air an t-seachdain roimhe.

"I'm just gonnae hae a wee lie doun, son. Grannie will pit the cartoons oan fir you. I'll get up when the girls come hame fae school and start the tea."

Bha a màthair air a bhith fuireach còmhla riutha bhon uair sin. Bha Donald air a bhith a-muigh ag obair san tagsaidh nuair nach robh e ag èigheachd.

O chionn 's gun do bhàsaich seana bhoireannach às a' bhaile madainn Dihaoine, b'fheudar do Fhlòraidh 'Ain Sheumais an taigh fhàgail dà latha às deaghaidh a chèile. Bha i ag iarraidh coiseachd a dh'eaglais Ghèirinis, dham biodh an corp ga thoirt a-staigh oidhche Dhòmhnaich, ach bha gèil' is deàrrsach ann. Nochd a mac Ruairidh Iain anns a' bhan bheag liath aige. Bha e air pocan plastaig dubh a shracadh is a chur air an t-suidheachan agus an t-ùrlar a sguabadh dhi. Bha e air fuarachadh cuideachd, a rèir choltais, is e air an fheusag ghrànda sin a ghearradh far aodainn. Gille beag brèagha a bh' ann. Bha an dithis aca àlainn nam pàistean, na twins, Ruairidh Iain is Dòmhnall Sheumais.

Leis a sin cha do dhiùlt i falbh còmhla ris, ged a dh'fhairich i fàileadh nam beothaichean na bu phuinnseanta na dh'fhairich i riamh e. A cuinnleanan a' call a' chleachdaidh, feumaidh. On a bha Ealasaid Ruadh gu bhith aice tràth mar as àbhaist an ath latha, chuireadh ise a dh'ionnsaigh an tòrraidh an Àird Choinnich i aig leth-uair an dèidh aon uair deug. Cha b' urrainn dhut earbsa a chur ann an Ruairidh Iain co-dhiù. Fiù 's airson a leithid. Bha Màiri bhochd air ceithir fichead 's a dhà dheug a ruighinn. Saoghal mòr. Boireannach gasta. Aig ceithir fichead 's a naoi, 's i màthair DJ an tè bu shine a-nist a bha an Gèirinis.

Diciadain 4 An Gearran

Chuir DJ dà fairy cake sìos air a' bhòrd mu choinneamh Caroline. Tè uaine is tè dhearg. Bha a' chofaidh ann am muga liath àbhaisteach, siùcar ruadh ann am pacaidean caola ioma-dhathte.

"Thug na sìthichean leotha an sneachda is dh'fhàg iad an cèicichean againn na àite."

"'S fheàrr dhomh an tè uaine a thoirt dhutsa," orsa Caroline is i a' togail na tè bu ghiorra dhi fhèin is ga cur ri taobh uilinn DJ.

"'S mi a tha coma dhen obair sin: dath sam bith fhad 's nach eil geasag air a cur oirre."

"Bheil iad sin a' dol ann an Uibhist fhathast? Buidseachd is a leithid. Nach bi iad a' dèanamh snaithleanan – na cailleachan, daoine gan togail air an t-sluagh?"

"Cò aig an diabhal a tha brath? Greis o nach robh mise an Uibhist. Chan eil fhios a'm dè bhios iad a' dèanamh. Chuireadh tè dhen fheadhainn mu dheireadh aig an robh ròs air na gnothaichean sin dhan ùir air a' bhon-dè. Leis an fhìrinn innse, 's i a piuthar a b'fheàrr orra – seadh, bha i na bu deònaiche bruidhinn orra. Nuair a bha sinn nar cloinn, bhiodh i sin ag innse naidheachdan mu bhòcain is mu shìthichean dhuinn, sinn a' falbh dhachaigh san dorchadas air ar clisgeadh. Ach chuala Màiri gu leòr cuideachd, an creutair. 'S i a chuala."

"Robh thu a' fònadh dachaigh?"

"Cha robh. Dh'fhòn mo phiuthar, Sìneag, thugam Dihaoine sa chaidh. Tha i a' fuireach an Sruighlea, pòsta aig lawyer às na Hearadh. Mac Ifhreann. Tha am fear as sine aice dìreach air tòiseachadh san University an Obar-Dheathain. Alasdair. Greis mhòr o nach fhaca mi e: gille laghach, car serious air choreigin. Tha a mhàthair ag ràdh gu bheil girlfriend aige à Èirinn, làn dibhearsain. Cuiridh sinn an t-eagal orra.

"Co-dhiù, bha a' chailleach sin, Màiri, bha i math, math dhuinne uile nuair a bha sinn beag, gu h-àraidh dhomh fhìn is dham bhràthair Ruairidh Iain. Aidh, sin agad mar a tha e dìreach."

"Cha deach thu dhachaigh?"

"Cha deach."

"Bha mi smaoineachadh nach robh Brian a' dol a thighinn gu Gymnippers an t-seachdain sa chaidh. Feumaidh gu tàinig do bhean nuair a thill mi dha na changing-rooms son còta Oighrig. Bhithinn air am fear beag fhaicinn. 'N i a bh'ann?"

"'S i. Susan. B' fheudar dhomh dhol a-mach a dh'obair. Bha droch weekend agam. Leis an droch shìde, dh'fhuirich a h-uile duine a-staigh, agus duine sam bith a bha am beachd tighinn a Dhùn Èideann, cha do bhodraig iad. Cha robh airport fare agam aon triop bho mhadainn Dihaoine gu meadhan-latha an-dè – fear a' falbh gu coinneamh ann am Southampton. Cha robh a leithid riamh agam."

"Mar sin, faodaidh tu obair Diciadain nuair a dh'fheumas tu? Chan fheum thu gnothaichean a chur air dòigh a thaobh Brian?"

"Uill, bha a' bhean a-staigh Diciadain sa chaidh co-dhiù, bha i far a h-obrach. Thàinig a màthair. 'Wee Ruby Graham'. Tha i ann fhathast. Bert a bh' air an duine aice. Bha meas mòr agam airsan, Bert bochd. Tha esan cuideachd fon talamh. Co-dhiù, bha e cho math dhòmhsa mo chasan a thoirt leam is sgillinn no dhà a dhèanamh. Cha do rinn mi dona idir son Diciadain. Tha Diciadain air a bhith agam dheth o thòisich mi an Dùn Èideann, 'fhios agad, meadhan na seachdaine: bristidh e suas an rud. Chan eil e cho fada an uair sin. Mura b' e na Gymnippers aig Brian, smaoinichinn air a swapadh airson Dimàirt. Tha Dimàirt air a bhith dona o chionn grunn bliadhnachan a-nist. Co-dhiù, còig latha airson a' chosnaidh is an siathamh latha dhan Chruinneig – chan eil i sin cho sanntach rinne."

"Is dè an triom a th' oirre?"

"Cò air?"

"A' Chruinneag."

"O, tha i dol math, math. Dh'fhaodadh tu dà cheud mìle mìle a chur air a' ghleoc is chan fhairicheadh i dad dheth: TX II – tha e foghainteach. Bha agus am Fairway a bh' agam, cha tug e trioblaid sam bith dhomh, ach tha a h-uile sìon cho smooth air an fheadhainn a th' againn an-diugh. Suspension mhath, mhath is tionndaidhidh tu air bonn-a-sia iad."

"Agus 's ann leat fhèin a tha i?"

"'S ann, a leabhra, 's ann leam fhìn a bha Nighean nan Geug cuideachd an Sasainn. Chuir mi seachad tuilleadh 's a' chòir a bhliadhnachan a' ceannach thaxis do dhaoine eile, gu h-àraid an Lunnainn – bha iad cho spìocach ris an diabhal. Bha an rent a' sìor dhol suas is bha tuilleadh 's a' chòir a dhràibhearan mun cuairt; mar sin bha iad coma. Bliadhn' Ùr 1980, thuirt mi rium fhìn gu robh mi a' dol a cheannach tè dhomh fhìn. Chosg am plate a dhà uimhir 's a chosg an tagsaidh."

"Bheil cuideigin agadsa a-nis a nì sin dhutsa?"

"Tha, tha gille agam a bhios ga dràibheadh nuair nach bi mi fhìn ga dhèanamh. Pàighidh na gheibh mi bhuaithe airson dues an rèidio, ged as e galla coimpiutair a th' ann a-nist, agus deagh chuid dhen obair càraidh. A h-uile sia seachdainean bidh i faighinn service, tha fhios agad."

"'N e sioft-oidhche a bhios esan a' dèanamh?"

"Chan e: sin a bhios mise a' dèanamh. Bha mi riamh ga dheànamh. Dh'fheuch mi lathaichean ach cha b' urrainn dhomh a bhith air mo bhodraigeadh leis an trafaig. Ceithir gu ceithir. Sin a bhios mi fhìn is am balach ag obair eadarainn. Mise a' tòiseachadh feasgar is esan a' tighinn air an uair sin sa mhadainn."

"Bheil e toilichte gu leòr leis a sin?"

"Cha chreid mi nach eil – tha e a' faighinn a dheagh phàigheadh aig deireadh na seachdain: tha mi cinnteach gun toir e mu sheachd ceud gu leth nota dhachaigh ma dh'obraicheas e air a shon – is chan eil dad dhen uallach no dhen dragh air. Tha saoghal math gu leòr aig Adam còir."

"'N e sin a th' air: Adam? Cha bhi e a' seinn, am bi?"

"Cha chreid mi gum bi. Adam Phillips, tha flat aige air Easter Road, tha e mu chòig air fhichead, chan eil aige ach e fhèin. Uill, tha girlfriend aige, ceart gu leòr. Chan eil iad a' fuireach còmhla no sìon."

Rinn DJ mèaran mòr is shuath e a shùilean.

"O, uill, a Dhia, chan eil fhios a'm dè tha gam fhàgail cho sgìth. Am blàths, is dòcha. Tha i a-nist cho blàth is aodach geamhraidh fhathast orm – chan eil fhios agad dè tha còir agad a chur ort sna lathaichean a tha seo. Is ciamar a tha thu fhèin? Tha mi duilich – chan urrainn dhomh sgur a mhèaranaich. Bheil thu ag iarraidh cupa cofaidh eile?"

"Nach eil thu ag iarraidh gum freagair mi do cheist, no am bi cuimhn' agad oirre nuair a thilleas tu leis a' chofaidh?"

"Tha mi duilich – dè?"

"Dh'fhaighnich thu dhomh ciamar a bha mi. Thalla is faigh dà chupa cofaidh is innsidh mi dhut. Chan eil e ach fichead mionaid an dèidh dhà, tha mi smaoineachadh gun tèid agam air innse dhut ann an dà fhichead mionaid. Ach 's fheàrr dhut greasad ort. Na bi a' falbh dha na Hielands còmhla ri Màiri Bhòidheach na sròine deirge is na can air do bheatha bhuain am facal S-N-À-M-H ri Willie, no thèid mi ann am bus leat."

'S e fiamh a' ghàire beag dìblidh a nochd mu shùilean DJ, ach bha e air a phluicean a dheagh chladhach mun àm a chuir Mary a' chofaidh is an aon fairy cake a bha air fhàgail sìos air a' chunntair. Cha robh mòran aig Mary ri ràdh an-diugh, coltas rudeigin brònach air a h-aghaidh, is bha DJ a' dol a ràdh rudeigin èibhinn rithe, ach leis na smaointean a bha air a bhith ruith tro cheann, shaoil leis gum b' fheàrr dha gun.

"How's Mary today, then?" dh' fhaighneachd e.

"Rubbish. How's yersel, son?"

"Och, not too bad, ye know: doin' away, Mary. Nearly spring, eh?"

"Aye, jist aboot."

"Hi, DJ," orsa Henry ann an guth caran sòlaimte. "We missed you last week. We were all in fine fettle – eh, Mary?"

"Aye, you're right. You're ayeways right, Henry."

"Ye goat a wee laddie at the swimmin'," orsa Willie is e a' togail sgian mhòr far oir an t-sinc.

"You, shut up aboot the swimmin'," dh'èigh Mary ann an guth a bha ag agairt air.

Thog Henry an sgian mhòr gu fàillidh bho Willie is chuir e a làmh air gualainn Mary. Nochd deur an sùil chlì Willie.

"Uill, chan eil agam a-nis ach coig mionaidean deug air fhichead – cà 'n tòisich mi, DJ?" orsa Caroline

"Far an togair thu!"

"Cha d' rinn mi càil is tha mi bored gun a bhith a' dèanamh càil. Sin e. Cha tug sin fada, an tug?"

"Cha tug mionaid."

"Bha mi ag iarraidh a dhol gu cuirm aig Comunn Gàidhlig Inbhir Nis ann an Eden Court Dihaoine. Bha m' athair na life-member, ach cha b' urrainn do David tighinn dhachaigh tràth gu leòr. Bha e aig sreath choinneamhan ann an Liverpool, of all places. Story of my life, it would seem."

"Feumaidh gur e sin an aon chonsairt gu 'n deach Sìneag. Mu shìthichean no bòcain, an ann? Bha fear a mhuinntir Ghèirinis a' pìobaireachd ann. Uill, 's ann à Gèirinis a bha athair."

"Fred Moireasdan?"

"Sin e."

"Abair pìobaire!"

"Tha thu eòlach gu leòr air?"

"Bidh mi ag èisteachd ris gu math tric, actually."

"Am bi? Aidh. Leatsa a tha am fairy-cake pinc a Charoline – thig i rid lèinidh nuair a thuiteas na criomagan ort. Nach iad a dh'fhàs lìonmhor, na sìthichean, o chionn ghoirid. Ciamar a bha gnothach na seinn agad fhèin, a Charoline? Cò bh' agad an t-seachdainsa chaidh? Ryan Adams – feuch an rachadh aige air na h-òrain aige fhèin a ghabhail na b' fheàrr na Joan Baez? Chan e: 's ann a bhios esan agad an ath-sheachdain. Tha e fhathast bochd – ghoirtich e a làmh, tha e coltach."

"Roger." Bha an R aice mar W thiugh.

"Roger?" Cha robh am fear aigesan. "Daltrey?"

"Harvey."

"Roger Harvey."

"An dearbh fhear. A h-uile oidhche Dhiardaoin fad còig bliadhna. 'S e seo a' bhliadhna mu dheireadh de 'Go, lassie, go'. The lassie has gone long ago. She's gone mad! Tha car de thruas agam ris, agus tha mi cinnteach gur e sin as coireach nach do bhreab mi a-mach air a thòin e o chionn fhada. Agus tha e còir na dhòigh fhèin –fuilingidh e mise ge b' e dè an sunnd anns a bheil mi, is cha dèan a h-uile duine sin. Na rudan fiadhaich, uabhasach a tha mi air a ràdh ri Roger bochd, is cha dèan e ach gàire beag no canaidh e, 'Ah, the Maestro is excitable. We have sparks of creativity: let us burn in the flame.' "

"'S aithnte dha gu math thu."

"Feumaidh gun aithne. Bidh mi ag innse dha nach urrainn dha seinn, cuideachd. 'You're a shite singer, Roger,' thuirt mi ris uair."

"Tha thu mì-chiatach."

"Tha mi nas miosa na sin. 'Fhios agad dè thubhairt e? 'Singing is only the medium, Caroline.' "

"Domhainn. Feumaidh tu watch."

"Na. Tha e gu math soilleir mu dheidhinn nan gnothaichean sin. Roger is one of those people who is completely asexual. Is chan e gu bheil e car truagh – chan eil e cho truagh sin co-dhiù. Tha e gu math beairteach, am balgaire, ach 'fhios agad, dh'fhaodadh e bhith truagh ach sexual. Ach tha Roger asexual o mhullach a chinn mhaoil gu bàrr a stocainnean salach. Tha barrachd ola an èisg ann, saoilidh mi, na th' ann de hormones."

"Bu thoigh leam tachairt ris. Gu dearbha, nan leumadh e a-staigh dhan tagsaidh, dh'aithnichinn sa mhionaid e."

"An tuirt mi gu robh feusag air? Tha feusag mhòr thiugh is sgall air. Understated ZZ toper. 'N e moustache a tha sin a tha a' fàs os cionn do liop DJ, no leisge?"

"Bha tè orm fad chòig bliadhna an Lunnainn. Thug mi dhìom i

nuair a thàinig sinn a Dhùn Èideann. Bha mi 'm beachd a feuchainn a-mach a-rithist. Dè do bharail?"

"'S e d' aodann fhèin a th' ann. Aidh, uill, dh'fhaodadh i fàs, tha fhios."

"Dh'fhaighneachd tè dhìom uair, is mi ga toirt bho Chovent Garden gu Hendon, an robh mi càirdeach do Charles Bronson. Thuirt mi rithe" – 's e a' cur air cainnt meadhan Ameireagaidh – "If you don't tell anyone, lady, I'll let you into a little secret. I am Charles Bronson: my next film is about a cowboy who ends up as a London taxi-driver."

"Oh, yeah, slaod an tèile, DJ, tha clagaichean oirre!"

"An fhìrinn ghlan! Cha tuirt i sìon. Agus nuair a ràinig sinn an taigh aice – taigh mòr brèagha – dh'fhuirich i gu 'n tug mi dhi an change cheart. I'm not going to tip a film star doing some research, smaoinich i, tha fhios – gheibheadh tu rudeigin daonnan bhon leithid, ged a b' e leth-cheud sgillinn a bhiodh ann. Chan eil fhios a'm co-dhiù a bha i a' faireachdainn gu robh gu leòr airgid agam air neo gum biodh i air a maslachadh a' sìneadh a dhà no thrì a bhuinn do filmstar cho mòr. Nist, cha robh am fear sin asexual!"

"Cha robh gu dearbha. Not my type, ach chì mi an tarraing a bh' ann do chuid a bhoireannaich. Feumaidh gu bheil thu faighinn tòrr dhaoine neònach san tagsaidh agad. Nach eil an t-eagal ort fad na h-ùine gun tèid do phronnadh? An tug duine riamh droch ionnsaigh ort?"

"Touch wood, cha tug – tha mi air a bhith gu math lucky. Thàinig mi goirid dha uair no dhà, ach cha do leig mi leotha an fhearg a ghabhail. Thug mi còignear gu Livingston, air oidhche Shathairne: tha dìreach mu cheithir mìosan bhuaithe. Thuit iad a-mach às a' chlub bheag sin, Vice – no chaidh an caitheamh a-mach – is roilig iad a-nall chun an rank air beulaibh Ryan's Bar. Uill, dh'fhaodainn air a bhith amharasach gu leòr, bha am beul aca car salach is deagh smùid orra – daoine mòra, 'fhios agad! Aon fhear gu h-àraidh – 's e daonnan aon fhear a th'ann: ringleader. Is dìreach nuair a bha sinn a' tighinn a-staigh dhan estate ann an Knightsridge, thòisich e a-mach air 'Ye ken we're no gaun tae pay ye.' 'S e standard fare a th' ann do Livingston, is thuirt mi sin riutha nuair a leum iad a-staigh.

Co-dhiù, bha iad uile a' tighinn às aig an taigh aigesan – feumaidh gur ann sa Wendy house aigesan a bha am pàrtaidh gu bhith. Bha an taigh ann an dorchadas.

"That will be thirty-four pounds, forty, please," thuirt mise, is dh'fhosgail mi an uinneag bheag.

"We're no gaun tae fuckin pay ye," ors esan. "Whit are ye gaun tae dae aboot it, like?"

"Well," orsa mise, "you know when we were passing the round-about before ye turn up to St John's – well, I texted the police with your address, and here's their reply."

"Sheall mi dhaibh text a fhuair mi o bhalach latha no dhà roimhe sin: 'See you in 5 mins.'

"Nist," orsa mise ris, "I know you feel strongly about not paying. I don't blame you – it's a lot of money – so I'll let your pals pay for you, and when the police arrive in one minute, I'll apologise for a slight misunderstanding. Who wouldn't be a bit surprised at the fare?"

"'Gie the boy the fuckin money,'" orsa fear dhiubh. Agus, 'fhios agad air a seo: 's e am fear mòr, am blabhdair, a phàigh dhaibh uile. Nuair a bha mi tionndadh, chluich mi CD de police siren a thug fear dhe na mates agam thugam à Tenerife. Uill, a Dhia, thug iad sin leotha na buinn mar an dealanaich. Proigs òga a' feuchainn ri bhith nan gangsters. Nan robh iad air a bhith beagan na bu shine, is dòcha

73

gum bithinn air an t-eagal a ghabhail. Ach duine sam bith a bheir thu gu a thaigh fhèin is a dh'fheuchas an obair sin . . . Tha e rudeigin pathetic, nach eil? Co-dhiù, sin an rud bu choltaiche ri dochann a tha mi air fhaighinn o chionn ghoirid. Tha mise air feadhainn eile fhaighinn gun teagamh a' ruith air falbh is a tharraing sgian orm, ach cha d' rinn mi ach leigeil leotha teicheadh. No point in putting your life on the line for a few pounds. Cha d' fhiach e e."

"Absolutely," orsa Caroline. "Not worth it."

"B' fheàrr leamsa sin: beagan crac, 's dòcha còrnair às am feum mi mi fhìn a thoirt às le adventure, 'fhios agad. Seach an fheadhainn a bhios a' cur a-mach air na seataichean agam – is ged a gheibh thu deagh chleaners, fanaidh am fàileadh, fanaidh pìosan de sgeith marbh am falach eadar na seataichean is a' chliathach. 'S lugha orm e. Agus 's ann daonnan, no gu tric, le daoine gu math dreaste, deiseachan no dreasaichean brèagha orra. Coltas deagh oidhche orra, gun iad a bhith ro dhona idir. An ceann deich mionaidean tha iad a' cur a-mach am mionaich air feadh an tagsaidh – air an ùrlar, air muin nan seats, air an screen, air am muin fhèin, air muin na feadhainn a tha còmhla riutha. Nightmare. An rud as miosa mun obair."

"A bharrachd air na h-uairean."

"Ach chan eil na h-uairean a' cur dragh ormsa: gheibh thu beagan freedom ma tha thu ag obair uairean fada, ma tha thu gam thuigsinn. Chan e fear a th'annamsa a dh'fhaodadh a bhith ceangailte ris an taigh. 'S ann a-muigh a bha mi daonnan: a' cluich ball-coise, ag obair air a' chroit, ag iasgach, a' buildeadh. Cha bu thoigh leam nine to five job, bean gad fheitheamh tighinn dhachaigh aig leth-uair an dèidh a còig – is mura nochd thu gu sia uairean, tòisichidh na ceistean."

"Tha fhios ma tha thu a' dràibheadh an-còmhnaidh nach bi thu dol dhan phub cho tric, DJ?"

"Gu dearbha, cha bhi. Co-dhiù, cha bhi mi ag òl sìon nas treasa na coke. Cha do dh'òl mi deoch làidir o chionn ochd bliadhna deug. I just don't bother with the stuff. Tha mi air tuilleadh 's a' chòir a dhaoine fhaicinn air an sgrios leatha. Puinnsean. Sin a th'ann. Tha fear an Uibhist – bràthair dhomh fhìn, am fear bu dlùithe dhomh air an t-saoghal – air a dhol a thaigh na galla. 'S gann gun urrainn dha ainm a sgrìobhadh air pàipear gun fallas mòr a' bristeadh a-mach air a bhathais. Duine cho laghach 's a chunnaic thu riamh nuair a bha e òg. Bha sinn mar sin, rinn sinn a h-uile sìon còmhla. What a waste. 'S e sin a th' ann, a waste of life."

"I'll meditate on that the next time I'm downing my second post-Roger large G & T. It's the root of the problem that needs addressed, nach canadh tu? Tha thu air an t-eagal a chur orm. Chan e Jehovah's Witness no càil mar sin a th' annad, an e?"

"Nah, chan eagal dut, faodaidh tu transfusion fhaighinn is a thoirt dhomh uair sam bith a chì thu a' bàthadh ann an lòn mòr fala mi."

Dh'fhairich Caroline beagan na b' fheàrr a' dol a dh'iarraidh Oighrig. Nuair a ràinig i Toilcrois bha Catrìona air dealbh mhòr àlainn làn datha a dhèanamh dhe a teaghlach. Bha iad uile ann, faisg air a chèile: ise, David, Oighrig is Catrìona aig an aon àm. Cha robh coltas cabhaig air duine. Bha TV san oisean le cartoons air – ach cha robh duine sam bith ga choimhead.

Susan agus Alasdair

Air an latha roimhe sin, nuair a thill Susan gu Cidhe Bhictoria, ged a bha Amy, am B1 aice, car crosta leatha mu na thàinig oirrese a dhèanamh dhi, chaidh aice air dèiligeadh gu sgiobalta ri tòrr dhe na puist-dealain a bha ga feitheamh, is chuir i gnothaichean air dòigh airson coinneimh air Gluasad Stoc Taigheadais. Thug Frieda, a line-manager, a-mach gu lunch ann an Daniels i. Rud nach leigeadh i a leas a bhith air a dhèanamh. Dh'èist i gu math rithe cuideachd nuair a bhruidhneadh i, nuair nach robh a ceann air a chromadh gun smid a ràdh no nuair nach robh i ach a' sìor chur mun cuairt spàin-tì ann an cupa anns nach robh air fhàgail ach corran fuara Cappuccino.

"He just disnae want to know. I'm off my head, and he has to suffer my poor Mum. Time to bugger off tae taxi-land where it's aw banter and lads' jokes and an opportunity tae dump information oantae those who never asked for it. 'I'll pop back when you're able to make my lunch and tidy the house. Nutter!' "

Bha Diardaoin gu math na bu duilghe: bha cabhag air a' Mhinistear airson an fhiosrachaidh a b' ùire mu Thaighean Comhairle anns na Crìochan, is bha roinn Susain nam màl ga fhaighinn. Chitheadh i gu robh e a' toirt a dìol do Frieda anail an Àrd-Neach-Catharra a chumail far a h-amhaich, is le sin cha do rinn Susan gearan sam bith. B' àbhaist do Shusan a bhith dol dhan

Gym san togalach airson mu leth-uair an dèidh na h-obrach, gu h-àraidh nuair a thigeadh i a-staigh tràth air flexi. Bha i an dùil tòiseachadh a-rithist air Diluain is Diardaoin feuch an togadh e a sunnd, ach cha b' urrainn dhi a dhol faisg air aig deireadh an latha a bh' aice. Choisicheadh i gu Ocean Terminal airson sùil a thoirt air na bùithean is gheibheadh i bus gu Sràid a' Phrionnsa às a sin. Bha a' mhadainn air a bhith gu math brèagha, is mar sin cha tug i leatha sgàilean. Dhòirt na nèamhan an leòr oirre, agus rinn an dealanach dannsa oillteil ga h-ionnsaigh ri buillidh iargalta an tàirneanaich.

B' ann fo fhasgadh mullach Britannia Spice a shir i sàbhailteachd is a leig i na sgreadan a thug air nighinn de sheachd bliadhn' deug ann an deise-sgoile a gàirdean a chur mun cuairt oirre.

"I hate it," orsa Susan, "I'm so scared."

Ged a bha an t-eagal aig Peter, air *Celebrity Get me Out of Here* Diluain, ron a h-uile seòrsa damhain-allaidh, chaidh e na shìneadh san tanc le grunn dhiubh, a' feitheamh gu 'n dòrtadh Ant is Dec trì fichead mìle cockroach air a mhuin. Bhuannaich e dessert dha fhèin is dhan dithis bhoireannach bhàna a bha fhathast air fhàgail sa choillidh còmhla ris.

"He's going to win," dh'èigh Siobhán, is chuir i brath-teags sa bhad gun àireimh cheart. Cha robh an fheadhainn eile sa phàrtaidh ann am pantraidh Alasdair cho cinnteach rithese.

"He's a fuckin' tit," orsa Badger, fear à Glaschu, a bu chòir a bhith dèanamh Engineering.

"Hey!" orsa Alasdair. "Dùin do chab, Badger. There are ladies present."

"Chan fhaic mise gin," ors esan, a' roileadh fag fhada.

"No dope in here, mate," rabh Alasdair.

"Eh, chill the peas, Cunningham, old chap: me no do ganja. Cuimhnich?"

A dh'aindeoin 's gun do dh'ith Jenny Bond a h-uile biastag fon ghrèin airson bangers is mash a ghleidheadh, 's i a' phiseag atomaigeach i fhèin, Kerry MacFadden, a dhearbh dha na milleanan de luchd-amhairc air feadh na dùthcha gur i a b' fheàrr spòrs is gur i bu mhotha cridhe agus gur i a b' airidh air a' chiad dhuais.

Leig mu shianar oileanach èigh mhòr, mhòr nuair a nochd an duine aice, Bryan, airson pòg a thoirt dhi. Choisich iad còmhla tarsainn na drochaid-fhiodha a dh'ionnsaigh sannt an luchd-camara.

"I can't believe you're here," ors a' mheanbh-rionnag à Liverpool, a dh'fhuiling gu mòr na h-òige.

"Helps take your mind off aw they Chinks thit goat drowned fir a pound." Bha sùilean Badger cho mùigeach 's nach fhaiceadh tu fìrinn no breug annta.

Diciadain 11 An Gearran

"Latha math earraich," orsa DJ, a' cur dheth a sheacaid dhonn suede. 'S i lèine dhenim liath a bh' air, agus briogais ruadh chord. Bha blàth fallain air èaladh eadar breacain-seunain Bhrian.

"Seall am fallas a th'oirbh! An do choisich sibh? Did you walk up that steep hill, Brian?"

"Maist o it. The bus never came fir ages, eh, no, Dad?"

"Aidh, bha sinn a' smaointinn gum beireamaid air 21, ach feumaidh gun do chaill sinn e. We were halfway up the Drum Brae before the No.1 appeared, weren't we, son. You better do a greas ort. I'll keep your bits and pieces here."

Ruith Brian leis fhèin gu doras na Gymnasium, dh'fhosgail e e is chaidh e às an t-sealladh.

"Tha e a' dèanamh glè mhath a-nis, Brian, nach eil?" orsa Caroline. "Tha e a' sìor fhàs cofhurtail mun chùis."

"Tha e sin," dh'aontaich DJ. "Tha na Gymnippers a tha seo a' còrdadh ris gu mòr. Tha e a' cur iongnadh orm, 'fhios agad: bha e cho diùid – a-staigh ann fhèin. Chan fhàgadh e taobh a mhàthar."

"Tha fhios gu bheil e a' còrdadh ris cuideachd gur ann leatsa a bhios e a' dèanamh seo: 'fhios agad, saoghal nam balaich. Gu dearbha, ged a bhithinn gam mharbhadh fhìn a' feuchainn ri rudan inntinneach a dhèanamh le Catrìona is Oighrig, ma bheir mi air David an toirt dhan swing park, 's e fada a b' fheàrr leotha. Bidh Dadaidhs a' milleadh nan nigheanan aca co-dhiù. Nach bi?"

"Feadhainn dhiubh."

"'N e Brian an aon fhear a th' agad?"

"Chan e. Tha dithis nighean agam cuideachd."

"Bheil gu dearbha?"

"Tha. Tha iad nas sine. Tha an tè mhòr san dàrna bliadhna anns an secondary agus an tèile ann am primary seven."

"Surprise beag a bh' ann am Brian?"

"Dh'fhaodadh tu sin a ràdh."

"Is cà 'm bi na nigheanan a' dol gu sgoil? Dè na h-ainmean a th' orra?"

"Tha Louise aig Forrester agus Julie aig Gylemuir Primary. Faodaidh iad coiseachd ann – tha sinn a' fuireach air an aon rathad air a bheil an sgoil bheag: South Gyle Road, 'fhios agad, far a bheil an railway station – thèid thu seachad air air do rathad dhan Ghyle Centre. Uill, tha sinn dìreach mu fhichead slat roimhe. Semi-detached le trì bedrooms bheaga is gàrradh nach iarr mòran coimhead às a dheaghaidh. Bidh thu fhèin mu Bharnton, a bheil?"

"Ciamar a bha fios agad: bheil thu air a bhith a' spyeadh orm?"

"Chan eil. Chuir mi dhà is dhà còmhla . . ."

"Chuir thu a-dhà, cuir ris a-dhà, agus fhuair thu Barnton, DJ! Am BMW a dhearbh dhut e, ge-tà. Bidh mi an-còmhnaidh ag ràdh sin ri David – 's e tha gam chur nam bhogsa, ge b' e dè a nì mi airson m' fhalach. Le bhith ag ràdh sin . . . 's e càr sgoinneil a th' ann. Tha e cho cofhurtail."

Thuit nighean bheag ruadh mu dhà bhliadhna an comhair a cinn is i a' coiseachd seachad air a' bhòrd aca. Cha do rinn i ràn sam bith.

"Woopsadaisy," orsa Caroline, a' sìneadh a làimhe dhi.

"Thanks," ors a màthair chaol sgìth. "Coming to play with the sand in the crèche?"

"Barnton Avenue?

"Dè mu dheidhinn?"

"'N ann an sin a tha thu a' fuireach?"

"Chan ann buileach." Cha do leudaich Caroline air a seo agus cha do phùt DJ airson a' chòrr.

"Bheil thu smaointinn air a swapadh airson an fhir sin?" Ghnog e a cheann an rathad duilleag-aghaidh earrann nan taighean san *Scotsman*. Bha dealbh de sheann mhansion mòr cloiche ga lìonadh.

"Nam faighinn an taigh air fad airson £235,000, rachainn ann a-màireach, ach chan eil iad a' reic ach aon flat air a' phrìs sin. Bithidh, dè, ceithir flats ann?"

"Mura bi sia. Cà bheil e?"

"Ann an Liberton: Kirk Brae." Dh'fhosgail i am pàipear is chaidh i gu duilleig 20. "Sin e": thug i dha am pàipear.

"Tha am fearann mun cuairt air a' coimhead, eh . . . "

"Sumptuous?"

"Sin e."

Bha am prìomh phàirt dhen phàipear a bha am falach fo earrainn nan taighean a-nist am follais. Dealbh de dh'fhear car spaideil le falt liath, agus os a chionn cùl teanamaint ann am Merchiston agus rud coltach ri marquée bheag sa ghàrradh-chùil.

"Bha feadhainn dhe na boys a' bruidhinn air a sin a-raoir – chan ann tric a gheibh thu murt cho grànda sin an Dùn Èideann. Bha Keith – 'fhios agad, taxi-driver as aithnte dhomh gu math – bha e shuas dìreach gu math goirid do Mherchiston Avenue a' toirt cuideigin dhachaigh a bha ag obair sa Bhalmoral Hotel beagan an dèidh ceithir uairean sa mhadainn an-dè. Chaidh mu thrì bhanaichean poilis seachad air – 'fhios agad – a' dèanamh air an taigh. Nasty, eh – a dh'aindeoin na rinn am bugair. Tha e coimhead nas sine na fifty-one. Alan Wilson. Tha an t-àm ann airson cupa cofaidh: dè a chanadh tu?"

'S i tè òg le a gruaig air a dath uabhasach pinc – pinkissimo? – a bha ag obair an-diugh an àite Henry. Thog i pìos tomàto far an ùrlair is chuir i dhan bhion e mun do bhruidhinn i ri DJ. Bha aon bhall beag stàilinn air a chur tro mheadhan a teanga. Adidas Samba air a casan. Tòn car snog oirre. Leig i ris na dòigh-chòmhraidh gum bu thoigh leatha na fir. Bha Mary a' nighe shoithichean is Willie gan tiormachadh – feadhainn dhiubh.

"Banana cake an-diugh, a Charoline! Dall oirre." Chuir DJ truinnsear beag is sgian a-null thuice.

"Tha aon neach ga cheasnachadh aig na poilis ann an co-cheangal ris a' chùis," fhreagair ise. "Saoil an e am fear a bha ann an Saughton còmhla ris a rinn e?"

"'S e as coltaiche. Rapist a bh' ann fhèin, nach e?"

"'S e."

"Colainn gun cheann gu fìrinneach."

"Colainn gun chasan, gun cheann. Bha na casan sa wheelie bin. Pìos mòr cèice a tha seo, DJ!"

"Bha e ro dhèidheil air na gillean beaga. Mar a thuigeadh tu, bha am beachd a' dol aig cuid a-raoir gum b' airidh e air na fhuair e – nach robh e ach greiseag sa phrìosan an taca ris a' mhilleadh a rinn e air beatha na feadhainn òga sin. Chan eil fhios a'm an rachainn cho fada sin, ach ma thèid thu an sàs san t-saoghal shalach sin, tachraidh gu leòr. Thachair tuilleadh 's a' chòir dhàsan. Tha e coltach gum facar Ian Rankin a' toirt sùil gu math geur air an àite: chan eil e a' fuireach fad' air falbh. Rannsachadh ceart. 'S ann mu mhurt ann an sgoil a tha am fear ùr aige. Am bi thu gan leughadh idir?"

"Cha bhi. Bha esan a' teagasg ann an Gillespie's gu 1999," ors ise. "Bha fear dhe na pàrantan ag ràdh an-dè gu robh an nighean aige sa chlas aige – is gur e deagh thidsear a bh' ann, math, math air a' chuspair, Mr Wilson. Cha robh càil a dh'amharas aca – gu 'n deach an dithis bhalaich còmhla chun a' pholice."

"An ann an sin a bhios clann Thoilcross a' dol?"

"'S ann, a' chuid as motha dhiubh – tha e a' cur rud beag de dh'eagal orm, feumaidh mi ràdh."

"Tha fhios gum bi cuideigin dodgy ann an staffroom a h-uile sgoil mhòir – uill, tha iad a-nist air faighinn rid 's am fear acasan. Bidh iad gu math faiceallach às deaghaidh seo. Chanainn gur dòcha gu bheil sibh ann am position nas treasa na mòran. Co-dhiù, nach bi sibhse a' cur na cloinne gu Mary Erskine's no Watson's?"

"Bu thoigh le David. Bhiodh esan air Catrìona a chur gu bun-sgoil Phrìobhaideach, mar a thachair dha fhèin."

"Heriots?"

"The Academy."

"Very nice!"

"I'm not so sure. It's taken its toll in many ways – still is. Bha mise gu mòr airson Tollcross agus tha mi uabhasach toilichte leatha. Leis a h-uile rud a tha i a' faighinn is ag ionnsachadh an sin. Cha deach mise gu Sgoil Phrìobhaideach, is, OK, ann an Inbhir Nis is am Peairt sna Seventies, bha clasaichean na bu lugha ann, is bha academic ethos gu math làidir sna dhà. Mar sin, ma bha thu keen, bha thu a' faighinn gu leòr de bhrosnachadh. Ach bha clann còmhla rium às a h-uile seòrsa background, is tha mise smaoineachadh gu h-àraidh nuair a bhios mi coinneachadh ri cuid dhen fheadhainn a chaidh dhan Acadamaidh le David, gu robh sin glè mhath dhomh – gun do dh'ionnsaich mi cus a bharrachd mun t-saoghal na bhithinn air ionnsachadh ann an àite cumhang mar sin – a dh'aindeoin nam buannachdan sòisealta is poilitigeach."

"Bhiodh e na chuideachadh, tha mi cinnteach, gu robh d' athair is do mhàthair nan tidsearan. Gu leòr a thacsa air do chùlaibh."

"Shaoileadh tu sin, ach... nan robh m' athair is dòcha air a bhith a' teagasg ann an àiteigin eile ach – cha chreid mi nach do shoirbhich leam ann am Perth Academy a dh'aindeoin esan a bhith an sin seach air sgàth 's gu robh e ann."

"Am biodh iad a' tarraing asad, ag ràdh gur e teacher's pet a bh' annad?"

"Bhiodh feadhainn – ach chan e sin really an rud a bha cur dragh orm ach m' athair fhèin. Is gun bhràthair no piuthar agam airson sin a shèaradh."

"Seadh." Mar sin, cha robh ann ach i fhèin, ceart gu leòr.

"Cha b' urrainn dhomh a bhith moiteil às. Bha tòrr a' dol. Is dòcha gun innis mi dhut latheigin nuair a bhios an Gymnippers a' ruith airson trì uairean a thìde. Basically, as far as school was concerned, he was a crap teacher and I bore the brunt of a lot of ridicule. 'Wee Willie the Wanker' a bh' aca air."

"Chan eil sin furasta aig aois òig."

"Cha robh, ach bha rudan math cuideachd ann, tidsearan a chuidich mi gu mòr, deagh charaidean. You know that bitchy thing that dominates adolescent girls' friendship from about thirteen onwards – uill, chan eil fhios a'm dè bu choireach, ach cha robh càil dhen sin a' dol eadarainn: tha mi ciallachadh, bha an còignear againn cho faisg is cho laghach ri chèile, is tha fhathast nuair a gheibh sinn còmhla – 's iad sin, an ceathrar sin, mo pheathraichean. Cha robh farmad no cion-earbsa no slaightearachd no dad mar sin ann. Bhiomaid a' dol a-mach air a chèile – cò nach bi – ach co-dhiù... I'm rambling on down memory lane. Faodaidh sinn a dhol tarsainn mòinteach Ghèirinis an ath sheachdain! Cà bheil do bhean ag obair, an tuirt thu?"

"Aig an riaghaltas, 'fhios agad, shìos an Lìte, Victoria Quay – dìreach trì latha san t-seachdain. Diluain, Diciadain is Diardaoin."

"Dè tha i dèanamh ann?"

"Tha i na Clerical Officer – sin an job a fhuair i an dèidh dhuinn tighinn a-nuas à Lunnainn."

"Is dè tha sin?"

"Och, tòrr obair pàipeir. A' cuideachadh le Administration is gnothaichean mar sin."

"Dè an roinn anns a bheil i?"

"Dè b' àill riut?"

"What department does she work in?"

"Eh, bidh iad gan gluasad mun cuairt gu math tric. Agriculture am fear anns a bheil i an-dràsta – 's e, agriculture."

"Bheil thu cinnteach, DJ?"

"Tha, gu math cinnteach."

"Is tha i air ais ag obair, a bheil?"

"Dè?"

"Nach robh i air a dhol dheth o chionn cola-deug?"

"Bha, eh, tha i dona le a druim, bidh i dheth gu math tric leis, ro thric – tha i air ais o chionn seachdain a-nist. Tha, is tha mi smaointinn leis an deagh shìde gum bi i ceart gu leòr."

"Uill, mura dèan e sìon airson a druim, 's dòcha gun tog e a sunnd?"

"Sin e – sin e, dìreach."

"Tha mi cinnteach, pàirt mhòr dheth, do dhuine sam bith le arthritis no chronic condition – an inntinn a chumail suas."

"Tha thu glè cheart, a Charoline."

"Tha mi an dòchas nach robh i a-muigh feasgar Disathairne: am faca tu an sneachda – cò às a thàinig siud?"

"Nach robh mi dràibheadh ann. Dh'fhàs e gu math trom, ach cha mhòr gun do mhair e – dh'aiteamh e uile an ath latha."

"Bhiodh na ròidean air an robh thusa air an griotadh. Airson adhbhar cracte air choreigin, dh'fhalbh mi fhìn 's David is a' chlann

dhan àite sin a-muigh seachad air Blackburn, Almondvale Agri-
cultural Centre – is dòcha gun còrdadh e ri Susan, agus tha
museum ann mu dheidhinn na shale mining ann an West Lothian:
tha e sgoinneil – ach bha sinn air ar bàthadh a' ruith eadar na
seadaichean, agus bha na caoraich is an crodh Gàidhealach
a-muigh, is, of course, dh'fheumadh Oighrig is Catrìona am
faicinn – tha iad gu math cute, feumaidh mi ràdh, ach dhèanainn
an gnothach air cèilidh orra air latha math seach a bhith air mo
reothadh le bleideagan sneachda. Ghabh David rathad tarsainn na
dùthcha 's thuirt e gu robh fios aige cà 'n robh e a' dol. Co-dhiù,
chaidh sinn air wild goose chase; mu dheireadh, nuair a ràinig
sinn àite air a bheil California, ach gun dad de ghrian San Diego,
dh'aidich e gu robh e air a dhol ceàrr. Ach bha an sneachda cho
trom is na ròidean cho sleamhainn. Co-dhiù, fhuair sinn air an M9,
ach even air a sin bha a' ghualainn chruaidh, mar a th' aig Oighrig
air, air a chòmhdach le sneachda, is an cuid a dh'àiteachan cha robh
fosgailte ach aon lane gach taobh. Ach bha an gritter air a bhith
troimhe; mar sin cha robh e cho buileach dona."

"Is a-nist an t-earrach. Ruigidh i 11° an seo an-diugh – 13 ann an
Obar-Dheathain. Tha an samhradh gu bhith oirnn, a Charoline."

"Na can sin!"

Bha an tè dhubh san lèinidh phurpaidh aig an amar-snàimh
a' cuibhleachadh sèine mhòr phlastaig dhearg is gheal a-staigh
dhan cheann a b' fhaisge air a' chafaidh. Bha na leunaichean suas
is sìos gan toirt air falbh agus an t-àite ga ullachadh airson nan ciad
leasan dhen fheasgar.

Bha soidhne mhòr an crochadh os cionn a' chinn sin, an ceann
domhainn ag innse gun d' fhuair an t-Ionad-Spòrs taic-airgid bho
'Sport Scotland Lottery Fund'. Dh'fhosgail doras a' Phulse Centre air
an cùlaibh agus thàinig dithis chailleachan a-mach às, sgeadaichte

ann am briogaisean-jogging ghlasa. Bha aodann tè aca na bu deirge na aodann Mary. Mun coinneimh, dh'fhosgail doras glainne, oifis air an robh Pulse Centre Information, is thàinig fear dorcha seang a-mach às a sin le bodywarmer dubh agus Pulse Centre sgrìobhte an orains air. Choisich e seachad air dà stèisean-coimpiutair, air an robh rabhadh 'Please do not use' air sgàilean gach PC.

"Cha b' àbhaist dhan oifis sin a bhith ann," orsa Caroline, "dìreach bho chuir iad air dòigh am Pulse Centre ron Nollaig. Tha i gu math trang. Dh'fhaodamaid a bhith working out, an àite bhith nar suidhe ann an seo a' cabadaich is ag ithe cèic. Dè do bheachd, ma-thà?"

"Uill," orsa DJ, "bha mi smaointinn air a sin nuair a thug mi an aire dhan àite a' chiad sheachdain, ach cha do rinn mi dad mu dheidhinn. 'S dòcha ma bhios an t-sìde mar seo gum feuch mi ri coiseachd suas leis an fhear bheag."

"Marbhaidh tu e – tuitidh e far a' bheam àrd le sgìths."

"Ha, ha, chan eil fhios a'm – tha e math gu coiseachd. Gu dearbha, 's iomadh mìle a rinn mise nuair a bha mi ceithir eadar gach groban is sùil-chruthaich."

"Dè th' ann an sùil-chruthaich?"

"Àite nach fhaic thu gu 'm bi do dhà chois is do thòn am bogadh ann, am meadhan a' gheamhraidh. Toll falaichte làn uisge is puill."

"Chan eil mòran dhiubh sin eadar South Gyle Road agus Drum Brae."

"Is dòcha gu robh uaireigin."

"When I was young, this place wis jist aw fields, so it wis." Bha Caroline math gu atharrais air cainnt Dhùn Èideann.

"Thachair thu rim athair-cèile, ma-thà, Bert beag."

"Thachair mi ri duine no dithis dhe sheòrsa aig an robh an aon chuimhne air achaidhean farsaing an òige."

"Bha mi fhìn a' faireachdainn gum b' fheàrr leis nach do thogadh an taigh aige fhèin ann an Clermiston riamh. Bhiodh e air a bhith air a bhreith is àrach ann am pàircidh an uair sin. Dè am fios a bh'aigesan air pàirceannan is air dùthaich? B' urrainn dhomh a bhith air gu leòr innse dha – ach chan e fear-èisteachd a bh' ann am Bert. B' fheàrr leis cus a bhith ag innse rudan. Thuit am bodach bochd marbh aig football game. Duine beag cruaidh a bh' ann, ach duine deusant, 'fhios agad. Gu leòr dhe ghinealach an seo an Dùn Èideann, cha robh iad air a bhith cho toilichte an nighean aca a' pòsadh fear a thogadh na Chaitligeach, ach cha tuirt e guth riamh rium."

"Is dòcha gu robh e dhen bheachd gu bheil sibhse nur Cailbhinich cuideachd."

"À, cha robh. Bha deagh fhios aig a' bhodach bhochd mun diofar sna h-Eileanan. Bha e gu math fiosrach, Bert beag, ùidh aige ann an tòrr chuspairean, gu h-àraid poileataigs. Cha d' fhuair Susan mòran dheth, tha eagal orm. Is cha d' fhuair a màthair aon snap dheth. Tha i ga mo chur às mo rian. Nan stadadh i a bhruidhinn airson aon mhionaid, ragadh a beul, tha mi a' smaointinn.

" 'Is that you comin' or goin', DJ? A thote you wir goin', that's why A startit strippin' they beds. If A'd kent you werny goin' and you were bidin', A wid a taen a wee run ower the living-room flair with the hoover until ye'd gone. A'm gonnae chase ye, so A am!' "

Cha robh DJ dona gu atharrais na bu mhotha, ach is dòcha nach robh am blas aige cho buileach math ri fear Caroline.

"San taigh againn fhìn. Chan fhaod mi sìon a dhèanamh, feumaidh mi innse dhìse cuin a tha mi falbh los gun urrainn dhi gach sealladh dhìom a sgioblachadh air falbh. It's a mad world." Sheinn DJ còmhla ri Gary Jules, a bha ga chluich air sound system an Ionad-Spòrs.

"Nach tu a rinn an gnothach air am balach a sgrìobadh far a' bhalla, DJ. Sin, tha mi smaoineachadh, a' chiad òran a mhothaich mi dha air leth on chòrr. Tha iad gan cluiche cho ìseal is gun tèid iad uile nam melange de mhusak bhog."

"Bidh iad a' cluic an fhir sin a h-uile seachdain mun aon àm: còig mionaidean gu trì. Will Young roimhe le 'Leave Right Now', agus roimhesan Kelly is Ozzy Osbourne le 'Changes'."

"Bheil sin ceart, DJ? Is bha mise a' smaoineachadh gu robh d' aire-sa uile-gu-lèir orm fhìn is na rudan mìorbhailteach a bh' agam ri innse dhut mun t-seachdain agam. You men are all the same!"

"A bheil a-nist? 'Tears for Fears', nach e?"

"'S e a bh' ann – jilted in the Sixth Year Common Room a bha mise."

"Davie Narey – goal mìorbhailteach o mheadhan na pàirce an aghaidh Bhrazil. Fhuair mi an t-album ùr an t-seachdain sa chaidh."

"Aig cò – *Tears for Fears*?" dh'fhaighneachd Caroline

"Chan ann ach aig Gary Jules. 'Trading snake oil for Wolf tickets.'"

"Dè tha sin supposed a bhith ciallachadh?"

"Pass. Tha an CD sgoinneil, ge-tà – tòrr acoustic numbers ann. Chanainn car Dylany. Tha mi smaointinn gun còrdadh e riut, a Charoline. Bheir mi leam an ath sheachdain e."

"Lathaichean-saora na sgoile a th' ann an ath sheachdain."

"'S e gu dearbha. 'S e."

"Bidh Catrìona aig an Fhèis fad na seachdain; tha i ag ionnsachadh na fìdhle. Cha chreid mi nach bi i a' gabhail òrain Ghàidhlig cuideachd."

"Glè mhath. Dè tha thu dol a dhèanamh leis an tè bhig?"

"Chan eil mi cinnteach. Ma bhios an t-sìde math, falbhaidh sinn a dh'àiteachan snoga. Tha i ag iarraidh a dhol gu Deep Sea World. Dh'fheuch sinn ri dhol ann an-uiridh, is, of course, thagh sinn latha nuair a bha iad a' dèanamh 'essential maintenance'. Deòir mhòr' a' chuain dhomhainn a bh' againn fad an fheasgair."

"An robh thu riamh aig Linlithgow Palace?"

"Bha, ach cha robh leis a' chlann."

"Tha mi air a bhith gealltainn do Bhrian gun rachamaid ann air an trèan. 'S fhìor thoigh leis trèanaichean, agus tha car de dh'ùidh aige ann an eachdraidh."

"Bheil thu cinnteach?"

"Tha. Bidh e faighneachd cheistean mu na 'olden days', mar a th' aige fhèin orra."

"Bidh thusa an deagh shuidheachadh sin innse dha."

"Don't be cheeky!"

"Leth-cheud an ath-bhliadhna, nach e?"

"'S dòcha."

"Dè an latha ann am February air a bheil do bhirthday?"

"Chan eil sìon a chuimhn' a'm. Agus ma bha thusa seachd bliadhna no h-ochd bliadhna deug ann an 1982, tha sin gad fhàgail-sa mu thirty-five, nach eil?"

"Am bi na customers agad a' faighinn na change cheart, DJ?"

"Uaireannan. Ma tha iad modhail." Rinn Caroline gàire fosgailte ris a sin.

Bha grunn math mhàthraichean romhpasan a' feitheamh aig doras na Gymnasium. Rinn aon tè fiamh ri Caroline nach robh ro bhlàth. Ma thug Caroline an aire dhi, cha do fhreagair i i. Bha guthan chàich car ìseal, an còmhradh aca gun cus susbaint; còmhradh feitheimh ri faighinn tro dhoras. Bha a h-uile duine dhen chloinn ach aon fhear, Brian, air loidhne an trèana a dhèanamh. Dh'èigh

Karen air, is rinn e aon leum eile far an eich mun do ruith e null thuice. Dh'fheuch e ri faighinn a-staigh am meadhan na loidhne, ach thugadh air a dhol chun an deiridh.

"Am bu thoigh leibh tighinn còmhla rinn gu Linlithgow Palace Diciadain-sa tighinn, ma-thà, a Charoline?" dh'èigh DJ.

Leum sùilean is cinn dithis no triùir dhe na boireannaich.

"Eh, uill. Bhiodh e glè mhath. Dash. Chan urrainn dhomh Diciadain, tha sinn a' dol gu taigh caraid son lunch."

"Diluain? Dimàirt?"

"OK. Diluain, ma-thà. Air an trèan?"

"'S ann."

Bha iad a' gluasad tron doras is a' coiseachd a dh'ionnsaigh nam beingeannan. Bha Oighrig a' tighinn thuca aig astar.

"Ten-forty-eight aig Haymarket. Chì sinn sibh air Platform 4 mu chairteal gu aon uair deug."

"Ten. Forty-eight? An dèanadh sibh an gnothach air leth-uair an dèidh a deich? Bidh agam ri tilleadh tràth son Catrìona."

"OK, an trèan aig ten-thirty-three air Platform 4."

"Rinn sinne trèan gu math fada," orsa Oighrig.

"Tha fhios a'm, a luaidh," ors a màthair, a' cur oirre a còta blàth, "chunnaic mi sibh, bha sibh fada is dìreach is làn charbadan beaga bòidheach."

Theab Caroline canail rithe gum biodh iad a' falbh air trèan cheart an ath-sheachdain còmhla ri Brian is DJ, ach dh'inns a h-eòlas dhi gum b' fheàrr dhi gun sìon a ràdh eagal 's nach tachradh e.

Leis gu robh feasgar àlainn ann, chaidh i fhèin is Oighrig dhan phàirc fhad 's a bha Catrìona aig ballet. Chluich iad Tig am measg nam preasan agus air cùl nan craobhan seilich.

David agus Flòraidh

Ann an All Bar One air Sràid Sheòrais, feasgar Dihaoine, bha
tòrr deasbaid ga dhèanamh air na h-Innsibh, gu h-àraidh an
gnìomhachas IT a bha air teannadh ri fàs an dòigh uabhasach
farpaiseach o chionn bliadhna no dhà. Bha Peter, air an do
dh'fhaillich an deuchainn airson Stewart's Melville aig aois a
h-aon-deug, air soirbheachadh gu mòr. 'S ann air sgàth 's a' bhonus
a thug George, ceannard na roinne aige, dha a bha e air an deasg
aige fhèin agus an deasg air an robh David Barnes fhiathachadh
gu cocktails. Bha fathannan a' dol mun cuairt beagan ron Nollaig
gu robhar a' dol a thairgsinn pasgan-dealachaidh do George nach
rachadh aige air a dhiùltadh. Ach ann an sin na dheisidh shoilleir
òig, bha e a' gluasad air feadh a' chòig duine deug mar dhealan-dè a
bha air binn-bàis an aona latha a sheachnadh tro shnas.

Ro-innleachdan glice, lèirsinn, dìcheall: sin na rudan a bha e
a' moladh gu h-àraidh, agus a h-uile aon aca ceangailte ri comasan
Pheter. Bha am fear adhartach seo air brosnachadh mòr a thoirt
dhan pherformance aig an sgioba agus air dreuchd George a
shàbhaladh airson greis eile. Dh'fheumadh e sùil a chumail air,
ge-tà, mum fàsadh e ro dhàna. Bha David daonnan a' cumail sùil
air Peter bho thòisich e aig Coates Anderson o chionn trì bliadhna.
Bha e òg, dealasach, agus bha cùisean a' dol leis. Cha robh cùisean
aig sgioba na h-Àird an Ear air a bhith dona (gu h-àraidh leis mar a

dh'fhuiling an eaconomaidh san fharsaingeachd ann an 2003), ach cha toireadh e ach beagan droch fhortain airson atharrachadh mòr a thoirt air an t-suidheachadh. Bha sgiorta fada ro ghoirid air tè dhe na PAs air deasg Pheter. Boireannach àrd mu chòig bliadhna fichead, Bethany, a Siorrachd York, ceum aice ann am margaideachd. Bha i air teannadh ri Margaritas òl. Bha craiteachain salainn nan suidhe os cionn a liop, is dh'imlich i a' chuid bu mhotha dhiubh dhith le bàrr a teanga, ach dh'fhan a dhà no thrì mar bhuaireadh searbh-mhilis dhan neach a thoilicheadh am blasadh.

'S ann anns an tagsaidh dhachaigh a chuimhnich David nach robh e air cairt Valentine a cheannach do Charoline. Bha e a' dol ga dhèanamh aig àm-lòin, ach chaidh a' choinneamh le na Malàisianaich air adhart na b' fhaide na gheall iad. Dh'iarr e air an dràibhear a thoirt gu Tesco ann an Corstorphine a bha fosgailte 24/7.

Cha robh taghadh math sam bith air fhàgail, ach chaidh aige air cairt fhaighinn air an robh dealbh de dhà mhuncaidh bheag shnog, a' toirt chridhean pince dha chèile. 'S iad na faclan a bha sgrìobhte air an taobh a-staigh "Monkey Business Only". Bha blas car Sasannach air cainnt an dràibheir, ach le rudeigin eile làidir foidhe. Èirinn? Bha e ag èisteachd ri Joan Baez air Pioneer bheag shnasail le OEL liath.

'S e am Valentine a fhuair David bho Charoline an ath mhadainn tè a bha i fhèin air a dhèanamh le cairt odhair is tissue-paper pinc agus bilean-flùir air an tiormachadh is air an cur an sàs gu h-eireachdail. A bharrachd air an tè sin, thàinig tèile thuige sa phost bho 'Secret Admirer'. Bha an sgrìobhadh oirre do-aithnichte.

"Feumaidh gur ann bho Chatrìona a tha i," ors esan, ach bha am fealla-dhà caran risqué airson cairt a chuireadh nighean de sheachd bliadhna gu a Dadaidh.

Dh'fheumadh David an rugbaidh fhaicinn. Bha e fhèin is feadhainn a bha san sgoil còmhla ris a' dol ga choimhead anns a' Chafé Royal. Cha robh an screen beag sa bhogsa os cionn an dorais cho math, ach bha deagh atmosphere ann, agus sin far am biodh iad a' dol an-còmhnaidh. "Na gabh cus agus thig dhachaigh ro sheachd" na riaghailtean a thug Caroline dha. Cha b' urrainn dha cus òl an dèidh na h-oidhche raoir co-dhiù. Dh'fhàs e cruaidh a' smaointinn air an tè àird sin, Bethany, ach chuidich cluich agus call nan Albannach an aghaidh na Cuimrigh gnothaichean gus fàs na bu bhuige. Nuair a thill e dhachaigh, bha a phiuthar Emily agus a coimhleapach Bob nan suidhe am meadhan an ùrlair a' cluich Buckaroo le Catrìona is Oighrig.

"Thought we'd let you old Valentines have a night of it," ors ise, ga phògadh air a ghruaidh. "Totally outplayed," orsa Bob. "Rhys Williams just jogged past them."

Bha Caroline air faighneachd dheth mun 'Secret Admirer' nuair a bha iad a' feitheamh ri mac na braiche às deaghaidh na dìnnearach anns an Atrium.

"If it's not you or Catrìona, then I've no idea. Maybe Mad Alice next door – I've always thought she had a wee crush on me. Thanks for organising this. It's been lovely. Clubbing?"

Chrath Caroline a ceann.

"Favorit? Fosgailte gu trì!"

Air Didòmhnaich thug David a dhithis nighean gu Funfare aig a' Ghyle Centre. Chuir an Sizzler à cochall a chridhe e agus dheothail e an fhuil às aodann. Lasganaich fhiadhaich a bh' air a' chloinn.

Bha Flòraidh 'Ain Sheumais car geal a' coimhead i fhèin nuair a chaidh i dhan leabaidh tràth aig naoi uairean; bha losgadh-bràghad air a bhith oirre bho mu cheithir uairean. Cha robh an Gaviscon a' cuideachadh idir. Bha i na cadal socair greis mun d' fhuair i cuireadh bho Ailig Dhòmhnallach a dhol *Tro Shàmhchair an Fheasgair.*

Diluain 16 An Gearran

Leis gu robh iad fhathast a' cur air dòigh na foyer aig stèisean Haymarket, bha am bothan beag sam faigheadh tu na lattes theithe is fhuara bu bhlasta air an t-saoghal gun tilleadh. Gu fortanach, bha an toll sa bhalla aig Banca na h-Alba a-nist air a chur an sàs. Thug Caroline £30 a-mach às is dhiùlt i sùil a thoirt air a cunntas no cuidhteas fhaighinn – bha cus lathaichean ri dhol sa mhìos son an fhìrinn sin fhaicinn.

'S ann air beulaibh postair 'Degas and the Italians in Paris' a bha DJ is Brian nan seasamh air Platform 4. Bha Brian a' sgrùdadh òganaich (mu chòig bliadhna fichead) air an robh stoc fhada dhearg mu amhaich; fear às an Tuirc no às a' Ghrèig: bha fheusag làn is a ghruag fhada dhubh ga fhàgail na bu shine a' coimhead na bhitheadh e.

"Rinn sibh an gnothach," orsa DJ. "'N tusa a dh'fheumadh Mamaidh a dhùsgadh is am braiceast a dhèanamh dhi?"

"Chan e," orsa Oighrig. "Chan urrainn mise dèanamh bracaist. Can you make breakfast?" dh'fhaighneachd i de Bhrian.

"Sometimes," orsa Brian. "If it's just a bowl of Cheerios."

"Feumaidh tu an ionnsachadh tràth," orsa DJ.

"Gu dearbha. Seall am postair, Oighrig, triùir a' dèanamh dannsa ballet: thu fhèin is Catrìona is cò?"

"Brian," orsa Oighrig.

"Ann an tutu phinc," orsa DJ le gàire a bha beagan fanaideach.

"What is it, Dad?" orsa Brian.

"Nothing much, son. Oighrig and her sister Catrìona are looking for a man to dance with. Would you dance with them?"

Ghnog am fear beag a cheann.

Thàinig an trèan aig an àm cheart, 10.33, agus fhuair iad bòrd do cheathrar faisg air dorsan coimheach Business Class.

"At's where Scotland plays rugby in beats England," orsa Brian nuair a chaidh iad seachad air Murrayfield.

"And Wales and France and Ireland and Italy," orsa DJ. "In our dreams."

"Bha an duin' agam ag ràdh," orsa Caroline, "nach eil teans a dh'òrdaich Dia aca Disathairne sa ghèam an aghaidh Shasainn."

"A rèir mar a chluic iad air a' bhòn-dè an aghaidh na Weilsheach, thèid am breabadh far na pàirce. Chan eil iad ach lapach. Chan eil neart no luaths annta."

"Dè an t-àite a tha sin?" dh'fhaighneachd Oighrig.

"Sin an Stòr aig Jenners," fhreagair a màthair.

"Sin far am bi do Mhamaidh a' faighinn an aodaich àlainn a bhios i a' cur oirre nuair a bhios i fhèin is Dadaidh a' dol a-mach gu dìnnearan spaideil no gu bàl mòr."

Thug Caroline sùil air. Bha a' mhoustache liath aige a-nis slàn agus air a dheagh ghearradh. Bha a smiogaid glan. Shaoil leatha gu robh i a' faighinn fàileadh after-shave, ach dh'aidich i gur dòcha gur e a mac-meanma a bh' ann.

Bha gille beag, Lewis, air a' bhòrd rin taobh, dìreach air mu cheud dìneasar plastaig a chòpadh a-mach à crogan. 'S ann orra is air fhèin a bha sùilean Oighrig is Bhriain. Bha a phiuthar bheag ag obair le Fimbles.

"Is 'at a Tyrannosaurus Rex, Mum? That wee rid wan? Is 'at a T Rex?" Cha robh teagamh nach ann à Glaschu a bha an teaghlach seo.

"A don't know, son. Mibbe it is, mibbe it's no."

"'S e sin a th'ann," orsa Oighrig. "Carson nach robh fhios aig a Mhamaidh?"

Dh'fhosgail am màthair pacaid Jelly Babies. Thug Brian sùil air DJ; dh'fheuch e ri a phòcaid-broillich air a sheacaid chanabhais fhosgladh.

"Wait a wee minute, Brian. Don't worry, you'll get them."

Theab piuthar a' ghille bhig i fhèin a thachdadh air brontosaurus.

"Did you think that wis a Jelly Baby, Chlóe?" dh'fhaighneachd a Mamaidh, ga ghoid às a beul. "Er a wee Jelly Baby. That wis a jelly dinosaur."

Rinn i fhèin is Lewis lasgan rithe agus ri Brian is Oighrig.

"Youse waant a wee sweetie? Is it aw right if A gie the weans a wee Jelly Baby?"

"Fire away," orsa DJ. "Thanks."

"Just one, Oighrig," dh'iarr Caroline " is dèan cinnteach gur e suiteas a th' ann!"

Thug i leatha a dhà.

"'S fheàrr dhuinne ar còtaichean a chur oirnn," orsa Caroline. "Where's your coat, Brian, is that your furry coat? It looks lovely and warm."

"B' fheàrr gu robh mi air an anarag aige a thoirt leam," orsa DJ, "seall cho dubh 's a tha na sgòthan a' fàs: typical nuair a thèid thu an iar air Dùn Èideann – buaidh Ghlaschu. 'S beag orm Glaschu. Mun dìochuimnich mi, seo an CD aig Gary Jules: faodaidh tu a chumail, thug mate dhomh fear eile – Rocker a th'ann. Tha an cobhar ceart gu leòr ach b' fheàrr leam gu robh iad air na faclan a chur còmhla ris."

Dh'èirich iad nan seasamh, a' dèanamh air an doras. Chaidh an trèan tro Linlithgow mar gu robh galar gabhaltach air am baile a bhualadh.

"Dè tha dol an seo?"

"This is the express train," dh'inns màthair na cloinne. "First stoap is Falkirk High. Yees ir as well tae hiv a cup of tea." Bha gille òg robach a' putadh na troilidh gan ionnsaigh.

"You and your 10:33s," orsa DJ ri Caroline, fiamh na shùil. "Boireannaich – dè? Tha iad gun dòigh."

"'S tusa am fear aig an robh an timetable. Cha d' rinn mise ach suggestion. Bu chòir dhutsa a bhith air dèanamh cinnteach gu robh trèan ann."

"Bheil sinn fhathast a' dol gu Linlithgow?" dh'fhaighneachd Oighrig.

"Sinn a tha, a luaidh."

"A don't understand," orsa Brian. "What's the matter?"

"Nothing too much, son. We just need to get off at Falkirk and then go over to the other side and get the train back to Linlithgow."

"An robh thu aig a' Falkirk Wheel fhathast?" dh'fhaighneachd Caroline is iad a' coiseachd tarsainn na drochaid aig Stèisean Àrd na h-Eaglaise Brice.

"Cha robh fhathast."

"'S fhiach a dhol ann. Tha e math, math – am Falkirk Wheel." Bha an t-uisge a' dòrtadh a-nuas às na nèamhan dubha.

"Seall, seo an trèan againn: 11.03. 'S dòcha gun tig a' ghrian ris an Linlithgow."

'Prime Suspect or Loyal Wife' a bha sgrìobhte air postair a' phlatform – 'Alison Weir re-opens the files on Mary Queen of Scots and the murder of Lord Darnley'.

"Chan eil teagamh sam bith nach i a rinn e," orsa DJ. "Bha fianais gu leòr aca cuideachd aig an àm, ach shàbhail Bothwell i – aig deireadh an latha chuireadh a ceann dhith a cheart cho math. Nach canadh tu?"

Cha d' fhuair iad àite do cheathrar còmhla. Shuidh Caroline mu choinneimh DJ is an dithis chloinne ri taobh a chèile tarsainn bhuapa.

"Nach canainn dè?"

"Gun do chuir Màiri Banrigh na h-Alba air dòigh gun rachadh Darnley a mharbhadh. Bha leithid a sgreamh aice roimhe, is gu h-àraid on a bha syphilis air."

"Em, cha b' urrainn dhomh a ràdh gu mionaideach. Cuir nam chuimhne dè bha a' dol is cò a bha dèanamh dè."

"Chì thu an-diugh an t-àite san do rugadh i."

"Tha fhios a'm glè mhath air a sin. Rugadh agus a h-athair James the Fourth. Chan e sin a dh'iarr mi ort innse dhomh."

"The Fifth, tha mi smaointinn," cheartaich DJ. "'Fhios agad cò aige a chuala mi sin? Bodach nach robh ach latha no dhà san sgoil, Mìcheal mac Alasdair Mhòir – oideas a' chèilidh."

"Is cò am fear a phòs i às dèidh sin a-rithist?"

"Bothwell."

"'S nach e a mharbh e?"

"Tha feadhainn a' cumail a-mach gu robh turas aige ris, ach chanainn fhìn, ma bha, gur ann fo òrdugh Màiri a bha e."

Thàinig triùir a-staigh dhan charaids aca am Polmont, is

boinnein leotha. Eadar fear nan tiogaidean agus fear na troilidh (duine mu leth-cheud 's a còig is e gu math na bu sgiobalta na a' chiad fhear – lèine gheal, siosacot glas agus tàidh dhubh), cha mhòr gum faca iad a' chlann eadar Polmont is Linlithgow, ach bha iad, a rèir choltais, a' faighinn air aghaidh glè mhath – gu leòr a ghàireachdainn a' dol co-dhiù.

Mun coinneimh bha boireannach ag obair air dealbh fhuaigheal air frèam fiodha le snàithleanan purpaidh is pinc. Bha glainneachan tiugha sònraichte aice air bàrr glainneachan a speuclairean airson seo a dhèanamh. Thog i iad nuair a bha i a' ceangal is a' sgioblachadh a deilbh. Bha an duine aice a' leughadh aithrisean air an rugby san *Daily Mail* is a' seachnadh a ceistean. Leig i seachad a ceasnachadh is dh'fhòn i gu am mac air a fòn-làimhe. Cha d'fhuair i freagairt bhuaithesan na bu mhotha.

"And why didn't you insist that I put your raincoat on, Brian? Seall: put your hat on – it'll give you some kind of protection."

Bha an ceathrar aca a' ruith ann an tuil nan seachd sian sìos prìomh shràid Linlithgow a dh'ionnsaigh na lùchairt. Air a' bhalla a' dol suas thuice bha ainm gach rìgh is banrigh sgrìobhte – bho Ealasaid II air ais gu Màiri Banrigh na h-Alba. Bha am fuaran, am fear as sine am Breatainn a tha fhathast ag obair, fo scaffold is plastaig ann am meadhan na ceàrnaig.

Dh'fhalbh Brian is Oighrig tro dhoras air an làimh chlì; chluinnte an ùpraid aca is iad a' dìreadh na staidhre cumhaing chun a' chiad ùrlair. Cha robh sgeul orra san ante-room, ach nuair a chaidh DJ is Caroline a-staigh dhan Chaibeal bheannaichte a stèidhich Seumas IV, leum dithis bhòcan beaga beannaichte a-mach às na ballaichean.

"Seall: am faic sibh na h-ainglean shuas gu h-àrd? Look at the angels up there, Brian – still playing music five hundred years years later."

B' fheudar dhaibh fasgadh a shireadh san taigh-tasgaidh ri thaobh. Bha sleaghan is pìoban tombaca is seann shoitheachan gun taisbeanadh fo ghlainnidh.

"Whose gun's that?" dh'fhaighneachd Brian.

"James VI of Scotland and I of England," fhreagair athair. "Is tha fhios a'm dè bha còir aige a bhith air a dhèanamh leis."

Bha Caroline is Oighrig air a dhol a-staigh a Thalla an Rìgh. Gheibheadh tu sealladh math on uinneig a-mach tarsainn Loch Linlithgow gu bailtean Lodainn an Iar.

Cha robh dad a' gluasad air an loch.

"Seo far am biodh na rìghrean is na prionnsaichean is na bana-phrionnsaichean a' seòladh, Oighrig, ach seall: chan fhaic thu duine a' gluasad an-diugh. Tha fiù 's na h-ealachan bàna uile nan crùban mu oir an locha." Dh'fhalbh làraidh dhearg seachad air an rathad air an taobh thall. Bha 'Horizon' sgrìobhte air a cliathaich.

Nuair a ràinig Brian is DJ, ruith Brian is Oighrig a-staigh dhan àite-teine mhòr.

"Fuirichibh," dh'èigh DJ, a' toirt a-mach a chamara. "Say 'Cheese.'"

"Cheese," thuirt iad còmhla, is chaidh dithis throichean a ghlacadh nan seasamh am broinn teine rìoghail.

"The presence chambers were the throne rooms," leugh DJ a-mach san ath-sheòmar. "Each would have been dominated by the furnishings that symbolised monarchy – the chair of Estate on its stepped dais beneath a rich canopy and, behind it, the cloth of Estate." Bha an leughadh aige sa Bheurla gu math Gàidhealach na ruith. "So you see this is where the King and above him the Queen would meet all the most important people. Dignitaries, they were called. Dè nì thu leis a sin?" ors esan ri Caroline, a' sealltainn dhi na bha sgrìobhte ann am Frangais fon Bheurla.

"Nì gu leòr. Ces salles d'audience étaient les salles du trône," thòisich i. "Ç'était la salle des audiences formelles, où le roi recevait conseillers et ambassadeurs en tant que chef d'État," chrìochnaich i.

"Very nice. An leugh thu iad uile am Frangais?"

"Cha leugh," orsa Caroline, "tapadh leat."

Ann an seòmar-cadail Màiri Banrigh na h-Alba bha DJ air a dhol na neach-iùil do Historic Scotland. Stad càraid ann an seacaidean Gortex agus teaghlach de cheathrar airson na h-òraid a bha e air ullachadh airson na cloinne. Cha robh Caroline cinnteach co-dhiù a cheannaicheadh i an leabhar a bh' air a' phostair san Eaglais Bhric ri taobh an fhir mu Mhàiri Banrigh na h-Alba. 'Nothing fair in love and war.' Bha i air fear de leabhraichean Charlotte Bingham a leughadh air làithean-saora an àiteigin, chan ann san Fhraing. Dhùisg sianar chloinne i bho a bruadar is iad a' ruith sìos an staidhre far an t-seòmair is iad a' cunntadh nan steapagan – ceud 's a sia-deug dhiubh, a rèir choltais. Dh'fheumadh Brian is Oighrig a dhearbhadh, ged nach b' urrainn do dh'aon seach aon aca cunntadh seachad air a deich. Thug an staidhre sin iad uile chun a' phàirt a b' àirde dhen togalach: an stuadh air an sgèith an iar.

"Watchaibh a-nist," orsa DJ. "Watch those steps now: they'll be very slippery in this weather." Ghabh e làmhan an dithis aca.

'S e an Talla Mhòr an rùm mu dheireadh air an do thadhail iad, fìor dheagh àite airson rèisichean – mura b' e an t-uisge air a' chloich shleamhainn.

"Àm airson souvenirs is lunch, DJ? Dè do bharail?" dh'fhaigh-neachd Caroline. "No an robh rudan eile sònraichte ann a bha thu ag iarraidh a dhèanamh no fhaicinn?"

"Cha robh gu dearbha."

"Fhuair mise riamh eachdraidh na b' fhasa a slugadh an dèidh biadh a ghabhail. Throwback to times of great banqueting."

Ann am bùth nan cuimhneachan, bha duine ann a bha a' sìor bhruidhinn ris an fhear aig an deasg mu Jedburgh Castle is cho math 's a bha e.

"Aidh, aidh," orsa fear an deasg. "Would any of you like to become Friends of Historic Scotland? It gives you free entry to over seventy properties. Only £61 for a family membership." Bha e ag iarraidh gum bruidhneadh cuideigin ris gu 'm faigheadh e cuidhteas a' ghloidhc ri thaobh.

"We'll think about it," orsa DJ.

Cheannaich Caroline sgeulachd Ghreyfriars Bobby do dh'Oighrig (bha meas mòr aice air a' chù bheag sin). Fhuair i deagh chunntas do chloinn air beatha Chaluim Chille do Chatrìona. 'S e sgian ris an canadh iad 'Stabbing Dagger' a bha Brian ag iarraidh. Bha i uile-gu-lèir nàdarra, dèanta air fiodh beithe, agus gu fortanach bha am faobhar oirre air a chumadh gu cruinn.

Leis nach robh leasachadh air tighinn air an t-sìde, 's e an t-àite-bìdh bu ghiorra a bu fhreagarraiche dhaibh. "An cafaidh sin no The Four Marys?" dh' fhaighnich DJ.

"Let's live dangerously in the Four Marys" beachd Caroline air a' chùis.

"Cò bh' anns na Four Marys?" dh'fhaighneachd Oighrig nuair a bha iad a' feitheamh deoch aig a' bhàr.

"Mary Beaton, Mary Seaton, Mary Carmichael and me," sheinn DJ. Chuir am barman stad air a' chòrr.

"Two sodas and lime and two cokes," dh'iarr Caroline. "'S dòcha gun gabh mi glainne fìon lem dhìnnear. Dè th' aca? – yeah, South African white. Small glass – bhiodh sin gu math civilised air a' chiad latha dhe na làithean-saora."

Bhathar a' feitheamh grunn math a' tighinn thuca às dèidh pòsaidh, fear à Linlithgow fhèin a bha a' pòsadh ban-Fhrangach. Leis a sin bhiodh an t-àite a' sgur a fhreasgairt air a' mhòr-shluagh aig cairteal an dèidh a dhà an àite trì uairean mar a b' àbhaist.

"Ùine gu leòr againn – chan eil e ach fichead mionaid gu dhà. Dè an trèan air am feum thu falbh, a Charoline?"

"An tè mu thrì uairean– ma stadas i! An tè a bhios a' fàgail Ghlaschu aig leth-uair an dèidh a dhà."

Thug DJ clàr-ama Scotrail a-mach às a phòcaid-tòine. "Seall, tè a' tighinn à Dunblane aig 15.03 – nì an tè sin an gnothach, is cinnteach."

"Dè tha sibhse ag iarraidh? What do you pair of minor historians fancy?"

"Chicken nuggets," dh'èigh iad san aon ghuth aig an aon àm.

"Dè na specials a th' aca an-diugh?" dh'fhaighneachd Caroline.

"Canard a l' Orange no Sole Meunière," leugh DJ far a' bhùird dhuibh san oisean.

"Ach cho ceart 's a tha do chuid Frangais, DJ!" An e moladh a bha seo no magadh? Chan innseadh a sùilean mòra deàlrach dha.

"Saoil a bheil sinn a' faighinn na tha muinntir na bainnse a' dol a dh'fhaighinn an ceann uair an uaireadair, a Charoline?"

"Bu chòir gum bi e glè mhath, ma-thà – seall na duaisean a tha an t-àite seo air fhaighinn airson deoch is biadh is seirbheis. Gabhaidh mise an tunnag, agus am faigh thu glainne mhòr de dh'fhìon dearg dhomh còmhla rithe? Fear math Frangach."

'S ann nuair a bha DJ na sheasamh aig a' bhàr a' feitheamh am biadh òrdachadh a thug e an aire dhan leann ùr a bha iad a' tairgsinn dìreach airson an latha sin – trì tapaichean dheth leis a' cheann latha 16/02/04 air gach fear. Le Nouveau Marié, La Nouvelle Mariée agus La Grenouille. Bha 'la grenouille' uaine a' feuchainn ri leum air falbh on dà sheòrs' eile.

"Two large glasses of red wine and two cokes, and I'll bring your food across when it's ready," ors am fear sona air cùl a' bhàir. "Everything's gone a bit French today with Stuart and Monique's wedding reception."

"It was three cokes and one large glass of wine," orsa DJ.

"Sorry, mate," orsa fear a' bhàir. "You might as well keep it since I've poured it. Ice in the third coke?"

"'N ann a' feuchainn ris an deoch a chur ormsa a tha thu?" dh'fhaighneachd Caroline, a' togail na ciad ghlainne. "Slàinte mhath, ma-thà!"

Dhorchnaich am fìon a bilean airson tiota, is an uair sin thill an dath nàdarra aca; ged a thill, dh'at iad gu taitneach fo ùilleadh an òil. Sgaoil tuar an fhìona sìos a h-amhaich.

"Cha chreid mi nach fhaigh sinn tagsaidh bho James Gillespie's," orsa Caroline, a' cur dhith a brògan. "Uaireannan feumaidh tu dìreach stad is feuchainn ri d' anail a shocrachadh is leigeil led ghuailnean tuiteam ma thogras iad. Tha mi cho feumach air massage – cha tug thu riamh deagh mhasseuse dhachaigh sa Chruinneag Dhubh, an tug?"

"Cha tug an seòrsa a tha thusa ag iarraidh, tha mi an dòchas. Watch mum bi thu nad chadal nuair a thig do Chanard."

"Do Chanard d' orange," orsa Caroline an guth a bha tuilleadh 's a' chòir Frangach. "Voilà, seo agaibh ur déjeuner, aon chanard, aon iasg le frites et deux nuggets de chearc, bon appétit. Tha am fìon seo yummy. Cha bhi thu ag òl idir, DJ?"

"Cha bhi, a m'eudail. Cha dèan math . . . chunnaic mi tuilleadh 's a' chòir sgaid na lùib – ach cùm thusa ort, is gun còrdadh a h-uile deur riut!"

Eadar 's gu robh an chef air oidhirp shònraichte a dhèanamh air sàillibh muinntir na bainnse gus nach robh, bha am biadh aca àlainn: bha fiù 's na nuggets chirce a' coimhead ceart gu leòr, fìor air choreigin. Bha gàire beag air aodann nam pìosan buntàta a fhuair a' chlann leotha, is ged a chuir iad crìoch air a' chirc gu math luath, chaidh iad an sàs ann an gèam annasach leis a' bhuntàta – bha aon character aig Oighrig air an robh Benjamin a bha a rèir choltais caran stursach leis a' chòrr. Chan iarradh tu am blaigeard beag ithe!

"Cha ghabh mise pudding idir," orsa Caroline, "ach gabhaidh mi cupa mòr cofaidh. Do you do cafetières? No, well a large cup of black coffee with milk on the side, thanks."

Bha an dàrna glainne fìon dheirg air a h-òl air fad aice ach drudhag bheag an tòin na glainne.

"Abair thusa sìde mhosach airson a' chiad latha dhe na holidays, dè? Bha i cho math nuair a dh'fhàg sinn an taigh an Dùn Èideann."

"Coire muinntir Ghlaschu." Bha DJ a' feuchainn ri gruag Bhriain a thiormachadh san rùm-feitheimh aig stèisean Linlithgow.

"Cha chreid mi gu bheil làithean-saora aca an-dràsta an Glaschu, ma-thà, DJ."

"Sin e: farmad orra a sgàineadh na creagan glasa."

"Ouch," orsa Caroline. "Cnàimh rud beag sensitive ga bhreabadh an àiteigin. 'N e sin a thug ort falbh le tè à Dùn Èideann, ma-thà?" 'S ann air an 's' ann an 'sin' bu mhotha a chluinneadh tu fìon na Frainge. Bha am fàileadh far a h-analach mar fhàileadh mheasan a bha air am fàgail am bogadh deagh ghreis ann am bobhla. Seadh, bha i dìreach mu chòig troighean agus an dà òirleach. 'S ann gu math caol a bha a sròn, agus car fada. Nam biodh i na bu làine, bheireadh tu an aire dhi a' chiad uair a thachradh tu rithe, ach cha robh.

Air a' bhalla bha mural mòr a' bhaile a' cumail na cloinne air an dòigh – chaidh iad an sàs ann mar teatar-sràide.

"Deagh latha a bh' ann, ge-tà," orsa Caroline, "a dh'aindeoin na sìde."

"Chòrd e riut?" dh' fhaighneachd DJ.

"Gu dearbha, chòrd, is chòrd e gu mòr ris an dithis a tha sin. Abair eadar-dhealachadh a nì e ma tha cuideigin aca leis an cluich iad."

"Aidh, tha iad a' faighinn air aghaidh glè mhath. Am bi thusa all right a' dol suas gu Gillespie's?"

"Carson nach bitheadh? Chan eil mi cho lapach fhathast is gun toir dà ghlainne fìon mo chiall is mo chridhe bhuam."

"Tha thu cinnteach?"

"Tha mi glè chinnteach."

"Chan eil duine agad a-nochd, a bheil?"

"Dè tha thu a' ciallachadh leis a sin?" Bha a sùilean mu chairteal dùinte. Bha a' ghrian a' gabhail dha h-aodann tron uinneig.

"Airson leasain-seinn?"

"Chan eil. Wait a minute." Thug i a-mach a leabhar-latha. "Roger aig a h-ochd. Holiday swap. F, F, F. Do-dhèanta – seall, tha mi air a bhith ag òl, cha mhòr gun urrainn dhomh bruidhinn . . ." Rinn i mabladh mòr air 'bruidhinn' is rinn i tuiteam, ma b' fhìor, is i a' suathadh an gàirdean DJ. "Mura bi mi faiceallach thig an Social Work is bheir iad bhuam a' chlann. Chan urrainn dhomh iarraidh air duine bochd mar Roger fichead nota a thoirt dhomh. Chan eil a mhàthair gu math – extortion a bhiodh ann."

Thug i am fòn-làimh a-mach às a baga is shiubhail i àireamh Roger air an screen. 'S e guth milis Orange a fhuair i. Nochd an trèan aig a' phlatform. "Roger, hi, Caroline here, sorry I missed you, just about to jump on a train." Ghluais i Oighrig a-mach air an doras le làimh shaoir. "Roger, I'm pissed and I'm running away from you, though I could be back next week, give us a call, pòg bheag air do bhathais, bye." Bha an t-uisge air stad an Dùn Èideann, is choisich Caroline is Oighrig tarsainn nam Meadows le ceum gu math stuama. Bha a' chiad latha aig Catrìona aig an Fhèis dìreach sgoinneil; chluich i am port ùr a dh'ionnsaich i air an fhidhill air an rathad dhachaigh.

Leis nach biodh trèan Fhìobha ann airson fichead mionaid, leum DJ is Brian air bus a' phuirt-adhair is choisich iad dhachaigh bho PC World.

Susan

Bha gu leòr a dhaoine mu chidhe an Òbain feasgar Diardaoin a' feitheamh ri dhol air bòrd *The Lord of the Isles*, am bàta a bha a' ruith an aite a' *Chlansman*. Am barrachd dhaoine na shaoileadh tu aig an àm sin dhen bhliadhna, is ged a bha clann aig feadhainn aca, cha b' e làithean-saora Dhùn Èideann a bu choireach riutha uile. Deagh shìde, 's dòcha, is tuilleadh dhith ga gealltainn airson an deireadh-sheachdain, air toirt orra an ceum seo a ghabhail. Feumaidh gu robh daoine a' tighinn nan coinneimh am Bàgh a' Chaisteil is an Loch Baghasdail – sin no bha aon duine a' cur a' chàir sìos gu h-ìseal is bha càch a' coiseachd oirre. 'S e bu dualtaiche. Sin a bhiodh iad a' dèanamh, 's coltach. Am measg na feadhainn a choisich oirre gun chàr is gun duine a' tighinn ga thogail bha fear ris an canadh iad Ailean Dhùghaill, a bha a' dol gu agallamh an ath latha airson obair aig Taigh-Òsta Pholl a' Charra.

Bha e air a bhith ag obair mar chef fad dheich bliadhna ann an àite mòr anns a' bhaile Spa, Buxton. A rèir choltais, bhiodh a bhean Sheila toilichte gu leòr gluasad a dh'Uibhist airson beagan bhliadhnachan. Bha i cleachdte gu leòr ri dòigh-beatha nan taighean-òsta. Bha i eòlach air diofar sheòrsachan de dh'obair rianachd; mar sin cha bhiodh cus duilgheadais aice rudeigin fhaighinn a dhèanadh i. Bha a' chlann aca uile suas.

Ach 's ann leis fhèin a bha Ailean ann an cafeteria Chal Mac, is cha do ghabh e ach aon chupa tì gus an robh am bàta air a dhol deagh phìos a-mach seachad air a' Chaol Mhuileach. Cha leigeadh e a leas eagal a bhith air: bha oidhche chiùin àlainn gheamhraidh ann is bha an Cuan Sgìth gu tur fo a buaidh. Cha robh e air innse do dhuine sam bith an Dreumasdal gu robh e a' tighinn dhachaigh. Nochdadh e a-màireach le deagh naidheachd, 's dòcha. Leis gur ann feasgar a bhiodh an t-agallamh, thuirt e ri mac Nìll Dhòmhnaill a' Ghrèidheir gum b' fheàrr leis coimhead às a dheaghaidh fhèin. Thuirt cailleach a' Bh & B goirid dhan Abhainn Ghairbh gum biodh i fhèin agus Terry a' dol dhan leabaidh tràth ach gum fàgadh i iuchair san t-seann chrog-ime aig an doras-chùil. 'S neònach mura faigheadh e lioft o chuideigin.

Smaoinich e air a dhol dhan bhàr, feuch cò a chitheadh e, ach air a' cheann thall sheachain e an t-àite air sàillibh cunnairt.

An àite sin, ghabh e grunn chuairtean eadar an t-àite-bìdh, an t-àite suidhe ri thaobh, an Observation Lounge agus an deic. Air tè dhe na cuairtean bheannaich e an oidhche gu goirid do dh'fhear glas le moustache is seacaid ghlan Ghortex agus brògan-streap air. Bha bonaid dhearg fleece gu h-ìseal air a cheann is striop dhubh air mun bhonn.

"Absolutely beautiful," ors am fear glas, a' coimhead a-mach gu fairge. "Sorted." Cha b' urrainn dhut gun an guth làidir Lunnainn aige aithneachadh – tòrr Shasannach a' tighinn dhan àite a-nis airson coiseachd is eòin is sìth o ùpraid am beatha. Tòrr mòr air gluasad dha na h-Eileanan a-nist. Bhathar ag ràdh gu robh pàirtean de Mhuile a bha na bu Shasannaiche na bha iad Albannach – no, gu dearbha, Muileach. 'S e iasg is tiops a ghabh Ailean Dhùghaill nuair a dh'èigh an steward beag gallus "Last orders" mu ochd uairean. Bha e na shuidhe leis fhèin a' cur sùgh liomaid air a bhiadh nuair a thàinig dealbh de dhithis bho lathaichean òige na inntinn:

twins a bh' annta, à Gèirinis. Ruairidh Iain is Dòmhnall Sheumais Flòraidh. Bha iad a' tighinn dhachaigh còmhla feasgar Dihaoine à Sgoil Dhalabroig ann an càr athar. Bha Ruairidh Iain dìreach air trì duaisean fhaighinn: Beurla, Eachdraidh is Matamataig – bha Dòmhnall Sheumais cho moiteil às. Bha cuimhne aig Ailean gun do chuir e iongnadh mòr air aig an àm nach robh sgath farmaid aige ri bhràthair. No, ma bha, gu robh e ga dheagh chleith. Nach e a chaidh bhuaithe, Ruairidh Iain.

Chunnaic e am fear-turais a' tighinn far a' bhàta am Barraigh mu chairteal an dèidh naoi. Dh'aithnich e a sheacaid is a bhonaid dhearg. Cha robh aige ach baga-droma beag mu ghualainn, is choisich e air falbh on chidhe a dh'ionnsaigh sràid nam bùithean. Cha mhotha a bha coltas cabhaig sam bith air. Carson a bhitheadh? Thug e sùil air ais a dh'ionnsaigh a' bhàta nuair a ràinig e mullach na sràide is spìon e a bhonaid far a chinn mun do ghabh e suas an rathad chun a' Chraig Ard.

"To just get away from it all" an aon mhìneachadh a bha Donald air a thoirt do Shusan oidhche Chiadain nuair a bha e a' cruinneachadh aodaich. Bha an lèine dhenim dhubh aige tioram. Bha i air a h-iarnaigeadh is air a cur fon tè liath san treas drathair shìos dha. Bha e a' dol a thoirt leis a shlat-iasgaich – bliadhnachan mòra o nach robh e air sgath iasgaich a dhèanamh. Math dh'fhaodte gun ruigeadh e an Gearastan. Bheireadh e Brian leis an ath triop – nuair a bhiodh e beagan na bu mhotha. Chan ann idir air ais a Linlithgow Palace a bha e a' dol.

Leis gu robh a' chlann air a bhith aig Susan fad na seachdain, leum an triùir aca air an 32 madainn Disathairne suas a thaigh Granaidh an Clermiston airson an latha is na h-oidhche. An dèidh dhi ceannachd mhòr a dhèanamh sa Ghyle, thill Susan dhachaigh, agus gun mòran beachdachaidh idir, theann i ri sracadh a' phàipeir far ballaichean a' bhedroom. 'S fhada on a bha còir aice a bhith air a dhèanamh. Bha na ballaichean ann an deagh staid. B' urrainn dhi dìreach am peantadh. Geal, no geal le dath blàth mar pheach troimhe. Rachadh i gu Homebase a-màireach. Chuireadh e seachad an ùine – pròiseact bheag: bu thoigh leatha peantadh, 's e fada na bu tlachdmhoire na iarnaigeadh. Diluain a thuirt Donald a bhiodh e air ais. Tha fhios gu robh a h-uile duine feumach air teicheadh an-dràsta 's a-rithist. Bha esan glè mhath air. An Dùn Èideann, gun luaidh air a bhith dol astar mòr. Nuair a bhiodh Brian beagan na bu shine, dh'fhalbhadh i uaireigin a dh'àiteigin leatha fhèin airson seachdain. Bha a màthair daonnan ga ràdh rithe, ach bha i cho math dhi is nach bu thoigh leatha cus iarraidh oirre. Paris, smaoinich Susan. That's where I'll go. 'Passport to Paris.'

Diciadain 25 An Gearran

Air duilleig-aghaidh a' *Ghuardian* bha Daibhidh Blunket a' cumail a-mach gu robh ro-innleachd a-nist aig Oifis na Dùthcha a bheireadh cead dha na ficheadan de mhìltean de dh'fhògarraich bho cheann an Ear na Roinn-Eòrpa am màl dubh fhàgail air an cùl is pàirt dligheach a ghabhail ann an eaconomaidh Bhreatainn. Air a' chiad latha dhen Chèitean, bhiodh còrdadh ann.

Air duilleig-aghaidh a' *Mhetro* (a bha Caroline air a thogail do DJ) bhathar ag aithris gun do bhàsaich gille aois aona bliadhna deug bho Shomalia a bha a' sireadh comraich am Breatainn, an dèidh do thriùir eile leum air san talla-dhìnnearach ann an àrd-sgoil Chaitligich faisg air Glaschu.

Aig a' bhòrd mu coinneimh bha fear caol mu leth-cheud 's a còig ann an lèine-t uaine is shorts dhearga Ron Hill. An aon seòrsa 's a bhiodh David a' cur air. Bha e ag innse gu mionaideach do dhithis a dh'aithnich e is nach biodh mòran na bu shine na e fhèin, a dh'aindeoin an coltais, mun trèanadh aige. Bha ùidh mhòr aca ann; sin no bha iad tuilleadh is modhail.

Nochd triùir nighean beaga mu aois Oighrig is theann iad ri *Ring, a Ring o' Roses* a chluich eadar am bòrd aicese is am bòrd air a beulaibh. Nuair a rinn iad an dàrna "All fall down", bhuail tè aca, an tè a b' àirde dhiubh, anns an t-sèithear aig fear gruamach. Shlaod e e fhèin na bu ghiorra dhan bhòrd gun facal a ràdh ri na h-igheanan. Ghluais iadsan suas eadar Caroline is luchd-èisteachd an ruitheadair.

Rinn Caroline gàire blàth le sùilean riutha. Chùm an ruitheadair air na òraid. Chuir an tè a bha ga èisteachd a miotagan leathair air bàrr a chèile agus dhùin i a h-uile putan air a còta. "Well, well, it's good to see you," ors an duine aice co-dhiù trì uairean sna tuill eadar am fiosrachadh.

"Hello there, a bhalaich. What time do you call this? Nearly quarter past two, DJ. Tha a' chofaidh agad a' fuarachadh is daoine ro dheònach am *Metro* is an sèithear agad a thoirt leotha. But I knew you'd make it. Suidh, gheibh mi cupa fresh dhut ann am mionaid. Dh'ith na balgairean a tha seo a' chèic bhanana uile. Chan eil fhios a'm dè tha fàgail uimhir an seo an-diugh. Tha iad air tighinn nan dròbhan. Is cha deach Oighrig is mi fhìn a shnàmh: mar sin rinn iad a' chùis oirnn. Nach e a tha fuar. Deagh sheachdain?"

"Bha i ceart gu leòr. Ciamar a bha an tè agad fhèin?"

"Trang, trang, a' ruith eadar an Fhèis is feuchainn ri gnoth-aichean car inntinneach a dhèanamh le Oighrig, is bha David air falbh dà oidhche, tha mi an dùil: bha. Yeah, ach nach robh an latha againn ann an Linlithgow dìreach sgoinneil? Chòrd e cho mòr ri Oighrig 's gu bheil i ag iarraidh a dhol air ais, gus musical statues a chluich an turas sa. Bochd nach robh an t-sìde na b' fheàrr – leugh mi Latha na Sàbaid sa chaidh gu bheil fear dhe na caractaran san nobhail ùr aig Muriel Spark a' feuchainn ri ceist murt Darnley a rèiteach. 'N e Rizzio am fear eile a dh'fhaodadh a bhith air a dhèanamh?

"Uill, sin ainm fear eile a chaidh a mharbhadh – roimhesan. David Rizzio."

"Sin e – agus a bhràthair?"

"Seadh, a bhràthair Jacopo – tha cuid a' cumail a-mach gur e a rinn a mharbhadh airson dìoghaltas fhaighinn air Darnley son murt David. Tha mise diombach. Chan eil an fhianais ach car lag."

"Boireannach inntinneach a th' ann am Muriel Spark, ge-tà – 86 agus leabhar ùr aice, is i beachdachadh air fear eile. Seachd bliadhn' deug nuair a dh'fhàg i Alba. Tha i an-diugh ann am baile beag iomallach ann an Tusganaidh. 'S ann air Sgoil James Gillespie's a bha *The Prime of Miss Jean Brodie* stèidhte. An do leugh thu e?"

"Cha do leugh."

"Bheil thusa OK, DJ? Nach eil thu a' dol a thoirt dhìot do sheacaid ùr? Math, math an aghaidh na gaoithe, na seacaidean sin – dè a th' ann? Berghaus? An do choisich sibh suas?"

"Choisich."

"Bheil thu a-nis a' fàs feusag?"

"Cha chreid mi gu bheil."

Choisich boireannach seachad air an cùlaibh le gille beag na gairdeanan; bha e a' caitheamh a dhumaidh às a bheul is a' rànaich. "Could you do me a favour?" orsa ise ri a fòn-làimhe. "Could you stop at the chemist on your way here and get me some Calpol sachets?"

"Right, cupa cofaidh," orsa Caroline.

"A've started the line-dancin'? It's ower there. Jist ower there," orsa Willie. "A'm gaun the morn, gaun line-dancin' the morn."

"Naw, ye'r no," orsa Mary, a' gabhail airgead Caroline. "Ye'r gaun on Friday, the day efter the morn, Fred Astaire."

"Excellent," orsa Caroline. "Did you all have a good week off?"

"Nae rest for the wicked, eh, no, Henry?"

"You said it, Mary. We had quite a busy week last week – school holidays, fun sessions, sports camps. But our Mary was a tower of strength, weren't you?"

"Somebdae had tae dae some work: he thinks 'cos he does

the sandwiches that we dinnae dae nuthin – jist blether to the customers."

"That's a bit unfair, Mary. I'm always telling Willie and yourself how hard you work."

"No it the swimmin' the day?" dh'fhaighneachd Willie.

"No, we wimped out 'cos of the cold. Four degrees – pull the other one with wind chill factor!"

"A'm goin' dancin' the morn," fhreagair Willie.

"Voilà, monsieur Donald James, une tasse de café au lait chaud, et avec l'aide de ces mêmes petites fées, les gâteaux des fairies."

"Tapadh leat. Brian's at home with his Grannie and Susan."

"Oh! That's nice."

"Chac e e-fhèin a-rithist – dìreach mun robh còir againn an taigh fhàgail. Chan eil fhios a'm bho Dhia dè a ghabhas dèanamh. Ach tha e a' cur dragh orm."

"Tuigidh mi sin. An tug thu chun an dotair e?"

"Bha e aige Disathairne, tha e coltach, còmhla ri Susan. Bha a stamag goirt Dihaoine is Disathairne, bha i ag ràdh."

"Robh thu fhèin a' dèanamh uairean fada aig a' weekend?"

"Cha robh gu dearbha. Bha mi a' feuchainn ri dhol dhachaigh a dh'Uibhist, ach cha robh fhios a'm ciamar a dhèanainn e."

"Plèan gu Beinn a' Bhadhla? Bàta às an Òban, an e?"

"'S ann. Sin an rathad a dh'fheuch mi ri ghabhail, ach dh'fhaill-ich e orm a dhèanamh dòigheil. Co-dhiù, bha deagh long weekend agam am Barraigh. A' chiad uair riamh a chaidh mi na b' fhaide na cidhe Bhàgh a' Chaisteil. Àite beag brèagha. Daoine laghach. Tha an t-aithreachas orm nach deach mi ann roimhe seo is mi cho faisg. Chaidh mi null air a' chabhsair a Bhatarsaigh. Tràighean àlainn an sin, ma-thà, a Charoline: chòrdadh – "

"Tha mi cinnteach gun còrdadh, gu dearbha chòrd nuair a bha sinn ann an samhradh a bha sin – ach bha thusa a' feuchainn ri dhol a dh'Uibhist, nach robh?"

"Bha. Bha mi sin."

Nochd deur an sùil dheis DJ. Fhuair e cuidhteas i gu sgiobalta le caol a dhùirn.

"Is cha deach thu ann?"

"Cha deach. Cha b' urrainn dhomh. Dh'fhan mi am Barraigh o Dhiardaoin gu madainn Diluain, is mi ag ràdh rium fhìn gun rachainn a-null an làrna-mhàireach tarsainn Caolas Èirisgeigh, ach cha robh e . . . cha deach leam idir."

"Nach deach?"

"Cha deach."

"Is dh'fhàs an fheusag am Barraigh?"

"Dh'fhàs." Rinn DJ bun de ghàire ge b' oil leis, a thug air a chupa a chur sìos.

"An robh thu nad aonar?"

"Bha."

"Nach buidhe dhut. Rachainn a Chowdenbeath airson ceithir latha nam faighinn an cothrom a bhith leam fhìn."

"Carson nach tèid thu a Thaigh na Galla – chòrdadh sin riut na b' fheàrr!"

Tharraing Caroline a-staigh a h-anail. "Chan e dòigh uabhasach snog a tha sin airson taing a thoirt dhan tè a cheannaich fairy cake dhut."

Shuath DJ a shròn le neapraig is rinn e car de thachas fo smiogaid leis an làimh eile.

Dh'òl Caroline beagan às a cofaidh. Chuir DJ ìnean a làimhe deise gu a bheul.

"Sorry, DJ. I'm just rather resentful at the moment of fathers who have the automatic right to be childless – for whatever reason: work, pleasure, extended family support. Tha mi pre-menstrual cuideachd. Tha mi smaoineachadh. Gheibh Roger bhuam an ath-oidhch e ma thèid e far an fhonn."

"Am faigh a-nist?" Bha a shùilean-san na bu toilichte.

"Gheibh, le cuip air a thòin!"

Chrath DJ a cheann. "Nach e bhios air a dhòigh, Roger. Fhuair sibh dhachaigh all right an t-seachdain sa chaidh."

"Fhuair, a leabhra," orsa Caroline ann an guth ro Dheasach. "Fear dhe na pals agad, stad e taobh a-muigh na sgoile. 'Did you know,' orsa mise, 'that it was on this very month that the Hanoverian troops loyal to the Butcher Cumberland burnt down Linlithgow Palace in 1746 – on their way to the Battle of Falkirk?' Cha leigeadh Catrìona leam an còrr innse dha, ach tha mi an dùil gur e fear a bh' ann aig nach robh cus spèis do dh'eachdraidh nan Seumasaich. Feumaidh tu sgoil-oidhche a chur air chois – ìmpidh is iompachadh, eh?"

"Thionndaidheadh corra fhear, is dòcha. Feadhainn a bha car cracte mar-tha. Second Division Match programme collectors. Car boot sale combers. "

"Absolutely – bhiodh sibh cho rèidh còmhla. Ach tha thus' ann am Barraigh an àite Uibhist, agus thàinig thu suas dhan àite seo airson innse dhomh mu dheidhinn, agus cha do leig mi leat air sàillibh gur e bidse ghrànda a th' annam. You took the thoughts right out of my mind," sheinn Caroline, "*fag* aig an doras? Don't ask any questions, just talk – tha sia mionaidean deug agad."

On bhalla a-muigh chitheadh DJ gu soilleir an taigh ann an Clermiston san do thogadh Susan is anns an robh a màthair fhathast a' fuireach sna lathaichean ainneamh nuair nach robh i a' ruith an taighe aca fhèin.

Bha bonaid gheamhraidh gheal gu teann mu cheann Caroline

le pom-poms mhòra dhearga. Bha e follaiseach on dòigh san robh i a' tarraing air an t-siogarait eadar a corragan miotagach nach robh i cleachdte ris a' pheacadh seo.

"Chan eil fhios a'm an tuig thu seo – leis gu bheil thu leat fhèin – ach Ruairidh Iain, dhòmhsa bha e mar phàirt dhìom fhìn, bha sinn daonnan còmhla, an aon aodach, an aon bhedroom, ri taobh a chèile aig a' bhòrd, a' cluich – is a' cluich còmhla. Nam faighinn-sa trod, sheasadh e suas air mo shon; dhèanainn-sa an aon rud dhàsan. Bha ceathrar san teaghlach: Sìneag an tè bu shine mun do dh'inns mi dhut, agus bha bràthair eile agam, Seonaidh. Thuit e marbh san Spàinn nuair a bha e còig bliadhna fichead: Idiopathic Cardiomegaly a thuirt am post-mortem. Bha iad air a bhith a' toirt phumpaichean dha airson sac fad shia mìosan roimhe sin. Duine socair. Fuamhaire mòr còir. Uill, tha mi tuigsinn gu robh trì miscarriages aig mo mhàthair an dèidh do Sheonaidh a bhith aice – 's an uair sin cha robh i a' tuiteam trom, is bha i dhen bheachd gu robh i air a dhol car seachad air seasg, mar a chanadh Mac Uilleim Bhàin mu bhean fhèin."

"Charming. Long live the Celtic Twilight!" Chaith Caroline leth dhen t-siogarait bhuaipe is dh'fhalmhaich i a sgamhan mar thè a' feuchainn ri gach fianais fhalach.

"Is an uair sin nochd sinne nuair a bha i dà fhichead. Tha e coltach gu robh i air a dòigh a bhith trom ach nach do dh'aithnich iad gus an robh sinn gar breith gur e dithis a bh' aice. Bha ise air a bhith smaointinn mu aon phàiste. Ruairidh Iain a thàinig an toiseach. 'S e bu truime, 's e a b'fhallaine. You know the rest. 'S ann annsan a chaidh an t-uallach a chur. Esan a b' fheàrr air spòrs, ged a bha e a' còrdadh riumsa cuideachd; cha robh sinn cho fada o chèile san sgoil ach bha e dìreach daonnan ceum no dhà air thoiseach orm. 'Coimhead thusa a-nist an dèidh Dhòmhnaill Sheumais, dèan cinnteach nach cuir duine làmh air, esan do bhràthair beag. A Ruairidh Iain, seas suas air a shon! 'S tusa a dh'fheumas a dhèanamh, a bheil thu cluinntinn?'

"Tha fios on a bha sinn mu cheithir gur e bu mhotha a bhiodh a' coimhead às mo dheaghaidh. Bha mo mhàthair sgìth is bha esan cho earbsach leatha. Tha fhios nach robh e fallain, ach bhiomaid daonnan còmhla, cha robh adhbhar dhuinn a bhith air falbh o chèile – cà 'n robh sinn a' dol a dhol? A h-uile sìon anns am biodh esan an sàs, bhithinn-sa an sàs ann cuideachd. Sgoil, spòrs, obair croite, eaglais: bha dithis againn air an altair– dithis ainglean beaga nach fhaca tu riamh an leithid. Mi fhìn agus Ruairidh Iain. Tha cuimhn' a'm nuair a bha an sagart againn air falbh as t-samhradh agus bha fear eile, 'fhios agad, a' reilìobhadh, Mgr Calum Iain a bh' air, bhuineadh e do dh'Uibhist ach bha e air a bhith thall an Afraga sna missions, agus feumaidh gu robh e fhèin a-staigh air holidays. Bha piuthar athar a' fuireach an Gèirinis, bean Sheonaidh Sheumais Dhuibh, boireannach gasta – beagan de sgoil aice cuideachd, an creutair. Co-dhiù, thòisich Mgr Calum Iain air innse dhan t-sluagh mu na diofar dhòighean anns am biodh na h-Afraganaich a' dèanamh comharra na croise orra fhèin. O, uill, a Dhia, cha robh look-in aig Monty Python air an duine seo. Natural! 'Agus,' ors esan, 'tha feadhainn dhiubh nach tig nas fhaide na an t-sròn is iad fhathast a' cumail 'Rùn Dìomhair na Trianaid' air aghaidh an inntinn.' Chuir e a làmh suas gu a shròin is rinn e car de thionndadh beag le chorraig mhòir air bàrr na sròine aige. Uill, a Dhia, cha b' urrainn dhomh a chumail a-staigh – bha a h-uile duine san eaglais ag iarraidh gàireachdaich ach, tha fhios agad, cha robh iad supposed . . . Chaidh aca air iad fhèin a cheannsachadh beagan, ach bhrist praoisgeil mhòr ormsa an sin, nach deargainn air a stad.

"Cha tuirt e sìon aig an àm, ach às deaghaidh na h-Aifrinn nuair a bha sinn a' cur dhinn, thug am bugair dèiseag dhomh air mo shliasaidean – 's e briogais ghoirid a bh' orm. 'Na bi thusa a' magadh air na daoine bochda ann an Afraga, is gun bhiadh aca a dh'itheas iad a-màireach no an ath latha no an ath sheachdain. Thèid mise far a bheil d' athair, is bidh rud thugad an uair sin.'

"Bha fios aig an trustar nach robh m' athair a' fuireach còmhla rim mhàthair, bha fios aig a h-uile duine air a sin, ach cha robh dùil aige ri freagairt Ruairidh Iain.

"'Bidh sin doirbh dhuibh, athair, o chionn, dh'eug ar n-athair o chionn dà mhìos, agus nam bharail-sa,' ors am bodach beag, ''s e sib' fhèin a bha a' magadh air na h-Afraganaich feuch an toireadh sibh gàire air an t-sluagh.'

"Bha mise deiseil gu teicheadh, mo chridhe nam bheul, ach chroch Ruairidh Iain a' chulaidh-altarach aige gu socair air an tarraing, agus a-mach a ghabh sinn mar gu robh e air beannachd car laghach fhàgail aig an t-sagart."

"An tuirt an sagart an còrr?" dh'fhaighneachd Caroline.

"Cha tubhairt. Dè b' urrainn dha a ràdh? Bha e cho beannaichte is bragail. Sin Ruairidh Iain dhut. Sin mar a bha. Mo làmh dheas, mo chas dheas, am pàirt bu nàdarraiche dhem eanchainn nuair a bha feum oirre.

"Nuair a thèid sin bhuaithe, nuair a ghrodas sin mar cancer a' sgapadh air d' fheadh, 's e an aon dòigh air na tha air fhàgail dhìot a chumail gun leannrachadh a bhith ga sheachnadh glan. Cha tèid thu na chòir, is stadaidh e a chnàmh nad bhroinn: bheir thu leat daonnan e, ach chan fhàs e nas miosa. 'You are in remission' is chan eil leigheas ann air a shon. Ach ma sheachneas tu am puinnsean is dòcha gum faigh thu còig bliadhna no deich bliadhna."

"Dè cho fada 's a fhuair thusa?"

"A rèir mar a thomhaiseas tu e."

"Cha robh mi an Uibhist o chionn còrr air còig bliadhn' deug, ach tha mi cinnteach – gu dearbha, tha fhios a'm – nach robh gnothaichean ceart son bhliadhnachan roimhe-sin, ged a bha mise an Lunnainn aig an àm."

"'N e sin bu choireach gun deach thusa a Lunnainn?"

"Sin a chanadh mo mhàthair riut."

"Am b' fheudar dhàsan fuireach?"

"Cha b' fheudar. Ach dh'fhuirich e is chaidh e bhuaithe às m' aonais, às aonais a bhràthar bhig. Nach eil e neònach: mura feum thu uallach a ghabhail, thèid thu a dholaidh."

"An do dh'iarr do mhàthair ort tilleadh?"

"'S i a dh' iarr. A h-uile uair a dh'fhònainn no a thiginn dhachaigh."

"Agus?"

"Sguir mi a dh'fhònadh is sguir mi a thighinn dhachaigh."

"DJ," orsa Caroline.

"Tha e trì uairean," orsa DJ, "is feumaidh tu falbh a dh'iarraidh Catrìona aig Tollcross."

"Feumaidh, ach chòrd e rium a bhith ag èisteachd riut, agus, you know . . . ."

"Dè?"

"Tha mi an dòchas gun do chòrd . . . gun d'fhuair thu fhèin rudeigin às – seadh, rud asad. Sorry for being such a selfish cow."

Dh'fhàisg i a làmh dheas na dà làimh airson diog mun do ruith i a-staigh seachad air Mark aig a' phrìomh dheasg a dh'ionnsaigh na Gym.

"Cold out there," orsa Mark.

"Baltic," orsa Caroline.

"Kick the habit and stay warm," orsa Mark.

"What habit?" fhreagair i gu grad, is an uair sin chuimhnich i gu robh i air a bhith a' smocadh. "Oh, my God." Thàinig tuar na nàire na busan mar a thigeadh air nighinn bhig a chaidh a ghlacadh a' dèanamh rud ceàrr le caraid dha a màthair.

Flòraidh agus Odile

Cha robh Floraidh 'Ain Sheumais ach air tilleadh a-staigh on ròpa an deaghaidh dhi a dhà no trì dhe na geansaidhean snàith aice a nighe le làimh sa mhadainn. Bhiodh Ealasaid Ruadh a' dèanamh dà nigheadaireachd dhi sa mhachine a h-uile seachdain, ach b' fheàrr leatha a bhith a' nighe nan rudan snoga sin i fhèin. Bha leithid a chabhaig air Ealasaid daonnan, bha i buailteach gun an obair a dhèanamh ceart. Ged a bha i còir. Gu dearbha, bha i sin. Agus math dhise. Mura b' e Ealasaid cha robh fios aice de dhèanadh i. 'S e top car glas le pàtran brèagha troimhe, cearcallan de rud, a bha Sìneag air a chur thuice airson na Nollaig an rud bu ghiorra a bha an crochadh dhan taigh is dhan gheata. Bha i fhathast fuar ged nach do rinn an sneachda mòran. 'S e feasgar Disathairne uaireannan an latha a bu duilghe dhi a chur seachad. Bhiodh na programan Gàidhlig a' sgur aig uair feasgar. Ged a bha tòrr smodail an lùib a' chiùil a bhiodh iad a' cluich air an fhear mu dheireadh, bha e laghach a bhith ag èisteachd ris a' chloinn. Bha feadhainn aca glè mhath gu bruidhinn. Bha am fear beag aig Mac Eachainn Iongantaich cho èibhinn air an t-seachdain sa chaidh, ag innse mun turas aca a Choilleig a' Phrionnsa an Èirisgeigh.

"Agus," ors ise, an tè a bha a' cur nan ceistean air, "a bheil thu smaointinn gur e am Prionnsa Teàrlach fhèin a chuir na flùraichean brèagha a bha sin?"

"O, 's e, 's e. Do' gur e, ma-tà!" thuirt Mìcheal beag rithe.

'S ann a chuir e Ruairidh Iain na cuimhne nuair a bha e mun aois ud – cho tapaidh is a bha e is cho math is a bha e gu rud geur a chur tarsainn. Dòmhnall Sheumais cho sàmhach seunta an taca ris. "Faodaidh am fear sin a bhith na fhear-lagha no rud sam bith a thogras e," bhiodh Mac Ìomhair daonnan ag ràdh mu Ruairidh Iain.

Bha a h-uile maighstir-sgoile dèidheil air. Ach cha d' rinn esan ach a dhol na bhodach grànda mun robh e deich air fhichead. A cholainn air a picleadh ann an uisge-beatha, eanchainn ga cur an sàs a-mhàin airson crosswords. Na lathaichean a bhiodh e a' nochdadh aig an tuathanas-èisg an Loch Sgiobart. Chan e coire Dhòmhnaill Sheumais a bh' ann, ach dh'fhaodadh e bhith air a chuideachadh, seach teicheadh bhuaithe. Feumaidh gun do thuig e na bha e a' dèanamh air. Nach iomadh latha a chuidich Ruairidh Iain esan. Sin an cràdh a-rithist, cho teth is a bha e, ach teann cuideachd. 'S ann a bheireadh e d' anail bhuat. Cha robh an Losec air cus feum a dhèanamh. Och, a Dhia, cò bh' air an geata fhosgladh? Esan, 's cinnteach. Bha molt is trì chaoraich mhòra shalach air gabhail a-staigh troimhe is air am pòil'-aodaich a leigeil. Bha iad a' cagnadh nam muilichinnean air geansaidh Sìneig.

"Mach sibh, a bhlaigeardan!"

Dh'fheumadh i a còta a chur uimpe, bha i cho fuar, ach bhiodh a geansaidh brèagha air a shracadh na luideagan aca. "A-mach sibh!" dh'èigh ise, a' ruith thuca le bata. "Tràillean a th' annaibh! Dh'itheadh sibh m' ionndrainn. O Mhoire, Mhoire, ach an cràdh a tha seo. Tha seo nas miosa na 'n àbhaist." Dh'fheumadh i dhol chun an dotair Diluain. Chuir Flòraidh dà half-hitch làidir mu lùdagan a' gheata.

Cha bhiodh Odile Robertson a' smaointinn mu dheidhinn an duine aice, Uilleam nach maireann, cho tric sin, agus nuair a thigeadh smaoin air choreigin thuice, dhèanadh an t-astar eadar a beatha air ais anns a' Bhreatainn Bhig agus a' bheatha a bh' aice an Alba gu leòr a chuideachadh dhi. Ach leis gur e an co-là-breith aige a bh' ann Diardaoin sa chaidh, thòisich i air coimhead tro dhealbhan a chaidh a tharraing aig diofar amannan air feadh nam bliadhnachan a bha iad còmhla. Tòrr mòr aca sin bhon àm mun do phòs iad agus nuair a bha Caroline na h-ighinn bhig. Cha b' e droch dhuine a bh' ann. Chitheadh is thuigeadh i sin a-nis an dòigh nach b' urrainn dhi a thuigsinn nuair a bha am faoineas aige ga cur às a rian am Peairt. 'N i fhèin a dh'fhàg cho lagchuiseach, bog e? 'N e sin a bha fa-near dhi: esan a mhùchadh is a mharbhadh? 'N e sin uile a b' urrainn dhi a dhèanamh le fireannaich? Uilleam bochd a chaidh a thaghadh airson sin fhulang. Bha e car maiseach nuair a bha e òg, is cha do dh'fhàs e buileach grànda. Bha e èibhinn na dhòigh neònach fhèin, coibhneil na dhòigh fhèin. Dè an dòigh a bh' aige a-rithist? Athair Caroline a bh' ann cuideachd. An t-aon athair a bh' aice is a bhiodh aice. Dh'fhònadh i gu Caroline. 'S dòcha gu robh i a' smaointinn mu dheidhinn. Chanadh i rithe fhèin is ri David nuair a thigeadh iad as t-samhradh iad falbh son beagan lathaichean. Chumadh ise a' chlann, 'les petites'. Gu leòr eadar màthair is nighean a bu chòir a ràdh is a thoirt seachad.

Gu leòr mòr cuideachd nach gabh a ràdh gu furasta. Pòsadh, Alba, fireannaich, fulangas, an Fhraing, òige, mulad, mu dheireadh saorsa. Bha ise a' dol gu Marjorie a-nochd. Àraid na rudan a chuireas na deòir nad shùilean. Air a' World Service an latha eile, dh'aithris iad nach biodh an còrr litrichean ùra ann bho Alistair Cooke, a bha a-nist a' leigeil dheth a dhreuchd. Cha do thuig i gu robh e ceithir fichead 's a còig-deug. Chitheadh i, agus gu dearbha dh'fhairicheadh i, fàileadh Uilleim na laighe ri taobh air madainn Didòmhnaich. Na sùilean mòra leanabail sin, ag iarraidh rud oirrese nach b' urrainn dhi a thoirt dhaibh.

Diciadain 03 Am Màrt

Nuair a ràinig DJ is Brian deasg Mark, leum Oighrig far a' bhùird far an robh a màthair a' tiormachadh a gruaig, is dh'fhalbh i fhèin is Brian mar an dealanach gu doras nan Gymnippers.

"Fuirich aig an doras gus am bi Karen deiseil, Oighrig," dh'èigh Caroline, ach mun d' fhuair i air a seantans a chrìochnachadh bha Brian air an doras fhosgladh is bha an dithis aca air mionntraigeadh a-staigh air.

"Cuiridh i siud a-mach sa mhionaid iad mura bu chòir dhaibh a bhith ann," orsa DJ. "'S suarach cho brèagha 's a tha i."

"Chan eil dad ceàrr air Karen. Nighean òg laghach a th' innte."

"An t-sìde! Chan eil i ach robach, an deaghaidh dhi a bhith cho math."

"O, an tìde. Sorry. Chan eil e extra, a bheil?"

"'N e an t-uisge salach seo a tha sinn a' faighinn an àite an t-sneachda aig deireadh na seachdain sa chaidh?"

"Bha e gu math trom mu thuath. Chaidh sinn fhìn is a' chlann a-mach dhan Chramond Inn oidhche Shathairne agus dh'aithnich mi gur ann à Obar-Dheathain a bha a' waitress. Thuirt i gu robh i a' fònadh dhachaigh agus gu robh sia òirlich de shneachda ann an Dyce. Chan fhaigheadh tu tagsaidh dhachaigh an dèidh seachd uairean feasgar."

"An turn agamsa an-diugh, nach e?"

"Airson dè?" dh'fhaighneachd Caroline.

"Cofaidh is cèic."

"O, seadh. Fuirichidh mi còmhla riut sa queue – faic ciamar a tha sgioba na cafaidh."

Bha tè ruadh chaol a' feitheamh romhpasan, geansaidh fawn agus briogais dhonn thiugh oirre. Brògan àrda dubha le sàil orra ga fàgail-se cho àrd ri DJ. 'N e cowboy boots a bh' airsan? 'S e. 'S e sin a bh' air. Bha am boireannach a' feuchainn ris am fear beag aice a bhrosnachadh gus suidhe aig a' bhòrd is a roile ithe. Cha robh esan ach a' ruith air ais is air adhart ag èigheachd.

"If you sit at the table and finish your lunch, then we can think about a sweetie."

"Seetie," fhreagair esan – a' magadh, math dh'fhaodte?

"Do you want me to stand beside the wee one?" orsa Caroline, a' coimhead air tè bhig a' bhoireannaich, a bha mu naoi mìosan is a bha a' streap a-mach às an t-sèithear-àrd.

"I'll just lift her," ors an tè ruadh, is thog i a pàiste na gairdeanan.

"None of the straps here have worked properly on the high chairs for the four years I've been coming here," orsa Caroline.

"Coffee, please," ors an tè ruadh ri fear àrd caol air an robh baids is 'Steven' sgrìobhte air.

"Cup ir mug?" dh'fhaighneachd e, a' tobhadh a-null chun na sgeilp le chorraig mhòir.

"Just black," ors an tè ruadh. "I'll add my own milk afterwards."

"Cup ir mug?" thuirt Steven, a' feuchainn ri na faclan a chur a-mach cho math 's a b' urrainn dha. Thog e muga airson sealltainn dhi dè bha ann am muga.

"Seetie, seetie," dh'èigh an gille beag, a' leum suas is sìos ri taobh; dh'fheuch an tè bheag aice ri faighinn a-nuas gu a bràthair.

"What's the point?" dh'fhaighneachd an tè ruadh fo a h-anail.

"Would you like your coffee in a cup or a mug?" chuidich Caroline. "Are you just gorgeous?" ors ise, a' togail làmh na tè bige ruaidh. "Yes, you are!"

"What's that you've got in your hand?" dh'fhaighneachd am boireannach do Steven.

"A cup," orsa esan.

"Yes, I'll have one of them, please. How much?"

"Senty," orsa esan a' cur suas seachd corragan.

Thug i dha nota, is sheall e an deich air fhichead sgillinn do Henry mun tug e dhan tè ruaidh e.

"No Mary or Willie today," orsa DJ ri Henry nuair a ghluais iad sin uile air falbh.

"Just superman Steven – eh, Steve?" orsa Henry.

"Willie's Mum's got the flu, so she couldn't bring him down to the Centre this morning, and Mary – well, sometimes Mary just has a wee holiday: that's the way it happens in Mary's world. No doubt we'll hear what happened tomorrow or Friday. No doubt you'll hear all about it next week. Keepin' busy yourself, DJ?"

"Doin' away, Henry. Nothing else for it, eh?"

"That's it. Is that your own taxi?"

"Sure is."

"Have you got a driver for the off-time?"

"I do: wee Adam. He's pretty keen – why?"

"I used to do a bit of driving before I trained as a support worker. I miss the crack a bit. I dunno – I was just saying to my wife I wouldn't mind doing a night or two a week if they were going. The money's crap in this job."

"You couldn't do what you're doing for the money, Henry – but, you know, I'll let you know if anything comes up. And I'll put the word out. Hard to get someone to drive the taxi every night in the week. You might be lucky! Two coffees and – bheil thusa ag iarraidh pìos cèic, a Charoline?"

"O, aidh. Siuthad!" Bha a h-aire fhathast air an tè ruaidh is air a cloinn nach robh a' leigeil leatha a cofaidh òl.

"Two mugs of coffee and a slice of your carrot cake, Henry, and, eh, could I have a cheese an' tomato toastie, please."

"I'll bring the toastie over, DJ," orsa Henry. "That will be two pounds, ninety, Steven."

"Seo, ma-thà: three pounds," orsa DJ.

"Ten pence. Ten pence change," orsa Steven, a' fosgladh an till.

"Is dè an cor a th' air Caroline an-diugh?" dh'fhaighneachd DJ nuair a bha iad air suidhe.

"Cor OK: beagan bored."

"A-rithist?"

"Dè do chor fhèin?"

"Deagh chor."

"Ciamar a tha Brian?"

"Gu math nas fheàrr."

"'N e bug a bh' ann?"

"Tha fhios gur e."

"Ciamar a tha druim do bhean?"

"Dè?"

"A druim. Bheil e a-nis uile-gu-lèir air ais gu mar a bha e?"

"O, tha."

"Bheil i air a cumail a' dol shìos air Victoria Quay?"

"O, tha, tha iad gan obrachadh gu trang an sin, gu dearbha fhèin. Agus an duin' agad fhèin?"

"Usual scene. Uill, actually, tha e a' trèanadh an-dràsta airson half-marathon ann am Prague. Mar sin bidh e ag èirigh aig sia sa mhadainn is a' dèanamh deich mìle no fartleks . . . "

"Feumaidh tu braidhm a dhèanamh a h-uile 400 metres?" Bha fhios aig DJ nach robh sin ro èibhinn.

"Yeah, rudeigin mar sin, trèanadh luath is slaodach. Bidh e a' ruith eadar lamp-posts air Drum Brae Avenue. Tha e a' còrdadh ris. Tha ceathrar às a' chlub a' dol a-null air a' weekend mu dheireadh dhen mhìos. Tha iad air a bhith bruidhinn mu dheidhinn o chionn bhliadhnachan. Tha Prague àlainn. Chaidh mise ann le caraid o chionn dusan bliadhna dìreach an dèidh dha fosgladh. Tha fhios gum bi e làn luchd-turais a-nis, gu h-àraidh air an deireadh-sheachdain sin. An robh thu fhèin riamh ann?"

Thàinig an toastie aig DJ. "Cheers, Steven. Cha robh – bhiodh e glè mhath . . . Caroline, bha mi dìreach airson a ràdh, 'fhios agad: an t-seachdain sa chaidh. Bha e math bruidhinn riut. 'S e tha mi a' ciallachadh, sin car a' chiad uair a bha mi air mòran sam bith a ràdh mu dheidhinn a' ghnothaich. Mo bhràthair, 'fhios agad. Bha mi gu math throimhte-chèile am Barraigh, is bha fhathast an dèidh dhomh tilleadh dhachaigh."

"Dh'fhalbh an goatee agus am moustache!"

"Dh'fhalbh, a ghalghad."

"Bheat an clag sinn an t-seachdain sa chaidh."

"Ged a bheat!"

"An robh sìon eile agad a bha thu ag iarraidh . . ."

"Cha robh – uill, bha. Tha fios gu bheil tòrr ann a b' urrainn dhomh a bhith air innse is air cur ris, ach 's e an aon stòiridh a bhiodh ann."

"Separation of a joint identity and its consequences."

"Tha sin ann gun teagamh. Chan eil fhios a'm dè a thug orm a dhol a Lunnainn às aonais. Cha robh esan ag iarraidh a dhol ann – bha an aon chothrom aigesan – ach bha e a' smaointinn nach rachainn ann leam fhìn."

"Ach chaidh."

"Chaidh, is dh'fhuirich mi ann fad bhliadhnachan."

"Is shearg esan?"

"Shearg. 'S esan a rinn sin."

"Bheil thu cinnteach nach e Uibhist fhèin a shearg e? Air fhàgail leis fhèin is a mhàthair, bràthair mòr air bàsachadh, a bhràthair beag air . . ."

"Air a thrèigsinn."

"Air a bheatha fhèin a shireadh. Chan fhaigh sinn ach an aon tè."

"Tha sin fìor. Bheil fhios agad air a seo, a Charoline: nuair a thàinig mi a-nuas ann an seo an-diugh san tagsaidh leis an fhear bheag, cha robh mi dol a ràdh sìon a bharrachd mum dheidhinn fhìn. Bha mi a' dol a thoirt taing dhut son èisteachd."

Ruith mu sheachdnar ghillean bheaga mu ochd bliadhna an deiseachan-sgoile a-staigh. Bha 'Fox Covert RC Primary School' sgrìobhte air a' mhàileid dhuibh leathair aig an tidsear.

"B' fheudar dhut spàirn bheag a dhèanamh, ge-tà. I'm not that easy."

"Ach fuirich. Seo mise a-nist a' bruidhinn mum dheidhinn fhìn a-rithist."

"That's men for you. Despite themselves, they somehow always manage to steer the conversation back to them."

Leig DJ air nach cual' e sin.

"Chan eil fhios a'm a bheil thu ag iarraidh sìon a ràdh mud dheidhinn fhèin. Ach, 'fhios agad, ma tha thu uair sam bith ag iarraidh, faodaidh tu."

Thug i sùil air a' ghleoc.

"What's this: co-counselling – turns each? Now I have a twenty-five minute slot. An urrainn dhutsa èisteachd son còig mionaidean fichead?"

"Bhithinn deònach feuchainn."

"Nah, ye're all right DJ. Chan eil cuideam orm an-dràsta a dh'fheumas mi a thoirt dhìom."

"Bha thu a' dol a dh'innse dhomh mu dheidhinn d' athar."

"Robh? Do dhuine nach aithne dhomh?"

"Sin a thuig mi. Nam biodh ùine agad."

Thug i sùil sìos air an ùrlar.

"It was his birthday the day after Gymnippers last week – when I was being a difficult listener."

"Tha mi a' tuigsinn. Dè an aois a bhiodh e?"

"Bhiodh e air a bhith trì fichead 's a deich – seventy this year: rugadh e air an 26th of February 1934."

"Bheil fada o bhàsaich e?"

"Deich bliadhna – January 1994. Even sixty eluded him."

"Gu math òg!"

"Yip."

"Tha do mhàthair a' cumail gu math?"

"'S i a tha!"

"Bheil i am Peairt fhathast?"

"Thill i dhan Fhraing mu bhliadhna an dèidh dha m'athair caochladh. Rud a bha i ag iarraidh a dhèanamh o dh'fhàg mise an taigh, ged nach do rinn i e gus an robh saorsa cheart aice. Bha i ag iarraidh gum biodh Mamaidh is Dadaidh agamsa, dachaigh dhan d' rachainn gus am pòsainn fhìn. Chaochail esan mus do phòs mi fhìn 's David. Yeah, sin e."

"Am bi i a' tighinn a-nall an seo?"

"Glè ainneamh. Nuair a rugadh Oighrig, cha tàinig i idir. Bha i air holiday air L' Île de Sein. No cars allowed there, apparently, DJ!"

"Am bi thusa a' dol a-null an sin?"

"Bithidh – uair sa bhliadhna, 's dòcha. Ach sin rud a bhiomaid a' dèanamh a h-uile bliadhna co-dhiù, a' tilleadh dhachaigh leatha gu Plélauff."

"Cò ris a tha an t-àite coltach thall an sin?"

"Gu math brèagha. A cheart cho iomallach ris an Eilean Sgitheanach ann am pàirtean ach le aimsir nas fheàrr mar as trice, nas blàithe co-dhiù, agus tha an dùthaich – chan eil i idir cho lom is cho cruaidh ris a' Ghàidhealtachd. Tha i uabhasach uaine agus bog, agus tha ròidean beaga sàmhach ann agus bailtean beagan làn dhen caractar fhèin. Agus am biadh agus ithe, 's e rud mòr a tha sin dhan a h-uile duine: stadaidh an saoghal aig uair feasgar agus suidhidh iad a ghabhail biadh a-staigh no ann an restaurant – bidh carafe de dh'fhìon eatarra is . . ."

"Cha tèid iad tuilleadh a dh'obair."

"Tillidh iad. Chan eil fhios a'm, tha e dìreach mar phàirt dhen chultar, is tha iad, tha mi cinnteach, air a bhith ag òl on a bha iad beag. Bha mise co-dhiù. Bhiodh fìon an-còmhnaidh againn le ar biadh. Mar sin chan eil e a' cur annas orra idir, is bidh daoine, feadhainn ann, a bhios ag òl cus – ach anns an fharsaingeachd cha ghabh iad ach glainne no dhà aig déjeuner. Sin am biadh mòr am meadhan an latha, agus 's dòcha beagan an uair sin leis an *souper* – rud nas lugha air an oidhche. Mar a b' àbhaist dhuinne a bhith dèanamh, ach às aonais an fhìona. Tha iad cho cleachdte ris, dìreach, is chan fhaic thu daoine a' falbh air benders mar a chì thu an seo, gu h-àraidh sa chultar againne."

"Carson a tha sinne, a Charoline – na h-Albannaich, na Gàidheil – cho dona? Bha mi a' leughadh an latha reimhid gur e seo an dùthaich as miosa san Roinn-Eòrpa airson droch bhiadh, smocadh, sac. 'S dòcha gu robh dùthaich no dhà eile na bu mhiosa a-thaobh na drudhaige, ach tha sinn gu math àrd air an liosta, is a' dol nas àirde."

"Gnè nam fireannach an Alba. 'Scottish Male Species.' 'S e an deoch . . . 's ann le bhith ag òl a thèid aca air falach bhuapa fhèin. Mura h-òladh iad, dh'fheumadh iad aideachadh gur e iad fhèin gu fìrinneach a bh' annta. Blabhdairean. Buamastairean. Neanderthal nonentities. Nach òladh tu fhèin, seach sin aideachadh?"

"B' fheàrr leam a bhith nam bhuamastair, saoilidh mi, a Charoline."

"You've found the question, though, DJ. Nach eil thusa a' falach nad dhòigh fhèin air cùl buil na ceist sin?"

"Tha thu a' dol car domhainn a-nist. Cuimhnich nach eil annamsa ach taxi-driver, a thidsear."

"Coma leat dhen chac a tha sin. Tha thu gam thuigsinn glè mhath. Co-dhiù, cha robh mise a' dèanamh mòran teagaisg o chionn fhada. 'S e glè bheag de rud sam bith a rinn mise o chionn fhada."

"Am bu thoigh leat rudeigin eile a dhèanamh a bharrachd air na leasain-seinn?"

"Bu thoigh l'. Ach mar a tha obair David agus gun duine ann an seo a bheir taic dhomh leis a' chlann – bhiodh e dìreach too stressful. Bheil fhios agad air a seo: chan eil duine ann an seo, an Dùn Èideann, baile san robh mi o chionn còig bliadhna deug, a ghabhadh a' chlann bhuam airson, can, dà uair a thìde, son 's gum b' urrainn dhomh, chan eil fhios a'm, a dhol dhan dentist leam fhìn. Is this the developed liberated society we dreamed of? Cha robh sìon a dhùil a'm a bhith nam housewife nuair a phòs mi – ach 's e sin a th' annam. Mura b' e an Nursery sa mhadainn, rachainn glan às mo chiall. Tha sibhse gu math fortanach le Granaidh shuas an rathad. Don't knock it! Grannies are good, even bad ones!"

"B' fheàrr leam nach robh agam ri cadal san aon leabaidh leatha."

"Yeah, well. Dh'fheumainn smaoineachadh mun tè sin. Nan robh fitted wardrobes mhòra agaibh, dh'fhaodadh sibh bobhstair a chaitheamh air a' bhonn dhìse – còtaichean a chur air a bàrr. Bheil fur coat aig do bhean?"

"'S i an fhìrinn a th' agam: ma tha mise ag obair sioft-oidhche air a' weekend, mura bheil mo bhean a' faireachdainn ro mhath, iarraidh i air a màthair tighinn a-staigh dhan leabaidh còmhla rithe. Thig mise dhachaigh is canaidh Granaidh, 'It's yersel, DJ, ye'r hame early – did ye get fed-up? A suppose A'll hiv tae go ben tae the spare room. A wis sound asleep, so A wis.' 'You're aw right,' canaidh mise, 'I'll just sleep there.'"

"Ceart. Tha do bhean is a màthair gu math faisg."

"Inseparable. 'S i an aon tè a bh' aice. Uill, tha bràthair aig Susan a tha ag obair air na rigs. Tosspot cuideachd. Tha e fuirich a-mach à Dundee. Cha bhi i ga fhaicinn ro thric. Tha teaghlach aige. Gu dearbha, tha dà theaghlach aige. 'That lassie wis never gaunae make a wife fir oor Stewart. He hid nae choice. Maybe the bairns'll get a wee bit o happiness nou.'"

"Bha isean an Deamhain a' falbh leis a h-uile siùrsach air am faigheadh e grèim. Ciamar a thòisich sinn a' bruidhinn air a sin?"

"Thuirt mise gum bu thoigh leam gu robh Granaidh againn."

"Bheil thu smaointinn gu bheil do mhàthair ciontach idir, thall san Fhraing is thusa an seo leis a' chloinn?"

"Chan eil. Carson a bhitheadh? Thog i mise gu math. Dh'fhuiling i m' athair son thirty-five years. Dh'fhuirich i ann an Alba, ann am Peairt of all boring little places. Chaidh i dhachaigh nuair a bha mise nam inbheach. Faodaidh sinn a dhol ann uair sam bith a thogras sinn, is tha i math math leis a' chloinn. Ach seo an t-àm aicese beagan de shaoghal a bhith aice dhi fhèin, san àite san do thogadh i. Dhèanainn fhìn an aon rud."

"An dèanadh?"

"Saoilidh mi gun dèanadh. Dhèanadh. Dhèanainn a-màireach e nam faighinn cuideigin a choimheadadh as dèidh a' chlann– uill, airson cola-deug, is dòcha. Thiginn dhachaigh an uair sin làn gaoil is an sgìths dhìom."

"Am biodh sin cho doirbh fhaighinn?"

"Dè?"

"Cola-deug dhut fhèin."

"Dè an saoghal sa bheil thusa beò, a bhalaich? When did you last look after your children on your own for a fortnight?" Cia mheud latha a tha air a bhith aig do bhean dhi fhèin bho rugadh an tè as sine agaibh – Louise, an i?"

"'S i, Louise."

"Louise. Dè an aois a tha i? Trì bliadhna deug?"

"Uill, 'fhios agad, cha robh agam ri sin a dhèanamh, tha an t-seanmhair aca, is nuair a bha am bodach beò . . ."

"Chan eil mi bruidhinn orrasan: tha mi faighneachd dhutsa. Cuin a thug thusa air falbh a' chlann no cuin a dh'fhuirich thu leat fhèin aig an taigh leotha – dà latha? Latha? Feasgar na Sàbaid no dhà ann an trì bliadhna deug?"

"Gu math doirbh sin a dhèanamh ma tha thu ag obair sia latha san t-seachdain."

"Is carson a tha thu ag obair sia latha san t-seachdain, ma-thà?"

"Airson gu leòr airgid a dhèanamh son an teaghlach agam a chumail."

"An ann?"

"Chan eil sinn uile ann an network Sgoiltean Prìobhaideach Dhùn Èideann."

"Chan eil. Ach . . . co-dhiù. Fàgaidh mi do mhàthair-chèile far a bheil i, air ais na leabaidh fhèin, ach le alarm air a phutadh airson tighinn a choimhead as ur dèidh uile a-màireach. Oir ann an ceann sia seachdainean bidh còig latha agam – sia, actually – dhomh fhìn fhad 's a tha David is a phàrantan a' cluich le na darlings san Spàinn."

"Uill, chan eil sin cho dona!"

"A' chiad uair ann an seachd bliadhna! Tha fios nach eil! Six-day sabbatical. Bidh càch a' faighinn bliadhna no sia mìosan no teirm acadaimigeach aig a' char as lugha! Tha villa aig pàrantan David ann an Salamanca – taigh mòr àlainn. Bidh sinn gu math tric a' cur seachad na Càisg còmhla riutha an sin, agus bithidh am-bliadhna cuideachd, ach tha mi air toirt air David fuireach seachdain eile còmhla riutha is a' chlann a chumail, is tha mise a' tilleadh dhachaigh leam fhìn airson beagan a dhèanamh mun taigh, agus tòrr saorsa. Ma bhios an t-sìde math, 's dòcha gun tèid mi suas dhan Eilean Sgitheanach. Cha robh mi shuas o rugadh Oighrig. Chì sinn. Ge b' e dè nì mi, tha mi dol a dhèanamh tòrr mòr leughaidh. Dà uair san latha – mandatory. Tha pìle mar sin de leabhraichean a' feitheamh am fosgladh."

"Bheil taigh agaibh fhathast air an eilean?"

"Tha aig m' antaidh – piuthar m' athar – ach bidh ise ann gu math tric. Mar sin chan eil fhios a'm: cha bhithinn ag iarraidh a bhith ann còmhla rithe, ged a tha mi gu math dèidheil oirre. Tha mi ag iarraidh a bhith leam fhìn. Absolutely alone and free to do as I please, when I please."

"Co às a tha thu san Eilean Sgitheanach co-dhiù?"

"Bheil thu eòlach mun Eilean?"

"Chan eil gu ìre mhòir sam bith."

"Às a' cheann a deas, Slèite, baile beag brèagha air a bheil Tarsgabhaig. 'Fhios agad, far a bheil a' Cholaiste?"

"Sabhal Mòr Ostaig?"

"Sin e – uill, sia mìle suas rathad beag cumhang às a sin. Fuirich!" Dh'fhosgail i a baga is thug i às *WHFP* na seachdaine roimhe sin.

"An-dè a thàinig seo. Tha am post an Dùn Èideann diabhalta. Right," ors ise, a' togail peann is ga chur air a' mhap gheal fo thiotal a' phàipeir. "Sin an Caol agus sin Tarsgabhaig agus seo an Cuilitheann. Gheibh thu sealladh dìreach air leth air, bho a chùlaibh air neo gu deas air – bheil thu faicinn? God, I can't wait. Sia seachdainean. Feumaidh mi dìreach dèanamh cinnteach nach bi m' antaidh ag iarraidh a dhol ann."

"Chan eil e fada o Uibhist, as the crow flies. Tha fhios gum faic thu Tarsgabhaig shuas sa Cheann a Deas air deagh latha."

"Bu chòir gum faiceadh. Is cà bheil Gèirinis?"

"Ann an sin," orsa esan, "agus an taigh againn dìreach an sin am meadhan a' bhaile. Cò tha sin?" dh'fhaighneachd DJ. "Gael to take over helm at BBC," leugh e gu slaodach.

"Ken MacQuarrie," orsa Caroline. "Muileach. Tha e air obair a' Chontroller fhaighinn aig a' BhBC. Retire John McCormick. Bha an *Scotsman* ga chàineadh, ag ràdh gu robh e mar fhear dhen Ghaelic Mafia."

"Sin an *Scotsman* dhut. 'He joined the BBC as a researcher in 1975 and later worked as a radio producer for BBC Highland before moving into television . . .' 1975. Sin, is dòcha, an uair mu dheireadh a leugh mise am *Free Press*."

"Tha thu tarraing asam, DJ?"

"Chan eil. Carson a leughainn e?"

"Bidh iad ga chur thugam a h-uile seachdain. 'S toigh leam e. Deagh articles. Deagh sgrìobhadh ann."

"Ach 's e Sgitheanach a th'annadsa. New Labour cuideachd?"

"Was. Bhiodh e doirbh Blair a bhòtadh a-steach a-rithist le na breugan a dh'inns e mu Iorag is an sgrios a bhios nan cois.

Co-dhiù, 's fheàrr dhuinn gluasad. 'S dòcha gun inns mi dhut barrachd mun Sgitheanach sin uair eile, ach 's dòcha nach inns. Chì sinn an tig e thugam. Agus 's e nighean Sgitheanach a th'annam, chan e Sgitheanach! An dòchas gum bi deagh sheachdain agad. Tha mi toilichte gun d'fhuair thu cuidhteas an growth – tha thu a' coimhead tòrr nas fhallaine a-mach às an fheur.

"Am bi David a' coimhead a' gheama feasgar?" dh'fhaighneachd DJ.

"Dè an gèam a tha sin?"

"Celtic an aghaidh Teplice – UEFA cup, 3rd round."

"No idea. Bha dùil a'm nach robh ùidh agad san nonsense sin."

"'S toigh leam geamachan na Roinn-Eòrpa – gheibh thu cluic air choreigin annta. Bha Celtic gu math mì-lucky an-uiridh ann an Seville – chluic iad math, math."

"Cuin a bhios e a' tòiseachadh a-nochd?"

"Five o'clock kick-off air BBC 2."

"Well, no way, bidh e a' fàgail na h-oifis, tha mi an dòchas, mun àm sin is a' tighinn dhachaigh tràth airson mo chuideachadh leis a' chloinn. Tha mi a' dol a dh'fheuchainn ri *Death of a Salesman* fhaicinn san Lyceum a-nochd – tha e a' crìochnachadh oidhche Shathairne."

"O, uill, 's e am portable sa chidsin an aon dòigh a bhios aige air an dàrna leth fhaicinn a-nochd."

"Dh'obraicheadh sin glè mhath dha nam biodh telebhisean againn!"

Thug DJ sùil làn iongnaidh air Caroline mun do ghluais e a-mach às an rathad air seann bhoireannach is gille beag a bha a' falbh às Gym nan Gymnippers.

Alasdair agus Flòraidh

Nuair a bha e a' faighinn deiseil airson a dhol a-mach, air oidhche Haoine, shuidh Alasdair airson a thiormachadh ceart leis an t-searbhadair mhòr a thug e leis nuair a thill e a dh'Obar Dheathain an uair mu dheireadh a bha e a-staigh airson an deiridh-sheachdain.

Dh'obraich e pìos de dh'aodach an t-searbhadair eadar gach òrdag mu seach air a chois dheis mun do rinn e an t-aon rud air a chois chlì. 'S ann a' cur Next Body Lotion agus rud beag de dheodorant fo achlaisean agus sìos a bhoxer-shorts striopach a bha e nuair a tharraing dealbhan air an TV aire. Naidheachdan air choreigin. Sianail 5. Rug e air an remote gu 'n cluinneadh e dè na briathran a thigeadh a rèir nan ìomhaighean.

"So I threw myself down the stairs: bearing in mind, I was carrying a child. Queen comes out, absolutely horrified, shaking, she's so frightened."

Bha guth Bana-phrionnsa a' Phobaill a mharbhadh o chionn còrr air sia bliadhna gu leth cho soilleir, làidir 's a ghabhadh. Bhathar ag aithris mu phrògram a chaidh a chraoladh an oidhche roimhe air NBC sna Stàitean Aonaichte. Chualas airson na ciad uair clàir a rinn Diana gu dìomhair ann an Luchairt Khensington ann an '91 is a thug i seachad gu falachaidh do dh'Anndra Morton nuair a bha e a' sgrìobhadh an leabhair oirre. Chuir e annas agus tàmailt mhòr air a' bhoireannach òg bhòidheach gun leigeadh Charles seachad i airson caillich aig an robh fiaclan groda is dandruff.

Bha Siobhán ann an snug Ma Cameron's ro Alasdair – cùis ainneamh. "Thug mi deagh ghreis," ors ise, " a' sgrìobhadh suas an rannsachaidh a rinn sinn sa Physiology Practical. Cha do rinn mi ach tighinn dìreach ann an seo."

Bha dithis no triùir de bhuill a' Chomainn Cheiltich an làthair agus Colla an ceann-suidhe Sgitheanach a' dol gu math air an fhidhill. A rèir choltais, bha fear a-bhos à Dùn Èideann a bha gu bhith ag innse sgeulachdan mar phàirt de dh'fhèis a bha a' dol sa bhaile.

Aig leth-uair an dèidh a naoi, nuair nach robh mòran air tòiseachadh is an t-àite fhathast car falamh, dh'iarr Siobhán air Alasdair a dhol gu biadh. "Tha mi gu stèarbhadh," ors ise. "Cha do ghabh mi ach roile le càise aig meadhan-latha. Gheibh sinn rud luath. Pizza no rudeigin. Bidh sinn air ais mus tòisich e ceart." Mar a thachair, chaidh iad airson Buffet ann an taigh-bìdh Innseanach a bha air ùr-fhosgladh air Sràid an Aonaidh. "Stuff it," orsa Siobhán. "Fhuair mi seic meadhanach mòr an-dè om Dhadaidh: bha mi airson an t-àite seo fheuchainn." Dh'inns am fear a bha a' frithealadh orra eachdraidh a h-uile coiridh dhaibh, gu h-àraidh cearc an taigh-bìdh. Dh'fhaodadh iad na thogradh iad ithe airson £10.95. Lìon Alasdair a thruinnsear trì uairean. "A bheil thu ag iarraidh a dhol air ais gu Ma's?" ors ise nuair a bha iad a' deothal air clothan orainseir. "Dh'fhaodamaid falbh dhachaigh tràth."

"Bha dùil a'm," ors esan le gàire nèarbhasach nuair a bha a lèine ga toirt dheth le làmhan a bha deònach am barrachd mòr siubhail a dhèanamh, "gur e deagh nighean Chaitligeach a bh' annad, a Shiobhán?"

"'N fhìrinn a th' agad, a ghràidh, ach feumaidh iad sin fàs suas latheigin cuideachd. Tha sinn air a bhith dol còmhla sia mìosan a-nis."

"Tha fios a'm," ors esan. "Tha fios a'm air a sin."

Dh'fhuirich a' phacaid bheag san robh an condom gun a fosgladh ann am baga Siobháin. Bha i air tuiteam sìos eadar an Nokia 6230 agus a drathais ghlan gheal.

Thug Alasdair roilichean Obar-Dheathain is cafetière de chofaidh thuice san leabaidh madainn Disathairne. Leis gu robh fàileadh goirt às a' bhainne a thug e a-mach à pocan a bha an crochadh a-mach air an uinneig, chuir e dà làn spàine de Choffee Mate na muga. *I ♥ South Uist* a bha sgrìobhte air ann an litrichean mòra pince.

Dh'fhalbh Floraidh 'Ain Sheumais dìreach mar a bha i a' dùrachdainn falbh fad a beatha. Na cadal. Aig 0417 madainn Diluain, 8mh am Mart 2004. *Sìth dha a h-anam.*

Cràdh sam bith a bh' oirre, chaidh e na phàirt eile dhe a h-aisling mu dheireadh.

An dùsgadh a-mhàin a ghoid i oirre.

"A Fhloraidh, m' eudail. Cà 'n deach sibh? Cà 'n deach sibh?" ghuidh Ealasaid oirre nuair a fhuair i a corp fuar aig cùl naoi uairean.

Sgioblaich i a caraid san leabaidh is chuir i pòg air a lethcheann mun do dh'fhòn i chun na h-ighinn bu shine, Sìneag. "Bha fios a'm," ors ise, "gu robh rudeigin fada ceàrr nuair nach robh a h-aon dhe na cùirtearan air am fosgladh. Bhiodh i daonnan gam fosgladh a h-uile latha riamh. Cho luath 's a dh'èireadh i aig ochd uairean. Chan fhaca mi riamh cùirtearan do mhàthar dùinte sa mhadainn ach an turas a ghabh i an droch flu o chionn sia bliadhna. Tha i air a bhith a' cumail cho math cuideachd o chionn greis a-nist."

Saoil, smaoinich Ealasaid a' coiseachd a-staigh air doras an taighe an Sliabh na h-Àirde, an tig am fear eile dhachaigh chun an tiodhlacaidh?

Diciadain 10 Am Màrt

Leis gu robh Oighrig air a bhith a' sreathartaich sa mhadainn, cha do leig Caroline leatha a dhol a shnàmh, ach thàinig iad suas dhan Dhrum Brae beagan na bu tràithe airson lunch a ghabhail sa chafaidh agus deagh àite-suidhe fhaighinn mun tigeadh màthraichean nan Gymnippers agus an uair sin mòr-shluagh nan leasan-snàimh. Bha Oighrig cinnteach gur e tuna a bha i ag iarraidh a-rithist – dè an diofar, fhad 's a bhiodh i ga ithe: chan fhaodadh tu cus èisg ithe. Dh'iarr Caroline toastie – bha coltas glè mhath air an fhear a ghabh DJ an t-seachdain sa chaidh. "Cheese and ham and onion, please, Mary." Bha sùil dhubh air a' chreutair, an tè dheas.

"It's raw out there," orsa Caroline, "absolutely freezing."

"Raw in here tae," orsa Mary. "Dae ye like a lot o onion?"

"Not too much, thanks."

"Naebody'll kiss you if ye stink o raw onion, will they? Still, better onion than garlic. A cannae stand the stench – it makes me waant tae be seek."

Bhite daonnan a' tarraing às Caroline san sgoil an Inbhir Nis mun chreamh a bhiodh a màthair a' cur am biadh an teaghlaich – bha seo mun robh daoine cho eòlach air a bhith ga ithe. Ann an Inbhir Nis co-dhiù.

"Yeah," ors ise, "garlic for some is an acquired taste. How's your Mum, Willie?"

"Oh, better nou, touch a the cauld in ir chist. I cauld goat intae ir chist. It's buggered aff nou."

Rinn sùilean Mary is Caroline fiamh a' ghàire ri chèile

"Oh, that's good. Still at the line-dancing?"

"Gaun a morn. Gaun dancin' a morn."

"Friday, son," orsa Mary. "Ye'r gaun tae yer dancin' on Friday – ye'r in here the morn wi me, ir ye no?"

"Aye. Helpin' Henry tae, eh, no, Henry?"

"A great help, Willie. Today and tomorrow."

"Nach pòg Dadaidh a-nochd thu, a Mhamaidh?" dh'fhaighneachd Oighrig nuair a bha i a' toirt dhith a brògan.

"Carson nach pògadh?" dh'iarr Caroline.

"Chunna mi thu a' pronnadh a' gharlic leis an rud sin."

"Dearbha, pògaidh. 'S ann a bhiodh Dadaidh ag ionndrainn fàileadh a' gharlic mura biodh e ann."

"Bheil thu a' smaoineachadh gu robh fàileadh beagan coltach ri garlic dhen a' chlann aig Mary a bhiodh i a' bataradh, ach ged a bhatar i iad is ged a ghret is a ghret iadsan – bha am fàileadh a' sìor fhàs nas làidire?"

"Sgeulachdan, Oighrig. Seall an uair:'s fheàrr dhut sgoinn a chur ort."

Ruith Oighrig is choisich Caroline air a socair air a cùlaibh. Bha Karen dìreach a' dùnadh an leabhair ainmeannan nuair a ruith Oighrig suas thuice. Chomharraich Karen gu robh i ann le peann a bha ceangailte mu h-amhaich. Chan fhaiceadh Caroline Brian.

"Goin' to manage twenty-four hours, then?" dh'fhaighneachd Mark dhi is e a' togail fòn na làimh nuair a bha i a' tilleadh dhan chafaidh seachad air cùl a' phrìomh dheasg.

"Sorry?"

"National No Smoking Day – today, 10th March ."

"Piss off," orsa Caroline. "I don't smoke – OK?"

"Abair cheek," smaoinich i, is dh'fhàs i dearg a-rithist, dìreach mar a thachair o chionn chola-deug. Chan ann leathase a bha iad: bha Leslie air am fàgail san taigh aice is bha i gan toirt air ais thuice dhan sgoil an latha sin. Dè thug oirre tè a ghabhail còmhla ri DJ nuair a bha e ag iarraidh bruidhinn mu bhràthair ann an Uibhist? Co-fhaireachdainn? Co-fhulangas? Co-rud air choreigin eile? No 'n e sin an leisgeul? Dè eile a bha i ag iarraidh a dhèanamh? Rud beag de chunnart a chur ann an latha àbhaisteach seachdaineach eile aig màthair. Peacadh beag bìodach a chur air anam deagh Mhamaidh is bean chomasach, is dè nach do chòrd rithe mu dheidhinn, dè bha toirt oirre a bhith air a nàrachadh – gun d' rinn i rud nach b' àbhaist dhi a dhèanamh; gu dearbha, nach bu toigh leatha idir (b' e rud cho gràineil leatha a bh' ann an smocadh – cho salach is a dh'fhàgadh e a h-uile càil)? 'N e sin a bh' ann, no 'n e dìreach gun deach a glacadh? Dè a shaoileadh David nan robh e air a faicinn na seasamh an taobh a-muigh an togalaich air beulaibh nan ablach gam marbhadh fhèin sa Phulse Centre agus siogarait na làimh, ag èisteachd gu dùrachdach le cluasan is sùilean ri sgeul a' bhròin aig taxi-driver glas à Uibhist? Dè an còrr a bha Mark aig an deasg a' faighneachd le a cheistean – dè bha am falach fodhpa? Bha fhios aige glè mhath nach buineadh Brian is Oighrig dha chèile. Bha Oighrig air a bhith a' dol gu Gymnippers on Lùnastal. Mark fhèin a rinn an re-booking ron Nollaig leatha. An robh a bheachd oirre air atharrachadh – cha b' àbhaist dha idir a bhith a' tarraing aiste. Cha robh sìon roimhe seo ag innse dha gur e 'fair game' a bh' innte. Dè an ath rud a chanadh e? An canadh e rudeigin mu dheidhinn DJ? Rudeigin air nach b' urrainn dhut grèim cinnteach fhaighinn – ach rud air choreigin air a shon sin? An robh a casan fosgailte no dùinte nuair a bha i ag èisteachd ri DJ is a' deothal air an t-siogarait? Dè a shaoileadh David nam faiceadh e i na seasamh an taobh a-muigh an Ionad-Spòrs is a casan fosgailte is i a' sèideadh smoc ann am pòg às a beul? Duine car fearail cruaidh a' bruidhinn rithe gun choimhead air falbh bho h-aodann ach airson an tiotain bu ghiorra. Thàinig crith de dh'eagal oirre an cois fuachd na cafaidh, agus ghluais i i fhèin air an t-sèithear mheatailte mhì-chofhurtail airson a càrdagan Ragamuffin a thoirt far a chùil is a chur mu a guailnean. Bha i tais agus blàth eadar a sliasaidean. Gun smaoin a thoirt air carson no cò dha, dh'èirich i on bhòrd is chaidh i a thaigh beag nam boireannach ri taobh doras an amair-snàimh. B' ann an cumadh V a bha an dà mhèoir air a làimh dheis, 'V for Victory', F air bilean a beòil airson "Fuck you, Mark". Thug bàrr a corraig-fàinne eadar liopan fliucha gu math luath gu cràdh na buaidh i.

Aon dòigh, smaoinich i, air ais na suidheachan, airson dèiligeadh ri paranoia. Dòigh mhath, 's dòcha. Eadar-dhealaichte co-dhiù. Uill, cò às a thàinig am boillsgeadh beag a bha sin? Thug i sùil air na bùird mun cuairt oirre – tòrr aca làn bhoireannach a' bruidhinn ri chèile, feadhainn aca le falt fliuch. Saoil am biodh tè sam bith dhiubh sin a' fàs teth ann an seo sna beàrnan sa chòmhradh eadar curtains agus cook-in sauces? Dh'fheuch i ri tomhas cò aca a dh'fhaodadh a bhith air iad fhèin a thoirt gu tighinn mar a rinn ise – bha e doirbh comharraidhean a-mach à còig a thoirt dhaibh. Thug i trì do thè mu cheithir-deug air fhichead nach robh air i fhèin a leigeil rathad còsaidh nam frumps buileach. Bha dòigh car snog aice air a gruag a thilgeil às a sùilean. Chuir Caroline làmh ann am pòcaid a càrdagain is lorg a corragan pacaid de Pharma Violets a bha i air a cheannach sa bhùth phàipearan faisg air an taigh. Bha Caroline bheag gu math titheach orra sin uair dha robh an saoghal.

An t-àm airson cupa cofaidh eile. Cha do ghluais i.

'Bheil fhios agad, DJ, nuair nach do nochd thu an t-seachdain sa chaidh, thuirt mi rium fhìn, 'O, uill, an àite a bhith nam agony-aunt, tha mi smaoineachadh gun dèan mi rudeigin gu math nas togarraiche.' No, cha robh sin idir còir no fìor – bha e a' còrdadh rithe gu mòr a bhith a' bruidhinn is ag èisteachd ri DJ. Duine laghach a bh' ann. Glè bheag a bhiodh e ag ràdh mu bhean is a theaghlach, ge-tà. Bhiodh ise a' bruidhinn mu dheidhinn David, nach bitheadh? Cha robh adhbhar aice gun a bhith bruidhinn mu dheidhinn. An robh iad fhathast OK? Nas fheàrr na mòran, 's cinnteach. Bu thoigh leis Penne Carbonara. Bheireadh i biadh dhan chloinn còmhla is chuireadh i dhan leabaidh an deagh àm iad. Chuireadh i botal fìon dhan frids is ghabhadh i fhèin is David an dìnnear ann am beagan sìth. Bha e ag obair gu math cruaidh, bha Fund Management a' dol tro mhòran atharrachaidhean – cha robh e soirbh a h-uile càil a dhèanamh. Aon uair 's gun cuir thu d' ainm air a' phàipear, feumaidh tu cluich a rèir nan riaghailtean acasan – sin e: sin suidheachadh-obrach sam bith le tuarastal seachad air £40,000. Agus le bonuses bha David a' cosnadh mu dhà uimhir sin. Chan e seo seachdain Adam, an i? Chan i, an ath sheachdain. Bha e gu bhith aig a' chlas Eadailtis a-nochd. Bha Adam èibhinn. Bha e doirbh fhaicinn, ge-tà, a' bruidhinn Eadailtis san Ròimh no an Tusganaidh, bha e cho Albannach, cnagach a' coimhead. Cha bhiodh na h-Eadailtich ach a' gàireachdainn air. Yeah, deagh bhotal à Chile, dearg, no Chablis ann an glainnidh cheart. Eadhon ged a bha e a' trèanadh airson an leth-mharathon ann am Prague, dh'fhaodadh e aon tè a ghabhail. Dh'fhalbh e dhan Gym an-diugh a-rithist aig sia, mar sin bidh e ag èirigh aig 7.10 a-màireach. Dhèanadh i starter blasta a-nochd dha cuideachd– am bradan-smocte sin à Uibhist a fhuair i an Jenners Disathairne: bha i an dùil faighneach do DJ mu dheidhinn an-diugh. 'S ann an Loch a' Chàrnain a thuirt e a bha a sheanair an toiseach, nach ann? 'S ann. Esan am fear a thàinig a Ghèirinis. Dòmhnall Mac Fhearchair Mhòir? Gu leòr fios aice mu DJ ann an dòigh, ach gu leòr cuideachd air nach robh beachd aice. Dè bha ise air a thoirt dhàsan mu deidhinn fhèin? Cha robh cus. Saoil dè thachair do DJ co-dhiù? Brian a-rithist? Cha robh gnothaichean ceart; dh'aithnicheadh tu sin air an fhear bheag. Co-dhiù: cupa cofaidh. Dh'fhuirich i far an robh i. Bha na cailleachan aig a' bhòrd ri taobh a' cur orra an còtaichean. Anarag shoilleir liath air tè aca. Carson a bha DJ airson 's gum bruidhneadh i air a h-athair ris? An tuirt i ris gu robh i ag iarraidh bruidhinn ris mu dheidhinn? Carson ris-san? Gàidheal a thuigeadh na laigsean aig Gàidheal eile? Cha dèanadh David steam dhen sin. An robh a shròn a' cur dragh air? Co-dhiù, dè bhiodh i air a ràdh a thuigeadh DJ cho math sin? He was a rather pathetic ineffectual excuse of a man, ach, you know . . . 'S e m' athair a bh' ann is bha e car èibhinn nuair a bha mi beag. Bha gaol aige orm na dhòigh fhèin. Cha robh fhios aice an tuigeadh e sin. Gu h-àraidh mar a dh'èirich dhaibhsan len athair.

Bha iad ag ràdh sa phàipear sa mhadainn gu robh iad, an-dè, air baile Ghlaschu ainmeachadh mar an t-àite a b' fhasanta an Alba. Cha tuirt iad co-dhiù a bha gàire muinntir Ghlaschu fhathast na b' fheàrr no an robh e air crìonadh bho 1990, ach ma bha fir ann an Shettleston a-nis a' bàsachadh mus ruigeadh iad trì fichead 's a ceithir, bheireadh sin an gàire far aodann duine sam bith.

Bha dealbh ann de bhodachan beag àlainn nach robh ach mu thrì bliadhna dh'aois, ged a chitheadh tu gu soilleir cò ris a bhiodh e coimhead coltach aig trì fichead 's a trì, nan ruigeadh e an aois sin. An Leòdhasach sin, Murdo MacLeod, a thog an dealbh. Chitheadh tu obair gu tric san *Ghuardian*.

Saoil an e sin a bh' aig DJ an aghaidh Ghlaschu, no an robh gnothach aig Glaschu ri athair? Bha beachd làidir aige mu dheidhinn. Feumaidh gun do thachair rudeigin.

"Conjecture, Caroline, can sometimes be useful, but rarely does it substitute adequately for fact." Nochd guth bho linn eile: Mr Gunn, Modern Studies. John Baker grànda a' brùchdadh aig an deasg ri taobh. An do chaochail bean Ghunn? Bha i gu math tinn o chionn mu cheithir bliadhna. 'S dòcha gun do chaochail.

Bha Maman car brònach, dhìse, nuair a dh'fhòn i an t-seachdain sa chaidh – a' faighneachd cheistean nach b' àbhaist dhi a bhith faighneachd. 'You are happy, Caroline? You are looking after yourself? I do miss you, Caroline. This summer will be wonderful. Why not three weeks? Pourquoi pas? David can explain to his boss! It's important for the children to be here in France.' Cha robh guth aicese air tighinn ga coimhead-se – cha b' e sin a stoidhle. Dh'fheumadh i gabhail ris a sin: cha robh cothrom aice air. Cha b' urrainn dhi a' choire a chur oirre na bu mhotha, ach b'fheàrr leatha gu robh cead aice iarraidh oirre a cuideachadh – bha an saoghal air atharrachadh gu mòr. Bha nàbaidhean matha aicese an Inbhir Nis is am Peairt, is, OK, cha bhiodh iad a' tighinn gu dìnnear no a' dol gu consartan no teatar leatha, ach bha iad coibhneil, clann aca a' fàs suas aig an aon àm – cha smaoinicheadh ise sìonadh iarraidh air màthair air choreigin coimhead às dèidh Caroline ma bha i ag iarraidh a dhol dha na bùithnean. Bha Dadaidh a-staigh a h-uile latha ro chòig. Dh'fhosgail i a' phacaid chruinn is stob i trì Parma Violets na beul. Cha robh iad idir cho mòr 's a b' àbhaist dhaibh. Bha ise leatha fhèin an seo ann an Dùn Èideann. Is dòcha gum bu chòir dhi tòiseachadh air coimhead airson obair-teagaisg – 's dòcha job-share – nuair a rachadh Oighrig dhan sgoil as t-fhoghar: bhiodh a h-uile rud na b'fhasa – dh'obraicheadh teagasg mun cuairt air a sin. Ceithir bliadhna o nach d' rinn i dad – an robh an spionnadh innte? Bhitheadh, nuair a dh'fheumadh i a dhèanamh. Stuff full-time, ge-tà! Pàirt-ùine ann an sgoil bheag shnog – ma bha a leithid ann. Thàinig còmhradh thuice a chuala i air Radio 4 sa mhadainn an dèidh an *Today Programme* – *Midweek*? 'S e, Diciadain – sin meadhan na seachdaine. Bha fear Francis rudeigin, a bha air leabhar a sgrìobhadh – *I'm a Teacher, Get Me Out of Here* – a' cur an cèill gu fìrinneach co ris a bha e coltach a bhith ag obair ann an sgoil le cloinn dhoirbh. Chaidh a chur a Choventry (le a thoil fhèin) aig toiseach a làithean-teagaisg, is an uair sin bha e ann am meadhan Lunnainn. Aon latha, chaill e smachd gu lèir air a' chlas: phut iad na deasgaichean a-mach às an t-seòmar is thòisich iad ri smocadh aig cùl a' chlas. "Fuck off, sir," orsa fear aca ris, a' nochdadh modh na dhìmeas. Bha e inntinneach, ge-tà, an rud a bha e ag ràdh mu 'controloholism' – gum fàs a h-uile tidsear mar sin, is ged a bha am beachdan nuair a thòisich iad a-mach cho fosgailte, fàsaidh iad ri ùine cho ceannsachail is gum bi iad a' seasamh air muin nan sgoilearan a' dèanamh cinnteach gun cuir iad loidhne fo thiotal na h-obrach aca, dìreach san dòigh cheart. Is mura dèan iad sin, fanaidh iad an sin air am muin gun charachadh dhiubh gu 'n tèid a dhèanamh ceart, ceart. Sin an aon dòigh anns an toir iad air a' chloinn cuimseachadh air aon rud is a dhèanamh gu math. Is dòcha ma gheibh na tidsearan smachd le na rudan beaga gun adhbhraich sin gum bi teans aca smachd a ghleidheadh le gnothaichean nas motha. An ann mar sin a bha ise a' dol sna bliadhnachan mu dheireadh? Uill, bha i na bu teinne na b' àbhaist, mu na rudan beaga: seasamh ann an loidhne cho dìreach mus leigeadh i a-mach à doras iad is gun aon ghuth bho dhuine ri chluinntinn. 'Shh' gu tric aice fo h-anail .'N e control-freaks a tha air an tàladh gu teagasg, no a bheil beatha-theagaisg is beatha an lùib feadhainn òga choma a' toirt an taobh sin agad am follais?

Co-dhiù, bha am fear sin fhathast a' teagasg ann an sgoil mhath, bha e ag ràdh, agus 's anns an àrd-sgoil a tha a' chuid as miosa dhen sin.

'Zero tolerance' a bh' aig tè a' chiùil chlasaigich air an t-suidh-
eachadh – refined Glasgow accent aice, le 's' uabhasach tana ann
an 'Glasgow', ach abair obair inntinneach agus feumail – a' cur
air dòigh chonsartan le na h-orchestras as fheàrr air an dùthaich,
ach ann an dòigh a bha tarraingeach do chloinn. Clann a' bualadh
chrogan iogairt ri Shostakovich is a' caismeachd ri Beethoven.
Clann bhochda agus luchd-teagaisg agus luchd-ciùil a' rànaich
an dèidh dhaibh èisteachd ri Mozart air a' chlarinet. Sgoinneil!
Dh'fheumadh i a sùil a chumail a-mach airson an ath chonsairt.
Chòrdadh a leithid ri Catrìona. Cha robh i a' faighinn mòran dhen
sin ach am beagan a thigeadh an cois a' bhallet aice – *Snowman* aig
a Festival Theatre a' bhòn-uiridh. Ach bhiodh a màthair-se ga toirt
dhan a h-uile consart a bh' ann is a' mìneachadh dhi mun cheòl,
an fheadhainn a rinn na h-obraichean mòra. Piano lessons – sin
a thug orra, is dòcha, cumail ris, is na deuchainnean a dhèanamh.
Ach 's dòcha gu robh Catrìona a' faighinn rudan nach d' fhuair
ise, gu h-àraidh mu a dualchas Albannach, ceòl nan Gàidheal.
Gu dearbha, bha; cha deach ise faisg air fidheall no pìob gus an
robh i fada ro shean airson an ionnsachadh dòigheil. Traditional
swings and Classical roundabouts, 's dòcha? Cò aca a b'fheàrr?
Nan robh Catrìona air a bhith an Sgoil Phrìobhaideach, bhiodh
barrachd eòlais aice air ceòl Clasaigeach. Coma sin, nach robh
màthair aice aig an robh farsaingeachd eòlais air tòrr sheòrsachan
ciùil – oirrese a bha an dleastanas sin a thoirt seachad còmhla ris
a h-uile rud eile. Bhiodh Christie na deagh thoiseach-tòiseachaidh
a thaobh opera; bha an obair a bhiodh na h-Edinburgh Singers
a' dèanamh freagarrach gu leòr dhi mar bu trice. Bha iad direach
a' dol a thòiseachadh air tè de dh'Aifreannan Rossini. Dh'fhaodadh
Catrìona agus Oighrig (nuair a bhiodh an tè bheag beagan na bu
shine) dìreach suidhe is cluich san t-seòmar-piano ag èisteachd

ri leasain Christie. Cha chuireadh e càil air Christie, is i gu math eòlach air seinn air beulaibh dhaoine, agus bha i ag ràdh gum biodh i an-còmhnaidh a' seinn ris a' chloinn aice fhèin. Deagh àm a bh' ann am feasgar na Sàbaid cuideachd. Bhiodh David air a dhòigh nach fheumadh ach an aon nighean a bhith aige.

Bha dithis no triùir de sgoilearan Thoilcrois air a dhol air adhart gu Broughton High, tè de sgoiltean-ciùil Dhùn Èideann – gu leòr de thrèanadh clasaigeach an sin – agus nach robh tè aca a-nis a' cluich ann an còmhlan Ceilteach? Chunnaic i a h-ainm air prògram *Celtic Connections*. Bha dealbh dhith an àiteigin eile, ge-tà, an dubh 's an geal, o chionn seachdain no dhà – an robh am band aice a' dèanamh consart an Dùn Èideann? Cha tàinig càil a shoilleireachadh. Bha deagh chuimhne agus eanchainn air choreigin aice uaireigin!

Co-dhiù, dh'fhaodadh Catrìona, ma bha i na prodigée air an taobh thraidiseanta, a dhol dhan Sgoil-Chiùil sa Phloc – bha i math gu seinn sa Ghàidhlig, is cha b' urrainn dhaibh a diùltadh. Bhiodh gu leòr mun Phloc a chaidh gu Sgoiltean Prìobhaideach Dhùn Èideann is Shasainn. Bhiodh David saorsainneil gu leòr – David bochd! Dh'fhaodadh iad taigh a cheannach faisg air làimh – nan reiceadh iad an taigh am Barnton is 's dòcha flat a cheannach, can ann am Morningside, cheannaicheadh sin taigh sa Phloc – smaoinich, weekends ann an Tarsgabhaig nuair a thogradh iad. Carson nach fuiricheadh iad an Tarsgabhaig is an taigh an Dùn Èideann a chumail – na, cha rachadh David an sin, bhiodh an siubhal cus do Chatrìona. Aislingean, eh! Cha leigeadh e leas a bhith na aisling – bha tòrr dhaoine air a leithid a dhèanamh gun cheangal sam bith aca ris an àite. An àite ise a bhith siubhal shràidean Dhùn Èideann mar unpaid taxi-driver, dh'fhaodadh a' chlann a bhith a' cluich a-muigh, a' coiseachd a thaighean an caraidean, a' cluich leotha fhèin aig a' chladach. Saorsa dhan a h-uile duine. Dh'fhaodadh ise teagasg – 's dòcha gun dèanadh i conversion gu Gàidhlig; dh'fhaodadh David iarraidh air wankers Choates Anderson – Christopher, George, Peter – na team-meetings aca – a chur suas an tòinean. Gheibheadh e rudeigin – Business Consultancy – bha an t-Eilean Sgitheanach is Loch Aillse a' dol am feabhas. 'S e a' mhisneachd a' chiad cheum a ghabhail an rud bu chudromaiche – an rud bu duilghe – dhan a h-uile duine. 'S dòcha nach e post-orgasmic delusion a bha seo. 'S dòcha gun gabhadh am Ploc a reic ris? Cha do smaoinich i riamh air. Best of all worlds! Dà uair a thìde bho Inbhir Nis, trèan, Tarsgabhaig, sgoil, palm trees. 'S beag an t-iongnadh gu robhar a' faighinn 30% os cionn na prìs a chaidh iarraidh airson nan taighean. Dè gheibheadh iad air an taigh – 's dòcha £450,000 a-nis: shaoileadh tu gun ceannaicheadh sin flat an Dùn Èideann is taigh meadhanach math sa Phloc dhut – chan fheumadh tu leth an airgid shuas an sin co-dhiù. Is cò air a bhiodh tu ga chosg: frozen-fish às a' Cho-op? Caitheamh-beatha gu tur diofraichte – chan fheumadh tu bhith a' cosg airgid fad na h-ùine. Francis Gilbert: sin ainm an tidseir a sgrìobh an leabhar.

Dè an uair a tha e? Deich mionaidean gu trì. OK, an cupa cofaidh sin, fear luath làidir. Dash, an tug mi am *Free Press* a-mach às mo bhaga? Thug. Nuair a gheibh sinn dhachaigh. Bidh na sums agam deiseil dha nuair a bhios sinn air an dàrna glainne . . .

"You look happy," orsa Mary.

"I think I am, Mary," fhreagair Caroline.

"Aye, ye're better aff wi'out them. Men is jist a nuisance, so they ir." Bha an t-sùil aice mar an soplais dhathan a bhiodh na h-igheanan a' dèanamh le peant.

"I'm sorry, Mary," orsa Caroline. "Is your eye awfully sore?"

"Stingin'," ors ise. "Ma ain fault. Should a replaced that stair carpet years ago."

Nuair a shuidh Caroline, dh'iarr seanmhair sèithear DJ a thoirt leatha gu 'm b' urrainn dha h-ògha, nighean mu naoi ann an deise-sgoile dhubh Mary Erskine, suidhe ri taobh.

"Sure," orsa Caroline. "There's only me!"

Dh'fhosgail Caroline a leabhar-latha. An Dodo Pad. 'If you too are nearly extinct with the daily pressures of modern life, then try the 2004 Dodo Pad' a bha sgrìobhte air a' chòmhdach. Shaoil leatha gu robh brìgh àraidh sna faclan sin dhi an-diugh.

"Dodoism," orsa ise rithe fhèin, "need not always be terminal." Air an duilleig air an robh an t-seachdain a' tòiseachadh 12 Giblean 2004 bha bloigh èibhinn aig a' bhonn, 'Why didn't the cowardly dragon observe the Sabbath?', is am freagairt air seachdain 19–25: 'Because he only prayed on weak knights'.

"He, he," ors ise, a' sgrìobhadh 'House' agus 'Hunting' ann am faclan mòra tarsainn sguèaraichean Thursday 15 agus Friday 16 April.

Dh'ionnsaich i an dàn beag gòrach air an duilleig mu choinneimh do dh'Oighrig air an rathad a Thoilcros.

I must down to the seas again,
To the lonely sea and the sky:
I left my shoes and socks there –
I wonder if they're dry?

Saoil an obraicheadh sin sa Ghàidhlig, dh'fhaodadh Catrìona a dhèanamh aig Mòd Ionadail Dhùn Èideann. Shit, dh'fheumadh am foirm a bhith air ais ro dheireadh na seachdain. Agus David a' falbh gu Prague air latha a' Mhòid – typical. Dh'fhaodadh i *Saoil, a Ghaoil, am Faigh Mi Thu?* a sheinn. Bha i glè mhath air, is bha e car suigeartach . Sin far am faca i am postair dubh is geal de chòmhlan na tè òige. Cloud 9 a bh'orra – an t-eanchainn a' tilleadh thuice mean air mhean. Bha dealbh dhiubh air a' bhalla ann an Toilcrois nuair a bha i a' feitheamh Catrìona. Bha iad a' cluich aig Bothan, an Club-Oidhche Gàidhlig, aig deireadh a' mhìos a chaidh seachad. Dh'fheumadh i feuchainn ri faighinn ann uaireigin. An Diardaoin no an Dihaoine mu dheireadh dhen mhìos, nach e?

Co-dhiù, a-mach à seo!

Flòraidh agus Susan

Chuir na dealbhan dhen tubaist ann am Madrid a sheall *News 24* air madainn an tòrraidh sgràth rim bròn. Grunn bhomaichean, aig leth-uair an dèidh a seachd sa mhadainn, a sprèadh thar chòig mionaidean deug is a reub nan teasaich fad naoi mìle tro gach rèile is stèisean eadar Santa Eugenia agus Atocha. Thuirt Innes Rothach air na naidheachdan aig aon uair deug gu robhar dhen bheachd gun deach co-dhiù sia fichead 's a deich a mharbhadh agus na ceudan eile a leòn. 'S i a' bhuidheann cheannairceach às an Dùthaich Bhasgaich, ETA, bu mhotha a bha fo amharas aig an ìre sin.

'S e *Tog Dhìot an Cadal is Tionndaidh Rium* an t-òran a bha ga chluich gu h-ìseal air rèidio na Volkswagen Golf nuair a thionndaidh Ealasaid Ruadh is an duine aice a-staigh tro gheataichean Eaglais Naoimh Mhìcheil an Àird Choinnich. Bha coltas an t-sneachda oirre ceart gu leòr, agus Ealasaid an dòchas nach cuireadh i mum biodh Flòraidh chòir fon fhòid.

"'S fheàrr dhut sin a chur dheth!" ors ise ri Eòghainn Ailig. "'S ann a' dol gu tiodhlacadh a tha sinn, chan ann gu dannsa!"

"Cha chuireadh òran brèagha dhen t-seòrsa sin dragh air an Fhlòraidh 'Ain Sheumais a b' aithnte dhòmhsa. Chanainn gur e sin a dh'iarradh am boireannach bochd oirnn a thoirt dhi air an latha seo. Bha i daonnan cho sunndach dhith fhèin, a dh'aindeoin a h-uile sìon a thachair rithe na saoghal. Fhuair i a lathaichean dheth ceart gu leòr. Fhuair i a lathaichean."

'S e sagart na parraiste a liubhair an aifreann mu dheireadh aice. Labhair e cuideachd gu laghach, iomchaidh mu bhoireannach nach b' aithne dha ach o chionn beagan bhliadhnachan. Rinn Sìneag is an gille a b' òige aice, Niall, leughaidhean sa Ghàidhlig agus ghabh posta òg na sgìre *Ave Maria* gu h-àlainn. Ged as e àm a' Charghais a bh' ann, roghnaich iad an tè sin a sheinn, oir 's i tè dhe na laoidhean a bu docha le Flòraig. Bha am mac bu shine aig Sìneig air fuireach ann an Obar-Dheathain. Deuchainnean?

Bha Dòmhnall Sheumais air tighinn dhachaigh, ge-tà, agus shuidh e air an treastaidh air beulaibh na h-altarach còmhla ri teaghlach a pheathar. B' esan bu ghiorra dhan chistidh. B' fheudar dha èirigh às a shuidheachan airson leigeil leotha faighinn gu Comain, ach cha deach e fhèin suas idir. Bha Ruairidh Iain air an aon bheingidh riutha; air a' cheann a b' fhaisge air a' bhalla fo sgàth na treas staid air Slighe na Croise: 'Ìosa a' tuiteam fon chrois a' chiad uair.'

Leis an fhuachd, theab Ùrnaighean na h-Uaghach reothadh mu a beul.

Ealasaid Ruadh agus Ciorstaidh Eachainn a thug seachad a' chàis is na briosgaidean aig geata a' chlaidh mar a dh'iarradh orra. Cha robh e gu diofar sam bith nach e Caitligeach a bh' ann an Ealasaid Ruaidh, bha an dàimh cho dlùth.

Bha e coltach gu robh Sìneag air bruidhinn ri muinntir an Dark Island feuch an dèanadh iad buffet airson an dèidh làimh ach gun tug Dòmhnall Sheumais oirre stad a chur air a sin, is dh'iarr e a h-uile mac màthar dhachaigh a thaigh a mhàthar fhèin. Dh'fhan Flòraidh, mar a dhleas i, ri 'aire a' chlaidh'.

Cha robh e air iongnadh sam bith a chur air Susan Currie gum biodh Donald ag iarraidh a dhol gu tiodhlacadh a mhàthar leis fhèin, o chionn cha do thachair i riamh rithe no ri a bhràthair truagh. A phiuthar, Jane, an aon duine a bhuineadh do Dhonald a bh' air a' bhanais aca ann an Croydon. Gu dearbha, cha robh, nam biodh e fiù 's air innse dhi gun do bhàsaich i. Mar a thachair, chuir i na chuimhne nuair a bha e a' falbh a-mach a dh'obair na bu tràithe na b' àbhaist feasgar Dimàirt gu robh i air còignear dhe na caraidean beaga aig Julie fhiathachadh dhachaigh às an sgoil airson a co-là-breith Dihaoine. Bha Julie a' faighneachd an robh Dadaidh a' dol a bhith ann. Nam biodh e ann airson uair an uaireadair – eadar ceithir is còig, can – dhèanadh sin fhèin an gnothach, is chumadh i obair na cèice gu 'n àm sin. An nighean as òige aca a' dol a bhith dusan bliadhna dh'aois. Chan fhada gu 'm biodh i a' fàgail an taighe, a' dol a Cholaiste no 's dòcha a dh'Oilthigh an àiteigin. Math dh'fhaodte air ais sìos a Shasainn? Cò aige bha fios dè dhèanadh i, ach cha bhiodh i an aois seo ach airson ùine gu math goirid. Ged nach dèanadh e dhìse e, bha an tè bheag ga iarraidh ann. Cha bhiodh a màthair ann gu oidhche. Nam fuiricheadh e a-muigh gu ceithir sa mhadainn, dhèanadh e an t-aon airgead. 'S ann an uair sin bu trainge a bha e dha na tagsaidhean, chan ann eadar ceithir 's a còig feasgar. Bha cus dhaoine fhathast sna h-oifisean is sna taighean-seinnse aig an àm sin. Bha Donald air a ràdh rithe gu robh aige ri falbh tràth madainn Diciadain is nach robh e smaointinn gum biodh e air ais na uair. Cha robh sìon a dh'fheum dhi faighneachd dheth cà 'n robh e a' dol. 'Walkabout' eile. Bha i air a bhith uabhasach math o chionn seachdain no dhà, a' dèanamh a' ghnothaich aig a h-obair, a' faighinn chun na Gym, ùidh aice sa chloinn. Bha i fhèin is Donald air a dhol a dh'Asda còmhla madainn Didòmhnaich. Bha iad air braiceast a ghabhail an sin, na pàipearan a leughadh. Bha e ann an deagh thriom. Dè bu choireach ris an fhalbhan seo. Peanas airson lathaichean eile? Cha b' urrainn dhi sin a leasachadh. Is dè a' bhuaidh a bh' aig a tinneas airsan co-dhiù? Nach robh a h-uile nì fhathast air a dhèanamh dha?

Dh'fhuirich tè dhe na h-igheanan beaga, Laura, an oidhche an dèidh a' phàrtaidh, agus cha robh a mamaidh air tighinn ga h-iarraidh fhathast aig trì uairean feasgar Disathairne nuair a chuala Susan an doras-cùil a' fosgladh. "Daddy's back again!" dh'èigh Brian, is ruith e aig peilear a bheatha chun a' chidsin is robot Lego na làimh bhig dheis.

Diciadain 17 Am Màrt

Smèid Caroline ri DJ bho loidhne fhada aig a' phrìomh-dheasg is leig i fhaicinn dha far an robh i fhèin is Oighrig air suidhe – aig a' bhòrd a b' fhaisge air uinneig an amair-snàimh ach a b' fhaide on dearbh dheasg.

Thug DJ pòg agus cudail car fada do Bhrian mun do ruith e a dh'ionnsaigh na Gym. Bha dùil aig Caroline is i gan sgrùdadh gun tigeadh na deòir an sùilean DJ, ach dh'fhan iad tioram. 'S e glè bheag de choimhead ann an sùilean dhaoine a bhiodh Brian a' dèanamh, fiù 's an sùilean athar.

"Nach i tha gaothail," orsa DJ.

"Tha sinn a' suidhe thall an sin, DJ. Priority Bookings airson seisean an t-samhraidh! A bheil thu am beachd cumail a' dol an dèidh holidays na Càisg?"

"Tha mi cinnteach gun cùm. Pàighidh mi a-rithist iad," ors esan. "Dè th' agam, an tuirt thu: seachdain?"

"'S e, seachdain, is an uair sin faodaidh duine sam bith eile na h-àiteachan a tha air fhàgail a ghabhail. Tha do dhìlseachd a' cosnadh prìomhachas dhut."

"'S math a bhith dìleas – dè!"

Dh'fhalbh DJ a dh'ionnsaigh a' chafaidh, a' fàgail Caroline a' feitheamh san t-sreath. Boireannach beag dorcha – gu math dorcha – sa chraiceann air a beulaibh. Fuil Spàinnteach no 's dòcha

Morogach innte – abair measgachadh cunnartach an-diugh. Cùis ghrànda a bh' ann. Càit am bi an ath-fhear – Lunnainn? Manchester? An Dùn Èideann? An e Al-Qaeda a rinn e?

Ma chanas Mark càil sam bith rium mu Ghordon Brown a' cur ochd sgillinnean air pacaid thoitean, pronnaidh mi e ann an seo fhèin. Bheir mi air a shròin leum, smaoinich Caroline, ach bha Mark na fhallas a' cur troimhe a h-uile seòrsa re-booking airson a h-uile diofar seòrsa clas a bha iad a' tairgsinn an Drum Brae.

"Gymteds, is it?" orsa esan.

"Gymnippers," orsa Caroline. "Every Wednesday at two, started about five minutes ago."

"Oh?" ors esan. "The summer term will commence on Wednesday 21st April and will run right through until the 23rd of June – that's a ten-week term. We decided to stop short of the final week – most parents were happy enough."

Thug e dhi cairt bheag phurpaidh is na cinn-latha air an cur oirre le stamp. "That will be £30. Cheque or credit card?"

"Switch?"

"Sure."

Thug Caroline dha cairt cunntais nan leasan-seinn – Lloyds TSB, an t-each dubh gus teicheadh oirre.

"Going anywhere nice for Easter?"

"Spain."

"Oh, lovely. Alone?"

"No, actually with my husband and two children."

"Lovely. Avoiding Madrid, I take it."

"No. Nor are we going there! Ta." Chuir i na cairtean na sporan is leig i le te bhàin car mì-fhoighidneach a h-àite a ghabhail.

Bha DJ a' coimhead, gun a cheann a ghluasad idir, air rudeigin fad' às tro chùl an amar-snaimh. Cridhe nan neul?

"Ciamar a tha an sgioba-teasairginn an-diugh, DJ?"

"Dè?"

"Henry et al."

"Mòran san àbhaist."

"Chan eil fhios a'm: seall cho mòr 's a tha am pìos cèic sin – cha toireadh duine aca a leithid sin dhòmhsa. Carson a bhios iad a' fiodadh fireannaich is an t-acras gam tholladh-sa fad an t-siubhail?"

"Dè thuirt thu mu bhith dìleas?"

"Yeah. Right. Bha mi gad ionndrainn an t-seachdain seo chaidh, DJ. Chan e an aon àite a bh' ann às d' aonais. Bha Daft Mary ann an triom car neònach cuideachd. Dè tha thu a' dèanamh oirnn?"

"Dè an cor a bh' air Willie beag?"

"Cor snàimh. Cor dannsa. Cor cuideachaidh!"

"Nach e tha sona dheth fhèin is gun cha mhòr sìon aige. Tha rud againn uile ri ionnsachadh bhuaithe."

"'N e Brian a chùm aig an taigh thu? A bheil e OK?"

"Tha. Chan eil sìon ceàrr air Brian. Chan e. Mi fhìn nach b' urrainn tighinn. Cha robh mi an Dùn Èideann."

"Nach robh?"

"Cha robh. Bha mi ann an Uibhist. Dh'eug mo mhàthair."

Bhrùchd na deòir air Caroline. Deòir throma, a chruinnich còmhla na sùilean ach nach tuiteadh asta. Deòir a' mhulaid, deòir a' mhaslaidh. Deòir a dh'iarradh fantail. Rug i air a dhà làimh is phaisg i na làmhan blàtha fhèin iad. Cha robh an fheadhainn aigesan cho mòr sin, no idir cho cruaidh. Gu math maol air cùl nan rùdan.

"Oh, DJ. That's horrible. Tha sin cianail. Tha mi cho duilich, DJ. Chan eil sin fèar."

"'S dòcha nach eil. 'S dòcha gu bheil. Bha i eighty-nine, fhuair i saoghal nach d' fhuair iomadh tè. Thug i ùine gu leòr dhòmhsa cuideachd."

"Chan fhaod thu, DJ. Chan ann mar sin a bha e, is dh'fheuch thu, ach . . ."

"Bha e ro anmoch."

"Cuin a chaochail i?"

"Seachdain Diluain sa chaidh. Heart attack a thuirt an dotair. Locum a bh' ann. Pakistani à Newcastle. 'S e a' home-help aice a fhuair i nuair a chaidh i a-staigh. Thuirt an dotair gu robh i air a bhith marbh fad mu chòig uairean an uaireadair. Na leabaidh fhèin a bha i: cha robh coltas strì sam bith oirre, tha e coltach. Na cadal a dh'fhalbh i. Dè an dòigh a b' fheàrr a dh'iarradh tu airson cailleach a bha eighty-nine?"

"Do phiuthar a dh'inns dhut?"

"'S i. Chaidh i fhèin is a duine is Niall, am fear as òige, suas rathad Ùige Dimàirt. Cha robh mi dol ann idir. Bha mi air a leigeil sìos cho mòr. Chaidh mi a dh'obair oidhche Mhàirt. Dh'fhòn mi gu BA aig dà uair sa mhadainn. Nighean à New Hampshire a chuir air dòigh am flight a Bheinn a' Bhadhla. Bha mi ann an sin son suas ri uair an uaireadair ag innse dhi a h-uile sìon, is mi a' rànaich mar phàiste. A' rànaich air mo shon fhìn. Kelly a bh' oirre. Nighean laghach. Bha a seanair à Limerick. Bha gnothaichean na bu mhiosa na chuir iad a-mach air *Angela's Ashes*, tha e coltach. Fhuair mi seine bhrèagha dhi sa Hebridean Jewellery san Ìochdar. Neònach gun urrainn dhut do chridhe fhosgladh do dhaoine nach aithnte dhut idir is gum feum thu a h-uile sìon a chumail fo dhìon am measg na feadhainn air a bheil gaol agad. Dè as d' fhiach gaol ma tha e balbh, glaiste nad bhroinn, gun dòigh aige air do shaoradh. Gaol gun fheum a tha sin, nach canadh tu?"

"Chan eil fhios a'm, DJ. Tha fhios gun tèid thu cho fada sìos ròidean leis an fheadhainn as fhaisge ort is nach gabh mòran atharrachaidh a thoirt air gnothaichean gun an t-uabhas ceas-nachaidh, cus dhen fhìrinn agus mathanas, rud a tha doirbh – ro dhoirbh, mar as trice – a lorg. Uaireannan chan eil e ann, dìreach. Sin crois a' chinne-daonna. Ged a dh'iarradh sinn e bhith ann, chan eil e ann. An do bhruidhinn thu ri do bhràthair?"

"Bhruidhinn an siud 's an seo ann an dòigh car balbh glaiste. Leis gu robh Sìneag is an duine aice a-staigh, bha e a' dèanamh gu leòr falaich. Tha an t-eagal aige romhpa. Tha e coimhead cho sean. Tha a' bhruidhinn aige cho sgagach a-nist cuideachd – cha mhòr gun dèan thu a-mach facal dhe na tha e ag ràdh – obair na deoch, tha mi cinnteach."

"Bheil an còmhradh aige nas miosa sa Ghàidhlig no sa Bheurla?"

"Chan eil fhios a'm bho Dhia, a Charoline: cha chreid mi gun cuala mi a' bruidhinn na Beurla e. Bha uair ann a bheireadh e ruith shiùbhlach air cuspair sam bith sna dhà. Tha an carabhan anns a bheil e na chùis-uabhais, ge-tà: chan eil e sàbhailte, pàirtean dhen mhullach le tuill annta is pìosan hardboard air an tairgneadh gu robach orra. Ròpa ga chumail ri chèile. Thèid a mharbhadh ann, uair dhe na sploidhdean seo. Mura cuir e e fhèin na theine."

"An gluais e a-staigh a thaigh do mhàthar a-nis?"

"'S e nach gluais! Gu dearbha, cha ghluais. Cha leigeadh Sìneag leis. Leatha a tha an taigh a-nist. 'S i as sine. 'S i am boss."

"An do chuir thu uimhireachd air an àite, am baile?"

"Chuir is cha do chuir. Daoine air fàs na bu shine. Taighean anns an robh teaghlaichean mòra falamh, no le aon duine no seann daoine a' fuireach annta. Barrachd bheathaichean gan cumail na shaoilinn. Bha iad riamh nan tuathanaich mhòra, ge-tà, muinntir Ghèirinis. Muinntir an Ìochdair. Gu dearbha, 's ann às an Ìochdar a thàinig a' chuid bu motha dhiubh. Chan eil sgeul air an dà thaigh-tughaidh a bh' ann nuair a bha mise fàs suas. Aig Teàrlach is aig Mìcheal. Taigh mòr le flat gu h-àrd a tha anns an làrach sin a-nist. Fear a bha ag obair aig an Arm, tha mi smaointinn, a thog e is a thill air ais a Shasainn."

"Cuin a thuirt thu a bha thu aig an taigh mu dheireadh, DJ? O chionn còig bliadhna deug? Robh mòran taighean-tughaidh an Uibhist le daoine annta ann an 1989?"

"Uime sin. 'S dòcha beagan nas fhaide."

"Còig bliadhna?"

"Cha robh mise a-staigh, a Charoline, on a bha mi trì bliadhna fichead."

"O chionn dè . . . seachd bliadhna air fhichead?"

"Bithidh, tha mi cinnteach, an ath-bhliadhna."

"Ceart."

"Cha robh mi ag iarraidh . . ."

"Dè?"

" . . . an t-eagal a chur ort."

"Tha droch chunntas aig taxi-driver a' cur barrachd eagail orm! Bheil càil sam bith eile ann a dh'inns thu dhomh a tha tighinn car faisg air an fhìrinn gun a ruighinn buileach? Just out by a margin of, say, forty-odd per cent?"

"Innsidh mi dhut ma dh'aithnicheas mi gu robh."

"Cuin a bha an tiodhlacadh ann?"

"Diardaoin. Chaidh a corp a thoirt a-staigh a dh'Eaglais Ghèirinis oidhche Chiadain is bha an aifreann aig 11.30 san Ìochdar madainn Diardaoin."

"Ciamar a bha e?"

"Mar a tha tòrraidhean an Uibhist. Bha mi car air dìochuimhneachadh mar a tha iad. Tha ùine aig daoine fhathast. Tha caithris ga dèanamh. Stadaidh an saoghal greiseag bheag son soraidh fhàgail aig nàbaidh."

"Droch latha Diardaoin cuideachd, le gnothach na Spàinne."

"'S e, ach tha Uibhist fhathast car fada on Spàinn air latha tòrraidh."

"An tàinig mòran?"

"Bha deagh thòrr air. Bha mo mhàthair gu math measail aig sean is òg. 'Fhios agad, bha i an sin fad a beatha. Is ged a dh'fhuiling i mòran, tuilleadh 's a' chòir, cha b' e tè a bh' innte air am biodh gruaim. Ùine gu leòr aice do dh'fheadhainn òga. Dèanamh suas air ar son-ne, 's dòcha. Bha i cruaidh. Dh'fheumadh i a bhith, tha fhios – neo cha robh i air a bhith beò cho fada."

"'N ise an tè mu dheireadh dhe a teaghlach fhèin – 'fhios agad, a bràithrean is a peathraichean?"

"Chan i, tha bràthair leatha a tha dà bhliadhna nas sine na i – Iain 'Ain Sheumais. Tha e ann a Uist House. Tha e gu math lapach. Clann 'Ain Sheumais a chante riutha, taobh mo mhàthar. Flòraidh 'Ain Sheumais a chanadh iad ri mo mhàthair. Sin a dh'fhan oirre cuideachd leis gun d' fhalbh m' athair – cha chuala mi riamh iad ag ràdh Bean Fhearchair 'ac Dhòmhnaill rithe. Is ged a thug mi dhut sloinneadh m' athar a' chiad latha a thachair mi riut, 's e Clann Flòraidh 'Ain Sheumais a bu trice a chante rinne cuideachd. Ach sin agad, ma-thà, a Charoline, saoghal."

Sin e dìreach, smaoinich Caroline. Sin agad saoghal. Uilleam beag Thormoid uile 's na bh' aice de shloinneadh a h-athar. An còrr dheth sa Chill Mhòir.

"Deichnear chloinne," bha DJ ag ràidhtinn, "a bh' aig mo sheanmhair. Màthair mo mhàthar. Cailleach bheag dhripeil a bh' innte cuideachd. Dh'fheumadh tu a bhith, tha mi cinnteach, airson rian a chumail air deichnear. Thàinig i a dh'fhuireach còmhla rinn nuair a dh'fhalbh m' athair. Gu dearbha, cha toireadh tu an car às Granaidh. Bha a teanga cho geur ri a sùil. B' aithnte dhi clann, tha fhios agad. Thog i clann. Bha mi fhìn is Ruairidh Iain sgràthail fhèin dlùth dhi, ged a bha beagan eagail againn roimhpe. Dh'fhàgadh i na banntraich car òg cuideachd – gu dè eile ach a' chaitheamh a thug bàs dhan duine aice: Iain Sheumais Nill. Cha robh mo mhàthair ach mu dheich no aona bliadhna deug. Bhiodh mo sheanmhair daonnan ag ràdh rinne gum b' fheàrr leatha gu robh a' chaitheamh air m' athair a mharbhadh seach salchar Ghlaschu."

"Dè thachair dha?"

"Air a' cheann thall chaidh a leagail a' coiseachd tarsainn an rathaid aig Anniesland Cross oidhche na h-Election ann an 1966. Bha e air a dhol gu dramannan an deaghaidh dha bhòtadh – chan eil fhios a'm co dha. Cha robh e beò bliadhna às deaghaidh sin. Ach bha e air a bhith fuireach còmhla ri boireannach fad mu cheithir bliadhna roimhe sin. Tè a sheall dha cìochan anns nach robh, agus nach bitheadh, bodraigeadh cloinne. Bha mo sheanair, athair-san, Dòmhnall mac Fhearchair, bha e fiadhaich. Dh'fheuch e uair no dhà ri shlaodadh dhachaigh, ach an seasadh e ri bhean is ri a theaghlach, ach bha a shaorsa a' còrdadh ris cho mòr. Bha ise na bus conductress aig a' Ghlasgow Corporation, Number 62. A h-athair à Ile. Agnes Clarke a bh' oirre. Tha mi cinnteach nach robh i mòran na bu shine na fichead 's a h-aon no fichead 's a dhà nuair a thachair m' athair rithe an toiseach. Ride gu math tarraingeach a bha i a' tairgsinn do dh'fhear a bha a' cur a chùil ri òige is ceathrar chloinne ga èigheachd ris an clàr an aodainn. Bha single-end aice an Dennistoun – sin far an robh iad an toiseach, sin na bhiodh sinn a' cluinntinn; an uair sin cha robh sinn a' cluinntinn sìon – cha robh ùidh againn. Bha an saoghal a' dol air aghaidh a cheart cho math às aonais. Fhuair mo mhàthair, fhuair sinn uile, tacsa mhòr om sheanair, Dòmhnall mac Fhearchair: esan a ghabh àite m' athar. Esan am Papaidh againn. Bhithinn fhìn is Ruairidh Iain a' falbh slaodte ris daonnan. 'S e a sheall dhomh mar a dhèanainn iasgach, mar a mharbhainn sgarbh, mar a dh'fheannainn coineanach. Dèanamh suas airson a mhic a bha e. 'S e glè bheag a bhiodh e ag ràdh mu dheidhinn cuideachd an deaghaidh dhan chiad bhliadhna a bhith seachad. Ach bhiodh e daonnan ag ràdh rinne nach robh math dhuinn dìochuimhnicheadh cò bu leis sinn – sibhse gu dearbh a' chlann aig Flòraidh Ain Sheumais, is i gar togail a bhith moiteil is pròiseil, ach buinidh sibh cuideachd do Dhòmhnall mac Fhearchair Mhòir – daoin'-uaisle a bh' ann an Cloinn 'ac Mhuirich: na bàird a b' fheàrr is a b' fhaide a mhair san t-seann saoghal. Cumaibh grèim air a sin, o chionn 's, tha an fhuil shaidhbhir sin annaibhse cuideachd. Gheibhear droch isean anns a h-uile àl, ach chan eil sin a' fàgail a' choilich on tàinig iad sìon nas suaraiche. Sin cor an t-saoghail, dìreach."

Choinnich Caroline sùilean Mhark 's e air ionad-cumhachd fhàgail is air a dhol a-null dhan chafaidh. Bha e car tiugh sglopanach mun aodann. Nan cailleadh e clach gu leth a chuideam, bheireadh e còig bliadhna dheth. An t-àm aige fhèin dalladh air an treadmill seach cèicichean Henry. Bha e ag obair leis a' phrìne air a thaidh mhòir shìoda, ga cur dìreach. Ged a bha i a' coimhead cho sgiobalta 's a ghabhadh taidh a bhith. Gerard, an gille aig piuthar a màthar. Sin cò ris a bha Mark coltach. A mhac-samhail. Ged nach fhaca Caroline a cousin on a bha i còig-deug. Droch theansa gum biodh boireannach aig fear seach fear aca gu bràth. Cha robh DJ air carachadh bho òige is a theaghlach.

"Bha gaol mo chridhe agam air mo sheanair, a Charoline – bha mo mhàthair is a màthair-se, bean 'Ain Sheumais, cho measail air a' bhodach cuideachd. Thuirt ise, mo sheanmhair, gun do thachair i fhèin ris an fheadhainn a bha a' falbh fon chistidh – an giùlan – mu dhà mhìos mun do bhàsaich e. Thug na dh'inns i dha air a h-uile sìon a chur an òrdugh. Chruinnich e a h-uile duine is sheall e dhaibh na bha e a' dol a thoirt dhaibh: £5,000 ann am buinn is ann an seann notaichean mòra ann am bogsa Choronation George V a-staigh fon leabaidh – bha mise ro òg, ach dh'inns Sìneag dhomh: bha ise air riarachadh Phapaidh. An duine bochd. Bha mi ga ionndrainn gu sgràthail. Ach tha e neònach, nach eil: dùisgidh smaointean aon tòrraidh faireachdainean às ùr mu thòrraidhean eile. Ach seall mar a chaidh an gnothach bhuaithe o dh'eug esan ann an 1968: cha robh sìon fa-near dhàsan ach teaghlach a chumail còmhla, daoine a cheangal dlùth ri chèile – ach feumaidh gu robh an droch shìol air a chur."

"Sìol saoghail ùir. Sin uile, DJ – sìol siubhail, sìol saorsa bho uallach do theaghlaich. Tha e air tachairt a bheag no a mhòr anns a h-uile teaghlach a thàinig ron deich air fhichead bliadhna a dh'fhalbh. Tha prìs ri phàigheadh airson a h-uile adhartais – is cha b' e thu fhèin a-mhàin a pheacaich mar sin: tha sinne uile, sinne agus ar pàrantan, ciontach. Cha ghabh e cur air ais mar a bha e – mar dhaoine, chan fheum sinn a chèile san aon dòigh, saoilidh sinn, mar sin chan eil sinn leth cho faiceallach is a bu chòir dhuinn a bhith. 'S dòcha gur e crìonadh an t-seann saoghail a tha air cur às do Ruairidh Iain, far an robh uallach is cuingealachadh an cois a' ghaoil san t-saoghal sin. Is dòcha nach robh 'mise' de sheòrsa sam bith aige a bheireadh e air adhart is a bhrosnaicheadh e. Chan eil fhios agamsa: 's ann agad fhèin as fheàrr a bhios tuigse air a sin."

"Chan eil fhios a'm an ann. Thuirt mi ris a thighinn a Lunnainn: bha obair gu leòr ann dha, bhiomaid air fuireach còmhla – 's dòcha dìreach airson bliadhna no dhà, is an uair sin air ais dhachaigh.

Bha a' chailleach ceart gu leòr mu dheidhinn. Esan am fear nach tigeadh, am fear a dhiùlt tighinn, ag ràdh riumsa gum bithinn air ais ann an sia mìosan, nach dèanainn an gnothach leam fhìn. Cha robh sin ceart, cha robh e fèar. A' cluich gheamachan leam a bha e – geamachan cumhachd. Uill, thoill am bastar na fhuair e. Esan bu choireach nach robh mise a' tighinn dhachaigh, esan a chuir Uibhist eadar mi fhìn 's mo mhàthair. Esan a thug oirrese truas a bhith aice ris. Esan a dh'fhan na phàiste aice nuair a dh'fhàs sinne suas. Esan bu choireach gun do chruadhaich a cridhe. Esan – cha b' e mise."

Bha tè reamhar aig a' bhòrd rin taobh, a speuclairean air an cumail na chèile le elastoplast is i a' spleuchdadh air beul DJ.

"Bheil seachd bliadhna fichead ann o nach fhaca tu do mhàthair?"

"Chan eil. Chunnaic mi o chionn trì bliadhna còmhla ri Sìneig i. – bha hospital appointment aice an Glaschu. Chaidh sinn gu Dino's air Sauchiehall Street. Ghabh i doughnut mhòr làn siùcair, an deaghaidh dhi bhith aig an Diabetic Clinic san Royal sa mhadainn. Bha Sìneag ga chur sìos na h-amhaich: carson nach gabhadh i pasta no rud eile? Ach bha mi ag iarraidh a faicinn an Uibhist san taigh againn fhìn, bruidhinn rithe leam fhìn, a' sealltainn dhi cò bh' annam – carson a rinn mi na rinn mi."

"An do thachair do bhean no na nigheanan agad rithe?"

"Cha do thachair. Bha Uibhist car sàbhailte air a glasadh air falbh ann an ciste mo sheanar nuair a bha mi an Lunnainn. Bha Alba fada gu leòr air falbh an inntinn na cloinne – Dùn Èideann, far an robh Granaidh is Grandad – is bha mi smaointinn, nuair a thàinig sinn a dh'fhuireach an seo, gum biodh e a cheart cho furasta dhomh a cumail mar sin. Ach thug am fear beag atharrachadh air cùisean – is an uair sin thachair mi riutsa."

"Sorry."

"Tha mi air a bhith a' sìor smaointinn air Uibhist is m' òige, daoine a b' aithnte dhomh, mo sheanair bochd, o thòisich sinn a bhith faicinn a chèile."

"Chan ann sna dearbh fhaclan sin a dh'iarrainn ort an sgeulachd innse dha do bhean, ge-tà. Agus chan eil fhios a'm a bheil mi ag iarraidh even pàirt dhen uallach airson sin uile a thoirt beò – gu h-àraidh mura tig feum às. No, I'll pass that one back to you, DJ, thanks. Dè dh'inns thu dha do bhean bhochd: 46% dhen fhìrinn?"

"Bha fios aice gur e twin a bh' annam – is dh'inns mi dhi mar a bha Ruairidh Iain. Aig an àm aig an do choinnich sinn cha robh mo mhàthair air cus gnothaich a ghabhail rium no rithe."

"Is dòcha?"

"'S dòcha? Cha bhitheadh. Bha i cruaidh, mo mhàthair, dh'fheumadh i bhith. Bha an creutair a bha seo a' dol a dholaidh air a beulaibh, a leanabh beag àlainn, dh'fheumadh i a' choire a chur air cuideigin a bharrachd oirre fhèin – mar a chaidh a maslachadh nuair a dh'fhalbh an duine aice oirre. Mura robh i air sin a dhèanamh, cò eile air an cuireadh i coire ach oirre fhèin? Tha gnothaichean doirbh gu leòr an Uibhist – feumaidh tu breug air choreigin innse dhut fhèin airson cumail a' dol. Air neo thèid an fhìrinn èigheachd dhut gun truas le stoirmean a' gheamhraidh – gach uspag gaoithe a' sgreuchail do bhròin is do chuid aithreachais ann an còisir cholgarra a' chulaidh-mhagaidh."

"Chan eil mi ag ràdh nach d' fhuair thu fhèin beagan de ghibht nam bard: 'còisir cholgarra a' chulaidh-mhagaidh' – tha sin gu math làidir, DJ, ach brèagha air a chur an cèill. Feumaidh tu bhith freumhaichte ann an àite, às a sin fhèin gun cheist, mus tuig thu a h-uile snaidhm dheth. Mar a tha mise, buinidh mi an siud is an seo. Chanainn gur e Peairt mo dhachaigh, a chionn 's gu robh sinn na b' fhaide san taigh an sin na bha sinn an àite sam bith eile. Agus tha an taigh san robh sinn a' fuireach dìreach àlainn, ròsan is ivy mu na ballaichean. Ach sin e – ged a chuireadh tusa an ath fhichead bliadhna seachad an Glaschu."

"Cha chuireadh gu bràth."

"Tha fhios a'm – ach, ann an àite sam bith, ann an Obar-Dheathain no fiù 's sa Phloc, bhiodh tu nad Uibhisteach gu cùl do chùlagan gus an tigeadh ort an cadal buan – no ge b' e dè chanas iad, 'fhios agad. Sin an diofar. Sin a tha gad fhàgail cho goirt – mar sgrath, if you excuse the expression, a chaidh a shireadh is a thoirt às an talamh is nach tèid ann an talamh sam bith eile, ach nuair a thilleas e dhachaigh dhan àite às an deach a chladhach, tha an talamh no am monadh mun cuairt air tiormachadh no air crìonadh, is ged a chì e a tholl fhèin, chan fhiot e tuilleadh – is tha sin cho goirt. Faodaidh mise a dhol a dh'àite sam bith, gu Grimsby Ghruamach ma thogras mi – chan atharraich mo sgeul: m' athair à Tarsgabhaig, mo mhàthair à Plélauff – uill, on a bha i òg – mise às Inbhir Peairt Èideann. Inbhir Peairt Eideann – àite air leth, dè? Ach tha thusa diofraichte. Cha eil fhios a'm ciamar a tha thu a' dol ga rèiteach nas mò. Is chan e seo idir mo ghnothach-sa, ach ... "

"Dè?"

"Nach fheum thu pàirt dhe seo a chur air dòigh led theaghlach?"

"Dè thuigeadh iad?"

"Cha tuig iad càil – ma tha iad air an glasadh a-mach."

"Aidh, uill."

"Aidh, uill, dè?"

"'Latha Fhèill Peadair, Latha Moire, latha mòr son gruth is uachdar nuair a bhiomaid air an àirigh.' Cà 'n tòisichinn? An sin le Fèilltean nan naomh? No fo ùth na bà. No is dòcha le ugh air Inid?"

"Could do, no leis a' chearc a rug an t-ugh – dhèanadh fear seach fear aca a' chùis, tha mi cinnteach, DJ. Mar a thubhairt mi, chan e mo ghnothach e. 'S math gun do chuir thu nam chuimhne e. Seo, chan eil fhios an còrd seo riut" – thug i CD a-mach às a baga – "ach cheannaich mi dhomh fhìn e o chionn deich latha: tha mi smaoineachadh gur e genius a th' ann an David Byrne, do dh'Albannach, 'fhios agad. No ex-Albannach."

"Aye, bu thoigh leam Talking Heads – car doirbh e fhèin a chur ann an category."

"Tha – tha e a' feuchainn ri rudan uabhasach math a dhèanamh le ceòl Clasaigeach, opara –La Traviatta is mar sin – ach tha gu leòr dhen t-seann smior ann cuideachd."

"*Grown Backwards*," orsa DJ, "deagh ainm. Is dòcha gum feum thu uaireannan stad son sin a dhèanamh, mun urrainn dhut fàs air aghaidh a-rithist."

"Yeah, 's dòcha. Co-dhiù. Happy St Patrick's Day, DJ. Cha robh feum sam bith dhut gun innse dhomh latha do bhirthday!" Thug i pòg bheag dha air a bhus – cha do dh'fhan i ach diog, ach 's e pòg a bh' ann bhuaipese. Bho Charoline.

"Is tha e coltach gu robh an sgioba agad sònraichte an aghaidh Bharcelona Diardaoin– am faca tu . . . Of course, cha bhitheadh."

"Chan fhaca. Thèid cur às dhaibh seachdain an ath-oidhch am Barcelona – cuiridh Ronaldinho co-dhiù dhà. Tha fear as aithnte dhomh – 'fhios agad, taxi-driver, Hibs fan a th' ann, ach tha e fhèin is a bhràthair-cèile a' dol a-null airson a' chraic. Bha iad ag iarraidh orm a dhol a-null. Ach cha b' urrainn dhomh a bhith air mo bhodraigeadh – chan eil mi cho mòr sin mu dheidhinn."

"Bidh do charaid a' coimhead airson rudeigin a thogas a shunnd an dèidh a' gheama Latha na Sàbaid – Livingston a rinn a' chùis orra? Bheil iad math?"

"Bha iad math Didòmhnaich-sa chaidh: team ùr, tha e coltach gu bheil iad a' dol ann an receivership ge-tà."

"Ann an làmhan luchd-trusaidh nam fiach, ma-thà?"

"Is dòcha gur ann."

"O, aidh, DJ: bha mi a' dol a dh'fhaighneachd dhut. Am b' aithne dhut an taxi-driver a chaidh a phronnadh aig a' weekend?"

"Cò am fear?"

"Chan eil cuimhne agam dè an t-ainm a bh' air – thig e, 's dòcha – ach bha e air sioft a dhèanamh agus bha e air a bhith aig club no rudeigin faisg air Minto Street – 'fhios agad, shuas . . . "

"Tha fhios a'm taghta: tha a' Unions' Club an sin."

"Is dòcha gur e – ach co-dhiù: bha na gillean a bha seo ann, dithis ghillean agus boireannach, feumaidh gu robh an deoch orra, o chionn bha na tagsaidhean gan diùltadh. Tha e coltach gun do stad an tagsaidh is gun deach fear dhe na gillean chun an dorais – ach an uair sin dhràibh an tagsaidh air falbh gun a leigeil a-staigh. Is bha am fear seo – dè a bh'air? Davidson, tha mi smaoineachadh – bha e dìreach a' coiseachd seachad agus dh'fhairich e *thud* air a cheann is thuit e gu talamh, is bha e unconscious greis agus thàinig boireannach ga chuideachadh le plaide. Chuir iad twenty-one staples na chlaigeann. 'Fhios agad dè bha iad a' smaointinn? Gu robh iad air a bhualadh le bròg-eich."

"Crudha."

"'An e? Bha iad air a thoirt a-mach à sgiob. Bha dealbh dheth sa phàipear a-raoir: bha e a' coimhead uabhasach – dh'fhaodadh e bhith marbh."

"Gu dearbha. An e Robert Davies an t-ainm a bh' air?"

"'S e, cha chreid mi nach e – bheil thu eòlach air?"

"Chan eil, ach 's aithnte dhomh feadhainn eile a tha eòlach air – tha e gu mòr an sàs sa chlub sin. An duine bochd. Cuin a thachair seo?"

"Tràth madainn Disathairne, tha mi smaoineachadh."

"Bha mise fhathast gun tilleadh. Cha do dh'fheuch mi a-mach sa Chruinneig gus an-dè. Tha e air a bhith aig Adam o chaidh mi a dh'Uibhist. Cha bhi esan ag obair Dimàirt. Cha d' rinn mi ach a thogail o thaobh a-muigh na flat aige ann an Lìte – bidh e dol gu college Dimàirt."

"Tha e nas sàbhailte dhut a bhith am broinn do Chruinneig, saoilidh mi, DJ, na bhith a' coiseachd nan sràidean."

"Is dòcha gu bheil," ors esan le gàire. "Nas blàithe cuideachd. Robert bochd ga chrùidheadh. Tha Dùn Èideann a' fàs a cheart cho dona ri Glaschu. Fhuair iad siud a-mach an-diugh an dèidh fichead bliadhna: Cogadh nan Ice-creams, TC Campbell agus a phal."

Bha càch air gluasad gu doras na Gym, a bha air fhosgladh.

"Feumaidh gun d' rinn iad rudeigin! Crooks air fad. Tapadh leat airson èisteachd a-rithist, a Charoline."

"Nae borra, big man. Chì mi an ath sheachdain thu. Is dèan cinnteach gun dèan thu re-booking san t-seachdain seo no chan fhaic mi gu bràth tuilleadh thu."

Alasdair agus Odile

Ged a bha cinnt aca uile gu robh Alba a' dol a dh'fhaighinn an droch dhroineadh le sgioba na Frainge, bha crowd mhath ag iarraidh a dhol sìos a Mhurrayfield airson an deiridh-sheachdain – uill, sguad de lighichean, caraidean Siobháin a bha air tiogaidean fhaighinn airson a' gheama, deichnear aca uile-gu-lèir. Alasdair agus Claire, an girlfriend aig fear à Steòrnabhagh, Stammer, an aon dithis nach robh nam medics. Bha Claire a' dèanamh physiotherapy ann an Robert Gordons. À Crook of Devon a bha i. "Where the fuck's that? In England's sally oxter?" dh'fhaighneachd Badger dhith, tha e coltach, aig Céilí Naomh Páraig a chuir Siobhán air dòigh ann a Wavel House. Ach cha robh Badger còmhla riutha air a' Mhegabus a Dhùn Èideann, agus b' fheàrr le Alasdair son na ciad uair gu robh.

"Look, there it is – there's our house. Hi, Mum!" dh'èigh Claire nuair a bha am bus a' gabhail seachad air baile beag a h-òige.

"Thòisich iad uile air smèideadh a-mach air an uinneig is ag èigheachd, 'Hi, Claire's Mummy! Hi, Claire's Daddy! Hi, Claire's wee brother! Hi, Claire's doll's house!"

'S e fear Gordon, à Ellon, a thòisich air an òran 'If your Maw's got baws, she'll come in Crook o Devon when it snaws, when it snaws'.

Phriob e air Claire, is ann am mionaid bha i fhèin cho math ri càch a' dèanamh rann a bha a cheart cho gòrach is a cheart cho salach.

"Chan eil sìon ceàrr orm," ors Alasdair ri Siobhán sa Ghàidhlig. "Sguir a' faighneachd dhomh. Tha fhios agadsa air a h-uile duine an seo – tha mi dìreach a' gabhail air mo shocair."

"Slàinte," ors ise, a' suathadh a vodka lime an aghaidh a bhotail Becks.

Chuir Alasdair roimhe gun ach an dà bhotal leanna òl agus èirigh tràth sa Bhackpackers a-màireach agus dà uair a thìde de leughadh a dhèanamh air Cognitive airson deuchainn Diciadain sa tighinn – sin uile a bh' aige ri dhèanamh, agus an uair sin dh'fhaodadh an còrr dhen ùine a bhith aige gun uallach. Dh'fhuirich iad anns an Royal Mile Hostel air Blackfriars Street ann an dorms cheathrar. Bha am fàileadh à stocainnean Stammer mar phuinnsean nach gabhadh fulang a-muigh no mach.

"Chuck them out a the window, will you," dh'iarr Alasdair.

"A mere First Cranial nerve hallucination, Ally-Bally. Time to ditch some of that olefactory angst, I'd say, cove. 'Member we are mad rowdy rugby types! Oidhche mhath, a chàirdean, agus beannachd leibh!"

Bha snòg làn fìon geal saor is smugaid air a bhith aig Stammer is Siobhán, às dèidh a' chiad tachartais aig Club 2008 sa Union, ach cha deach e sìon na b' fhaide na sin. Bha iad a' dol a dhùnadh na Union a-nist, gun gu leòr a dh'oileanaich ga cleachdadh. Bu thoigh le Siobhán gu mòr i – gheibheadh tu air teicheadh bho shaoghal nam medics am Foresterhill air ais gu melée nan oileanach cearta. Cha bu thoigh le Alasdair idir i. Shaoil leis gu robh i robach, is chan òladh e deoch ann an glainneachan plastaig.

A dh'aindeoin nan ceann cràidhteach, dh'fhalbh mu leth na buidhne, Alasdair is Siobhán nam measg, suas Suidhe Artair feasgar Disathairne. Theab a' ghaoth an siabadh sìos Creagan Salisbury. Bha car de shealladh ann airson greis, ach an uair sin shèid stoirm thuca à Fìobha a chur sìos a' bheinn iad le sgoinn. Choinnich iad ri càch ann am Mather's aig a' West End (bha Crawford à Newington ga mholadh mar àite a bha fìor agus ainmeil airson a bhith fìor) airson aon tè mun deach iad chun a' Ghordan Arms air Rose Street airson an dìnnearach. Cha robh an còrr air an deaghaidh sin ach pub-crawl a dhèanamh.

"When in Rome," orsa Stammer, a' leigeil a thòine mòire gile ris a' ghaoith an taobh a-muigh Milne's Bar, "do as the Romans do!"

Air madainn Didòmhnaich dhùisg Alasdair Siobhán mu lethuair an dèidh a naoi. "Thugainn," ors esan, "b' fheàirrde sinn beagan fois bhuapasan is beagan pamparadh. Tha ar tiogaidean agam."

Rinn Sìneag Flòraidh 'Ain Sheumais toileachadh mòr ri a mac bu shine is a nìghneig Èireannaich nuair a thàinig i fhèin is Niall dhachaigh às an eaglais. "Happy Mother's Day," ors Alasdair, a' toirt dhi pòig is fhlùraichean rìomhach. Theab nach do thill iad idir a Dhùn Èideann son a' gheama. Chadail a h-uile duine aca ach Gordon air a' bhus air ais a dh'Obar Dheathain – bha esan a' feadalaich fuinn òrain an deiridh-sheachdain.

'S ann air a' World Service a chuala Odile Robertson mar a rinn *Le XV de France* an gnothach air Alba, agus bha i toilichte – bha an Fhraing na b' fheàrr na Alba sa h-uile dòigh. Ann an Alba dh'fheumadh tu breugan innse, no co-dhiù dh'fheumadh ban-Fhrangach leigeil oirre gu robh i a' cumail ri riaghailtean mhnathan Albannach, agus bha iad sin anns an fharsaingeachd *ennuyeuz*. Alba sna Seachdadan is na h-Ochdadan. An Fhraing bho na Naochadan: diofar saoghail. Tha fhios gu robh Alba air tighinn air adhart beagan – ach on a bha i a' cluinntinn aig Caroline is a' tuigsinn o na bha i ag ràdh rithe, bha gu leòr dhen aon mharbhachd is dhen chion misneachd anns na daoine is a bh' ann nuair a bha i fulang anail a h-athar. Bha còir aig Caroline teicheadh às, tighinn dhan Fhraing: gheibheadh David ruideigin san Fhraing, bha beagan Fraingis aige – cha robh i a' tuigsinn fon ghrèin dè bha a' cumail Caroline an sin air feadh fiodh marbh na h-Alba. Ach gur e Albannach a bh' innte, is bha gnothach nach bu bheag aig a màthair ris a sin. Ach bha gu leòr de charactar nam Frangach innte cuideachd – 's e sin a chuireadh às dhi air a' cheann thall nam fuiricheadh i ann an suburbia Dhùn Èideann ro fhada. Thachdadh e i. Nam biodh i san Fhraing agus i a' dol a dh'fhuireach ann, chitheadh iad a' chèile na bu trice, bhiodh i a' tuigsinn is a' faireachdainn o latha gu latha dòigh is smaointinn nam Frangach, fiù 's sa Bhreatainn Bhig, beag ach fhathast fosgailte. Dùn Èideann na bhaile mòr cosmopolitan – pphh – ann am beachd cò? Inbhir Nis na chathair-bhaile – *tu veux rire!*

Nam biodh Caroline a' fuireach san Fhraing le a cloinn, bhiodh cothrom ceart aca son bruidhinn mu dheidhinn ghnothaichean – gu fìrinneach. B' urrainn dhi innse dhi mar a bha cùisean leis-san gun a dìon mar phàiste. Dh'fhaodadh i eòlas ceart fhaighinn air Marjorie. 'S e an t-Albannach na nighinn fhèin nach robh a' ceadachadh dhi an tul-fhìrinn innse dhi – 's fhada on a bha i air a h-innse dhan tè Fhrangaich.

Diciadain 24 Am Màrt

Leis gu robh Grannie a' faighinn a gruaig air a gearradh ann an Catherine's Cut & Curl, thug DJ Brian suas tràth airson rudeigin ri ithe ann an cafaidh Dhrum Brae. Cheese and ham toastie an duine agus pacaid Watsits dhan fhear bheag. Dh'iarr e cuideachd botal beag coca-cola – fear dhen fheadhainn ghuineach sin a bha purpaidh seach dubh is a ghrodadh do stamag a bharrachd air d' fhiaclan.

"Is 'at laddie mental?" dh'fhaighneachd Brian nuair a shuidh iad aig bòrd am meadhan a' chafaidh.

"Who?"

"That one there."

"Well, no. He's jist a wee bit slower, that's all. He's happy at his work."

"Is Mammy mental?"

"Why are you asking that?"

"'Cis she's always greetin'. Louise said she's mental. That's how she's always greetin' when naebody's hurt her."

"I'll see Louise. Your mother is not mental. And she's not always crying. She's got a lot on her plate, bringing you three up."

"See the next time you go tae gallivant land, Dad, kin A come wi ye?"

"Maybe, son."

"Is there McDonalds in gallivant land?"

"Plenty o them, Brian. The place is full of them."

Nochd Karen aig a' phrìomh dheasg: bha a deise-spòrs a' coimhead car teann oirre, bha a h-aodann a' coimhead na bu làine cuideachd. Thàinig i a-nall chun a' bhùird aig an robh DJ 's Brian nan suidhe. Shìn i a-mach a làmh gu Brian.

"Are you gonnae help me put out all the bits in pieces then, Brian? Did you tell your Daddy about aw the help you gie me?"

Thug DJ sùil air an fhear bheag, is thàinig blìonas air aodann, ach cha tubhairt e sìon. Ghabh e dà bhalgam mhòr às a' bhotal coke is a-mach leis còmhla ri Karen gu doras na Gymnasium.

Thog DJ *Metro* is shuidh e air ais sìos. Bha blas car geur air a' chofaidh. Feumaidh gun deach a fàgail ro fhada air a' mhachine. Chuir e sachet eile de shiùcar innte. Saoil an robh am bainne goirt, no cò a ghlan an t-siuga an turas mu dheireadh? Dh'fhidir e aparan Willie: bha uilnean am bogadh ann an cop. Yeah – gun teagamh sam bith, Fairy Liquid: sin am blas a bha tighinn air ais air. Bha greis o nach do dh'fheuch e e. Gu dearbha, cha robh e air fàs dad na bu tlachdmhoire. Dè bha cur maill air Caroline is Oighrig? Cha b' àbhaist dhaibh a bhith air deireadh. An robh e air a mhaslachadh fhèin mu coinneimh a-rithist an t-seachdain sa chaidh – falbh air seachran smaointean gu ruige a sheanar bochd? A rèir choltais, bha i a' tuigsinn cò air a bha e a-mach, ge-tà. Sin an diofar: cha robh aige ri mìneachadh dhi dè a bh' ann am faclan mum b' urrainn dhaibh bruidhinn. Glè bheag de dh'fhaclan a bh' aig Susan dha sna lathaichean seo. Fhuair i air ais a Dhùn Èideann gu a Mamaidh – dè an còrr a bha a dhìth oirre? Louise is Julie a-nist fo a smachd cuideachd – 's ann a' fàs na bu choltaiche ri a mhàthair-chèile a bha Louise fad an t-siubhail. Is dòcha gur ise a thuirt rithe gu robh Susan 'mental' no bochd. Sìon bochd mu deidhinn nach gabhadh cur air dòigh le cola-deug air falbh on bhoin sin. Ach sin a bha Susan ag iarraidh: gun innseadh iad dhi gu robh i bochd is nach robh math dhi tuilleadh 's a' chòir a thoirt aiste fhèin. 'S nach i bha fortanach gu robh a màthair air chothrom a cuideachadh. Chan fheumadh i sùileachadh gun dèanadh an DJ a tha sin sìon dhi. "Loners" a th' ann an taxi-drivers – "a law unto themselves", nì iad na thogras iad, tha fhios agad. Bha còir aice a bhith air èisteachd ri a màthair mun do phòs iad. Làn bruidhinne is dibhearsain nuair a choinnicheas tu riutha an toiseach, is an uair sin, an dèidh greis, thig an nàdar ceart am bàrr. "They're aw is door as droont doughbaws. It's the Wee Free in them, it kin a seeps through them till it consumes them. They're aw the same fae the Highlands."

"Chan eil fhios aig duine an ann às a' Ghàidhealtachd a tha e: cha do thachair sinn riamh ris an teaghlach aige."

"Aw a bit queer, hen. Anyway, ye couldnae be telt, so yer Da and masel hid tae let you fin oot fir yersel."

Rinn DJ dòrn le làimh. Bha Des O'Connor gu bhith na athair a-rithist aig trì fichead 's a dhà dheug, bha am *Metro* ag innse – nach bu bhuidhe dha. Feumaidh gu robh e toilichte. Bha a bhean òg a' coimhead gu math brèagha. Chan ann còmhla ri a Mamaidh a bhiodh an tè sin a' cadal.

Bha tè dhe na h-igheanan bàna aig deasg Mark a' cluich le sèine mu h-amhaich; ghlac i a shùil is an uair sin chuir i pìos dhe a falt a-staigh na beul, is an uair sin thug i às e.

Dh'èirich DJ na sheasamh is choisich e a-null chun an deasg.

"Hi," ors ise.

"Hello," orsa DJ. "Is this where you re-book the wee ones for another session of the Gymnippers?"

"Right here," ors ise. "What's the wee laddie's name?"

"Brian Currie."

"I thought with an accent like that you were going to say MacDonald or MacLeod." Dh'fhàs a cluasan pinc, mar gu robh i air smaointinn a-rithist air na thubhairt i.

"You're OK – he is my son, with my name. My mother was a MacDonald, Flora MacDonald, a direct descendant of the Flora MacDonald who helped Bonnie Prince Charlie escape to Skye." 'Flòraidh Àirigh Mhuilinn' theab e a chur ris, ach dh'inns aodann na tè bàine nach ruigeadh e a leas bodraigeadh.

"£30 only," ors ise.

Thug DJ a-mach a wallet is phàigh e i ann an notaichean. Chuir e a' chairt bheag am pòcaid a sheacaid dhenim uaine, a bha an crochadh an cùl an t-sèithir aige.

Bha an t-amar-snàimh gu math sàmhach: 's dòcha gu robh na leasain-snàimh air sgur mar-thà. Cha robh ann ach dithis chailleachan mòra a' gabhail suas is sìos air an socair – suas air am broilleach, air ais air an druim. Peathraichean no nàbaidhean. Seanmhairean a' feuchainn ri cumail fallain is na calories a losgadh dhiubh. Bha pìos mòr aig a' phaidhir a bha seo ri dhol mum faiceadh tu toradh an obrach. Thàinig ìomhaigh – leis an fhìrinn, fàileadh is an uair sin ìomhaigh – na inntinn. Muc-mhara – tè mhòr mhòr, sperm whale, a' chiad tè a chunnaic e riamh – na laighe air bobhstair feamainn bhuilgeanach bìdeag gu tuath air an Lòn Mhòr. 'S e Ruairidh Iain a chunnaic an toiseach i: bha e air a bhith shìos air a' mhachaire a' siubhal beathaich do dh'Alasdair Dhonnchaidh – air a còmhdach le cuileagan a bha i, sgaoth dhùmhail dhiubh is iad a' deothal a feòla is a fala aiste. Bha an samh puinnseanta a thug air DJ a mhionach a sgeith ri taobh a' tàladh agus a' cur nam biastagan reamhar nam boil. Bha i deagh ghreis an sin, ùine ro fhada, mun tugadh air falbh a closnach. 'S ann aig na faoileagan a bha an ròic air a saill ghrod.

Thug DJ sùil air uaireadair air caol a dhùirn mhìn. Cairteal an dèidh a dhà – tràth gu leòr do chloinn an t-snàimh: tòrr acasan, 's ann an dèidh na sgoile a bhiodh na leasain aca. Anmoch dhìse – feumaidh nach robh i a' tighinn: bha teans gu robh Oighrig bochd no, is dòcha, Catrìona is Caroline aig an taigh leatha.

"Excuse me," orsa tè òg chaol Afraganach le a gruaig na grìogagan ioma-dhathe agus còta fada trom oirre. "My name is Patience Iweta. I am a Masters student at Queen Margaret College. Would you be willing to listen to a passage and answer one question afterwards? It will not take longer than three minutes."

"Eh, well, OK," orsa DJ. "As long as you don't try to sell me a new kitchen afterwards. Got double glazing yesterday!"

Cha do rinn an nighean gàire ris a seo.

"I will begin." Thòisich i air leughadh. "Thank you for agreeing to take part. Students are required to undertake a series of practical investigations. The following exercise will normally take five minutes and . . ."

"You said three minutes," chuir DJ a-staigh oirre.

Rinn i gàire ris a sin a' sealltainn a fiaclan mòra geala. Ge b' e cà 'n do thogadh i seo, cha robh cion bainne oirre, "mar a bha sinn fhìn, dìreach."

"And now the passage," ors ise. "A father and son are driving along a country road on a wet day. The father takes a sharp bend too quickly and crashes into a tree. Unfortunately the father is killed outright, but the son, who has sustained serious injuries, is rushed to hospital. The theatre is prepared immediately and he is wheeled in. However, the surgeon, on taking one look at him, says, 'I'm sorry, I cannot operate on this patient – he is my son.'"

"He is my son?" orsa DJ, ceist na ghuth. "He is my son."

"What is the relationship between the surgeon and the patient?"

dh'fhaighneachd an tè dhubh, is an uair sin bhrùth i putan air uaireadair-spòrs.

"Well," orsa DJ. "This must be a trick question, somehow – father and son driving, but then the patient turns out to be the surgeon's son. I'd say, well, I don't know, I mean, eh, well, either the surgeon's lying for some reason, or in fact he's not and the boy is actually the surgeon's real son – you know, his natural son – and maybe the one that was killed was his adopted father, or rather, the injured boy was his adopted son. What's the right answer?"

"There isn't one," fhreagair ise, a guth gun atharrachadh.

"OK. That one will do. The surgeon is the boy's natural father."

"Three minutes and twenty-six second," ors ise, a' sgrìobhadh na leabhar. "Could I ask your age?"

"Forty-nine," orsa DJ.

"And you are male," ors ise.

"I was this morning."

"Where are you from?"

"From here, well not from Edinburgh. From South Uist, but I'm living here in Edinburgh."

"Scotland," thuirt ise, is sgrìobh i sin sìos. "That's it. I hope that wasn't too painful. Here's my card. Should you wish to know the results of my study, please call this number in around six weeks' time."

"Cheers," orsa DJ, a' cur na cairt san aon phòcaid ri tè na Gymnippers. "What exactly are you researching?"

"Gender stereotypes," fhreagair i. "Goodbye." Shìn i a làmh do DJ. Rug e oirre. Bha an grèim aice gu math cinnteach do dh'oileanach òg à dùthaich chèin. Nach math sin!

"And where are you from?" dh'fhaighneachd DJ.

"I am from Nigeria."

"Excellent," orsa DJ. "Good luck."

Thug i sùil mun cuairt a' chafaidh, ach feumaidh nach do smaoinich i gum b' fhiach dhi bruidhinn ri duine eile dhen chlientèle, o chionn ghabh i a-mach gun dàil air an doras mhòr.

"Annasach," smaoinich DJ. Ghlac tè bhàn an deasg a shùil a-rithist. Choimhead e air falbh bhuaipe a-null chun a' chafaidh. Bha coltas car neònach air aodann Mary. Thog i am flasg cofaidh far a' bhuinn, is le a làimh is a sùilean dh'fhaighneachd i do DJ an robh e ag iarraidh tuilleadh. Bha blas na Fairy Liquid air siòladh is bha a chupa falamh.

"Aye, thanks, Mary. What the hell. Very kind of you." Bha e dìreach air cunntair a' chafaidh a ruighinn nuair a dh'fhairich e diogaladh na dhruim.

"Dè do chor an-diugh, a Dhòmhnaill Sheumais?" dh'fhaighneachd Caroline, a h-anail na h-uchd.

"Dinnae you start aw that foreign talk. Plain Scottish is what masel in DJ speek, in we git on fine, don't we?"

"Famously," orsa DJ.

"A suppose you'll be wanting a mug a coffee tae?"

"If that's OK, Mary. I'd love one and sling us a slice a that gorgeous fat carrot cake."

"Is that a new jug o coffee?" dh'fhaighneachd DJ.

"Ye'r dead right it is, son. A'm jist efter washing it oot three times wi cauld water."

"Ah, very good, Mary."

"A thote A'd add the Fairy Liquid efterwards tae this wan!"

Bha dath na sgailc mu a sùil a-nist gu math fann – le gu leòr na fiamh a' ghàire, ge-tà, a bheireadh ort smaointinn gur e sin an dearbh rud a rinn i.

"Fresh milk on the side, hen," ors ise ri Caroline. "Are ye goin tae be a gentleman, DJ? If ye ur, it's £2.40."

Shìn DJ trì notaichean dhi. Thug ise sin do Willie.

"That's sixty pence you've to gie him, son – wan o thame an wan o thame."

"Sixty pence chinge," orsa Willie, a' cur an airgid ann an làimh DJ. Chitheadh e builgean no dhà fo mhuilicheannan a bha air an truiseadh gu h-àrd.

"Thàinig sibh mu dheireadh thall, a m' eudail."

"Thàinig," orsa Caroline. "Bha mi smaoineachadh gum biodh e an dèidh leth-uair an dèidh a dhà mus ruigeamaid. Abair rush. Cus dheth. Bha sinn thall faisg air Restalrig aig Clownaround aig pàrtaidh. Tè dhe na boireannaich a chaidh gu NCT còmhla rium nuair a bha mi ag expecteadh Catrìona. Tha sinn air a bhith in touch on uair sin. Tha Samantha, an darna tè aice, trì an-diugh. Is bha mi smaointinn gum biodh ùine gu leòr againn. 'S ann aig leth-uair an dèidh uair a bha e deiseil, ach tha mi cinnteach gu robh e mu chairteal gu dhà mus d' fhuair sinn na goodbyes uile air an dèanamh. Tha i gu math laghach, Jenny, is bidh sinn an-còmhnaidh ag ràdh gum bu chòir dhuinn a bhith faicinn a chèile nas trice – ach tha ise ag obair trì latha san t-seachdain. Co-dhiù: an uair sin bha sinn steigte ann an trafaig, chan eil fhios a'm dè tha iad a' dèanamh air Ferry Road, a' cladhach an rathaid às a' chèile a tha iad. Bha na temporary lights aca am meadhan an rathaid – an fhìrinn a th' agam, bha iad a' leigeil dà chàr tromhpa is an uair sin a' tionndadh air ais gu dearg. Co-dhiù!"

"Cha robh mi smaointinn gu robh sibh a' dol a thighinn."

"Even twenty child-free minutes are sacred during the afternoon."

"Nach e sin an rud!"

"Actually, cha bhiodh Oighrig air leigeil leam. Bha i ag iarraidh a top ùr a shealltainn do Bhrian."

"Do Bhrian agamsa?"

"'S ann."

"Carson?"

"Chan eil fhios a'm. Feumaidh gur e esan fashion guru nan Gymnippers. Sin no is esan am pal aice an-dràsta."

"Nach iad a tha èibhinn, clann. Am bi i a' bruidhinn air a-staigh?"

"Bithidh an-dràsta 's a-rithist. Tha mi smaoineachadh gun tug an turas gu Linlithgow iad gu new heights. Carson: dè bhios Brian ag ràdh riutsa mu Oighrig?"

"Glè bheag; tha mi cinnteach gum bi e a' bruidhinn barrachd ri mhàthair."

"Aidh, is dòcha."

"Dh'fhaighneachd e dhìom an tusa a dh'ionnsaich dhomh an dòigh eile air bruidhinn a bh' aig Oighrig fhad 's a bha àsan a' cluic."

"Dè thuirt thu ris a sin?"

"'S iomadh rud a tha Caroline air ionnsachadh dhomh bho thoiseach na bliadhna, ach sin rud a bh' agam on a bha mi òg."

"Tha sin inntinneach, DJ. Tha thu ceart. Tha iad èibhinn, clann – agus glic. Bheir iad ort coimhead air an t-saoghal tro shùilean ùra. Slaodaidh iad a-mach às do shloc thu. 'S iomadh rud a tha mise air ionnsachadh bhuatsa cuideachd, DJ, bho thoiseach na bliadhna a bharrachd air Gàidhlig Uibhisteach."

"Na tha air fhàgail dhith agam."

"No. Tha a' bhruidhinn agad gu math brèagha – mar a chanadh iad."

"Cò iad?"

"You know. Feadhainn a dh'aithnicheas comas-labhairt a tha

taitneach agus, eh, a dh'innseas sin an uair sin ann an dòigh car, eh, laghach." Ghabh Caroline pìos dhen chèic.

"Aidh, aidh. Seadh, dìreach. Dè an còrr a dh'ionnsaich thu bhuam?"

"Em, well, now . . .. You're putting me on the spot. This roots thing, you know the freumhaichean I was pontificating about last week. I think my understanding of their obstinacy, math no dona e, has been deepened. Tha mi cinnteach nach eil sin na chuideachadh ro mhòr dhutsa. An cuala tu o dhuine an Uibhist?"

"Cha chuala."

"Do phiuthar?"

"Cha chuala. 'S dòcha gun tèid mi a choimhead oirre aig a' weekend."

"Abair surprise a fhuair mise aig a' weekend. Nochd David dhachaigh mu aon uair deug Dihaoine is dh'iarr e orm baga a phacadh. Cha robh mi tuigsinn cà 'n robh a' bhriogais aig Oighrig a bha mi air a chur dhan drathair an latha eile. Thog sinn Catrìona còmhla aig Toilcrois, a' chiad uair on chiad latha aice san sgoil, tha mi smaoineachadh, agus dhràibh e suas gu Elgin sinn airson oidhche Haoine is oidhche Shathairne. Bha sinn an taigh-òsta àlainn le biadh wow agus yeah . . . Sin mo phreusant son Mother's Day. Bha mi gu math chuffed.

"Chunnaic mi an *Sex in the City* mu dheireadh cuideachd. Bha fhios a'm nach fhuiricheadh i còmhla ris an egotist sin ann am Paris. Too much her own woman, Carrie."

"Dè bhiodh tu air a dhèanamh airson telebhisean mura robh thu ann an taigh-òsta?"

"Bhithinn air a dhol an ath-dhoras. A' Chailleach Ghreannach a chur às a leabaidh."

"Carson nach eil TV agaibh?"

"Chan eil sinn ag iarraidh fear – really. Is am faca tu am prògram eile a bha sin oidhche Haoine: *Life on the Edge* no *Edge of Life*, mun nighean òg à Musselburgh a bha trom agus dithis aice mar-thà? Agus an gille beag sin: an aon duine na theaghlach nach robh bodhar, is dh'fheumadh e signs a dhèanamh dha athair is dha mhàthair is dha bhràthair beag – agus cuideachd dha bhràthair mòr: chitheadh tu an dithis aca a' coiseachd tro shopping centre còmhla is iad cho dlùth ri chèile. Cha mhòr nach robh mi rànaich – cho làidir 's a bha am balach beag sin dhaibh is gun e ach mu dhusan bliadhna is e cho toilichte, deònach a bhith bruidhinn air an son – sin an gaol aige dhaibh, a chomas-labhairt."

"Tha eagal orm nach fhaca mi fear seach fear aca, a Charoline. Feumaidh cuid againn beagan obrach a dhèanamh oidhche Haoine seach a bhith coimhead teilidh nach eil againn!" Bha blàths mu a bheul.

"Cluinn e! Cha robh an tìde ro mhath Disathairne, ach chuir sinn oirnn ar còtaichean is chluich sinn air an tràigh an Nairn. Chaidh sinn dhan Landmark Centre Latha na Sàbaid. Gu math inntinneach, ged a bha pàirtean dheth dùinte. Co-dhiù, tillidh sinn uaireigin eile. A' Choille Chaledonian. Nach i a bha farsaing. Dè tha *càrr* a' ciallachadh?"

"Càrn?"

"Chan e, *càrr.*"

"Aig Dia mòr a tha fios."

"Drochaid Chàrr. Carrbridge. Bha mi a' dol ga choimhead suas. Cha do chuimhnich mi."

"Poll a' Charra – 'n e sin an aon fhacal?"

"Can a-rithist e."

"Poll a' Charra, shuas sa Cheann a Deas."

"'S dòcha gur e. Dè tha sin a' ciallachadh?"

"Uill, 's e *poll* 'peated area', nach e?"

"'S e, chanainn gur e. Yeah. 'S toigh leam ainmean-àiteachan – bhithinn a' liathadh mo charaidean san Oilthigh nuair a dh'fhalbhamaid a choiseachd, ag innse dhaibh dè bha a' chreig sin a' ciallachadh is 'Now, guys, look out for the speckled cow, her hillock is just over there.'"

"Am faod mi car de thòimhseachan a chur ort, a Charoline?"

"Feuch e!"

"Tha athair is mac a' dràibheadh dhachaigh ann an càr, ach tha an t-athair a' dol ro luath is buailidh e ann an creig. Thèid esan a mharbhadh, ach tha an gille beò, is bheir iad a dh'ospadal e is e air a dhroch leòn. Bheir iad a-staigh dhan theatre e is tha an surgeon ga fheitheamh. 'Chan fhaod mise an gille a tha seo fhosgladh,' ors an surgeon, ''s e seo mo mhac!' Dè am buintealas a tha eadar an surgeon is an gille?"

"A mhàthair."

"Dè?"

"The surgeon is the child's mother. His father having been killed when they crashed into the tree. Chan eil fhios a'm co-dhiù a dh'fhaodadh i opaireiteadh nan togradh i – nam biodh i ann an èiginn, chanainn gum feumadh i. Ach chan e sin a' cheist, an i?"

"Chan i."

"'N e sin am freagairt ceart?"

"'S e," orsa DJ. "Chan fhaigh a h-uile duine e. Canaidh feadhainn gur e an surgeon athair ceart a' ghille, is am fear a chaidh a mharbhadh – uill, gur e adoptadh a rinn e air."

"Tha sinn car sexist, nach eil? A' dèanamh dheth nach fhaodadh an surgeon a bhith na boireannach. Cò aige a chuala tu sin? Aig taxi-driver eile?"

"'S ann. An oidhche reimhid."

"Dè thuirt thusa?"

"Gum faodadh an dà chuid a bhith fìor."

"Tha e neònach, nach eil, an ìomhaigh a th'againne air daoine ann an dreuchdan sònraichte? Nan robh thu air nurs a ràdh, bha a h-uile duine air a mhàthair a ràdh gun smaoineachadh air. Feumaidh mi ràdh, ge-tà, na surgeons bhoireann ris a bheil mi air tachairt: tha iad gu mach macho. Tha aca ri bhith. Dotair a th' ann am màthair David, obstetrician, chan fheum iad sin a bhith buileach cho fearail. Tha i ag obair ann an Kirkcaldy. Seo a' bhliadhna mu dheireadh aice. Elizabeth Barnes, ainm dotair a tha sin, nach e? Chan eil fhios a'm dè bh' aice mus do phòs i."

"Dè an fhine a bh'agad fhèin?"

"Sorry?"

"What's your maiden name?"

"An aon ainm a th' orm fhathast. Caroline Robertson, pleased to meet you, Mr Currie." Rug i, ma b' fhìor, air làimh air.

"Chan e Mac a th'agadsa nas mò."

"Chan e. Nic a th' agamsa: NicDhonnchaidh."

"Aidh, dìreach. ''S e do nighean-sa, a Dhonnchaidh, a chuir an trom-cheist seo orm,'" sheinn DJ.

Thàinig coltas sona an gnùis Caroline. "Tha guth-seinn math agad, a laochain. Thuirt mi sin roimhe, nach tubhairt?"

"Bheil thu deònach leasain a thoirt dhomh a-nist?"

"'S dòcha. Ach bhiodh an t-eagal orm gum millinn am fuaim nàdarra sin. 'S toigh leam e. Anyway, bhiodh tusa a' gabhail, chan eil fhios a'm, Bryan Ferry? Ciamar a tha David Byrne a' còrdadh riut?"

"Tha e glè mhath. Tha mi fàs cleachdte ris. 'S e fear-ciùil air leth a th' ann, ge-tà. An cuala tu riamh gu robh e sa CIA?"

"Dè na breugan a th' agad a-nis, DJ?"

"Cha bhi mise ag innse bhreugan dhut, a Charoline." Bha atharrachadh nochdte na ghuth.

"Point made and taken: DJ. David Byrne sa CIA?"

"Sin a dh'inns Ameireaganach dhomh a leum a-staigh dhan tagsaidh o chionn bliadhna no dhà. Bha feadhainn shìos mu chosta Honduras air reconnaissance, agus co-dhiù bha aca ri snàmh gu tìr, is tha e coltach gun do theabar am bàthadh – chan eil fhios a'm cò bu choireach, ach nuair a thug iad seachad na co-ordinates eadar iad fhèin is an cladach gun deach an toirt seachad cas-mu-sheach is gun do dh'fhàg sin gu robh iad gu math na b' fhaide a-mach na bha còir aca a bhith. Rinn iad an gnothach air èiginn. Sin a thuirt am fear-sa co-dhiù, gu robh David Byrne air fear dhen bhuidhinn sin. Carson a dh'innseadh e breugan? Ach sin a bhios cuid a' dèanamh. A' dèanamh suas stòiridhean mum beatha 's na daoine a b' aithnte dhaibh nuair a bha iad òg, feuch am bi iad fhèin a' coimhead beagan nas motha. Ach chan e sin a dh'fhairich mi mun fhear seo. 'S e tidsear a thuirt e a bh' ann fhèin ann an State University, ann am Portland, Oregon. Bha e aig symposium fad seachdain sa Chonference Centre, goirid an dèidh dha fosgladh."

"Feumaidh sinn uile beagan fantasy, tha mi cinnteach," orsa Caroline. "Fhad 's nach tòisich thu air a chreidsinn. Sin an cunnart. Co-dhiù, tha Catrìona a' seinn 'Un di Felice, Eterea', agus tha sin math. An aithne dhut am Ploc?"

"Cò am fear, Verdi?"

Theab i tuigsinn is rinn i gàire. "Plockton, DJ. An t-àite – faisg air an Eilean Sgitheanach."

"Chan aithnte. Cha deach mise riamh dhan Eilean Sgitheanach, a Charoline. Taobh an Òbain a bhithinn a' gabhail daonnan, is Malaig roimhe sin is an trèan a Ghlaschu – cha b' urrainn dhomh dràibheadh mun deach mi a Lunnainn. Ged a b' urrainn, cha robh rathad agam air càr fhaighinn. Tha an saoghal air atharrachadh gu mòr on a bha mise mun Ghàidhealtachd. 'N e àite snog a th' ann?"

"'S e. Tha mi dèanamh a-mach gur e. Tha palm trees ann. Bidh e làn white settlers aig prìsean nan taighean. Ach . . . "

"Ach dè?"

"Chan eil càil."

"A bheil thu am beachd a dhol ann nuair a thilleas tu às an Spàinn?"

"Yeah. Dh'fhaodainn sin a dhèanamh. 'S dòcha gur e deagh idea a tha sin. Sin a nì mi. 'S fheàrr dhuinne gluasad. An ath sheachdain an tè mu dheireadh ro na holidays. An do rinn thu re-booking?"

"Rinn, rinn."

"Glan. Chì mi an ath-sheachdain thu, ma-thà. An dòchas gun dèan Na Bhoys an gnothach san Nou Camp an ath-oidhch."

"Tha thusa gu math nas motha mu dheidhinn football na mise, tha mi a' smaointinn."

"'S dòcha gu bheil. Beagan spòrs, dìreach. Tha e a' còrdadh rium. Bye-bye, DJ!"

"Mar sin leat, a Charoline."

David

Deich mionaidean mun robh còir aig David Barnes Coates Anderson fhàgail feasgar Dihaoine, dh'iarr Christopher facal air an oifis Pheter. Bha e fhèin, George agus Christopher ga fheitheamh aig a' bhòrd-choinneimh. Dh'fhalbh Bethany a dh'iarraidh cofaidh dhaibh. Bha a sgiorta a cheart cho goirid ri tè oidhche nan cocktails – oidhche Haoine mhòr eile roimhpe!

"OK," orsa Christopher, "I accept what you're saying, David. You haven't had the best run of luck lately, agreed. If you accept what we are saying – that it's time your luck changed, and that might take some attention on your part."

Bha David fhathast gam mallachd air an rathad dhan phort-adhair. "Sanctimonious shites" a bh' annta. Christopher a rinn a' bhruidhinn mhilis. Bruidhinn Pheter. Bha e an dùil stad aig an taigh airson "Oidhche mhath" a ràdh ri Catrìona is Oighrig, ach bha a' ghràisg a bha sin air an ùine aige a ghoid air. 'S ann aig 18.15 a bha am plèan a' falbh – dh'fheumadh e cumail roimhe. "Have a great weekend," orsa Christopher. "What an exquisite city!" Cunt.

Bha Graham agus Keith air a dhol a-null sa mhadainn gu Prague air Czech Air, dìreach à Dùn Èideann. Chaidh Tricia a-null Diardaoin. Seach nach robh David ag iarraidh an latha a ghabhail dheth, bhiodh e leis fhèin air Lufthansa via Frankfurt. Aig 19.20, nuair nach robh am plèana air Dùn Èideann a ruighinn, gun

199

tighinn air fhàgail, dh'fhòn e gu bean Ghraham agus dh'iarr e oirre innse do Ghraham, nam fònadh e, nach robh e a' smaointinn gum beireadh e air a' phlèan mu dheireadh eadar Frankfurt is Prague.

"Hopefully the first flight out in the morning will get us there on time – but the Registration Hut closes at ten, so could Graham collect my pack." Lorg e àireamh-fòna airson an taigh-òsta, Hotel Imperial, am measg a phàipearan, agus dh'fhàg e brath dhaibh an sin cuideachd. Bha deagh Bheurla aig an tè a fhreagair am fòn, Simone. "I will tell Graham Stubbs: David Barnes will arrive tomorrow."

Ri thaobh air an itealan bha fear òg às an Òban a bha na shàr-chluicheadair-squash. Cha robh David riamh air ainm a chluinntinn. Michael Hemp. Bha e air an rathad gu gèam-taisbeanaidh mòr sa Ghearmailt.

Chuala an dithis air an cùlaibh, Paul agus Shona, David ag innse do Mhichael gu robh e an dùil a' Hermes Half-Marathon a dhèanamh an ath latha.

"It seemed such a perfect idea," orsa Paul. "Straight from the office on Friday, back midnight on Sunday. What time are you hoping for?"

"I'd be happy with one, thirty-four," fhreagair David, "if we get there on time."

"I think," orsa Shona, air an robh aodann is gruag car bòidheach, "the first flight to Prague from Frankfurt is at 08.30. I was hoping for about one, forty-four, but I've got a bit of a cold, so we'll see. Where are you staying?"

"Hotel Imperial."

"Expedia?"

"Yip!"

"Do you believe in fate?"

"If it gets me to the start-line on time, I'll believe in anything." fhreagair David.

Cha b' eagal da. Chaidh an cur suas ann an taigh-òsta meadhanach math am Frankfurt is dh'fhàg am plèan air an uair an làrnamhàireach. Chuir iad orra an aodach-ruith am port-adhair Phrague aig 10.10, agus aig 10.50 ràinig iad Sgoil Naoimh Iòsaph, far am faodadh na farpaisich am bagaichean fhàgail. Bha Graham, Keith is Tricia nan coinneimh aig doras na sgoile aig 11.00 le pasganclàraidh son David agus Paul is Shona. Bha David air fònadh a-rithist gu bean Ghraham à port-adhair Frankfurt le fiosrachadh Paul is Shona.

Aig meadhan-latha chruinnich iad còmhla ri trì mile gu leth eile air Drochaid Theàrlaich IV, is a-mach leotha fad 21km suas is sìos Abhainn Vltava. Cha deach an teas na b' àirde na 1°C, is dh'fhairich David beagan fuar na lèine-t – 'Great North Run 1996' – is sna shorts. Ach bu choma sin. Chòrd an gnothach glan ris, gu h-àraidh an dèidh na dh'fhuiling e an latha roimhe sin.

"I saw you a couple of times. You were flying, mate. One, thirty-one," orsa Shona aig deireadh na rèis. "Well done, David. T-shirt told no lies. 'You're amazing!' ors ise, a' cur a làimhe air na faclan a bha sgrìobhte air a bhroilleach. "Is that a personal best?"

"Yeah," orsa David. "I'm over the moon." Ghabh e cupa tì teth is banana bhon luchd-cuideachaidh is thug e do Shona iad.

"How did you do, Shona?"

"One, forty-three."

"Good on you," ors esan, "with a bloody cold." Thug e pòg dhi air a bus saillte. "A few well-deserved beers tonight, methinks."

"A good few," orsa Shona. "Life's always more interesting with an adventure or two thrown in along the way."

Fhuair Paul one, forty-eight. "First half below one, fifty," orsa Shona, a' toirt hug dha. "You should call Joanne – she'll be delighted. Paul's wife was going to come, but she sustained quite a nasty Achilles injury at the Nationals – it still hasn't healed properly."

Air an fheasgar, shuidh an sianar aca còmhla ann an cafaidh an seann cheàrnag a' bhaile. Chomharraich an duineachan gu h-àrd air a' ghleoc os an cionn gach uair a thàinig is a dh'fhalbh.

"Better make a move back to the hotel," orsa Keith, "if we're going to get changed before the beer tour."

"Beer tour?" dh'fhaighneachd David.

"Yea," orsa Graham, "mandatory – especially for those who've flown in this morning and then fluked a one, thirty-one. We' re meeting at the clock-tower at half-seven."

"I'd quite like to go to this Classical concert," orsa Shona, a' sealltainn dhaibh a bileig dathte. "It's just round the corner at five-thirty: Vivaldi, Mozart, Dvořák, Smetana – is that the Czech one? Any takers?"

"Maybe tomorrow," orsa Paul. "If I don't get forty winks now, I'll end up in the corner in the pub crawl."

"So are we going on it too, then?" dh'fhaighneachd Shona.

"Too right," fhreagair Paul, "I'm going to get sub-one, fiftied." Thug Paul leis na bagaichean aig David is Shona air ais gu Hotel Imperial.

Chaidh an dithis acasan dhan chuirm, agus a dh'aindeoin buidheann de mu dhà mhìle à Taiwan a bha uile ag iarraidh suidhe còmhla, bha an ceòl air fidhill, piana agus duiseil dìreach eireachdail is furasta èisteachd ris. Dhùin David a shùilean ag èisteachd ri Allegro Moderato le Dvořák is dh'ath-bheothaich an t-earrach na spiorad. Sheas Shona aig deireadh na consairt a' bualadh nam bas dhan triùir sa Chollegium. Thill am prìomh fhìdhlear, Pavel Kutman, chun an àrd-ùrlair còmhla riutha is sheas an còrr dhe na bha an làthair.

'S e oileanach òg Slovag, Ivan, a threòraich iad fhèin agus ceathrar eile o thaigh-seinnse gu taigh-grùdaidh gu seilear-leanna gu taigh-òil. Bha an t-àite mu dheireadh, 'The Marquis of Sade', na latha air fear dhe na taighean-shiùrsach a b' ainmeile sa bhaile. "When we say '*Na zdraví*,'" ors Ivan, "which mean for health, we must look into each other's eyes. That will ensure seven years' worth of good sex."

"All in the one night?" dh'fhaighneachd David.

Rinn Shona siot na leann dorcha. Agus chaidh gu leòr de leann soilleir agus dorcha a chaitheamh sìos slugain a bha a' miannachadh an deagh fhliuchadh. Bha an treas putan air fhosgladh air lèinidh Shona ach cha do dhùin i e. "Cheers to the Prague six," ors ise.

"Slàinte," orsa David.

"Cheers to healthy living!" orsa Tricia.

Choinnich David ri Shona air an rathad a-mach às na taighean-beaga. Bha i a' cur air dòigh a sgiorta le làmhan an dòigh uabhasach seagsaidh. "Paul said," ors ise, "that there's a Techno Bar in the Hotel with funky pink and green tables and chairs. I reckon we ought to have some brightly coloured nightcaps after all this beer." An uair sin chuir i a corrag mhòr tarsainn air bilean David.

'S ann a sheòmar David a chaidh iad an dèidh dhaibh dà Mhosow Mule an urra a chur sìos ann an trì chairteil na h-uarach.

"Just a wee bit of fun," ors esan, a' pògadh a h-amhaich. "I'm a married man."

"You don't need to tell me that, David," ors ise, ga shuathadh le a bois mun ghobhal. "Fun's good for me too."

Diciadain 31 Am Màrt

Seach gu robh iad air a bhith aig pàrtaidh Samantha an t-seachdain roimhe, thug Caroline Oighrig suas a Dhrum Brae car tràth airson snàmh. Cha robh ach aon leun air a dhùnadh dhan t-sluagh, ach bha fear ann an trunks bhuidhe a' snàmh suas is sìos ann aig astar eagalach. Dh'fhan an dithis aca air an taobh deas dheth, is le float an cumadh losgainn dh'fheuch Caroline ri toirt air Oighrig rud beag a bharrachd obrach a dhèanamh le a casan. Thug i greiseagan eadar sin agus a' seinn.

Bu thoigh le Caroline a bhith a' seinn san amar-snàimh: dh'fhaodadh tu do ghuth a leigeil a-mach gun daoine gad chluinntinn no a' toirt an aire dhut. Bha i fhathast a' seinn san fhrois, is i feuchainn ris an siampù gu lèir a thoirt às gruaig Oighrig. Bha i gu math cute a' coimhead na seasamh na deise phinc agus bùrn mòr a' dòrtadh a-nuas oirre.

"Mo nighean donn à Còrnaig," bha Caroline a' gabhail is a' putadh uisge le làmhan far a h-aodainn. Guth àlainn aig an fhear a bha ga ghabhail air an rèidio: à Barraigh. Sin a' chiad uair a chual' i riamh e. Chan fhaigheadh i a-mach às a h-inntinn a-nis e. "Gu robh thu buidhe bòidheach; Mo nighean donn à Còrnaig." Cà 'n robh Còrnaig? Tìr-mòr, math dh'fhaodte?

"Nach e a bhiodh uabhasach," ors ise ri DJ nuair a bha iad air suidhe ann am meadhan a' chafaidh, "nam biodh daoine ag òl is ag ithe na chaidh ullachadh airson do bhanais air do thiodhlacadh."

"Tha mi cinnteach gun do thachair e uair no dhà. Dè chuir sin nad inntinn?"

"Dìreach sgeulachd an òrain a chuala mi sa mhadainn nuair a bha mi a' hooveradh. *Mo Nighean Donn à Còrnaig.*"

"'S tusa a bhios a' dèanamh do hooveradh fhèin?"

"'S mi. Carson – a bheil searbhanta agadsa?"

"Ach, chan fhaigh thu an quality mar a b' àbhaist."

"Yeah. Cuiridh mi geall. 'S aithne dhomh a leithid glè mhath. Gillean beaga Gàidhealach a chaidh a mhilleadh lem Mamaidh is nach eil comasach, mas fhìor, air . . . Dash! Tha mi duilich, DJ. Cha robh sin ro iomchaidh."

"B' àbhaist deoch gu leòr a bhith air na tòrraidhean an Uibhist, cosgais an tòrraidh a bh' aca air. Bhiodh barailtean leanna is botail uisge-bheatha aca sa chladh."

"Son deoch-shlàinte òl air an neach a dh'fhalbh?"

"Dìreach sin. Ach sguir iad dheth. Bha tuilleadh 's a' chòir sabaid a' dol. Na sagairt fhèin a chuir às dha mu dheireadh sna Thirties. Cha robh iad a' ceadachadh dha na daoine deoch-làidir òl ann an àiteachan coisrigte. Bha smachd teann aig sagart air an t-sluagh. Cha rachadh tu na aghaidh. Ach cuideachd, bha e a' cur uallach damainte air an teaghlach is gun sgillinn ruadh aca. Ged a bha iad a' creidsinn gu làidir gur e 'cuid an duine fhèin a chosgais'. Chuala mi e ga innse aig grunn gu robh fear ann mun àm a bha seo uile a' dol, Aonghas Mòr Fhionnlaigh – chan e ach Aonghas Mòr Eòghainn. Agus bha an sagart air maoidheadh far na h-altarach nach robh math do dhuine deoch-làidir a thoirt gu tòrradh, agus nan toireadh, nach b' urrainn dhàsan guidhe le anam an duine no ùrnaigh a dhèanamh air a shon. Nach ann a bha an seat cruaidh! Is na daoine bochda air an clisgeadh ro na diabhail. Co-dhiù, dh'eug màthair Aonghais Mhòir a bha seo agus i ninety-three, agus chaidh mo laochan a dh'ionnsaigh an t-sagairt airson dè an t-àm aig an tigeadh a corp dhan eaglais is a h-uile sìon a chur air dòigh.

"'Tha mi an dochas,' ors an sagart, 'nach bi sibh a' toirt leibh na dibhe chun an tòrraidh.'

"'Uill, athair,' orsa Aonghas Mòr Eòghainn, ''s mi gu dearbha fhèine a bhitheas – chan e mise a' chiad duine a tha a' dol a stad dhen chosgais. Agus,' ors esan, 'bha mo mhàthair ceithir fichead bliadhna agus a trì deug air an t-saoghal a bh' ann an seo – mura d' rinn i gu leòr airson a h-anama fhèin anns an ùine a tha sin, chan eil aige ach a chur a dh'Ifhreann oirre.'"

Sgaoil gàire air aodann Caroline, ach cha tubhairt i sìon.

"Chùm iad orra às dèidh sin, ga òl nuair a bhathar a' giùlain na ciste 'Seasadh a-mach sianar' a dh'èigheadh iad. Ghabhadh sianar làidir eile a-staigh fon chistidh son an caoidh a ghiùlain air an guailnean – gheibheadh an fheadhainn a bha air a bhith foidhpe romhpasan beagan fois is dram, 's dòcha. Nì iad gu leòr òil fhathast air a' chaithris agus as dèidh an tòrraidh."

"Cà 'n deach sib' fhèin an dèidh an tiodhlacaidh?"

"Cha deach a dh'àite. Thàinig iad uile air ais dhachaigh a thaigh mo mhàthar. Sin a bhiodh i ag iarraidh. Sin a fhuair mo sheanair is mo dhà sheanmhair roimhpe."

"Cha robh duine a' sabaid?"

"Cha robh. Tha fhios gum feum daoine a bhith gu math eòlach air a chèile mun teann iad air sabaid dhòigheil a dhèanamh air tòrradh. Sin a bha a dhìth, is dòcha. Chan eil sìon a dh'fheum do shrainnsearan a bhith a' dalladh air a chèile."

"'S dòcha nach eil," orsa Caroline. "Tha e neònach. Ach an t-òran sin. Nach cuala mi gu 'n-diugh. Thug e bàs m' athar nam chuimhne sa mhionaid. Chithinn an eaglais is cladh na Cille Mòire agus na seann daoine a thàinig ann an còtaichean dubha. Mar feannagan

am measg nan clachan-uaghach. Àm a' gheamhraidh a bh' ann.
Dh'iarr e sin na thiomnadh. 'S ann innte a bha a mhàthair is athair
nan laighe roimhesan. Cha b'aithne dhuinn ministear an àite, ach
bha e cho laghach, ro laghach, is dòcha. Rinn iad adhradh san taigh
an Tarsgabhaig dà oidhche ron tiodhlacadh. Thug am ministear
leis èildear airson ùrnaigh a dhèanamh sa Ghàidhlig. Bha sin
còir dheth. Caractar a bha san èildear. À Uibhist a Tuath. 'S math
nach robh deoch no sabaid ri fhaotainn – chanainn gum biodh
an dà chuid air còrdadh ris. Bha mi air a bhith a' smaoineachadh
mu dheidhinn mo phàrantan co-dhiù, a chionn chuala mi sna
naidheachdan sa mhadainn gun do bhàsaich Alastair Cooke. 'S e
institution a bh' ann san taigh againn: nuair a bha mi beag, nan
d' rachainn a-staigh dhan bhedroom aca madainn na Sàbaid,
chan fhaodainn fuireach ann còmhla riutha mura laighinn gun
ghluasad is gun fhacal a chanail gu 'm biodh e seachad. Dh'fhàs mi
cho eòlach air ruitheam is fuaim a ghuth. Bha e na chofhurtachd
dhomh. Sin fear dhe na cuimhneachan as toilichte a th' agam air
mo phàrantan còmhla. Madainn na Sàbaid, blàths, sàmhchair,
bodhaigean fuasgailte. Cha robh duine a' dol a throd ri duine sam
bith eile."

"An robh iad dona gu trod?"

"Chan eil fhios a'm an robh iad càil na bu mhiosa na pàrantan
sam bith eile. Bhiodh mo mhàthair . . . cha robh i . . . chan eil fhios
a'm an ann a dh'aona ghnothach an-còmhnaidh a bhiodh i ris, ach
bhiodh i ag obair air m' athair – you know, taunting him, goading
him – feuch am faigheadh i reaction air choreigin bhuaithe. Bha e
a' cur oirrese gu mòr, tha mi smaoineachadh, gum b' fheudar dhìse
a dreuchd a leigeil seachad is gun do chùm esan air na thidsear,
ged a bha e cho soilleir 's a ghabhadh nach robh e math air an
obair is nach robh mòran ùidh aige ann. Tha e coltach gur e fìor

dheagh thidsear a bh' inntese – bha i, 'fhios agad, passionate mun chuspair. Sin, tha mi cinnteach, a thug orm languages a dhèanamh san oilthigh. Chan e a-mhàin gu robh iad agam, mar gum bitheadh, ach gun tug i orm iarraidh a bhith agam orra.

"Car de phlodder a bha ann am athair – bu chòir dhàsan a bhith air a dhol dhan phoileas còmhla ri a bhràthair, Murchadh, ach fhuair e na marks is cha robh a fhradharc air leigeil leis. 'S e obair car urramach a bh' ann an tidseadh sna lathaichean sin do ghille òg às an Eilean Sgitheanach. Esan a' chiad fhear dhen teaghlach a chaidh dhan oilthigh. Tha an còrr na eachdraidh làn mediocrity. Chan eil fhios a'm – nan robh e air a bhith pòsta aig boireannach beag laghach às a' Ghaidhealtachd a bha deònach a shliopars a thoirt thuige 's a phìob a lìonadh dha, 's dòcha gum biodh e air faireachdainn na b' fheàrr mu dheidhinn fhèin. Ach bha an tè Fhrangach fheargach a phòs e car tuilleadh 's a' chòir dha agus, och, uill, chaidh gnothaichean bhuaithe beagan. Ach bha an dithis aca airson gum biodh athair is màthair agamsa, gun ann ach mi fhìn cuideachd. Saoilidh mi gun d' rinn mo mhàthair sin air – dìreach an aon phàiste a bhith aca. Bu thoigh leis fhèin dithis no triùir a bhith aca. 'Yes, three children to drive me crazy and you float on regardless.'"

Nochd buidheann de mu chòignear chiorramach; thàinig fear beag reamhar ann an seacaid-chlòimhe dhubh a-staigh air an cùlaibh 's e a' putadh boireannach ann an cathair-chuibhle. Thòisich am fear le geansaidh dearg aig toiseach an t-sreath air èigheachd ri Willie aig àird a' chlaiginn. Bha a' bhruidhinn aige uabhasach doirbh a dhèanamh a-mach, ach a rèir choltais bha Willie a' tuigsinn a h-uile facal a bha e ag ràdh agus bha e a' leum suas is sìos air an taobh aige fhèin dhen chunntair.

"Nae need to shout, Barry," ors am fear beag reamhar. "We're oan an expedition, Henry. Whit yeez aw wantin'? Look, Jimmy," ors esan ri fear beag maol mu leth-cheud le speuclairean tiugha, "thi've goat yer favourite juice."

Chruinnich iad aig fear dhe na bùird bu ghiorra dhan uinneig mhòir. "Oh, ye cannae shove yer grannie aff a bus," thòisich Jimmy ri seinn. Dh'iarr am fear a bha air a bhith ag èigheachd air to "Gie us a break."

"Bha mi fhìn 's m' athair gu math faisg nuair a bha mi beag. Daddy's girl, eh – ach tha e doirbh nuair a tha thu a' cluinntinn geur-theanga do mhàthar, is bha i sin geur, tha mise ag innse dhut, agus, uill, fanaid na feadhainn a bha còmhla rium san sgoil – tha e doirbh do spèis a chumail. Tha mi cinnteach gu robh mise na bu chruaidhe air na bu chòir dhomh a bhith cuideachd. Ach nuair a tha thu òg, agus tha duine mòr ann a tha ro lag, cuiridh e an t-eagal ort, is bidh thu a' tionndadh na aghaidh, feuch am fàs e nas cruaidhe – gum bi e làidir dhut mar inbheach ceart. Sin a tha clann ag iarraidh, inbheach air am faod iad a bhith an eisimeil, gus an urrainn dhaibhsan na thogras iad a dhèanamh gun dragh. Chan eil iad ag iarraidh a bhith faighneachd Carson, no dè as adhbhar? Tha sin a' cur bacadh orrasan is air an cuid spòrs. Tuigidh mi sin a-nis le Catrìona is Oighrig – ged nach eil iad ach gu math beag – gu h-àraidh nuair nach eil mi fhìn a' faireachdainn ro làidir."

"Cia mheud bliadhna a th' ann o bhàsaich e? Deich, an tuirt thu?"

"S e. Deich bliadhna, January sa chaidh. Glè ghoirid an dèidh dhomh tachairt ri David. Thuirt iad gun do ghabh e 'massive stroke'. Bha mi a' teagasg na feadhainn bheaga ann an Sgoil Pharsons Green. Thàinig Mrs Stevenson, a' Head Teacher, a-staigh dhan chlas: bha mo mhàthair air a' fòn, cha bhiodh i uair sam bith a' fònadh thugam aig m' obair. Bha e a' dol a thighinn a-nuas leis

fhèin a chur seachad latha no dhà còmhla rium sa flat san robh mi
an seo: 'fhios agad, a' falbh air feadh nan taighean-tasgaidh an seo
an Dùn Èideann, beagan airgead a chur air na h-eich. Pinnt socair
a ghabhail le pàipear–naidheachd gus an tiginn dhachaigh. Sin
an seòrsa duine a bh' ann, duine beag, duine beag – chan eil fhios
a'm, neoichiontach, eagalach, 's dòcha: gu dearbha, bha an t-eagal
aige rom mhàthair. 'S dòcha gum bu chòir dha a bhith air a bhith
na churator ann am Museum. Taing do Dhia gun do bhruidhinn
e Gàidhlig rium. Thug sin dha agus dhuinne rudeigin eadarainn
a bha dìreach leinne. Bhiodh e a' bruidhinn air òige san Eilean
Sgitheanach, bha e air gu leòr a chluinntinn mu dheidhinn mar a
chaidh na daoine a Tharsgabhaig, na bailtean a chaidh a chlìoradh
leis a' Mhorair Dhòmhnallach – Dail a' Bhil agus Caradal. Àite gu
math iomallach a bh' ann an Tarsgabhaig nuair a bha m' athair
a' fàs suas ann. Coimhearsnachd car dlùth. Àite brèagha."
   "Chan fhada gu 'm bi thu ann."
   "Cola-deug a-màireach – I can't wait. Bidh an taigh agam dhomh
fhìn. Tha m' antaidh Peggy is Roy an duine aice a' dol suas airson
na Càisg, ach feumaidh iad tilleadh a dh'Inbhir Nis air an Dimàirt,
is bidh an taigh dìreach cho glan 's a ghabhas. Na poitean-tì air am
falamhachadh is air an glanadh is air an tiormachadh is gun aon
chàil a-mach à àite. 'S e taigh beag grinn a th' ann am meadhan
a' bhaile, dà mhionaid on chladach. Cadal, coiseachd is leughadh
– sin uile na tha mi dol a dhèanamh."
   "A bheil mòran ann air am feum thu dhol a chèilidh?"
   "Duine no dithis. Tha a leithid air tighinn a-staigh dhan bhaile –
nach aithne dhomh. Ach tadhailidh mi air a dhà no thrì chàirdean
ceart gu leòr – mus falbh mi!"
   "Agus am Ploc."
   "Aidh, am Ploc. Yeah, tha sin fhathast air m' aire, ach tha
barrachd ùidh agam ann an cadal, coiseachd is leughadh. Chan

eil fhios a'm a bheil am mental space agam airson rannsachadh ceart a dhèanamh – ach bha mi smaointinn gun stadainn ann air mo rathad dhan Eilean. Nam bithinn uabhasach organised, dh'fhaodainn a bhith ann oidhche Chiadain – ach 's e as coltaiche gun tuit mi nam chlostar air an ùrlar nuair a thilleas mi às an Spàinn is nach èirich mi ach airson fònadh son take-away pizzas fad dà latha. Chì sinn. Cha robh e cho soirbh an idea a reic ri David. Chitheadh esan barrachd dhuilgheadasan. Tha an gnothach car air ciùineachadh nam inntinn."

Dh'fhairich Caroline rud beag air a nàrachadh nuair a chuimhnich i air an t-suidheachadh àraid a bhrosnaich am plana na h-inntinn. Bha sùilean DJ uabhasach dorcha. Donn. Ach a' tighinn faisg air a bhith dubh. 'S e duine gu math tarraingeach a bh' ann na dhòigh fhèin do chuid a bhoireannaich. Feumaidh gu robh e fhèin is a bhràthair gu math brèagha nuair a bha iad mu naoi-deug – mus robh iad 'gòbhlach is guireanach'. Bha DJ a' sgrìobhadh air cùl cairt a thug e às pòcaid a sheacaid.

"Bidh mise," ors esan, "ann an Uibhist on an Diciadain roimhe sin – 'n e am 14th a th' ann? 'S e, chuir mi air dòigh am flight aig a' weekend."

"'N e Kelly a bh' ann?"

"Cò?"

"An tè à New Hampshire?"

"Chan i ach tè à Glaschu fhèin. 'Hello, Magrit speekin'": rinn e magadh air cainnt Ghlaschu. "Seo an number son taigh mo mhàthar: Grogarry 221 a chanamaid nuair a bhiomaid a' freagairt na fòn, tha iad air an 01870 620 a chur roimhe bhon uair sin. Feumaidh tu an rud air fad a dhialadh."

"Tha fhios a'm air a sin, DJ. Digital Exchanges. Tha iad air a bhith ann o chionn bliadhna no dhà a-nis."

"Co-dhiù, smarty-pants, cha bhi mise ach a' cur air dòigh ghnothaichean mun taigh. Thuirt mi ri Sìneig gun cuirinn sglèat no dhà air a' mhullach. Tha uinneagan ann a tha feumach air am peantadh. Air an striopadh agus air am peantadh! 'Fhios agad, taighean sheann daoine, gu leòr obrach daonnan ri dèanamh riutha. Tha na gnothaichean aig mo mhàthair – 'fhios agad, na possessions aice – rin cur an òrdugh air choreigin. Thuirt mi rithe gun dèanainn start air a sin; bha iadsan air holiday a chur air dòigh san Eadailt – cha robh i son iarraidh air Teàrlach, an duin' aice, a cur dheth. Rachadh e às a chiall. Mi fhìn a thairg dhi a dhèanamh. Saoilidh mi gu robh i car taingeil. Tha Sìneag air cuideachadh gu leòr a thoirt dhomh thar nam bliadhnachan. Bha i daonnan ag iarraidh a bhith a' bruidhinn rium no faighinn a-mach an robh mi ceart gu leòr. An robh mi toilichte. Chan e droch creutair a th' innte. Buamastair a tha san duin' aice. Burraidh de dhuine. Sin an number ma tha thu ag iarraidh tighinn a-nall às an Eilean Sgitheanach airson latha – 's e làn di do bheatha. Chì thu fhèin mar a tha dol dhut. Bidh hired car agam bho chloinn Ruairidh Fhearchair; mar sin faodaidh mi tighinn nad choinneimh a Loch nam Madadh. Cha chreid mi nach bi na bàtaichean air a dhol gu run an t-samhraidh. Bidh barrachd dhiubh ann. Ach fàgaidh mi sin agadsa."

"Uill, cheers, yeah. Smaoinichidh mi mu dheidhinn."

"No pressure," ors esan. "Agus cha ruig thu a leas eagal sam bith a bhith ort. Tha rùmannan gu leòr an taigh mo mhàthar. Bhiodh tòrr mòr privacy agad. Friends. Nach e?"

"'S e gu dearbha. Gymnippers pals."

"Sin e dìreach."

"Dè an àireamh a tha seo air cùl na cairt?" dh'fhaighneachd Caroline, a' leughadh a-mach na sgrìobh an tè òg Afraganach.

"Chan e rud sam bith cudromach. Seall." Thug e dhi a pheann.

"Faodaidh tu loidhne a chur throimhe. Market Research no rudeigin. Ciamar a chaidh dhan duin' agad ann am Prague?"

"O, eh, glè mhath. Yeah. Chòrd e riutha uile. Bha car de dh'adventure aige, ach dh'obraich a h-uile rud a-mach uabhasach fhèin math. Rinn e Personal Best, mar a chanas iad, agus choinnich e fhèin is a thriùir charaidean ri ruitheadairean eile is chaidh iad air seòrsa de phub crawl às dèidh a' race – chaidh e a dh'èisteachd ri ceòl Clasaigeach – e fhèin is an dithis Albannaich eile. À Sruighlea a bha iad. Cupall òg. Tha e coltach gu robh ise, Fiona, gu math luath, bheat i a boyfriend. 'S ann air Disathairne a bha an rèis. Chaidh iad uile suas dhan chaisteal Didòmhnaich – bha iad ag iarraidh sreap gu bàrr a' bhell-tower air a' Chathedral son sealladh fhaighinn air a' bhaile, ach bha e dùinte gu toiseach April: a-màireach a tha sin – feumaidh tu an aire a thoirt, DJ."

"Gu dearbha fhèin. Ceangailidh mi an geata air South Gyle Road is cha tèid mi air turas do dhuine."

"Dìreach. Cha do thill David dhachaigh gu deich uairean oidhche Dhòmhnaich, mar sin cha d' fhuair mi cus ùine bruidhinn ris. Bha coinneamhan anmoch aige oidhche Luain agus a-raoir. Tha tòrr a' dol an-dràsta. Ach, yeah," a' smaointinn air colainn bhlàth David ga gabhail le sireadh làidir sa mhadainn mun robh i na dùsgadh ceart. "Cha bhi aige ri èirigh cho tràth a-nis, gu 'n tòisich an trèanadh airson an ath fhear – tha iad a' bruidhinn air Paris an ath-bhliadhna."

"'S toigh leis an gnothach a bhith car exotic."

"Tha fhios a'm. Tha e coltach gu bheil half-marathon san Eilean Sgitheanach. Bha mise ag ràdh ris gum bu chòir dha fheuchainn. Dh'fhaodamaid uile a dhol suas son a' weekend."

"Cuin a tha e ann?"

"'S t-samhradh uaireigin – June no July."

"Bheil e keen?"

"Tha mi smaoineachadh gu bheil. Sin an aon dòigh a gheibh mi David dhan Ghàidhealtachd, le adhbhar eile a tha ceangailte ris an t-saoghal shàbhailte aige fhèin."

Dh'fhosgail Caroline a baga agus chuir i a' chairt a thug DJ dhi gu faiceallach leatha fhèin ann am fear dhe na h-àiteachan nach biodh i a' cleachdadh sa bhitheantas.

"Chì sinn dè thachras, DJ. 'S dòcha an dèidh latha no dhà de dh'fhois gum bi mi ag iarraidh gluasad, àiteachan eile fhaicinn. Unfettered woman will travel. Ach chan eil mi a' dol a ghealltainn sìonadh. Tha mi ag iarraidh dìreach cothrom dùsgadh sa mhadainn is a ràdh, O, tha deagh latha ann: falbhaidh mi cuairt a Rubha Shlèite no tha beagan uisge ann, fuirichidh mi a-staigh nam aodach-leapa air beulaibh an teine. Spontaneity: sin an rud a tha cho gann na mo bheatha – sin an rud as motha a thèid a mhùchadh nuair a thèid thu nad mhàthair. Tha an-còmhnaidh srian aig cuideigin air na mionaidean agad. 'N e bàrdachd a tha sin, a MhicMhuirich?"

"Tha mi faicinn na h-ìomhaigh glè mhath. Is na h-eich gad shlaodadh. Ge b' e dè nì thu, tha mi an dòchas gum bi Salamanca agus Slèite bàidheil riut."

"Dè tha sibhse a' dol a dhèanamh? Bheil sibh a' dol a dh'fheuchainn a dh'àite sam bith?

"As t-samhradh, 's dòcha. Chan eil na lathaichean aig mo bhean, 'fhios agad: tha i air tòrr ùine a chall."

"Le a druim?"

"Sin is rudan eile. Tha i car a' feuchainn ri bhith san obair airson deannan mhìosan an dèidh a chèile. Bha sinn a' feuchainn ri smaointinn air àite a bhiodh math airson weekend na Càsg – tha na h-igheanan airson a dhol gu Alton Towers, ach bhiodh e cho trang, tha mi smaointinn. Robh thu riamh ann?"

"Cha robh. Bheil e math?"

"Tha e a' còrdadh ris a' chloinn. Chaidh sinn sìos a' bhliadhna an dèidh dhuinn tighinn a Dhùn Èideann. 'S dòcha gu robh Julie is Louise car òg, ach chòrd e riutha, is chan eil fhios a'm: chan eil mi air a bhith ag obair cho cruaidh o chionn mìos. Chan eil an t-airgead cho pailt."

"'N e deagh weekend a th' ann an Easter Weekend son nan taxis?"

"Chan eil i sìon nas fheàrr na weekend sam bith eile. Thig tòrr air spring breaks, ach falbhaidh an t-uabhas cuideachd. 'S dòcha nach eil uimhir a thagsaidhean air an rathad, ach tha gu leòr dhiubh ann daonnan, tuilleadh 's a' chòir. Ach chì sinn."

"Uibhist?"

"Ro thràth. Uaireigin eile, a Charoline. Cus ri chur sa chistidh mun urrainn dhomh tòiseachadh air cùisean fhosgladh."

"Tha thu ag iarraidh a dhèanamh, ge-tà?"

"Dè?"

"You know, eòlas air choreigin a thoirt dha do theaghlach air Uibhist – is far a bheil Uibhist nad bheatha. Annadsa."

"Math dh'fhaodte. Chì sinn ciamar a thèid dhomh. Cha bu chòir sin bacadh sam bith a chur ort. Bidh a h-uile sìon taghta. Tha mi OK, is tha thus' . . . uill, chan eil thu a' dol a thoirt breith orm no gam phutadh. Chan eil an gnothach doirbh leatsa. Neònach, ach chan ann doirbh. Sin a tha a' còrdadh rium. Tha e car laghach, furasta leat."

"Tha mi an dòchas gu bheil, DJ. Chan eil adhbhar sam bith carson nach bitheadh. Chan eil càil ri fhalach, càil ri chumail an dìomhaireachd. Tha thu snog, 's toigh leam thu, agus tapadh leat airson a' chuireadh. Nach iad a rinn math, na Hoops, Diardaoin sa chaidh. Bring on Villa Real! Cha b' urrainn dhomh a chreidsinn.

Bha sinn dìreach air a' chlann a chur dhan leabaidh is bha David a' dol a chur air dòigh aodach airson Prague – tha e cho diabhalta particular: nis, an toir mi leam an T-shirt a tha sin? Nah, cha toir, bheir mi leam an tè sin – *no*, bheir mi leam na dhà. Agus a thaobh an aodaich-ruith aige, bidh na trì briogaisean tracksuit aige air an leabaidh, ceithir sweatshirts, trì long-sleeved tops, dà running vest. An toiseach, an liosta fhada; an uair sin, an liosta ghoirid – ach an taghadh: ciamar a nì e an taghadh? Chan eil fhios a'm ciamar a thig e gu co-dhùnadh luath ag obair. Co-dhiù no co-dheth, ma-thà, dh'fhàg mi aige e is theich mi a-mach dhan phub leam fhìn. Tha mi a' cur eòlas air luchd a' bhàir: ma nì Celtic cho math 's a rinn iad an-uiridh, bidh a dhà no trì a dheagh charaidean-òil agam. Nach robh iad math?"

"Math fhèin, abair performance, cho professional 's a bha an gill' òg, an goalkeeper."

"Bha e àlainn."

"David Marshall. The boy played out of his skin, mar a chanas iad."

"Chluich e a-mach às a chraiceann!"

"No even a-mach às a sheice. An tè a shàbhail e bho Enrique, bha e dìreach sgoinneil. Reflexes aig a' ghille a tha sin a tha mìorbhailteach. Sònraichte. An outstanding display of skill. Goal-keeper a bh' annamsa."

"'N e?"

"'S e. Striker a bh' ann an Ruairidh Iain."

"All set for the Easter holidays, then?" dh'fhaighneachd Mark nuair a bha iad a' gluasad seachad air an àite-dìon aige.

"Just about," fhreagair Caroline. "And you?"

"Myself and Mum are going to Largs for six glorious days. I think we're just both exhausted, so we are."

Cha b' urrainn do DJ a ghàire a chumail far aodainn. "And when are we back here again, Mark?" dh'fhaighneachd e.

"I think you'll find the dates stamped on the card I gave you last week," fhreagair esan. "I hope the Easter Bunny's good to you."

"Saoil cuin a tha am bèibidh gu bhith aig Karen?" dh'fhaigh-neachd Caroline, a' fosgladh doras na gym.

"Cò am pàiste?"

"Am fear na tummy, tha mi an dùil."

"'N e sin a tha ceàrr oirre?"

"Chan eil sìon ceàrr air boireannaich a tha trom, DJ. 'S ann a tha iad cho fiot ri fiadh."

"Tha an tè sin cho fallain ri breac."

"Gu leòr, DJ."

"Am faca tu riamh a' snàmh i?"

"Chan fhaca. Am faca tusa?"

"Gu dearbha, chunnaic – 's iomadh uair sin: tha a' front-crawl aice an àiteigin eadar am bradan is am breac Sgitheanach."

"You are a bullshitter, DJ. Mac a' Bhàird Mhòir."

"An fhìrinn shalach! Ach 's ann a tha am breac-stroke aice dìreach eireachdail."

"What's aw the hilarity aboot?" dh'fhaighneachd Brian ann an guth mar bhodach beag gruamach.

Bha Caroline a' suathadh a sùilean silteach le cùl a làimhe.

"Your Dad's back on the jokes, Brian. Some pretty fishy ones too – see and have a nice holiday, a luaidh."

Alasdair, David, Susan agus Odile

Thuirt Alasdair ri a mhàthair gum b' fheàrr leis fhèin cuideachd gum b' urrainn dha tighinn dhachaigh na bu tràithe na Didòmhnaich, ach sin mar a bha: cha b' urrainn. Bha aiste aige air leasachadh cloinne ri fhaighinn a-steach ro mheadhan-latha Dihaoine agus cha bhiodh an tè mu dheireadh dhe na deuchainnean aig Siobhán deiseil gu nas anmoiche am feasgar sin. Bha deannan aca a' dol a shreap Bennachie an ath latha. Cha robh Sìneag cho furasta a riarachadh. 'S nach fhaodadh iad uile tighinn dhachaigh leis oidhche Shathairne – taigh mòr aca, làn rùmannan – gu h-àraidh seach gum biodh e a' cur seachad na Càsg ann am Beul Feirste. Chan ann idir am Beul Feirste a bhiodh e air Didòmhnaich Càsg, chuir Alasdair na cuimhne – sin far am biodh e a' cur seachad na seachdain roimhe sin. "Seachdain na Ceusta" chuir ise na chuimhne-san, no is dòcha na eòlas son na ciad uair. 'S am biodh e a' dol dhan eaglais ann an sin? Dh'fheumadh e a sheanmhair a chumail na ùrnaigh gu h-àraid, on a bhàsaich i an àm a' Charghais. Gheall Alasdair gun dèanadh e a h-uile sìon a bha sin, agus le teaghlach de dh'ochdnar is màthair Siobháin cho beannaichte rithe fhèin, gum biodh e do-dhèanta dha a dhleastanasan a sheachnadh.

Is an ann an Dùn nan Gall a bha e gu bhith aig a' Chàisg? 'S ann, ach mar a mhìnich e an t-seachdain roimhe dhi, cha bhiodh iad an taigh a h-athar anns Na Doirí Beaga, ach shuas air a' chost air Cnoc

Fola, far an robh car de thaigh-turais aca eadar athair Siobháin is a dhithis pheathraichean. Bha pàirt dhen chloinn acasan gu bhith ann cuideachd – cousins Siobháin, feadhainn a bhiodh i a' cur seachad nan làithean-saora còmhla riutha nuair a bha i a' fàs suas. Neach-malairt stuth-clò a bh' ann am fear aca, Matthew. Thàinig e a choimhead air Siobhán an Obar-Dheathain air a' chiad teirm is thug e an dithis aca a-mach gu biadh ann an Simpsons. 'S e MG a bh' aige, is b'fheudar do dh'Alasdair a dhol na chrùban sa chùl.

B' ann air feasgar Dihaoine na Ceusta a dhràibh iad sa Pheople Carrier aig Liam, athair Siobháin, tro Dhoire a dh'ionnsaigh na Poblacht.

"Bidh mise, a Bhernadette," ors esan ri a bhean, "a' meòrachadh air pàis is bàs ar Slànaigheir a h-uile latha dhem bheatha san dùthaich shuaraich seo – chan fheum mi sin a dhèanamh aig trì uairean feasgar nuair a bhios na ròidean a Dhùn nan Gall gun duine orra!"

"Cha robh an dùthaich sa cho suarach sin dhut nuair a bha an gnìomhachas agad a' faighinn cuideachadh Breatannach – agus Dùn nan Gall na dhìol-deirce sa chlàbar gun chopar."

"This," orsa Matthew nuair a bha iad a' dràibheadh seachad air sreath de thaighean àlainn anns an Fhál Charrach, "is where the Celtic Tiger roared."

Leis gu robh Elizabeth is Richard Barnes air a dhol a-mach latha no dhà na bu tràithe dhan villa airson ullachadh agus greiseag gun chloinn, fhuair David, Caroline is na h-igheanan deagh ghabhail romhpa nuair a ràinig iad anmoch Dimàirt.

Bha an t-sìde, bha e coltach, air a bhith dìreach ceart airson an àm sin dhen bliadhna – tioram, cofhurtail is gun a bhith ro theth.

Bha màthair David, Elizabeth, caran math leis a' chloinn sna h-uairean ainneamh a bhiodh i còmhla riutha. An stoidhle aig boireannach trang! Airson a' chiad latha no dhà bhiodh i dìreach a' falbh leotha a-staigh dhan bhaile, dhan mhargaid, dhan phàirc. Cha robh guth aig Catrìona no Oighrig air tràigh. Bha Richard Barnes toilichte nam fàgadh David is Caroline esan leis fhèin leis an *Times* – uill, an *Times* no biography. Fear Denis Healey a bha e a' leughadh an-dràsta. Thug sin an cothrom do Dhavid is Caroline ùine shocair a chur seachad còmhla nach robh air a bhith aca o chionn fhada. Uairean a' falbh gun strì ag òl cofaidh air a' Phlaza Mayor àlainn. Bha David ga sìor iarraidh, is chuir gu robh iad an taigh a phàrantan beagan cunnairt rin cleasan, a dh'aindeoin am barrachd saorsa is an aoise. Bha Salamanca na àite beothail sàr-mhaiseach agus cha robh na bha sin de luchd-turais ann. Fhuair iad air deagh uighean seòclaid a cheannach do Chatrìona 's do dh'Oighrig.

Airson Jueves Santo, rinneadh triall sgairteil tron bhaile – arm shagart is chlèireach air a cheann, agus air an cùlaibh-san, a' giùlain ìomhaighean is sheallaidhean fulangach dhe gach seòrsa air *pasos*, buidheann mhòr pheacach, an cuid aithreachais falaichte fo churracan an cleòcaichean.

Chuir e beagan annais air David gu robh fios aig Caroline gu robh sagairt Albannach a-nist gan trèanadh an Salamanca agus gu robh Scots College fad dà cheud bliadhna roimhe sin ann am Valladolid.

"Jueves Santo," ors ise. "Sin Diardaoin Bangaid."

Thug Elizabeth is Richard na h-igheanan dhachaigh son bath is leabaidh an dèidh dhan t-sluagh an fheadhainn bheannaichte a leantail a-staigh dhan Chatedral Nueva. Cho luath 's a chaidh iad à sealladh, thug Caroline air David ruith tarsainn an rathaid gu Taverna a bha làn gu a bus le oileanaich. Bha an gèam eadar Villa Real is Celtic dìreach air tòiseachadh. Leis nach robh Guinness aca, ghabh i glainne mhòr San Miguel, is an deaghaidh sin tèile. Ghabh David aon bhotal Miller. Leig Caroline sgreuch aiste nuair a fhuair na Spàinntich am breab saor cunnartach on tàinig tadhal dhaibh sa chiad leth. Is nuair a chuir Petrov am ball dhan lìon do Cheltic, leum i air bàrr David an dòigh a chuir an t-eagal air an fheadhainn rin taobh. Bha esan a' faireachdainn nach b' urrainn dhaibh feitheamh airson an dàrna leth, oir chuireadh sin dragh air a phàrantan. Theab Caroline fuireach leatha fhèin, ach dh'aontaich i, air sgàth na sìthe, falbh dhachaigh ro dheich uairean.

Chaidh iad uile dhan Chonvento de San Esteban air madainn Didòmhnaich is roilig iad uighean sìos leathad a bha goirid dhan taigh. Ghabh iad rudeigin aotrom ri ithe o chionn 's gu robh iad air am fiathachadh an ath doras gu na Boltons airson an dìnnearach aig trì uairean feasgar. Thug Nicholas Bolton deich bliadhna fichead aig Ernst and Young, is bu thoigh leis an-còmhnaidh deagh chothrom fhaighinn bruidhinn ri David mu shaoghal an ionmhais. Cha robh cus aig David ri ràdh ris an turas sa; mar sin, b' fheudar dha feuchainn ri còmhradh a dhèanamh ri càch. Rud a chuir iomagain gu leòr air a bhean, is bhiodh i a' sìor thoirt charan dha son an dèanamh sa chidsin a dh'aindeoin cion comais.

Thug Caroline a' chlann leatha fhèin air bus gu Alba de Tormes Diluain, is sheòl iad biorain fad a' chòrr dhen mhadainn air an abhainn duinn. Leig i le ùrnaigh bhig no dhà falbh aiste do Naomh Teresa mun rachadh am bàtaichean fodha. Ged a bha i a' coimhead air adhart ri tilleadh a Dhùn Èideann na h-ònar an ath latha, bha e car àraid dhi, eagalach fiù 's, a bhith fàgail Catrìona is Oighrig

an sin – ged a bhiodh David còmhla riutha. Ach bha i a' dol ga
dhèanamh – bha i feumach air, is b' fheàirrde a' chlann a bhith às
a h-aonais son greis. Dè a bh' ann an seachdain co-dhiù? Chan e
seachdain a bhiodh ann ach sia latha. Sia latha a dh'fhalbhadh gu
math luath. Mhilleadh an Granaidh iad. Cha bhiodh càil aig David
ri dhèanamh.

Ged a bhruidhinn iad air Blackpool no 's dòcha turas a dh'Eilean
Idhe (am beachd aig Donald a bha sin: chitheadh am fear beag
Balamory air an rathad), cha deach iad a dh'àite sam bith. Air an
Disathairne ron Chàisg, bha màthair Susain ga toirt gu Argos sa Fort
ann an càr nàbaidh nuair a ruith càr eile san robh dithis amadan
na solais air an làimh dheis. Bhuail iad ann an toiseach a' chàir
is chaidh an tionndadh 180° is am bualadh suas air a' chabhsair,
is chaidh an dà chridhe a spìonadh às am beul. Chaidh an dithis
chailleachan a thoirt do dh'A & E anns an Royal Ùr – theich na
gillean dha na Pans no is dòcha dhachaigh a Chraigmillar. Chaidh
Mrs Graham a chumail a-staigh fad na h-oidhche o chionn 's gu
robh i air a ceann a ghoirteachadh gu dona is nach b' urrainn dhi
a h-amhach a ghluasad leis a' chràdh a bh' innte. Chaidh X-rays is
scan a ghabhail dhe a ceann is a h-amhaich, is dh'inns an SHO
òg dhi nach b' urrainn dha fhèin aon chnàimh briste fhaicinn ach
gum bu thoigh leis beachd Radiologist fhaighinn orra: bhiodh e
glic a cumail ann an Combined Assessment airson sùil a chumail
oirre – math dh'fhaodte gum faigheadh i a-mach an ceann sia
uairean a thìde. Leis gun do thuit a BP, chaidh a cumail an sin fad
na h-oidhche. Cha do ghoirtich an tè a bha còmhla rithe, Nancy
Reynolds, ach dà asna, is leigeadh ise dhachaigh am feasgar sin
fhèin.

"Aw that's important is that you're alive, Ma," orsa Susan, a' cumail a làimhe is iad a' coiseachd a dh'ionnsaigh na lioft an ath latha. "Louise, can you press they buttons for yer grannie."

"Whit's aw this aboot, Susie?" dh'fhaighneachd a màthair dhith nuair a stad iad air beulaibh an taighe acasan air South Gyle Road, an àite taigh a màthar an Clermiston Avenue. "I jist want tae be in my ain bed, hen," ors ise.

"And I've made your own bed for you downstairs, Ma – and that's where you'll sleep until ye're right tae gae hame."

"Susan, only yin night and then A'm gaun hame – his nibs will no be amused. A dinnae need tae cause problems."

"Dinnae you concern yourself wi any a that – it'll be fine. He'll be oot workin' maist o the time onyweys."

"Wir yooz no gaun to hae a wee holiday?"

"That can aw wait. Nothin's been booked. I wouldnae feel right enjoyin' masel and you in this condition. God knows, you've given up enough for me. It's the least A kin dae. A'm gaun tae spile you, Ma. Aren't we, girls? We're gaun tae shower Grannie wi TLC."

Chuireadh Donald le Brian a Thesco a dh'iarraidh Lucozade, paracetamol agus botal-teth dhi, turas a bha e deònach gu leòr falbh air. Dh'atharraich e a thiogaid air a' mhobile an oidhche sin fhèin is e a' feitheamh ann an sreath dubh aig Haymarket.

"Glasgow to Benbecula," orsa Ruth (às a' Chuimrigh, bha e a' smaointinn), "Wednesday 14 April, departs Glasgow 10.30, arrives Benbecula 11.30. Now changed to Tuesday 13 April, same times. Still back Tuesday 20 April at 11.55?"

Uill, bha fhios nach b' fhuilear dha latha eile airson an taigh a sgioblachadh is gnothaichean a chur air dòigh. 'S ann air Dihaoine a thigeadh i. Nan tigeadh i idir.

Coltach ri àm na Nollaig, agus aocoltach ri suidheachadh Odile, bhiodh teaghlach Marjorie cruinn cothrom còmhla mun cuairt oirre aig a' Chàisg. Thigeadh fear dhe na gillean, Jean Phillipe, dhachaigh le a bhean is a theaghlach air an t-seachdain roimhpe, agus bha an nighean, Géraldine, agus an gille eile, Richard, is an teaghlaichean gu bhith aice son na seachdain às a deaghaidh. Bhiodh iad uile còmhla air Didòmhnaich Càsg, aon seachd-deug aca – is dhèanadh iad mar a dhèanadh iomadh teaghlach an diugh: rachadh iad gu Crêperie airson biadh is '*joie* a' bhìdh'. Bu thoigh le Marjorie seo gu mòr, ged a bu thoigh leatha cuideachd na cothroman a thairgeadh a saorsa dhi airson a' chòrr dhen bhliadhna. Ach b' e màthair a bh' innte fhathast. Màthair Fhrangach le òghaichean rim milleadh agus mic rim moladh. Bha i diofraichte bho Odile san t-seagh sin. Chan fheumadh i i fhèin a sgaradh o bhliadhnachan na beatha. Dh'fhaodadh i an toirt leatha, is an cur gu feum na beatha ùir. Nan leigeadh Odile leatha. Bhiodh e ro shìmplidh ri ràdh gur e farmad a bh' aig Odile rithe – ged a bhiodh seo fìor am pàirtean. Ach cuideachd bha i a' faireachdainn gum b' fheàrr le Odile gu robh barrachd smachd aice air a banacharaid – ach sin an rud nach gèilleadh Marjorie dhi, an dèidh a bhith pòsta aig gendarme à Paris fad chòig bliadhna deug air fhichead. Ach gu fortanach bha iad comasach is deònach is mòr gu leòr son bruidhinn gu fosgailte mu na rudan seo – uaireannan le gàire, uaireannan eile le deòir, ach sin mar a dh'fheumadh e bhith. Ma bha iad gu bhith onarach ri chèile. Agus mura robh iad gu bhith onarach, uill, math dh'fhaodte nach bu chòir dhaibh cumail orra tuilleadh. Ach bha an dithis aca deiseil an oidhirp a dhèanamh a dh'aindeoin na cosgais.

Choimhead Odile seann fhilmichean air France 2 feasgar Dimanche de Pâques. Theab i a dhol dhan eaglais ach cha b'urrainn dhi leisgeul na b' fheàrr a thoirt dhi fhèin ach gu robh i ag iarraidh faicinn cò eile a bhiodh innte is dè bhiodh orra. Dhèanadh e aiseirigh às a h-aonais am-bliadhna. As aonais foill peacaich dhe a seòrsa.

Rinn i rùrach na leabhar-fòna agus am measg tòrr bhileagan pàipeir a bu chòir a bhith na bhroinn – gus mu dheireadh air cùl sanais airson *Supermarché huit à 8* an do lorg i àireamh nam Barnes ann an Salamanca (bha i a' bruidhinn o chionn bliadhna no dhà air a dhol ann, ach cha deach).

Bha guth Caroline òg is ùr. A còmhradh inntinneach is beothail. Bha i ga h-ionndrainn, dh'inns Odile dhi. A rèir choltais, bha Caroline a' tilleadh a dh'Alba leatha fhèin Dimàirt is an uair sin a' dèanamh air Tarsgabhaig. Nist, sin an t-aon àite a bu lugha air Odile air an domhain – ged a dh'aidicheadh i a bhòidhchead thar tomhais.

Dimairt 13-Dihaoine 16 An Giblean

Bha deagh thòrr litrichean ro Charoline nuair a dh'fhosgail i doras an taighe air Barnton Park Crescent Dimàirt. £8.49 a chosg an tagsaidh às a' phort-adhair – cha robh ach aon £10 sterling na sporan. Fear gu math diofraichte bho DJ a thug dhachaigh i cuideachd, gu math gruamach – glè bheag de dh'ùidh aige na sgeulachdan bho Shalamanca. Bu chòir sin a bhith ann an dealbh-obrach luchd-tagsaidh a bha ag iarraidh a bhith ag obair mun phort-adhair – sùim a bhith aca ann an làithean-saora na feadhainn a leumadh a-staigh annta. Cha do dh'fhaighneachd e fiù 's dhi cà 'n deach i no an do chòrd a turas rithe. Cha tuirt DJ riamh sìon mun phort-adhair – 's dòcha gum feumadh tu cead sònraichte airson daoine a thogail an sin. 'N ann a-màireach a bha e a' dol a dh'Uibhist? 'S ann. 'S e sin a thubhairt e. Diciadain.

Leis gu robh an t-sìde tioram is a' chuid bu mhotha dhen fheasgar fhathast aice, chaith i beagan aodaich a-staigh dhan machine – stuth an-dè is a' bhòn-dè – is lìon i an coire. Taigh falamh. Taigh mòr falamh. Chaidh i o rùm gu rùm, a' fosgladh uinneagan. Bha seòmraichean nan nigheanan cho ciùin, sàmhach, fìor fhalamh às an aonais. Na dèideagan aca marbh, nan tàmh, air bàrr leapannan no am broinn bhogsaichean mòra plastaig. Bha e na chleachdadh riamh aice an taigh a sgioblachadh mum fàgadh i e airson sheachdainean, los gun tilleadh i a dh'àite san robh òrdugh – nas fhasa thu fhèin a lorg a-rithist. Cha robh David cho cinnteach mu dheidhinn seo – b' fheàrr leis nach robh aca ri obair-latha a dhèanamh mum b' urrainn dhaibh a dhol taobh sam bith. Cus cionta, bhiodh e ag ràdh; chan eil e fallain – cò a tha gad riaghladh, cò a tha ag innse dhut dè bu chòir dhut a dhèanamh? Bha ise dhen bharail, is deònach a cur an cèill, gu robh David na leisgean agus ro chleachdte ri daoine a bhith ruith às a dhèidh. Thill i a-nuas an staidhre is chuir i a làmh air a' choire. Bha e gun bhlàthachadh. Cha robh i air a' suids a chur sìos air a' bhalla. Cha mhotha bha am machine air tòiseachadh – esan, David, feumaidh gun do chuir e dheth aig a' phlug e. Bha i air iarraidh air an dealan a chur dheth, ach cha robh i smaoineachadh gun sreapadh e a-staigh air cùl an inneil-nighdearachd. Deagh chothrom a dhol a-mach a dhèanamh beagan obrach sa ghàrradh, no film fhaicinn – an dèidh dhi an t-aodach a chrochadh? Laigh i air a' chaise-longue agus thog i *Herald & Post* feuch dè a bh' air – bha i air a bhith ag iarraidh *Lost in Translation* fhaicinn, ach feumaidh gu robh e a-nis seachad an Dùn Èideann – o chionn seachdain no dhà, is dòcha? Cha robh i idir ag iarraidh *The Passion of the Christ* fhaicinn – thank you very much! Cha robh mòran ann a bha coimhead cho tarraingeach sin. 'S dòcha *Starsky & Hutch* – deagh spòrs, rud eile a bhiodh i fhèin is a h-athair a' dèanamh: a' coimhead *Starsky & Hutch* còmhla. Bu thoigh leis am prògram sin gu mòr. Bha an taigh car fuar – chuir i air an central heating is thill i dhan t-sòfa is chuir i fear de phlaidichean na cloinne mun cuairt oirre (am fear a thug Janice do Chatrìona nuair a bha i a dhà) agus cuisean mhòr fo ceann. Bha i na cadal ann an còig mionaidean. Dhùisg am fòn i aig seachd uairean – David a bh' ann a' dèanamh cinnteach gun d' fhuair i dhachaigh, is a' toirt cothrom dhi bruidhinn ris a' chloinn mun rachadh iad dhan leabaidh. Bha fìor dheagh latha air a bhith aca le Gran is

Grandad, is cha robh iad idir ga h-ionndrainn-se – chaidh aca air a dhearbhadh!

Chroch i an t-aodach air a' phuilidh san t-seòmar-thiormach-aidh is rinn i an cupa tì sin. Dh'fhosgail i am freezer is choimhead i air na pizzas is pacaidean-dhìnnearan nach robh i ag iarraidh ithe idir. Cha tug SWS ach fichead mionaid ann a bhith toirt thuice Sweet and Sour Chicken – Hong Kong style, fried rice agus prawn crackers a chuir iad fhèin ri h-òrdan: chan fhaigheadh i sin an Tarsgabhaig. Chuir i crìoch air *The Italian Girl* le Iris Murdoch, a bha i air a thoirt far na sgeilpe an taigh phàrantan David, anns an leabaidh – is leis a sin chuir i crìoch air làithean-saora na Spàinne is air a h-uile sìon a bha nan cois dhi. Bhiodh iad sin sàbhailte ach far am bitheadh iad fad an ath shia latha, agus bhiodh ise sàbhailte, ach cuideachd far am biodh ise.

Bha madainn bhrèagha an Dùn Èideann madainn Diciadain, is ghabh Caroline a braiceast airson na ciad uair sa bhliadhna a-muigh air a' phatio aig a' bhòrd a fhuair iad air a shon an-uiridh. Fhathast ro thràth airson na sèithrichean mòra boga a thoirt às an àite-stòraidh – ach dhèanadh sèithear-fiodha a' chidsin an gnothach. Bha tòrr dhe na flùraichean earraich bu bhrèagha an impis tighinn fo bhlàth – bha na daffodils is pansaidhean-geamhraidh air tighinn air aghaidh gu mòr ann an seachdain. Bha a' hellebore daonnan cho math bliadhna an dèidh bliadhna. Taing dhan bhodach on do cheannaich iad an taigh o chionn ochd bliadhna. 'S e a bha air a' bhunait a stèidheachadh – ged a bha Caroline air cur rithe, gu h-àraidh leis a' ghlumaig is na preasan. Dhiubh sin, 's i a' hydrangea bu shoirbheachaile, ach bhiodh mìos no dhà mum faiceadh i am flùr àlainn liath air. An robh an dath sin dùthchasach dha, no saoil an robh an seann fhear air rudeigin a chur dhan ùir? Bha na dreallagan is an t-sleamhnag aig Catrìona is Oighrig a' tilgeil dhiubh an driùchd is a' sireadh blàths na grèine – gheibheadh iad an leòr dhith feasgar, nam maireadh na gathan seo.

Thill i a-staigh dhan taigh a thoirt croissants organaigeach Sainsbury às an òmhainn is a chur seacaid-chlòimhe oirre air bàrr a geansaidh cotain. Greis gu 'm biodh an Cèitean a-mach! Shir is fhuair i a' chèis san robh iris-samhraidh Chal-Mac, a dh'iarr i orra a cur thuice mus deach iad dhan Spàinn. Bha i gu math gleansach seach mar a b' àbhaist dha leithid a bhith. Aithisgean meadhanach math air na h-Eileanan is air na bha dol. Aithisgean nan aiseagan! Tom Shields an lùib nam Barrawegians: 'n e sin feadhainn a tha leth-Ghlaschu is leth-Bharrach? – cha robh e soilleir, ach rachadh an treubh dealasach seo a dh'àite sam bith, no co-dhiù a dh'Èirisgeigh, a dh'fhaicinn Balaich Bhatarsaigh. 'S e 'the Mother of all Festivals' a bh'aig H D MacLennan air a' Hebridean Celtic Festival, Stornoway. Na Waterboys am prìomh chòmhlan a bh' ann an 2003, is bha an Fhèis a' cur còrr air millean not ri eaconamaidh an eilein. Bliadhn' eile, is dòcha! shaoil leatha, a' tionndadh gu earrannan a' chlàir-ama. Mar sin: 's e Uige-Loch nam Madadh a bhithinn ag iarraidh, nach e? – 's e. So, bha sin fo chlàr North Uist: Saturday, depart 14.00, arrive Lochmaddy at 15.45, then back Sunday at 11.50, arriving Uig at 13.35. Tha tè nas anmoiche ann aig 16.00, ach dè bha C a' ciallachadh? C: operates Sunday 23 May to 29 August – cha dèan sin an gnothach. Agus Dihaoine – tè tràth sa mhadainn neo an tè aig 18.00, a-staigh an Loch nam Madadh aig cairteal gu h-ochd, is air ais Disathairne san Eilean Sgitheanach aig cairteal gu sia – Tarsgabhaig leth-uair an dèidh a seachd. Bhiodh sin cus na b' fheàrr. Am Ploc an uair sin, 's dòcha, Diluain, air an rathad dhachaigh – stad ort: cuin a bha na h-aiseagan eadar Malaig is Armadal?: 's dòcha gum biodh sin na b'fhasa. Raasay – chan e. Skye: sin iad – O, bha tòrr dhiubh ann: a' chiad tè aig 08.40, an tè mu dheireadh aig 18.10 ach le A mu coinneimh. Dè tha sin? July/August only – an tè roimhpese – còig uairean feasgar – Mon-Saturday. No Sunday sailings until 16 May. Dè an uair a tha e an-dràsta? 10.30 – nam fàgainn seo aig leth-uair an dèidh aon uair deug. Aon uair deug: dè bheireadh e, ceithir uairean gu leth? Meadhan-latha plus four: ceithir uairean feasgar. Suas rathad Mhalaig – air ais rathad a' Chaoil. Yeah – le possible Uist side-trip Friday/Saturday?

Thog i am fòn – bha rùm gu leòr air a' *Choruisg* dhan char, is cha do rinn i ach a dhà no thrì phìosan aodaich a chur dhan aon bhaga a thug i dhachaigh às an Spàinn is dà sheacaid-chlòimhe, còta dìonach, brògan-coiseachd, bonaid is miotagan a chur ris. Còmhla ris a sin chuir i na trì leabhraichean ùra a bha i air a cheannach (aig prìs a dhà) a dh'aona ghnothach air a shon seo.

"Yahoo," dh'èigh i, a' dràibheadh seachad air dithis dhe nàbaidhean air Barnton Park Drive. "Saorsa! Faodaidh mi sgiathalaich san Eilean Sgitheanach." 'S ann mu dheich mìle ron Ghearastan a thòisich na tuiltean nach do shìolaidh ach gu bhith nam meallan is nam frasan eadar tuilleadh thuiltean – leis a sin cha do stad i idir, agus fios aice gum feumadh i gabhail air a socair air rathad caol Mhalaig. Bha i ann an sreath chàraichean airson an aiseig aig 16.05. Leugh i *Explore 2004* o thùs gu èis, leis nach b' fhiach e a dhol a-mach air an deic. Bha e coltach gun tàinig sinn-sinn-seanair Sally Magnusson à Baliachradh ann am Muile agus gum biodh Craig Brown a' cluich golf aig Lamlash an Arainn – am fiosrachadh cudromach a dh'ionnsaicheas tu ma tha na neòil gam falamhachadh ort is gun sgath nas fheàrr agad ri dhèanamh.

Chuir taigh beag a seanar fhèin fàilte oirre an dèidh dhi gach lùb dhen t-sia mìle bho Ostaig a làimhseachadh le cùram san treas giodhar. Bha nota bheag bho Auntie Peggy ag innse far am faigheadh i siud is seo is an ath rud, agus gu robh brot sa frids a bu chòir dhi a ghabhail a-nochd agus stiubha sa freezer a dhèanadh dìnnear dhi an ath-oidhch nan toireadh i às a-nochd i. Bha an taigh cho beag is cho sàmhach – fois sa h-uile dòigh, Paradise, dìreach: nam biodh an t-sìde mar seo a-màireach, dh'fhanadh i san leabaidh fad an latha, 's dòcha. Bha Auntie Peggy air plaide-dealain a chur oirre dhi – nach i bha laghach, bhiodh e air a bhith snog a faicinn. Saoghal dhaoine o nach fhaca i i: seachd bliadhna – seadh, dìreach an dèidh do Chatrìona a bhith aice – wow, ùine fhada. An robh Inbhir Nis cho fada air falbh – cà 'n tug a' chabhag na bliadhnachan? Carson? Cà 'm feumadh tu a dhol is cho luath sin? An t-aon àite air a' cheann thall. Bha dealbh dhe a seanair is a seanmhair an latha a phòs iad air a' bhalla, os cionn na cagailte; bha i air a bhith an sin o bu chuimhneach leatha – cha robh cuimhne aice cà 'n do phòs iad. Air an Eilean? No 's dòcha an Glaschu? Bha esan sa Mherchant Navy, nach robh? Dh'fheumadh i faighneachd do chuideigin. Cò eile aig am biodh fios cinnteach a bharrachd air Aunt Peggy? Saoghal eile. Saoghal theaghlaichean cearta.

Aig fichead mionaid an dèidh deich, an dèidh dhi bath a ghabhail is crìoch a chur air a' bhrot agus a' chiad dà chaibideil de *Budda Da* a leughadh gu luath, chuir i air na naidheachdan air an TV. B' e a' chiad shealladh a chunnaic i an dà thadhal a chuir Villa Real an aghaidh Celtic na bu tràithe an oidhche sin. "Bha dùil a'm," ors ise, "gur ann a-màireach a bha iad a' cluich – tha mi call lathaichean an-seo. Seo oidhche Chiadain is tha mi an Tarsgabhaig leam fhìn an taigh mo sheanar. An-dè, Dimàirt, bha mi còmhla rim theaghlach ann an Salamanca. Leis gu bheil sin ceart agam, tha an t-àm agam a dhol dhan leabaidh!"

Às deaghaidh dhi latha socair a chur seachad eadar an taigh is

an cladach is an teine gun bhruidhinn ri duine beò – "Phone if
there's an emergency" bha i air a ràdh ri David, is dh'fhàg i am
fòn-làimhe an Dùn Èideann – bha Caroline san triom airson
beagan gluasaid a dhèanamh Dihaoine. Bha fhios aice nuair a bha i
a' pacadh baga beag gur ann gu tuath a rachadh i agus gum biodh i
faisg gu leòr air Ùige airson a' bhàta a dh'Uibhist – nan iarradh i a
dhol oirre an-diugh is nam fònadh i is nam freagaireadh DJ. Thug
i a-staigh o bhith peantadh uinneag an rùim e, bha e coltach, mu
leth-uair an dèidh ceithir is i fhèin a' gabhail cupa cofaidh is pìos
cèic an cafaidh An Tuireann – bha taisbeanadh sgoinneil ioma-
mheadhanach aca a chuir buidheann ionadail na bu shine na trì
fichead 's a còig na chèile.

"Tha mi smaointinn," ors ise ri DJ, "gum feum sinn Henry, Mary
is Willie a chur dhan àite seo air Day Release – tha an t-annlan
aca seo àibheiseach agus annlanach. Tha latha àlainn ann a-nis
ged a bha clachan-meallain againn sa mhadainn. Choisich mi gu
Suidhsinis. Thàinig pàirt dhen teaghlach agam às a sin. Chaidh an
cur às"

"Cuin a tha thu tighinn?" dh'fhaighneachd DJ.

"Well, 'fhios agad, chan eil mi cinnteach an obraich e. Ann an
dòigh, 's dòcha gur e a-nochd an t-àm as fheàrr a rèir nan aiseagan,
ach chan eil sin a' toirt dhut mòran ùine – 's dòcha gu bheil thu am
meadhan rudan . . ."

"Chì mi air cidhe Loch nam Madadh aig cairteal gu h-ochd thu.
Na ith tuilleadh 's a' chòir air a' bhàta – thèid sinn a dh'àiteigin a
ghabhail grèim-bìdh còmhla."

"OK, ma-thà, DJ, ma tha thu cinnteach nach eil seo na dhragh
dhut."

A' tighinn faisg air Ùige, agus am bàgh na eireachdas fo adhar
coibhneil gorm, thuig i on rèidio gur e boireannach a chaidh a

thogail leis a' heileacoptair a chunnaic i na bu tràithe nuair a bha i a' dèanamh air Sligeachan. Bha an tè bhochd an droch staid deas air Sgùrr nan Gillean, bha e coltach, is i air tè dhe a casan a bhristeadh. Dh'innseadh cuideachd gu robh fear à Glaschu air athair a mharbhadh le dà chlaidheamh Samurai. 'S e an Sàtan a bha air iarraidh air a dhèanamh. Chaidh binn na bu lugha a chur air o chionn 's gu robh a' chùirt dhen bheachd nach robh e buileach aige fhèin. Saoil cia mheud duine a bhiodh a' coileanadh toil an t-Sàtain san dòigh ealanta seo a bha aca fhèin?

Air a' *Hebrides*, bhruidhinn i ri fear òg às Astràilia, Angus, a bha air a rathad a Sholas an Uibhist a Tuath. B' ann à Solas a dh'fhalbh athair – chaidh e null a dh'Oz nuair a phòs e fhèin is a bhean Margaret ann an 1962. Bha athair, Ronald, air tilleadh dhachaigh uair no dhà, ach b' e seo a' chiad turas aig a' bhalach – bha e air a bhith pòsta fad ceithir bliadhna is bha aon leanabh aca, ach bha e fhèin is a bhean air dealachadh an-uiridh – feumaidh gu robh e mu 25/26: bha e a' coimhead tòrr na b'òige; cha bhi na h-Ozzies a' cnàmh cho luath. Ghabh Caroline dà G & T còmhla ris sa bhàr. Cuin a rinn i rud coltach ris mu dheireadh – coinneachadh ri cuideigin gun fhiosta, às ùr, gun dragh no cunnart, is gun aice ri smaoineachadh mu rud sam bith no duine sam bith, beagan ùine a chur seachad còmhla ris, no, gu dearbha, rithe? Bha na rudan beaga sin cho prìseil is cho gann na beatha. Carson? Chan e a' chlann uile e. An e? Tha e mu dheidhinn dòighean air a bhith – dòighean a bhios gad dhùnadh an àite do chumail fosgailte. Carson? Dè an cron a dhèanadh e nam bruidhneadh i ri cuideigin nach b' aithne dhi son greis – nan canadh i ri tè dhe a nàbaidhean a tha i air a bhith faicinn a h-uile latha fad sia bliadhna, "Hey, Grace, fancy coming to the pub with me – I'm going to watch the second half of the football game? It might be a laugh – thugainn, just leave Bill's dinner in the oven." 'N e Dùn Èideann a bha ga dùnadh, Barnton? Is dòcha gum biodh nàbaidhean ann a Wester Hailes a' bruidhinn ri chèile seachad air an t-sìde agus an gàrraidhean. Bha fhios gum biodh iadsan a' dol dhan phub còmhla cuideachd – son na Hibees is na Jambos fhaicinn a' cluich. Am biodh tu deònach gluasad a Wester Hailes, a Charoline?

Dh'aithnich i seacaid dhenim DJ air a' chidhe nuair a bha iad fhathast mu leth-cheud slat bhuaithe – bha e a' mion-sgrùdadh an àite mun cuairt air.

Thug iad Angus gu ceann-rathaid Sholais, far am biodh e, 's dòcha, na b' fhasa dha lioft fhaighinn. Bha teant aige is bha e an dùil a chur suas air croit bràthair-athar nan leigeadh e leis. Thuirt DJ gum biodh e air a thoirt fad an rathaid ach gu robh muinntir Chreag Ghoraidh a' dol a thoirt biadh dhaibh aig àm beagan na b' anmoiche na 'n àbhaist is nach robh e ag iarraidh a bhith mì-mhodhail riutha.

'S ann a' siubhal tro mhonaidhean is bailtean beaga agus eadar lochan an Uibhist a Tuath agus Griomasaigh a fhuair DJ is Caroline fios o chèile air na deich latha a dh'fhalbh.

Cha robh màthair Susain air a dhol dhachaigh mar a gheall i, agus thug Susan agus a' chlann air DJ a bhith a' frithealadh oirre fad na ciad sheachdain, thuirt e. Bha i mòran na b' fheàrr a-nist, ach fhathast air madainn Dimàirt, an latha a dh'fhalbh e, cha robh guth aice air gluasad.

Bha DJ air am Peugeot 206 seo fhaighinn am Bail' a' Mhanaich agus bhiodh e aige gu 'm falbhadh e dhachaigh Diluain. Bha e dol math cuideachd. Bu thoigh leis e na b' fheàrr na an Corsa beag a fhuair e aig àm an tòrraidh. Bhiodh e air an càr aige fhèin a thoirt leis nan robh fear eile aige a bharrachd air a' Chruinneig Dhuibh. Bha e an dòchas gu robh Adam ga h-obrachadh gu math an deaghaidh na Càsg sin a bha fìor bhochd a thaobh luchd-turais, is trian dhen t-saoghal air falbh a dh'àiteigin eile.

Chuir DJ an rèidio air nuair a bha iad a' dol tarsainn na fadhla a-tuath. Jazz saor gun fhonn a thug ionnsaigh orra. Dh'iarr Caroline air Radio nan Gàidheal a lorg. Bha nighean òg le guth brèagha a' gabhail 'Gur Muladach a Tha Mi' air farpais *Seinn Seo* an Steòrnabhagh.

Shuidh iad balbh an car-park Chreag Ghoraidh gus an do chuir i crìoch air a sgeul bhrònaich.

"Wow," orsa Caroline. "Sin a-nis ceòl dhut."

"'N e sin," dh'fhaighneachd DJ, "cultar?"

Bha bòrd air a chur air dòigh dhaibh sa choinsèarbhatoraidh ùir aig aghaidh an taigh-òsta, agus gun ann ach dà bhòrd eile aig an robh daoine a' gabhail cupa cofaidh.

Thàinig gille òg mu ochd bliadhna deug ann an lèinidh ghil le gruaig uabhasach ruadh is aodann làn bhreacan-seunain. Thug e clàr-bìdh an urra dhaibh. Bha e cho glan a' coimhead, dìreach mar gu robh a mhàthair air a sgùradh le Brillo mun do chuir i a-mach a dh'obair e.

"The specials are on the board," ars esan. "Would youse like anything to drink just now?"

"Bheil thusa ag iarraidh sìon?" dh'fhaighneachd DJ do Charoline.

"An dèidh nan G & Ts a bha sin air a' bhàta, 's fheàrr dhomh rudeigin bog a ghabhail an-dràsta. Can I have a soda-water and lime, please?" thuirt i ris an fhear òg.

"Gabhaidh mise an aon rud," orsa DJ, "le deigh."

"Do you want ice in yours?" dh'fhaighneachd an gille de Charoline.

"Yes, please," ors ise.

"OK, then, that's easy: two sodas and lime with ice."

"'N ann às a seo a tha an t-iasg?" dh'fheòraich DJ.

"Yes, from Loch Carnan."

"Cà 'il sin?"

"Just over the other side – you know where Rughasinish is."

"O, Loch a' Chàrnain. Seadh, 's aithnte dhomh Loch a' Chàrnain gu math"

"Did you used to come from here?" shir am balach ruadh.

"Dh'fhaodadh tu sin a ràdh," orsa DJ. "Dè mud dheidhinn fhèin?"

"Yes. Just a few miles away – near Lionacleit School. My Dad's called Fionnlagh Sheonaidh Mhòr."

"Aidh, aidh," orsa DJ. "Tha fios a'm cò a th' agam." Ach cha do chuir e an còrr ris ach sin fhèin.

"Tha mi smaointinn," orsa DJ ri Caroline nuair a bha ise an sàs sna garlic mushrooms, "gur e sin an Seonaidh Mòr a thug mo mhàthair gu bàl nuair a bha e air an Druim Mhòr. 'S ann à faisg air Lìonacleit a bha esan. Sin a thuirt ise co-dhiù."

"Is an aithne dhut athair a' ghille?" dh'fhaighneachd i.

"Cò? Fionnlagh Sheonaidh Mhòir? Chan aithnte – no cha chreid mi gun aithnte co-dhiù."

"Thàinig thu!" orsa DJ nuair a bha iad ag ithe nam prìomh chùrsaichean. Bha e air an t-iasg a sheachnadh, eagal 's gum bruidhneadh e Beurla ris.

"Thàinig," orsa Caroline. "Tha iad air an t-àite a tha seo a dhèanamh suas o chuir mise mo bhaidhsagal an tacsa a' bhalla.

"Greis on uair sin, a Charoline?"

"Beagan bhliadhnachan."

"Cha mhòr gun do dh'aithnich mi an t-àite nuair a stad mi airson

seo a chur air dòigh. An Creag Ghoraidh a b' aithnte dhòmhsa
– uill, 's e àite caran curs a bh' ann. Cha toireadh tu boireannach
an gaoth a' phublic bar – an t-àite làn de dh'fheadhainn bhorba
ag èigheachd is a' trod mu phrìsean bheathaichean is leth-bhotal
a' tuiteam às a' phòcaid-tòine. Ach air a shon sin, bha e car nàdarra
is Gàidhealach. Nam faiceadh tu na cool dudes a' cluich pool an
ath-doras no nan sìneadh sna sòfathan aig teine trendy– is an
lounge-bàr seo air a dhèanamh suas mar a dh'iarradh tu e an
àite sam bith an Alba. Tha mi faireachdainn coltach ri cuideigin
a tha air a bhith ann am prìosan fad deich bliadhna fichead is a
tha feuchainn ris an saoghal ùr mun cuairt air a thuigsinn. Mar a
chì thu a-nochd fhathast, chan eil dad mun taigh a tha air leum air
aghaidh mòran bhliadhnachan. Ach an ola an àite na mònadh – sa
chidsin: tha teine fosgailte sna rùmannan fhathast, an sitting room
is an dà bhedroom shuas an staidhre. Nach eil thu ag iarraidh na
glainne-fìon sin?"

"Siuthad, ma-thà. Geal Astrailianach ma tha e aca – tha na
srùbain a tha seo yummie, yummie in my tummy! Cha ghabh thu
fhèin aon ghlainne?"

"Och, cha ghabh – tha mi dràibheadh."

"Am faca tu do bhràthair o thàinig thu?"

"Chunna mi bhuam e, tha an carabhan aige – chan eil e fada on
taigh, ach fada gu leòr. Cha tàinig e air chèilidh mas e sin a tha thu
a' ciallachadh, is cha tig nas motha. Bha e a' dràibheadh na bhan
aige – mar sin, 's dòcha gu bheil e dhith an-dràsta. 'S dòcha nach
eil. Chan eil fhios a'm co-dhiù tha e ag obair – tha mi tuigsinn gun
deach grunn a phàigheadh dheth aig na fish farms. Chanadh tu
gun cuireadh iad bhuapa a leithid fhèin an toiseach, ach sin an
saoghal neònach – iadsan glè thric a chumas iad. Faodaidh sinn
faighneachd dheth."

"A-màireach?"

"Cha ruig sinn a leas feitheamh cho fada sin. Cha chreid mi nach eil Ruairidh Iain air tighinn a ghabhail pudding còmhla rinn."

Thog Caroline a sùil is chunnaic i am fear seo ann am boilersuit donn – aodann cruinn dearg air, falt steigeach salach, ciabhagan tiugha fada. 'S e brògan-obrach a bh' air a chasan. Bha e na sheasamh an taing an dorais. Bha e coimhead cho robach ann an coinsèarbhatoraidh fìorghlan The Isle of Benbecula House Hotel.

"Sin thu, a Ruairidh Iain – tha thu air nochdadh aig deagh àm. Dè ghabhas tu – ice cream, sticky toffee? Dè mu dheidhinn Banoffee Pie?"

Ghluais e is car de bhacaig air dhan ionnsaigh. Thill an gille ruadh leis an fhìon. "One Chardonnay – I'm afraid the Australian's finished. I poured a South African – it's quite like it – if you don't want it, I'll take it back."

"No, that's fine."

"Thoir dhomh tè mhòr, a Chaluim, le beagan uisge innte, is bheir tè mhòr dham bhràthair," dh'iarr Ruairidh Iain air an fhear òg, a' toirt dha £10.

"Tha mise taghta," orsa DJ.

"Chan eil e," orsa Ruairidh Iain. "Gabhaidh e aon tè bhuam mum falbh e airson fichead bliadhna eile orm."

Shuidh e ri an taobh gun an còrr a chantail. Bha fàileadh an uisge-bheatha far analach cho làidir is gun tug e òrrais air Caroline.

"Seo mo bhràthair, Ruairidh Iain. Seo Caroline."

"Ir you this little man's partner or wife or girlfriend, or perhaps simply his female companion of the moment?" Rug spaid air an làimh bhig aicese.

Bha an guth aige gu math tiugh – is sin gu math na b' fhollaisiche do Charoline sa Bheurla.

"'S e caraidean a th' annainn," thuirt ise. Cha tug i guth air Gymnippers.

"Caraidean – nach eil sin a-nist laghach? Na caraidean, chan e na bonaidean!" Leig e lasgan a sheall na tuill mhòra na bheul is a chuir sruth smugaid sìos a smiogaid. Thug e a-mach nèapraig shalach bho phòcaid-bhroillich is dh'amais e, gun cus buannachd, air e fhèin a shuathadh.

"Tha e laghach, caraidean a bhith agad, nach eil? It's fuckin' lovely to have friends, nach eil, a Sheuntag? An do dh'inns e dhut gur e sin an t-ainm a bh' air nuair a bha e beag? Bha e cho seunta dheth fhèin. Duine beag ait. Seall air an-diugh, ge-tà. Tha caraidean aige – is bidh e ag òl Chardonnay. Duine mòr a tha seo! S e seo mo charaid – mise an aon charaid a bh' aige. Cha bhruidhneadh duine sam bith eile ris. Am bruidhneadh?"

"Fìor chorra dhuine!"

"Tha sin math, a Dhòmhnaill Sheumais. Nach e tha èibhinn. Fìor chorra dhuine: tha sin èibhinn! An fheadhainn a bhruidhneadh ris, bha iad ag iarraidh a dhochann, leis cho neònach 's a bha e – ach b' fheudar dhòmhsa coimhead às a dhèidh. Mise am big brother, 'fhios agad. Are you a social worker?"

"Not yet," fhreagair Caroline.

"That's good," orsa Ruairidh Iain. "That's good to know." Rug e air làimh oirre a-rithist. "Cha tàinig thu a choimhead orm idir, a bhràthair bhig– cha robh thu idir a' dol a thighinn a choimhead orm, an robh?"

Chuir an gille ruadh an dà dhram air am beulaibh.

"An do chùm thu tè dhut fhèin?" dh'fhaighneachd Ruairidh Iain dheth.

"Cha do chùm," fhreagair e.

Thug Ruairidh Iain £3 dha. "Dèan rudeigin le sin."

"I'll put a vodka ice on the till for afterwards," ors an gille. "Ir youse wanting sweets or coffee, 'cos the kitchen's about closing?"

Thug DJ sùil air Caroline. "Nì am bill an gnothach, tapadh leat."

"'N e mise a mhill an oidhche oirbh?" dh'fhaighneachd Ruairidh Iain. "Surely not. Mura robh mi air tighinn an seo, cha bhithinn air d' fhaicinn idir, am bitheadh, Mr Taxi-driver from London and Edinburgh – Mr Cunty Capitals Taxi-Driver. Chunnaic mi a' hired fuckin' car agad nuair a thionndaidh mi a-staigh. Thuirt mi rium fhìn, tha duine gu math fuckin' mòr a-staigh an seo an àiteigin."

"Bha thu riamh math air Laideann, a Ruairidh Iain, ach 's tusa an aon duine as aithnte dhomh a bhios ga cur an lùib na Gàidhlig."

Dh'èirich am fear eile na sheasamh.

"'Aeneas was aghast at the sight (bha is Aonghas, cuiridh mi geall!) – Aeneas was aghast at the sight; his hair stood on end with dread and his voice stuck in his throat. He ardently desired to quit the dear lands thunderstruck by the wrath of the Gods.' *The Aenead*, Book 4. Aeneas refuses to prioritise his love of Dido when he must fulfil his duty to the Gods.

"Roderick John Currie: A+ 94% and the Vth year Latin Prize.

"Donald James Currie: 0%. He wisnae there – an unprepossessing ticket to a life of taxi driving.

"Amo, amas, amat," thòisich Ruairidh Iain, "I love, you love, he, she or it loves. Amabam, amabas, amabat." Lean e air, a' gabhail grèim air làimh DJ: "I used to love, you used to love, he, she, it used to love."

Dh'èirich DJ on bhòrd. Chitheadh Caroline na deòir a' sileadh gu bras bho shùilean. Chuir e a làmh mun cuairt a bhràthar. "Thugainn, ma-thà. Bha thu math – bha thu math, math: 's tusa bh' ann an sin. Thugainn, bheir sinn lioft dhachaigh dhut – fàgaidh sinn na h-iuchraichean an seo. Coimheadaidh mi às do dheaghaidh mar a b' fheudar dhusa a dhèanamh dhòmhsa cho tric."

Bha guth DJ air bristeadh agus na seantansan sin gan rànail seach gan labhairt. "'S math gun tàinig thu a choimhead oirnn. 'S math gun do bhodraig thu. Cùm thusa grèim air do Laideann – fàgaidh i uasal thu."

A-muigh bha oidhche àlainn ann – adhar soilleir reultach os an cionn. Saoghal nàdair tròcaireach a bha uile-gu-lèir gun mheang. Loch Bì làn mathanais chiùin.

"Bha dùil a'm," orsa Caroline nuair a bha iad a' gabhail cupa tì an cidsin a mhàthar an Gèirinis, "gu robh e dol gad bhualadh." Bha fàileadh sheann daoine san taigh.

"Bha is agam fhìn – ach chaidh sinn an àite sin gu Laidinn is gu gaol."

"Cha robh sgeul airsan san *Explore 2004* aig Cal Mac – is leugh mi a h-uile duilleag dheth. Saoil carson?"

Thàinig fiamh a' ghàire an aodann DJ. "'N e sin cultar? – chan fhaigh even Cal Mac faisg air a' bheairteas sin."

"Bha thu uabhasach, chan eil fhios a'm – laghach ris, DJ," orsa Caroline. "Agus chan eil sin soirbh. Tha fhios a'm. Mas fhiach e idir a chanail, tha mise gu math moiteil asad – agus uabhasach toilichte a bhith seo còmhla riut, is mura bithinn pòsta le dithis chloinne, agus tu air mo thoirt dhachaigh às an taigh-òsta, bhithinn ag iarraidh tòrr mòr a bharrachd na aran-coirce is cupa tì bhuat. Ach, a Mhic Fhearchair 'ic Dhòmhnaill, bu thoigh leam gu mòr gun sealladh tu dhomh mo sheòmar – oir tha mi buggered agus gus tuiteam. Chì mi sa mhadainn thu."

Thug i cudail mhòr bhlàth theann dha. "A bheil an crùisgean a tha seo ag obair, DJ? Hey: cool!"

Disathairne 17 An Giblean

"Nach e na cìobairean san àite a tha seo a tha ròlaisteach," orsa Caroline, a' coimhead a-mach air uinneig a' chidsin le cupa tì na làimh. Shlaod i am pachima, a cheannaich David dhi ann an Harvey Nichols air an t-seachdain an dèidh Phrague, gu teann mu a geansaidh ùr Ragamuffin. "Mas e delight a tha san t-sìde a tha seo dhaibh, uill, cha bu thoigh leam a bhith còmhla riutha air droch latha."

"Nach ann ceangailte ris a' ghrèin a bha am facal ud seach na rionnagan, a Charoline?" chuir DJ oirre.

"Ladies' licence!" am freagairt a fhuair e.

"Bhiodh an uinneag a tha sin daonnan a' dèanamh fuaim sgràthail leis a' ghaoith."

"Cuin a fhuair do mhàthair an double glazing?"

"Chan eil mi cinnteach – tha e coimhead gu math ùr, chanainn ceithir no còig bliadhna air ais is dòcha."

Bha an t-uisge ga shèideadh thuca le gèile sgairteil.

"'S math a bhith a-staigh sa bhlàths. Bidh thu dìochuimhneachadh cho luath 's a bhios an t-sìde ag atharrachadh," mhothaich ise.

"Tha an range a tha sin math, math, a Charoline. Bha an seann fhear ceart gu leòr cuideachd, ach bha leithid a dhragh ann a bhith sìor chumail mònadh rithe – is cha robh duine aice mu dheireadh thall a rachadh gu mònaidh dhi. Sin obair a bha mi fhìn 's Ruairidh

Iain nar deagh sgioba oirre: bhuaineamaid poll ann an uair no
dhà an uaireadair – bho glè òg cuideachd. Rinn mo sheanair
gu math cinnteach gun do dh'ionnsaich e sin dhuinn. Tha mi
smaointinn gur e Ruairidh Iain a bhiodh ga dhèanamh dhi thro
na bliadhnachan. Chan eil fhios a'm cò bhiodh còmhla ris – duine
bochd air choreigin. Sandaidh Raghnaill, 's dòcha – fear eile dhen
aon chreideamh."

"Ciamar a tha thu a' faireachdainn, DJ? Cha mhòr nach eil
e coltach ri aisling – cha robh dad a dhùil a'm coinneachadh ri
Ruairidh Iain cho tràth san turas."

"Nach eil e neònach, dìreach. Dh'fhaodadh e air a bhith na bu
mhiosa, tha mi cinnteach. Tha mise OK. Tha mi an dòchas nach tug
e losgadh-bràghad ort. Bha thu coimhead car worried nuair a bha e
a' dèanamh nan cuinseachan. 'S math nach do dh'iarr e pòg ort."

"Oh, my God, stop it, DJ. Bha mi gu math worried. Chan eil fhios
agad dè an ath rud a dh'fheuchas iad."

"Bha e ro shòbarra, feumaidh, airson rud sam bith mar sin
fheuchainn. Bheir e deagh thòrr mun tuit am fear sin – ach tha mi
cinnteach nach eil e cho treun 's a b' àbhaist dha a bhith."

Chitheadh tu an carabhan beag ruadh meirgeach aig Ruairidh
Iain ga chrathadh sa ghaoith. Cha robh choltas idir air gun èireadh
creutair beò no marbh a-mach às dha na siantan fiadhaich.

"'S math fhaighinn seachad, tha fhios – faodaidh sinn tilleadh
gu saoghal an Tourist Board – uill, eh, a bharrachd air an t-sìde. Cò
aige a tha fios – 's dòcha gun dèan i turadh fhathast an-diugh. Bha i
tioram na bu tràithe air a' mhadainn."

"Cuin a bha sin?"

"O, mu leth-uair an dèidh a seachd."

"Nach math sin – bha mise nam shuain àlainn an uair sin: bha
an rùm cho blàth – is an teine cho toastaidh"

"Rùm Sìneig a bha sin. An rùm bu chofhurtaile san taigh, mar a shaoileadh tu – cha bhithinn tric ann, leis gu bheil i na bliadhnachan nas sine na mise. Dh'fheumadh tu fiathachadh mun rachadh tu a-staigh a bhedroom Sìneig. Boireannaich – dè."

"Bha i gu math brèagha nuair a bha i òg."

"Bha i sin. Chaidh an dealbh sin a tharraing nuair a bha i ceithir-deug: thug m' antaidh a-mach a Ghlaschu i son seachdain. Cheannaich i an còta ùr is am beret dhi an latha sin."

"Cà 'n do phòs do sheanair is do sheanmhair?"

"O, aidh, an dealbh sin – chan e Dòmhnall Mac Fhearchair a tha sin idir. Sin athair is màthair mo mhàthar – phòs iadsan san Òban, cha chreid mi. 'S ann: chì thu an seann chidhe dìreach air oir an deilbh. Phòs Dòmhnall Mac Fhearchair bochd is Màiri an seo fhèin. Tha e coltach gu robh banais aca a bha ainmeil. Cha robh cearc san àite nach do rugadh oirre son a spìonadh."

"Is cò tha sin?" dh' fhaighneachd i, a' cur tuilleadh marmalaid air an toast aice.

"Sin am fear nach maireann, Seonaidh. Chaidh sin a tharraing dà bhliadhna mun do bhàsaich e. Bha daonnan uan air choreigin aige na pheata – sin fear a dh'fhàg a mhàthair aig doras na bàthcha. Chan eil fhios carson: bha ceithir chasan is dà chluais is aon cheann air, fhad 's a chitheamaide. Feuch an aithnich thu duine sam bith san fhear seo," orsa DJ, a' sìneadh frèam dhi. "An d' fhuair thu gu leòr ri ithe?"

"Fhuair, thanks. DJ, the goalie."

"'S e – uill, reserve goalkeeper a' bhliadhna ud – ach dh'fhàg Tormod Iagain an sgoil aig deireadh na bliadhna sin is fhuair mise àite son dà bhliadhna às a dheaghaidh sin. Chan eil fhios a'm cà 'n robh e an latha a chaidh an dealbh a ghabhail – a' dèanamh chocannan còmhla ri Iagan Mòr, tha teans."

"'N e an caiptean a bh' ann an Ruairidh Iain?"

"Nach eil fhios agad gur e. Am fear a b' òige riamh an Sgoil Dhalabroig. Bha iad dìreach air a thoirt dha an sin – leis gun d' fhàg Calum Sheòrais aig a' Christmas. Cluicheadair math a bha an Calum Sheòrais. Co-dhiù, a nighean, a bheil sinn a' dol a ghluasad a-mach às an taigh seo? Dè tha i a' dèanamh a-nist?"

"An aon rud. Bucaidean dheth!"

"Deas no tuath?"

"Deas, DJ. A chridhe tìr nan Deasaich!"

"Bheil bòtainnean agad?"

"Tha na walking boots a tha sin agam."

"Tha iad sin car brèagha son poll Uibhist, saoilidh mi, a Charoline. Fiach airgid annta cuideachd. Ecco, indeed! Seo, feuch iad seo ort," thuirt e, a' toirt seann phaidhir bhòtainnan Flòraidh 'Ain Sheumais a-mach à preasa. "Perfect fit. Cha bhi thu coiseachd cho fada sin co-dhiù."

"'S e na fàileidhean, tha mi smaointinn," orsa Caroline, is iad a' dràibheadh, na suathairean a' sluaisreadh aig sixty, seachad air Loids Ghrodhaigearraidh. "'S e na fàileidhean ann an taighean dhaoine a dh'innseas dhut cò iad, dè an saoghal dham buin iad. Chan fhaicinn idir do mhàthair gus an do dh'fhairich mi aroma an taighe – a-nis chì mi sa h-uile h-àite i. Chì mi a làmhan a' cur gual air an teine a druim crùbte, is i gan glanadh air a h-aparan mus èirich i. Cluinnidh mi i ag ràdh riutsa, DJ, 'Nis, seo bobhla mòr soup dhut, a bhalaich, tog thugad pìos arain. Sin agad thu.'"

Cha robh duine beò a' gluasad an Stadhlaigearraidh nuair a thionndaidh iad an càr far an rathaid mhòir. "'N e cnàmhan a tha aig an taigh a tha sin?" dh'fhaighneachd Caroline.

"Tha e coltach gur e. Le muic-mhara a tha an cnàimh-droma mòr sin. Taigh-tughaidh a bha san taigh sin cuideachd an uair mu dheireadh a bha mi seo. Raghnall a' Bhuachaille bochd – dè a-nist am far-ainm a bh' air a-rithist? Chan eil cuimhn' a'm . . . Hector! Chan e ach Malcolm."

Ruith seann cù-chaorach a-mach à Taigh a' Mhanaidseir, an taigh mu dheireadh deas air an rathad, is dh'fhan e còmhla riutha, a' comhartaich, son mu fhichead slat mun do stad DJ an càr aig cliathaich an rathaid.

"Chan e an latha as fheàrr air a shon, 's dòcha, ach chan fhaod thu Uibhist fhàgail gun an Tobhta Mhòr fhaicinn. Seo, ma-thà, an t-àite às an tàinig Clann 'ac Mhuirich Uibhist, is tha fear dligheach dhen t-sliochd a' dol ga shealltainn dhut."

"'S math gu bheil," orsa Caroline. "Chan eil heat mun cuairt an seo a dh'innseadh dhut gu robh a leithid ann."

Shreap iad an geata is choisich iad tarsainn na pàirce gu na bha air fhàgail de dh'fhàrdaich leòmaich Bàird Chloinn Raghnaill. Ballaichean beaga ìosal an taighe air an còmhdach le còinneach is gàrradh fada a' falbh bhuapa an iar is an ear.

"Nach fhairich thu rud làidir an seo, a Charoline?"

"Fairichidh," orsa ise, a' greimeachadh air cloich mhòir, "is tha i a' sèideadh thugam aig mu Force Ten, tha mi smaointinn, is i a' lathadh mothachadh a' chridhe is a' mhic-meanmna."

"No need to exaggerate, woman – chan eil i ach Force Nine."

"Ciamar a tha fhios agadsa?"

"Sin a thuirt iad air a' Shipping Forecast. 'S ann uairegin anns an sixteenth century a thàinig Dòmhnall Mòr MacMhuirich an seo. Bha iad an Cinn Tìre roimhe sin aig MacDonald of the Isles . . ."

Rinn Caroline car de leth-thuiteam – ghlac DJ na ghàirdeanan i, is chùm e a làmhan mun cuairt oirre gus an robh e ullamh dhen phàirt sin dhe a sgeul. Bha an t-uisge air na bha fradharcach dhe h-aodann fo cheap a seacaid a bhogadh gu tur – shaoileadh tu gur ann fo uisge a bha i a' snàmh. Leig i às a grèim gun chabhaig.

"Rinn fear aca òran do dh'Ailean Mac 'ic Ailein nuair a mharbhadh sa Fifteen e; bhiodh ceathramhan dheth aig Màiri Anna shìos a chuala i aig a' Phosta Bhàn. 'S e fear de Chloinn an t-Saoir a tharraing corp Ailein na bhreacan bho Shliabh an t-Siorraim fad deich mìle chun na h-eaglais ann an Inchaffray. Bha e latha ag obair, tha e coltach, grunn bhliadhnachan às a dheaghaidh sin, is an aon bhreacan air, agus mhaoidh an ath fhear de Chloinn Raghnaill air: 'Cuir dhìot am breacan sin, a Mhic an t-Saoir, is nì thu obair nas fheàrr! Bha latha ann a bha mo bhreacan-sa na dheagh chòmhdach dha do theaghlach-sa!' ors an duine bochd.

"Aig toiseach na naoidheamh linn deug fhuair iad grèim air bodach a shloinneadh e fhèin aon fhichead glùn air ais chun a' chiad fhear riamh a thàinig a-nall à Eirinn, ach ged a bha a' Ghàidhlig aige blasta gu lèor, cha deargadh e air facal dhith a sgrìobhadh no a leughadh – bha e dìreach mar a tha sinn fhìn! Air ais dhan chàr – dè, a Charoline? Mun tèid ar gonadh aig na bòcain an seo." Shìn e a làmh dhi is chùm e i gus an d' ràinig iad an càr.

"Uill, a Dhia, tha i fliuch – cha chuireadh tu iasg a-mach san t-sìde a tha seo! Seo!" Thog e searbhadair o chùl a' chàir. "Faodaidh tu thu fhèin a thiormachadh leis an rud seo." Bha boinneagan mòra a' tuiteam a dh'ionnsaigh a h-amhaich. Thiormaich e fhèin iad sin mun tug e dhi an searbhadair.

"Getting a bit steamy in here, wouldn't you say, DJ?"

"Sorry. Cuiridh mi air an èadhar. Bheil sin nas fheàrr?"

"Tha. Bha sin uabhasach math. Cha bhiodh càil a dh'fhios agam gu robh a leithid ann is gu robh e cho mòr an eachdraidh Uibhist."

"Keep in with the locals, dè?"

"Nì mi sin, tha mi smaointinn."

"Tha fhios a'm nach toigh leat jokes, ach am fuiling thu sgeulachdan mu dheidhinn an fhir mhòir ud, MacMhuirich?"

"When in Uist is gun agam ri ruith a dh'àite sam bith ann an deich mionaidean no fiù 's ann an deich uairean – siuthad, ma-thà. Stad ort: cuiridh mi an searbhadair fom thòin. Sin e – tha sin nas fheàrr."

"'S e Mìcheal a dh'inns seo dhomh cuideachd. Ach tha e coltach o chionn fhada an t-saoghail gu robh boireannach a' fuireach shuas sa cheann a deas: an Geàrraidh na Mònadh, tha mi smaointinn – chì thu an-diugh fhathast e – agus bha i ùine mhòr mhòr a' feitheamh a' chiad phàiste. Ach an seo rugadh mac dhi, gille beag bòidheach, agus, O, abair gun d' rinn i sogan is toileachadh ris a' phàiste bheag àlainn seo – agus 's e àm an fhoghair a bh' ann agus b' fheudar dha na boireannaich bhochda a bhith a-muigh ag obair: 's ann a' ceangal a bha iad, is bha am pàiste ann an adaig, is, O, bha a h-uile tè dhe na boireannaich eile cho moiteil às a' phàiste bheag bhrèagha seo. Uill, fhuair iad am foghar a-staigh gun chrois no droch shìde, ach mar a bha na seachdainean is na mìosan a' dol seachad bha am pàiste a' dol bhuaithe is ag atharrachadh: dh'fhàs e cho caol, thàinig tuar glas aog air aodann is dh'fhàs a ghuth cho domhainn tùchanach. Bha a mhàthair cho mòr air a sgràthachadh is an t-eagal aice roimhe is nach biodh i ga thoirt a dh'àite sam bith."

Bha aodann DJ làn dìomhaireachd. Duine tarraingeach a bh' ann gun teagamh. Guth brèagha. Bha e dìreach àlainn ùine gun chabhaig sam bith a bhith ann, airson an saoghal fhaicinn is a thoirt fa-near.

"Co-dhiù no co-dheth. Thàinig àm an fhoghair mun cuairt a-rithist, agus cho luath 's a chunnacar am pàiste, chlisg na boireannaich roimhe, cho grànda 's a bha e coimhead. Ach 's i aon tè – seann chailleach – a bhruidhinn ri mhàthair.

"'Chan eil am pàiste sin ceart. Tha e mì-nàdarra. Agus chan eil ann ach aon duine san dùthaich a dheargas air na tha ceàrr air a leigheas. Feumaidh tu dhol an-dràsta gu ruige MacMhuirich an Stadhlaigearraidh.' Thàinig am boireannach a-nuas ann an seo cho luath 's a bh' aice. Cha do rinn i ach am pàiste a chaitheamh dhan chreathail."

Rinn Caroline giogail bheag. Dh'fhaodadh i a bhith air feuchainn ri rud èibhinn a chur a-staigh air, ach cha robh i ag iarraidh sìon a ràdh.

"Bha am bodach MacMhuirich ga feitheamh dìreach far an robh thusa nad sheasamh san Tobhtaidh Mhòir. 'Tha thu air tighinn,' ors esan, 'mun chreutair mhì-chiatach a tha sa chreathail.'

" 'Na bithibh a' bruidhinn air mo chiad mhac ann an dòigh cho làidir . . .' " Bha seo a' còrdadh ri DJ. Lasraichean na shùilean.

" 'Chan ann air do mhac a bha mi bruidhinn,' ors esan, 'ach air a' chreutair ghrànda a tha ann an riochd do mhic. Mura bheil mise air mo mhealladh, tha fear dhe na sìthichean a' tathaich ann am fuil, an cnàmhan agus am feòil do mhic. Ach tha iad cho seòlta, sgràthail fhèin doirbh an cur far an fhairichidh. Ach nì sinn cinnteach gur e a th' ann. Thèid thusa dhachaigh, air a' chladach, is togaidh tu naoi sligean bhàirneach' – 'fhios agad, barnacle shells, limpets?"

"Tha deagh fhios a'm orra. Cùm ort."

"Bheil thu fuar, a Charoline?"

"Chan eil."

" 'Lasaidh tu teine mòr mòr is togaidh tu às naoi èibhleagan is cuiridh tu na naoi sligean air bàrr nan naoi èibhleagan is lìonaidh tu iad gum bàrr le uisge. Is ma dh'fhaighneachdas esan dhìot gu dè tha thu a' dèanamh, canaidh tu ris gu bheil thu a' dèanamh uisge-beatha.'

"Hè, hè, hè," orsa Caroline an guth droch shìthiche.

" 'Cha bhi sùim fon ghrèin aig pàiste ceart de bhliadhna dh'aois do dh'uisge-beatha. Ach bithidh aig sìthiche. Sùim mhòr. Canaidh tu an uair sin ris gum feum thu tilleadh chun a' chladaich airson tuilleadh shligean a thoirt dhachaigh, ach thèid thu gu cul an taighe is nì thu amharc. Agus ge brith gu dè a chì thu no chluinneas tu, thig thu air ais ann an seo is innsidh tu dhòmhs' e. Is ged a thachradh grunn riut air do rathad thugamsa, chan abair thu facal.'

"Rinn am boireannach bochd a h-uile sìon a dh'iarradh oirre, agus bha i a' lìonadh nan naoi sligean le uisge nuair a chual' i e.

"'Dè thu thu dèanamh, a Mhamaidh?' ors esan, is a ghuth cho mòr is cho grànda.

"'Tha,' ors ise, 'uisge-beatha, ach feumaidh mi dhol air ais dhan chladach a dh'iarraidh tuilleadh shligean. Fan thusa far a bheil thu. Cha bhi mi mionaid.'"

"Cha deach i an còir a' chladaich. Chaidh i gu cùl an taighe. Is an sealladh a chunnaic i thron uinneig, chuireadh e an t-eagal air an dearg mhèirleach.

"Leum esan a-mach às a' chreathail is theann e ri caran a chur am meadhan an ùrlair, is a h-uile h-uair a chaidh e mun cuairt, dh'fhàs e na bu shine. Gus mu dheireadh thall gur e a bh'ann ach bodach seangarra le feusaig mhòir sìos gu shàiltean is pluicean ribeagach is sròn mhòr air at. Dhall e air na sligean, a' cur tè is tè mu seach air a cheann. Nuair a bha e ullamh dhen naoidheamh tè, leig e brùchd a dhùisgeadh na mairbh is thuirt e, 'Tha mise air a bhith air an talamh a tha seo fad dà mhìle bliadhna, is cha do bhlais mi riamh air uisge-beatha cho lapach ris a siud.'"

"Theich ise. Chan fhacas riamh boireannach cho luath air cladaichean Uibhist. Ràinig i seo, Stadhlaigearraidh, is dh'inns i facal air an fhacal a h-uile sìon a chunnaic is a chual' i aig an uinneig dhan fhear mhòr.

"'An dà,' ors esan, MacMhuirich, 'bha mi ceart gu leòr. 'S e tàcharan a th' ann. Thèid thu dhachaigh a-nist agus nì thu ceangal nan trì chaoil air a' phàiste. Togaidh tu an uair sin e agus bheir thu sìos chun a' chladaich e. Nuair a thionndaidheas an làn, càirichidh tu air bàrr na tuinne e, agus ged nach bi an gnothach . . . eh . . . laghach no tlachdmhor, bidh a h-uile sìon ceart gu leòr. Tha mi a' toirt dhut mo gheallaidh.'

"Dh'fhalbh i dhachaigh a Gheàrraidh na Mònadh, cheangail i caol a dhà choise ri chèile agus an uair sin caol na làimhe deise riutha, is mu dheireadh caol na laimhe clì riutha. Thog i am pàiste, is nuair a ràinig i sìos mun tiùrr bha an làn dìreach an impis tionndadh. Chuir i am pàiste san uisge, air bàrr stuaigh. A-mach leis a' mhuir a chaidh e. Bha a h-uile sìon sìtheil gu leòr. Ach an uair sin thòisich a' ghleadhraich is na guidheachan is an speuradh. Bha eagal a beatha oirrese. Is an uair sin cò a thàinig ach a–h-uile gin dhe na sìthichean a bha riamh ann an Uibhist o shean, is o chionn 's nach gabh iad marbhadh, cha ghabh iad bàthadh, na sìthichean. Sgob iad leotha esan is ann am priobadh na sùla cha robh sgeul air sìthiche no tàcharan no rud eile.

"Chuir ise a h-aghaidh air an taigh, is gun sìon a dh'fhios aice dè bha gu bhith roimhpe. Ach nuair a bha i goirid dhan doras, gu dè a chual' i ach a' ghodail bheag bhrèagha nach cual' i o chionn nam mìosan mòra. Dh'fhalbh i na ruith chun an taighe. Dh'fhosgail i an doras. Is cò bha na laighe sa chreathail is a dhà làimh air an sìneadh a-mach thuice ach an gille beag bòidheach aice fhèin. Thog i a pàiste, is phaisg i gu teann na h-uchd e.

"'O,'" ors ise, "''s tu fhèin a th' ann. Taing do Dhia gura tu. Agus taing,'" ors ise, "'do MhacMhuirich Stadhlaigearraidh, a chuir a h-uile sìon air dòigh.'

"Sin a-nist thu. Sin agad Mac Mhuirich dhut, a Charoline. Duine tapaidh!"

"Mmm, bha sin sgoinneil, yeah, gosh. 'S fhada o nach cuala mi a leithid; chan eil iad cho pailt ann am Barnton, tha fhios agad."

"Chan eil iad sìon nas lìonmhoire ann an South Gyle."

"Mmm, chòrd sin rium, DJ: tha guth math agad son rud innse, ceòl nàdarra ann is ruitheam. Abair sgeulachd annasach. Fìor cuideachd, tha mi creidsinn?"

"Gu dearbha fhèine – cha robh sìon air an t-saoghal a dh'inns Mìcheal an Droma dhuinn nach robh fìor."

"Chan eil cuimhn' a'm cuin a dh'inns duine sgeulachd dhomh. M' athair, 's dòcha. Carson a dh'fheumas sin stad nuair a dh'fhàsas tu suas? Is an e sin an seòrsa rud a bhiodh tusa a' cluinntinn fad an t-siubhail, a' fàs suas ann an seo?"

"Och, chan e, dìreach o chorra dhuine – agus mar a ghearaineadh a' chuid as motha againn an-diugh, cha robh sinne cho math gu èisteachd is a bu chòir dhuinn. Ach bha mise an Lunnainn mun d' fhuair a' chailleach an telebhisean. Cha robh, 'fhios agad – cha mhòr gun gabh e creidsinn, o chionn chan eil cho fìor fhada sin bhuaithe, ach cha robh sinne beò san t-saoghal mhòr idir – seo an saoghal a bh' againne: am beagan mhìltean seo. Uair sa bhliadhna a bhithinn a' dol cho fada deas ri Dalabrog mun deach sinn dhan sgoil. Bhiomaid a' dol air chèilidh as deaghaidh nan Games – sin e. Cha robh adhbhar againne a dhol ann. Cha robh càirdean againn ann; cha robh càr againn. Cha robh mise na b' fhaide na Uibhist a Tuath mun do dh'fhàg mi an taigh. Cha robh mi even air a bhith san Òban. Sìneag a bhiodh a' faighinn air falbh – 's i cho mòr is cho modhail. Cha b' urrainn dhaibh a bhith air an dàrna fear againn a thoirt leotha is am fear eile fhàgail – is dh'fhàgadh an dithis againn mar sin. Bheil an t-acras ort?"

"Tha gu dearbha – mharbhainn cupa cofaidh cuideachd."

"Thèid sinn a Chill Donnain – tha cafaidh an sin. Tha biadh gu leòr a-staigh, ach 's fheàrr dhuinn cumail oirnn gu deas – dè?"

"Yeah, yeah, tha seo math, cùm a' dol, a bhalaich!"

Stad iad aig bùth Bhrant airson petrail air an rathad suas. Tè a mhuinntir Staoinibrig a thàinig a-mach ga thoirt dhaibh.

"Bheil thu ag iarraidh pàipear no magazine no sìon, a Charoline?"

"Cha chreid mi gu bheil. Och, uill OK – faigh *Guardian* ma tha e aca, eagal 's nach bi càil sam bith againn ri ràdh ri chèile feasgar."

Fhad 's a bha DJ sa bhùthaidh, thàinig bodach grinn a-mach aiste is rinn e air a' chàr san robh Caroline – rug e air handle doras an dràibheir is dh'fhosgail e e is shuidh e sìos ri taobh Caroline.

"Not the best of weather for your first visit to Uist. How's Edinburgh doing these days? Drier than this, I'd say. He's looking well – and doing well on the surface, I'm sure, too; but you can't just brush all these years under the carpet. No, no. It all takes its toll. Still, I used to see his mother very often: we were very close friends, and, as I told himself, she always loved him and hoped that one day he would find a way to forgive her, if that was what it was all about. And then, of course, it was all too late. And how's the wee fellow – he'll be going to school this year?"

Dh'fhosgail DJ an doras mun d' fhuair Caroline cothrom an duine fiosrach seo a fhreagairt.

"Uill a Dhia, a Dhòmhnall Sheumais, nach tu a fhuair a' bhean mhodhail! Tha sinn air a bhith bruidhinn a-null is a-nall an seo cho laghach."

"Tha mi toilichte sin a chluinntinn, Alasdair," orsa DJ. "Droch shìde, dè?"

"Nach i tha sgràthail, 'ille. Feuch gun tadhail sibh a-nist!"

"Thachair thu ri boyfriend mo mhàthar, a m' eudail?" orsa DJ, a' cur a' chàir gu dol.

"What?"

"Bu thoigh leis gur e – ach cha ghabhadh mo mhàthair turas ris. Mar sin . . . Neo-ar-thaing nach leigeadh i leis jobaichean beaga mun taigh a dhèanamh dhi. "Chan eil ann ach bèibidh," bhiodh i ag ràdh. Bidh e mu 74 a-nist, tha mi cinnteach, Alasdair Mhurchaidh Bhig. Chan eil fhios a'm dè bha mi smaointinn. Cha bhi pàipearan ann son greis fhathast gu 'n tig am plèan, ma gheibh i a-staigh air latha mar seo. Ach seo *Free Press* an-dè agus pacaid Revels, ach na ith iad gus an deaghaidh do bhìdh."

"OK, Dad," orsa Caroline, "no 'n e 'Hubbie' a bu chòir dhomh a ràdh?"

"Can rud sam bith a thogras tu."

"Cha robh Susan riamh an seo còmhla riut?"

"Cha robh."

"Mar sin dh'fhaodainn a bhith nad bhean, DJ. In how aboot my Edinburgh accent?" dh'fhaighneachd Caroline, a' cur oirre cainnt làidir Dhùn Èideann.

"Glè mhath, ach chan eil mi ag iarraidh sin a chluinntinn bhuatsa – gu h-àraid ma tha thu dol a leigeil ort gur e mo bhean a th' annad. 'N e sin a tha thu ag iarraidh? Bheil thu ag iarraidh leigeil ort gur e mo bhean a th' annad?"

"This is crazy. Tha seo mad, actually, ach tha mi faireachdainn cho saor is gu bheil mi ag iarraidh – chan eil fhios a'm – diofar persona fheuchainn a-mach. Agus, yeah, mura cuir e dragh sam bith ortsa, DJ, bhiodh e anabarrach fhèin taitneach a bhith nam mhnaoi dhut gu 'm falbh mi a-màireach!"

"Bha mi an dòchas nach fhalbhadh tu an-diugh."

"Cha robh sìon a dhùil a'm falbh an-diugh – sin bu choireach gu bheil sinn a' dol suas gu deas."

An dèidh dhaibh brot is sandwich a ghabhail an taigh-tasgaidh seann sgoil Chill Donnain, thill DJ beagan gu tuath is dhràibh e tro Ormacleit a dh'ionnsaigh a' Chaisteil.

"Cha toir seo mionaid," ors esan.

"Dè an t-ainm a bh' air a' chailleach a bhruidhinn rinn a-staigh an sin?" dh'fhaighneachd Caroline.

"Beileag Lamont," orsa DJ. "Tha i ann a Uist House còmhla ri bràthair mo mhàthar. An nighean a bha sin, Raonaid, a thug e-mach air chuairt i. Tha i math dhi, Raonaid. Boireannach laghach, math dha màthair."

"Bha fhios aig Beileag mud mhàthair is mu Ruairidh Iain – ged nach tuirt i ach beagan mun deidhinn."

"Chan eil mòran a' dol seachad oirrese – cha robh riamh. Cha deach thusa seachad oirre na bu mhotha. Bha i car socair leat, shaoil mi: cha d'fhuair thu ach mu chòig-deug dhe na twenty questions."

"Is ciamar a chaidh dhomh?"

"Tòrr na b' fheàrr na dhèanainn fhìn!"

Bha a' ghaoth a-nist air socrachadh agus cha robh an t-uisge cho buileach trom – bha a' ghrian a' strì ri tighinn ris.

"Agus," dh'fhaighneachd Caroline tro sgiorrghail nan eun mu cheann shuas na tobhta truaighe, "chaidh an caisteal seo na theine air an aon latha san deach fear an taighe a mharbhadh aig Blàr an t-Siorraim?"

"Correct. Blàr Sliabh an t-Siorraim. Ailean Mòr a bh' air – no Ailean Beag, a rèir size an sgeulaiche! Seachd bliadhna a thug iad ga thogail, is seachd bliadhna chun an latha bha na lasraichean a' dannsa na bhroinn."

"'N e na nàimhdean aige a bu choireach?"

"Sitheann bu choireach ris."

"Dè a bh' ann?"

"Sitheann! Feòil nam fiadh – venison. Bha i aca ga bruich ann am poit sa chidsin, sa bhosaidh dhuibh. Bhiodh iad ga h-ithe fad an t-siubhail, na h-uaislean sin; bhitheadh agus mi fhìn, nuair a gheibhinn cothrom oirre. Ghabh an similear mòr, am fear sa mheadhan an sin, is an uair sin thug an teallach ruaig air feadh an taighe. Bha còir aige fhèin a bhith air feart a thoirt is air èisteachd ri faclan na seun."

"It was a talking haunch of venison?"

"Se-un!" Rinn DJ gàire blàth rithe. "Charm de rud a bhite ga cur orra mum falbhadh iad a chogadh. Cailleach à Beinn a' Bhadhla a chuir an tè sin air Ailean Mhac 'ic Ailein. Ach ors esan rithe cho dàna, 'Ma thilleas mi beò, cha bhi thu gun duais, a bhean.' Seadh, bha e a' leigeil fhaicinn dhi nach robh e a' gèilleachdainn buileach san t-seun aice. Sin a dh'fhàg Caisteal Ormacleit na smàl agus esan air a shuaineadh marbh ann am breacan an fhir òig.

"'*Seun a chuir Moire air a Mac,*'" thòisich DJ ann an guth cailliche snaoiseanaich,

"'*Seun ro mharbhadh, seun ro lot,*
Seun eadar cìoch agus glùn,
Seun eadar glùn agus lorg,
Seun nan trì seun,
Seun nan còig seun,
Seun nan seachd seun
Eadar bàrr do chinn
Agus bonn do chois.'"

Thog e a ghuth na b' àirde is na bu luaithe:

"'*Seun nan seachd paidir, a h-aon,*
a dhà, a trì, a ceithir, a còig,
a sia, a seachd
ort a-nist
bho chlaban do bhathais
gu dathas do bhonn,
gad chumail od chùl,
gad chùmhn od aghaidh.'"

Nach e bha gòrach Mac 'ic Ailein, nach do dh'èist e ris a sin?"

"DJ, dè an linn san do thogadh tu, an tuirt thu?" Rinn bò mhòr throm geum ri a ceist.

"An tè ro chogadh nan con, a Charoline!"

"Ha, ha, ha, ha, ha, ha, ha, ha, ha, 's toigh leam seo gu mòr, is toigh leam thu, DJ. Chan eil fhios agad na tha seo a' toirt dhomh." Dh'fhairich i a leithid is dh'fhairich i barrachd.

"Cha do chuir e an t-eagal ort co-dhiù, a Charoline. 'S e sin a bhithinn a' gabhail air Oidhche Shamhna, gun fhios dhan t-seann tè a thug dhomh i, tha thu tuigsinn. Mi fhìn is e fhèin a' gabhail loidhne mu seach. Bhiomaid a' cur an eagail oirnn fhìn, gun tighinn air duine sam bith eile. Ach saoilidh mi, mura bheil thu uabhasach keen, gun dèan sin an gnothach son eachdraidh an-diugh. Seall cho brèagha is a tha i a-nist – nach do dh'inns mi dhut? Dè tha thusa ag iarraidh a dhèanamh? Do roghainn fhèin – tha an duin' ùr agad is guide nan àiteachan seana a' gabhail half-day."

"An toir thu gu tràigh bhrèagha mi, DJ? Tha mi ag iarraidh farsaingeachd dhan cuir mi seo."

"Bheir gu dearbha – chan eil agad ach coiseachd an iar o àite sam bith, is tha thu air tràigh cho brèagha 's a th' ann. Stad ort gu 'n smaoinich mi air deagh àite, ge-ta – cha robh mi cho tric sin air na tràghannan shuas an seo. Uill, ma tha sinn a' leantail rathad gu deas, dhèanadh e ciall tràigh mun cheann a deas a shiubhal."

Thionndaidh iad far an rathaid chun na làimhe deise aig a' Bhorrodale, sìos a dh'ionnnsaigh machaire Dhalabroig.

"Bha sinn tric san eaglais sin nuair a bha sinn san sgoil. Bha mi fuireach san taigh sin thall – taigh Anna 'Ain Chaimbeil: banntrach a bh' innte, an teaghlach uile air falbh, bha leth-phiuthar dhith pòsta an Gèirinis. An uair a thàinig an t-àm dhuinn Sgoil an Iochdair fhàgail, thuirt Seonag rim mhàthair gun dèanadh a piuthar toileachadh mòr rinn – chan eil even mullach air an taigh a-nist. Sinc a bh' air – taigh beag snog na bhroinn cuideachd. Seall an togsaid sin – thall an sin, eadar an taigh is far a bheil na rothan-tractair a tha sin air an caitheamh: bhiodh a' chailleach a' cruinneachadh nam boinneagan a thigeadh a-nuas far mullach an taighe innte. 'S ann airson nam beothaichean a bha an t-uisge sin, agus airson aodach a nighe, ged a chanadh feadhainn gur ann airson potions a bhiodh i fhèin ag òl a bha e – bhiodh i a' lìonadh mhiasan làn dheth. Shàbhaileadh e dhi a dhol dhan tobar cuideachd, tha mi cinnteach, 's an uair sin fhuair i an tap aig ceann an taighe. Ach bhiodh i fhathast a' cruinneachadh uisge san togsaid. Bhithinn a' dol a choimhead oirre eadar a bhith fàgail na sgoile is a' dol a Lunnainn, agus na bliadhnachan a bhithinn a' tighinn dhachaigh à Lunnainn."

"Nach biodh sibhse a' falbh dhan àrd-sgoil – bhiodh m' athair ag ràdh gu robh tòrr Uibhistich sa Hostel còmhla ris am Port Rìgh."

"Bhiodh, nam faigheadh tu an cothrom. 'S iad na Tuathaich bu mhotha a bhiodh a' dol a Phort Rìgh is a dh'Inbhir Nis – bhiodh na Deasaich is na Barraich car a' leantail ceum nan Caitligeach. Chaidh Sìneag dhan Ghearastan. Cha deach Seonaidh na b' fhaide na an t-Ìochdar fhèin. Fear a-muigh a bha ann an Seonaidh: cha chumadh tu am fear sin glaiste ann an classroom. Bha e dìreach a' dol an aghaidh a nàdair. Is, of course, nuair a thàinig an turn agamsa – uill, cha robh an t-airgead ann son dithis a chur air falbh. Dè nì thu – cuiridh tu am fear as fheàrr, am fear as treasa – Ruairidh Iain, cò eile. Bha e gu bhith na fhear-lagha no na dhotair – cha robh sìon nach b' urrainn dha a dhèanamh. Bha mi ga ionndrainn gu sgràthail nuair a dh'fhàg e mi."

Bha iad a' coiseachd air an tràigh fhalamh agus feasgar àlainn gam blianadh, na gàirdeanan mun cuairt a chèile dìreach mar a bhiodh na gàirdeanan aig fear is bean a bha air a bhith pòsta greis mhath is a bha cho cofhurtail le chèile is nach robh aca ri smaointinn air ciamar a bhiodh iad le chèile. Cofhurtail, chan ann leisg.

"Nach eil an èadhar a tha seo cho fallain," orsa Caroline a' cur a cinn air gualainn DJ.

"Cha deach ro dhona leis na bu mhotha," chùm DJ air: "thàinig e dhachaigh ann an seo an toiseach an t-samhraidh is bha e gu bhith a' dol air ais airson Sixth Year ann an August – feuch am faigheadh e Higher no dhà eile. Is bha sinn òg cuideachd – cha bhiodh e seachd bliadhna deug gu February, is mar sin dheth cha ghabhadh iad e. Sin nuair a chaidh mise a Lunnainn. Sin far an do thòisich an grodadh. Cha deach e a dh'àite sam bith às a dheaghaidh sin ach a dholaidh."

"Is an robh tuilleadh uallaich air fuireach as a dheaghaidh sin – nuair a bhàsaich Seonaidh?"

"Sin a chanadh esan, tha mi cinnteach. Ach cha robh e dol a dh'àite sam bith co-dhiù."

Bha iad a' tighinn goirid do Sgeir an Òis.

"'N e ròn a tha sin, DJ?"

"'S e, 's e – cha chreid mi nach e!"

"Chì thu nas fheàrr leis a seo." Chuir e binoculars ri sùilean Caroline, ach an àite an toirt far amhaich fhèin ghluais e thuicese iad air an t-sreing. B' fheudar dhi a dhol air a corra-biod an tacsa a ghuailne airson breith orra is coimhead tromhpa ceart.

"Cha chreid mi nach e creag a bh' ann," orsa Caroline.

"Mura h-e ròn a bh'ann a chaidh a thionndadh na chreig nuair a dh'fheuch thu ri fhaicinn."

"Yeah," orsa ise, a' togail seann bhotal Lenor. "Feumar an-còmhnaidh a leithid sin a chumail air d' aire – gu h-àraidh san àite seo. Carson a bhios daoine a' caitheamh sgudal mar seo air tràighean cho àlainn?"

"'S ann far bàtaichean, tha mi cinnteach, a thig a' chuid as motha dheth. 'S toigh le na h-iasgairean seo an t-aodach aca bhith 'so much softer you can see it' agus fàileadh cùbhraidh às."

Thog DJ botal uisge-bheatha, White and Mackay – bha an ceann fhathast air agus e car tioram na bhroinn.

"Message in a bottle," thòisich e ri seinn, agus e ag atharrais gu math air guth agus stoidhle Sting.

Thog Caroline am fonn leis. "Message in a bottle," sheinn iad, ise a' cumail na buille le pìos staimh air a druma Lenor.

"Message in a bottle," sheinn iad a-rithist is a-rithist gu cruaidh is gu socair is ann an guthan diofraichte. Cuid àrd biorach, cuid ìseal domhainn. 'S ann ri chèile a-mhàin a bha iad ga sheinn, is an sùilean a' seinn dìreach a-steach a shùilean a chèile, maoil is sròinean a' tighinn cho dlùth is gur ann air èiginn a dh'fhaillich e orra suathadh.

"Seo an uair mu dheireadh," orsa Caroline. "Cha chreid mi gun d'rinn mi uiread a dhannsa on a bha seo sna charts – wow, nach mi a tha mì-fhiot! Seall thusa – tha thusa OK. OK: dhomh do làmh."

"Message in a bottle," dh'èigh iad, is dhanns iad mar phàistean ann an lòin na tràghad.

Aigesan a bha an idea. Aicese a bha am pàipear is am peann sa phòcaid-mhapa am muilichinn a seacaid.

"Sgrìobh fhèin e," dh'òrdaich DJ.

'Hello there' sgrìobh Caroline ann am faclan soilleir tidseir. 'Ciamar a tha sibh? That is Gaelic for 'How are you?' – as we are sending you this message from the beautiful island of South Uist. Where do you live? New York? Halifax?' "Cò na h-àiteachan eile a dh'fhaodadh seo a ruighinn?"

"Beinn a' Bhadhla?" ors esan le gàire.

"That's helpfully exotic, DJ."

"OK then, Largs. 'S dòcha gur e Mark is a mhamaidh a thogas e – feumaidh tu bhith faiceallach dè a sgrìobhas tu."

"Gu dearbha! OK: 'We are enjoying the freedom offered by a weekend break alone in this Hebridean paradise, open brackets – now that we can stand up straight and the rain has ceased, however, temporarily – close brackets. Hope you are similarly enthralled with life. All the best. Sting and . . .' "

"Dè an t-ainm a th' air a' bhean aig Sting?"

"Trudi," orsa DJ. "'S i an dàrna tè aige. Phòs e òg: actress a bh' innte sin."

"Ceart ma-thà: a-mach leis," dh'èigh Caroline, "le gach beannachd bhuainne. Cuir na muscles a tha sin agad gu feum, a laochain: leig ort nach eil power steering air a' chruinneig dhuibh agus gu feum thu U-turn a dhèanamh am meadhan Lothian Road airson Ameireaganach a thoirt a phort-adhair Mhanchester."

"Nach b' fheàrr dhuinn feitheamh gu 'm bi an làn a' dol a-mach, 's dòcha."

"Oh, am b' fheàrr a-nis?"

"B' fheàrr, tha mi an dùil," ors esan, is an gàire air tighinn far aodainn is a shùilean muladach ga pasgadh gu làidir.

"Uill, dèan cinnteach," orsa ise, "nach toir an tàcharan beag grànda leis e is e a' siubhal tuilleadh uisge-bheatha."

"'S fhada o thug na sìthichean leotha am fear sin," orsa DJ. "Nan toireadh iad leotha am fear eile, 's dòcha gum faigheadh am fear car fallain, nàdarra air tilleadh. Ach cha chreid mi gu bheil sìthichean air ceithir ranna ruadha an domhain mhòir a nì an gnothach air an fhear sin. Cha rachadh iad an còir a Thardis mheirgich. Daleks mhòra fhiadhaich air an ceannsachadh aige na bhroinn. Feadhainn a nigheas a dhrathais chaca dha. A bheil thu math air sprinteadh?"

Theab am facal 'David' nochdadh na h-inntinn, ach chuir i ruaig air sa bhad mum beanadh e dhan cleasachd. Two's company, three's a crowd.

"Nì sinn relay-races – seo am baton," orsa DJ, a' cur a' bhotail san robh am brath na làimh-se. "Ruithidh mise suas is feumaidh tu ruith thugamsa, is cha dèan mi ach mo làmh a chur a-mach mar seo: feumaidh tu am baton a chur innte gu siùbhlach – OK? Tillidh mise an uair sin is feumaidh tusa a ghabhail bhuam. Dè an t-ainm a tha dol a bhith ort?" dh'fhaighneachd e.

"Dè tha thu ciallachadh? Tha ainm orm: Trudi, bean Sting."

"Bheil fhios agad gu robh athair Sting a' dol a thoirt Dòmhnall Sheumais air a mhac, ach air madainn a' bhaistidh chuir seillean mòr gath na shròin is dh'atharraich e gu Sting e."

"Mach a-seo!" dh'èigh Caroline. "Is cuir do làmh a-mach feuch de gheibh i na grèim."

Rinn iad rèiseachan gu 'n do thuit an casan dhiubh, am botal san robh an naidheachd dhìomhar ga chur le cùram is spèis o làimh gu bois gu làimh – amhach chruinn mhìn ga greimeachadh mar a b' fheàrr a b' urrainn le corragan air am fliuchadh le sàl is fallas.

Chan fhaca DJ duine sam bith a dh'aithnich e mu Cho-op Dhala-broig nuair a bha e a' feuchainn ri leth-bhotal Grouse a cheannach do bhràthair a mhàthar. Bu bheag an t-iongnadh, agus an togalach dhan deach e bàn falamh. Fear ann am Barbour Jacket a chomhair-lich air a dhol gu far am b' àbhaist AC MacDonald's a bhith.

Ann a Uist House, gheibhte fàileadh tòrr sheann daoine; sin agus buntàta.

"Sin sibh ma-tà, Iain, a ghràidhein, nach ann agaibh a tha an t-àite brèagha, daoine gu leòr an seo ris am bruidhinn sibh, nach eil, a-nist? Tha sibh a' coimhead cho math. Tha sibh air ur deagh choimhead às ur deaghaidh an seo, tha mi faicinn sin."

Bha trì cuiseanan air an dinneadh air cùl a' bhodaich lapaich.

"Cò th' agam a-rithist?"

"Dòmhnall Sheumais – an gille aig Flòraidh, ur piuthar."

"Bhàsaich Flòraidh."

"Bhàsaich."

"Bha i dà bhliadhna na b' òige na mi fhìn. Bha riamh."

"Bha. Mo mhàthair a bha sin."

"'N i?"

"'S i. Boireannach gasta."

"'S e gu dearbha. Bha i laghach, Flòraidh. Bhàsaich i."

"Bhàsaich."

"Seo mo bhean. Tha i fhèin laghach cuideachd."

"Dh'fheumadh i bhith sin, no cha b' urrainn dhut leigeil leatha biadh a thoirt dha na h-eich. Bhàsaich Flòraidh, mo phiuthar."

"Bhàsaich, Iain. Tha i còmhla ri Oighrig ann an Àird a' Mhachaire."

"Faodaidh i dhol an sin ma thogras i, ach tha mise a' dol a Rubha Àird Mhìcheil còmhla rim mhàthair – tha fhios aice air a sin. Ciamar a tha e fhèin?"

"Cò?"

"An duin' aice – Ruairidh Iain?"

"An gille aice a tha sin."

"'S e."

"Mo bhràthair a th' ann an Ruairidh Iain."

"'N e gu dearbha?"

"'S e."

"Duine laghach a th' ann cuideachd, tha mi glè chinnteach."

"'S e, a ghràidhein. Duine laghach. Daoine laghach a tha sa chloinn aig Flòraidh 'Ain Sheumais air fad."

"'S e, a leabhra. Cha tig Beataidh a choimhead orm an seo idir; chan eil bus no sìon aice a bheir ann i. Bha mi smaointinn gun toireadh clann Dhòmhnaill an Tuathaich thugam i – ach chan fhaic mi iad sin nas mò."

"Chan fhaic. Daoine cho trang an-diugh."

"Nach e sin an rud. Bhàsaich mo phiuthar an-dè: Flòraidh."

"Beataidh a bh 'air a bhean?" dh'fhaighneachd Caroline nuair a bha iad a' tionndadh a-staigh rathad Pholl a' Charra.

"Chan e: 's e a bh' air a phiuthar – Beataidh 'Ain Sheumais. Bhàsaich i o chionn deich bliadhna – mun tug iad esan a-staigh an sin. Cha do phòs iad riamh. Dh'fhuirich iad còmhla – mar fhear is bean an iomadh dòigh, tha mi cinnteach. Taigh beag brèagha aca an Loch Aoineart. À Loch Aoineart a bha teaghlach mo mhàthar. 'S e tighinn a-staigh a Ghèirinis a rinn i nuair a phòs i fhèin is m' athair – cha robh a chridhe aige feuchainn ri cur às nuair a dh'fhalbh e, is e air a fàgail an sin le ceathrar chloinne. Leis gu robh Iain is Beataidh a' fuireach san t-seann taigh an Loch Aoineart, bha e a cheart cho math dhi fuireach far an robh i. Deagh mhìodachd san taigh – nach canadh tu?"

"Gu dearbha fhèine."

"Cha do chuir thu annas sam bith air Iain 'Ain Sheumais."

"Deagh thest-case a bha sin, an e?" Bha e doirbh dhi a h-aodann a chumail gun bhristeadh na ghlag mì-mhodhail.

"Fear cho math 's a gheibh thu!"

"Give or take a few horses."

"Mura còrd boireannach ri na h-eich, chan eil sìon a dh'fheum innte. Bha fhios aige gu cinnteach far an robh e ag iarraidh a dhol."

"Agus gun do bhàsaich do mhàthair!"

"Chan eil fhios a'm cò an t-amadan a dh'inns dha. Tha mi an dòchas nach bi e fada gus an dìochuimhnich e a-rithist e, ach sin sia seachdainean – 's dòcha gun steig e."

"Polochar Inn," orsa Caroline. "Cha d' fhuair sinn riamh a-mach dè bha e a' ciallachadh. 'S dòcha gum bi fios aig cuideigin an seo."

"Faodaidh tusa faighneachd dhiubh," orsa DJ gu cinnteach.

Bha am public-bar car sàmhach nuair a chaidh iad a-staigh. Bha dithis fhear às an àite nan suidhe air stòil mun chunntair.

"Fìon dearg, G & T, leth-phinnt leanna – dè tha bhuat, a Thrudi?" thairg DJ, mar gum faigheadh e rud sam bith dhi.

"Yeah. Gabhaidh mi pinnt Guinness, please, is am faigh thu cnothan cuideachd? 'S toigh leam iad dry roasted, ach mura faigh mi mar sin iad, nì an fheadhainn phlèan an gnothach air èiginn. Tha na tuinn air tuill mhòra a chladhach asam."

"Slàinte," orsa ise, a' cur a glainne mòire duibhe ris a' ghlainnidh bhig dhuibh aigesan. "Grodaidh an coke a tha sin d' fhiaclan uile."

"B' fheàrr leam sin na fiaclan slàna is gun cheann no colainn anns an dèan iad snagadaich. Dè bhios do mhàthair ris an-dràsta, leth-uair an deaghaidh a seachd air oidhche Shathairne?"

"Dè thug ort sin fhaighneachd?"

"Mo shròn a' cur dragh orm. Tha thusa a' faicinn na bhuineas dhòmhsa an seo. 'S dòcha gu bheil an t-àm ann teicheadh bhuaithe sin a-null dhan Fhraing."

"Oh, chan eil fhios a'm. Tha caraid aice, Marjorie. Thachair iad goirid an dèidh dhi tilleadh dhachaigh. Teaghlach car mòr aice airson a' Fhraing, ach tha iad uile air fàs suas. Tha ise cuideachd na banntraich. Bha an duine aice air a' phoileas. Tha e coltach nach robh e ro laghach rithe. Bidh iad a' falbh a dh'àiteachan còmhla – tha e cho math dham mhàthair, caraid a bhith aice. 'S toigh leatha a bhith dèanamh biadh – dìnnearan mòra spaideil. Ma tha theatre idir ann an Rennes, thèid iad suas an sin, 's dòcha. Bidh iad uaireannan a' dol suas gu Paris no àite eile – chan eil cho fada sin on a bha iad aig ballet còmhla. Cha chreid mi nach do chòrd e riutha glè mhath. Bha mi bruidhinn rithe dìreach mus tàinig mi suas an seo – dh'fhòn i thugam nuair a bha mi san Spàinn – cha chreid mi nach robh i beagan aonranach aig àm na Càisg. Creutair neònach a tha na mo mhàthair. Fiercely independent, is tha mi ciallachadh sin: chan eil fhios a'm dè thug oirre pòsadh is pàiste a bhith aice. Co-dhiù. 'S i a ruith an dèidh m' athar, tha e coltach – ged a tha mi faighinn sin beagan doirbh a chreidsinn. Ach tha e cuideachd doirbh dhomh m' athair fhaicinn a' ruith a dh'àite sam bith airson adhbhar sam bith. Aig amannan, ge-tà, tha i caran eadar-dhealaichte, ag iarraidh bruidhinn is a' bruidhinn ag iarraidh m' fhaicinn nas trice na tha i. Chan eil fhios a'm an còrdadh ise ri eich Iain 'Ain Sheumais, ach 's i mo mhàthair a th' innte, is chan eil agam ach an aon tè."

"Nuair a chì thu an tè ruadh, buail an t-each!" orsa DJ.

"Dha-rìribh! Sin, 's dòcha, an rud a bha a dhìth oirre nach d' fhuair i. Am falt. Fhuair i an còrr. Co-dhiù, chì mi as t-samhradh i, is gheibh mi a beachdan air an t-saoghal an uair sin. A bheil sinn a' dol a dh'ithe an seo, no dè?"

"Tha mise coingeis – bha dùil a'm candlelight beans on toast a thoirt dhut air ais aig an taigh, Mrs Sting."

"Dè ma ghabhas sinn na beans and toast an seo, agus faodaidh sinn na coinnlean a chur a dh'àite sam bith a thogras sinn. Bu thoigh leam aon tè a thoirt leam suas dhan bhathroom agus an tub mòr a tha sin a lìonadh. 'N e thu fhèin a cheannaich am bubble-bath, DJ? Glainne fìon. Leabhar. Uill, math dh'fhaodte nach bodraig sinn leis an leabhar a-nochd. Dè tha thu smaoineachadh?"

"Sounds very inviting."

"Sounds gorgeous." Dh'fhàisg i a làmh. "Tha na bilean agad

uabhasach giosagach – an do dh'inns mi dhut? Ach, 'fhios agad,
chan eil fhios càit am bi na paparazzi am falach – 's fheàrr dhuinn
a bhith faiceallach."

"Nach e fear is bean a th' annainn?" dh'fhaighneachd DJ.

"'S e, ach tha iad cho dona gu rudan a thwisteadh ort – nì iad
a-mach gu bheil sinn a' dèanamh suas an dèidh dhuinn affairs
mhòra aideachadh, cleas Beckham is Victoria an ceartuair. No:
discreet bar meal an seo, is an uair sin faodaidh tu mo thoirt rathad
nan coinnlean."

"Gu leòr dhiubh san taigh sin," orsa DJ. "Fhuair sinn feadhainn
airson – "

"Tha fhios a'm," orsa Caroline. "Ach chan eil label orra a dh'innseas
dhut cò na suidheachaidhean sam feum thu an cleachdadh. Multi-
purpose candles, chanainn, a th' annta."

Bha buidheann de dhaoine air tighinn a-staigh dhan bhàr –
sianar bhoireannach is triùir fhear – is shuidh iad còmhla ri caraid
a bha air a bhith a' gleidheadh a' bhùird dhaibh. Chaidh an TV
agus an juke-box a chur dheth, agus ann am beagan mhionaidean
thòisich iad ri seinn òrain mu seach.

"Tha iad air a bhith coinneachadh sa Cheann a Tuath," dh'inns
am barman òg do Charoline. "Chunnaic am boss an rud sa *Phàipear*
is thug e fiathachadh dhaibh tighinn a-nuas a sheinn còmhla ri
seinneadairean a' Chinn a Deas."

"Is an toigh leat fhèin seinn mar sin?" dh' fhaighneachd Caroline.

"Leabhra, 's toigh l' – Gold Medallist a tha na mo phiuthar
Annmarie. Bheil sibh a' dol a dh'ithe ann an seo no an ath-doras?"

"Ann an seo fhèin," orsa Caroline.

"'N ann à Uibhist a tha am fear a tha sin a tha còmhla riut?"
dh'fhaighneachd iasgair aig an robh trì dramannan air a bheulaibh
de Charoline.

"O, chan ann," orsa Caroline, a sùilean laiste. "Nach eil thu idir ag aithneachadh Sting?"

"Ma chuireas tu dragh air an fhear sin, a Phàdraig," ors am barman, "cuiridh e am Poileas às do dheaghaidh!"

Rinn am fear bàn ri thaobh sgal gàire.

"Explainig thusa dha, a Dhòmhnaill Iain. Cuiridh mise an t-òrdugh aca a-staigh dhan chidsin."

Thòisich fear car òg air 'A Pheigi, a Ghràidh' a sheinn, agus dh'aithnich DJ sa bhad guth an fhir a ghabh 'Ave Maria' air tòrradh a mhàthar. Bhrùchd deòir na shùilean, ach shuath e air falbh iad mun do shuidh Caroline.

"One beef and ale pie and one vegetable enchiladas." 'S e fear mu leth-cheud a thug thuca am biadh – bha aodach chef air.

"Compliments of the chef. It's great to hear some proper singing, eh – that's what the people want, not this canned rubbish you can hear anywhere."

Bha e a' sìor choimhead air DJ.

"Are the both of you here for a few days?"

"Just the weekend," fhreagair Caroline.

"Is ciamar a dh'fhàg sibh e fhèin?"

"Cò tha sin?" dh'fhaighneachd DJ.

"Am Professor." 'S fhada o nach cuala DJ an t-ainm sin.

"Mar a chunna tu mu dheireadh e, tha mi cinnteach. 'S mise a bhràthair, Dòmhnall Sheumais."

"Tha fhios a'm taghta gur e – Ailean Dhùghaill à Dreumasdal."

"O, a Dhia – 's e – do' gur e, dìreach: nach tu a dh'fhàs reamhar. Dè do chor, Ailein?"

"Tha deagh chor. Chan eil cho fada sam bith on a bha mi

smaointinn mud dheidhinn. Thàinig thu nam inntinn . . . chan eil cuimhn' a'm an-dràsta càite. Uill, a Dhia, nach fhada on uair sin, 'ille! Sorry we're speaking away here in Gaylick – Donald James and I were school friends together. Great to see you, Donald James, for goodness's sake. Are you staying in Edinburgh?"

"Yes. Sorry."

"Hi. I'm Susan," orsa Caroline.

"Pleased to meet you, Susan. I was sorry to hear about your mother, a Dhòmhnaill Sheumais. I had hoped to get to the funeral, but I'm still trying to get things going here my own way, you know. I'm only here a few weeks myself. The wife and I moved back from the Midlands. It's great, but no holiday, I'll tell you. This is a busy place, you know. Anyway, I'll let you eat your food before it gets cold, and enjoy the singing. 'S dòcha gun gabh thu fhèin òran dhaibh! Did he ever tell you he was a fine singer, Susan? You ask him. Get him to sing '*Ged is gòrach bhith gad chaoineadh*'. Enjoy your meal."

Ghabh iad dessert an t-aon. An fheadhainn nach do ghabh iad an oidhche roimhe sin.

"Leis na loisg sinn de chalories a' dannsa is a' ruith air an tràigh, tha mi smaointinn nach dèan e mòran oirnn – bheil thusa ag iarraidh cofaidh, DJ?"

"Siuthad, ma-thà."

Chaidh Caroline suas chun a' bhàir is dh'òrdaich i dà chofaidh agus pinnt Guinness eile dhi fhèin. Chaidh i a-null far an robh tè dhe na boireannaich a bha air a bhith seinn gu cridheil agus gu muladach a rèir a taghadh òrain. Bha gàire mòr brèagha air a h-aodann.

"Bha mi smaointinn gu robh mi ga aithneachadh," ors ise. "Ach mar a thubhairt thu, leigidh sinn leis a chofaidh a ghabhail an toiseach."

"Cha robh mi cinnteach," orsa Caroline, "am biodh tu ag iarraidh coke eile às dèidh a' chofaidh, ach thèid mi suas a-rithist dhut ma tha. Gu math gasta, an tè sin ris an robh mi bruidhinn!"

"Gu dearbha, dh'aithnich mi a guth a' mhionaid a thòisich i air *A Mhic Dhùghaill 'ic Ruairidh*. Chaidh i ris gu math cuideachd. Bhiodh tu air a faicinn nan robh thu air a dhol dhan chonsart sin ann an Inbhir Nis."

"Chan ann do dh'Ailean Dhùghaill a rinneadh am fear sin?"

"Greis mu robh guth air a' Mhac Dhùghaill a bha sin, saoilidh mi, a Charoline. A Mhic Dhùghaill 'ic Iòsaiph a sheinneadh tu ris-san."

Bha an t-aon sheinneadair air tòiseachadh air òran eile is bha càch a' togail an fhuinn. Dh'inns DJ ann an cagair do Charoline, a bheul a' suathadh an-dràsta is a-rithist ri feòil a cluaise, "'S ann à Gèirinis a tha an t-òran sin – 'fhios agad, a' chailleach mun robh mi ag innse dhut, a màthair a rinn an t-òran sin dha a bràthair, Dòmhnall. Dh'fhalbh e air a' *Mhetagama* aig aois còig bliadhna deug."

"Robh fhios agad," orsa Caroline, "gu bheil fear à Gèirinis a' dol a ghabhail òran an ceartuair, an dèidh dha a chofaidh a chrìochnachadh?"

"Dè thuirt thu?"

Bha coltas iarraidh-mathanais ach rosadach air a h-aodann.

"'S fhada on t-saoghal mhòr o nach robh mise a' seinn am measg dhaoine, a Charoline."

"Tha fhios a'm – thuirt mi sin riutha – agus 's ann car mu dheidhinn sin a tha iad, daoine a bhrosnachadh gu bhith seinn. Ma tha thu ag iarraidh ruith air na faclan a dhèanamh san toilet, cumaidh mi sùil air do sheacaid, a thasgaidh – ma tha sin OK. No an can mi riutha gun . . . ?"

"Cha chreid mi nach dèan mi an gnothach."

"An dèan a-nis? Chan eil thu slac, a laochain!" Bha i blàth air a feadh.

"'*Ged 's gòrach mi gad chaoineadh, is nach caoineadh tu mi,*'" thòisich DJ gu mall, a' gabhail analach an dèidh a' chiad 'chaoineadh'. Chaith e thuca na ceathramhan a lean mar fhear a bhiodh a' tilgeil chearcallan a dh'ionnsaigh dhuaisean aig faidhir is e a' gleidheadh a h-uile tè dhiubh.

"Fear eile," dh'èigh iad. "Fear eil', a Ruairidh Iain," dh'èigh cuideigin. "Sorry – dè tha mi ag ràdh? – a Dhòmhnaill Sheumais." Chuir sin coltas car mì-chofhurtail air an duine, is chaidh e suas chun a' bhàir a dh'iarraidh pinnt eile, ged nach robh am fear a bh' aige ach mun taosg.

"*Mo nighean donn na Còrnaig,*" thòisich DJ gu cinnteach, a ghuth air a thogail na b' àirde son an fhir seo:

"*Gur olc an sgeul a chuala mi*
Diluain an dèidh na Dòmhnaich:

Mo nighean donn na Còrnaig,
Ged bha thu buidhe bòidheach,
Mo nighean donn na Còrnaig.

'S am fìon a bha gud bhanais
Na ghalain orra thòrradh."

Rinn gnùis Caroline a chniadachadh.

"Gu leòr a Thiristich còmhla ri Dòmhnall Mac Fhearchair aig muir: seòladairean matha a bh' anns na Tiristich, bhiodh e canail. Òrain mhatha. Seinneadairean matha cuideachd. An robh thu riamh an Tiridhe, a Charoline?"

Bha i gu math dorcha a-muigh an taca ri oidhche Haoine, is cha robh na solais-toisich dipped ach car lag.

"Cha robh, DJ."

"Cha robh mise na b' fhaide na an cidhe. Dh'fhaodamaid a dhol ann uaireigin."

Thug Caroline sùil air làn cheistean.

Bha am Peugeot a' snàgail eadar lochan is bailtean is croitean a bha a' teannadh rin anail fhèin a tharraing le misneachd an dèidh dochann na stoirme mòire maidne.

Sàmhchair a bha eadar Caroline is DJ fad an rathaid an dèidh do DJ carragh-cuimhne nan cogaidhean a shealltainn dhi. "Tha na h-àiteachan seo fhathast a' feuchainn ri faighinn os a chionn, a' feuchainn ri òigridh a thàladh dhachaigh beò às na trainnsichean."

Bha làmh dheas Caroline air a càradh gu socair, aotrom, gun dad a ghluasad, no dad a choire, gu h-àrd an taobh a-staigh na coise clì aige. An dearbh làmh, 's dòcha, a lasadh coinneal no dhà no trì is a ruitheadh bath mòr domhainn sam faodte falach gun dragh. Gach mìr-chionta a bheireadh ort gun chuireadh ga nighe is ga thoirt am broinn bhuilgeanan còire blàtha.

Chluinnte miann a' sgiamhail. Eudach aig bodhaig ri beul.

'S e na baidhsagalan dhan tug iad an aire an toiseach, is an uair sin na solais nach do dh'fhàg iad fhèin idir air san taigh.

"Visitors," orsa Caroline.

"Feadhainn a dh'fhalbhas air a' mhionaid," orsa DJ gu cas.

Bha sealladh a dh'fhaodadh a bhith tlachdmhor do chuideigin eile aig àm eile mun coinneimh nuair a dh'fhosgail iad doras a' chidsin. Bha fear car òg agus a leannan nan sìneadh air a' bheingidh a' gabhail an fhìona a chuir Caroline dhan frids, a' coimhead na Premiership air teilidh bheag a mhàthar. Bha an t-aodach fliuch aca a' tiormachadh air an range is measgachadh de dh'fhàileadh dampachd is losgaidh a' lìonadh an rùim.

"Hi," orsa an gille, a' cur a-mach a làimhe. "Bheil thusa Dòmhnall Seumas?"

"'S mi, is cò th' agam?"

"Alasdair Cunningham, am mac aig Sìneag – seo an girlfriend agam, Siobhán!"

"Dia . . ." thòisich DJ.

"Dia 's Moire dhuit," fhreagair Siobhán, ag èirigh na seasamh.

"Chuirinn feum orra!" orsa DJ. "Agus ciamar . . .

"Hi," orsa Caroline. "'S mise Caroline. Bidh a' chlann againn, seadh an nighean agamsa agus an gille aig DJ, a' cluich còmhla ann an Sports Centre ann an Dùn Èideann. Rinn mise an dearbh rud a-raoir is a rinn sibhse a-nochd – sin an dòigh Ghàidhealach, ge-tà, nach e – dòigh cheart: dìreach a' tionndadh suas gun fhiosta. Cha do dh'fhòn an duine agam, David? Tha iad an Salamanca san Spàinn le a phàrantan. Nach buidhe dhaibh. An toigh leibh am fìon a tha sin?" Chuir i a-mach glainne dhi fhèin. "Bha mi an dòchas cothrom fhaighinn am botal fhosgladh. Slàinte. Chan eil thusa ag iarraidh glainne bheag bhìodach, DJ. Chan eil. OK. Slàinte co-dhiù. Nis, dè tha dol an-dràsta ann an Obar-Dheathain? Bha gu leòr a bha san sgoil còmhla rium a chaidh a sin nuair a thàinig mise a Dhùn Èideann. 'N ann ann am Ma Cameron's a bhios na Gàidheil a' tighinn còmhla fhathast? Cha tàinig sibhse air baidhsagal fad an rathaid às Obar-Dheathain, an tàinig?"

"Oidhche mhath," thuirt iad uile ri chèile mu uair sa mhadainn an dèidh dhaibh crìoch a chur air an fhìon, is nuair a bha Caroline air tì is toast a sparradh air beul sam bith a dh'fhosgladh.

"Na can sìon ri mo mhàthair," ors Alasdair nuair a chaidh e fhèin is Siobhán dhan rùm san robh an leabaidh dhùbailte. "Duine ri duine, 'fhios agad."

"Yip," orsa DJ. "Tha mi tuigsinn glè mhath."

Bha e follaiseach, a dh'aindeoin nan luchagan-turais, nach robh Caroline gu bhith a' lasadh gin a choinnlean an oidhche sin. Cò leis an lasadh i iad, agus meallan a' chlisgidh air a h-uile innleachd aice a chur às?

Chaidil i cho luath, cha mhòr, is a bhuail a ceann a' chluasag bhog. Bu mhath sin, oir cha robh fhios nach biodh na cleasan goirte air an robh a' chulaidh-thruais ag amas aig a doras air droch bhruadar a thionndadh na fhìrinn ro chunnartach dhi.

Didòmhnaich 18 An Giblean

Bha a' ghrian a' deàrrsadh a-staigh air aodann a' chidsin agus na frasan a bha air an taigh a dhùsgadh air stad son an-dràsta.

"Feuch an tè sin, a Shiobhán: tha i dìreach scrumptious." Bha Caroline a' tairgsinn crogan-silidh raspberry dhi. "Tha am fleece a tha sin a' coimhead uabhasach comfaidh ach snog, 'fhios agad – stylish cuideachd. An d' fhuair thu e ann an Obar-Dheathain?"

"Cha d' fhuair," fhreagair Siobhán, "ach ann am Baile Atha Cliath, an-uiridh – ach tha e air a bhith orm nas trice an Obar-Dheathain na bha e riamh an Èirinn. Tha seo math, mmm – chan eil beat air homemade jam!"

"'N e do mhàthair a rinn am fear seo?" dh'fhaighneachd Caroline de DJ, is e na sheasamh a' coimhead a-mach air an uinneig, is a chùl rithe.

"Chan eil sìon a dh'fhios a'm," orsa esan gun tionndadh mun cuairt. "Tha fhios gur i a rinn feadhainn dhiubh – is gun deach na crogain eile a thoirt dhi. Tha mu fhichead dhiubh sa phreasa sin." Thionndaidh e an uair sin, is sheall e dhaibh am preasa le làimh, mar nach robh fios aca dè bh' ann am preasa. "Chan e expert ann an silidh a th' annam –tha mi duilich. Chan aithnich mi silidh mo mhàthar o shilidh dhaoin' eile."

Cha tuirt duine guth son mionaid. "Tha i dol a dhèanamh deagh latha," orsa DJ, "na sgòthan dorcha sin a' gluasad an ear. Gaoth on iar? Aodach glan ga dheagh shèideadh."

"'S dòcha," thuirt Caroline, a' cur tarraing, gun chothrom aice air a' chòrr, an cridhe DJ, "gun d' rinn am bodach sin, Alasdair Mhurchaidh Bhig, crogan silidh no dhà dhi – coltas car handy air an fhear sin. Stad sinne an-dè airson peatrail . . ." thòisich Caroline, mar gu robh i dol a dh'innse sgeulachd èibhinn dhaibh, is an uair sin thug i an aire dhan uaigneas ann an aogaisg DJ, "agus, eh, bha sinn a' bruidhinn ri duine no dithis. Alasdair a bh' air fear aca."

"Ciamar a tha sibhse a' dol a dh'fhaighinn sìos a Loch nam Madadh airson a' ferry? Chan eil roof-rack na sìon agam air a' hired-car, is cha tèid dà bhaidhsagal dhan bhoot."

"Tha fhios a'm," ors Alasdair. "Bha sinn a' bruidhinn air a sin nuair a chaidh an alarm dheth aig seachd uairean. Cha ghlac sinn e idir an-diugh – ach tha fear uabhasach tràth ann a-màireach aig leth-uair an dèidh còig. Bha sinn a' smaointinn gum faigheadh sinn am fear sin. 'S dòcha gum faod sinn cadal air bòrd a-nochd – no, mur nach faod, thèid sinn gu Youth Hostel ann an Loch nam Madadh. Fhad 's a bhios Siobhán air ais ann am Forresterhill airson tutorial aig trì, bidh sinn OK. First day back – no big deal! Co-dhiù, bha mi ag iarraidh an uamha aig Granaidh fhaicinn. Bheil headstone suas fhathast?"

"Uill, nam bitheadh, chan ann air beulaibh uamhadh a bhiodh i!" Bha nimh dubh am beul DJ. "Greis o ghluais sinn a-mach às na h-uamhannan! Bha dùil a'm gur e Gàidhlig a bha thusa a' toirt a-mach sa University. Dè tha iad ag ionnsachadh dhut an sin? Chan eil mòran, chanainn."

Rinn Alasdair slugadh mòr goirt.

"Were you ever in Ireland yourself, Caroline?" dh'fhaighneachd Siobhán.

"Yeah, Ireland was my second home for a while – Dublin, Galway, Cork. Have I told you any of my Ireland stories, DJ? I don't know if I have."

"I don't remember hearing them," orsa DJ ann an guth neònach coimheach.

"Feumaidh mise am ferry sin fhaighinn, DJ: mar sin, am bi againn ris an taigh fhàgail ann an dè – cairteal na h-uarach?"

"Uime sin," fhreagair e.

"Tha h-uile sìon packed agam, am beagan a thug mi leam. I'm staying in Skye for a few days – my father was from Skye, Tarsgabhaig."

"That's near the College," ors Alasdair. "I'm thinking of taking a year there before Junior Honours. Improve my, eh . . . – thug e sùil air DJ – oral fluency." An uair sin bhrùchd aon deur bheag anns gach sùil.

"Nì thu sin, a bhalaich!" orsa Caroline. "I was just admiring the new development, State of the Art facility. Student accommodation to behold. And if you need a quiet romantic weekend away from the melée, in Tarsgabhaig, I'm sure Auntie Peggy would be most amenable. I know from my Halls days that it can all get quite intense at times."

"Bidh do mhàthair a' faighneachd dhìomsa an deach sibhse dhan eaglais – dh'fhaodadh sibh a dhol innte san Ìochdar mun tèid sibh dhan chladh. Tha an aifreann an sin aig leth-uair an dèidh aon uair deug. 'S cinnteach gun toir ur casan trì mìle sibh. Bidh a' ghaoth air ur cùl. Dol gu tuath co-dhiù."

"We went last night," ors Alasdair.

"Càite?"

"Here. Gèirinis. The Vigil Mass. Ruairidh Iain told us just to go up to Grannie's afterwards."

"Did he now, is dè an còrr a bha sibh ag ràdh ri daoine?"

"What about?"

"Your plans."

"Our plans? Well, just after the bidding prayers I stood up and said that I now hoped to be a Gaelic-medium primary teacher, although this was perhaps a rather foolhardy aspiration, given that my spoken Gaelic was reputedly a load of shite in the opinion of a body of respected experts. As for Siobhán, she stood alongside the priest at the end of Mass and shook each person's hand in turn, adding her own special blessing. Paediatrics at the moment."

"Bha sin gu math èibhinn," orsa DJ, dìreach mar a chanadh bumailear grànda e.

"Sorry for coming to see you, DJ. Mum said you might be lonely."

"Bha còir aice a bhith air brath a chur thugam."

"We phoned you on Friday night and twice yesterday, but there was no reply. We thought it might be a nice surprise for you."

"Tha . . . eh . . . Chan e . . . Tha mi toilichte gu leòr ur faicinn. 'S e dìreach nach robh dùil a'm ris – sin uile. 'S fheàrr dhuinn a bhith falbh, a Charoline."

"An ann ag obair a bha thu an Èirinn?" dh'fhaighneachd Siobhán dhith gu slaodach, gun ghluasad.

"'S ann: an toiseach ann am bàraichean am Baile Atha Cliath is an uair sin an Gaillimh." Thug i sùil air DJ. "Am fear a bha mi a' falbh leis an dèidh an Oilthigh, 's e actair a bh' ann, bhiodh e faighinn barrachd obrach an Èirinn na am Breatainn, is bha fhios a'm gu robh mi ag iarraidh teagasg, ach cha robh cabhag orm m' ainm a sgrìobhadh le peann dearg air lid a' chrogan Nescafé. Rinn e obair theatre is TV. Bha mise mu dheireadh ann an Arts Admin. Rinn sinn tòrr siubhail san Roinn-Eòrpa." Sùil eile air DJ. "Sia mìosan sna h-Innseachan."

"Wow," orsa Siobhán. "Robh e riamh ag obair aig an Abbey?"

"Bha," orsa Caroline, "pàirtean beaga bu mhotha. Tha mi

cinnteach gur e *Long Day's Journey into Night* an rud a b' fheàrr a rinn e. Bha a mhàthair à Dùn nan Gall, Glasgow Irish – you know the type: mar sin, bha an dà phassport aige."

"Tha athair Siobháin à Dùn nan Gall," orsa Alasdair, "ged a tha e an-diugh am Beul Feirste."

"Seadh," orsa Caroline. "Cò am bad de Dhùn nan Gall?"

"Na Doirí Beaga," orsa Siobhán.

"Cridhe na Gaeltachta. 'S ann à Donegal Town a bha màthair Gerry – Sadie. Bha i èibhinn. 'S ann a bha i cracte."

"Bheil sinn a' falbh?" phut DJ. "Ma tha sibhse ag iarraidh lioft gu ceann rathad an Ìochdair, cuiridh cuidigin sìos sibh. Chan e nach coisicheadh sibh dhan chladh no bother. Dh'fhaodadh sibh tilleadh air a' chladach – tha e gu math brèagha. 'S dòcha gum faic sibh iolaire. No a bheil sibh a' falbh air na bikes?"

"Tha an statue a tha sin cho coltach ri rud a gheibheadh tu an Dùn nan Gall," orsa Siobhán, a' coimhead gu tuath an dèidh do DJ am fàgail aig ceann rathad an Ìochdair. "Sé do bheatha, a Mhuire, tá lán de ghrásta."

"Sin a-nist agad Uncail DJ, Siobhán," ors Alasdair.

"Tha iad sin an Dùn nan Gall am pailteas cuideachd," ors ise a' cur ceum a casan an iar.

"Abair cupall òg gasta," orsa Caroline, a' bristeadh na sàmhchair eatarra an Càirinis.

"Tha iad ceart gu leòr. Clann òga. B' fheàrr leam gu robh an fheadhainn bu shine a cheart cho gasta."

"Speak for yourself, mate," orsa Caroline. "Bloody charming!"

"An robh dùil agad falbh an-diugh?" dh'iarr DJ bho Charoline nuair a bha iad a' tighinn faisg air cidhe Loch nam Madadh.

"Bha gu dearbha," orsa ise, "is aodach Catrìona uileadh ri nighe is ri thiormachadh mus tèid i air ais dhan sgoil Dimàirt."

"Bidh gu leòr agad ri innse dhan duin' agad nuair a thilleas e à Salamanca. Dè bh' ann? An do chuir thu seachad còig latha an tac an teine an Tarsgabhaig, a' falach bho na gèilichean, no an do thachair thu ri dithis òg laghach a bha a' dol a dh'fhaicinn an uncail aca an Uibhist? 'Is cha chreid thu seo, David, ach bidh uncail a' ghille, Alasdair, bidh e a' dol gu Drum Brae Sports Centre – tha a mhac, Brian, an aon aois ri Oighrig. Tha mi air bruidhinn ris uair no dhà san dol seachad. Nach beag an saoghal.'"

"Bye, DJ," orsa Caroline. "Thanks for spoiling a genuinely nice weekend."

"Fucking shitty tease," dh'èigh DJ ri mòintich luim Langais is e a' dràibheadh an aghaidh cuan de chlachan-meallain.

An dèidh do Charoline cupa filter-coffee Rombouts is bacon sandwich fhaighinn an cafeteria na *Hebrides*, shuidh i san lounge. 'S e Marathon Lunnainn a bha ga shealltainn air an TV. Bha Tracey Morris air a dòigh glan – 2:33:52 agus tiogaid gu Baile na h-Àithne aice, dìreach ochd mìosan deug an dèidh dhi tòiseachadh gu ceart air ruith. Ach 's e na ruitheadairean a bha a' stad is a' bruidhinn ri Brendan Foster – feadhainn aca air an sgeadachadh gu h-iongantach – a thug buaidh air Caroline. Bha iad uile air an dòigh glan a bhith a' gabhail pàirt agus iad air suimean matha a thogail do bhuidhnean-carthannais shònraichte. Cha robh duine aca a chuala Caroline nach do chuir beannachdan gu na teaghlaichean, a bha gu tur air an cùlaibh. Chitheadh i grunn coltach ri David nam measg.

"Cò air, a Dhia, a bha mi smaoineachadh?" dh'fhaighneachd i dhith fhèin is na deòir a' sruthadh mu busan. "Dè bha mi dèanamh?

Dè theab mi a dhèanamh? Oh, my God! 'N ann glan às mo chiall a tha mi?"

Fad uair is trì chairteil às Uige, cha robh air a h-aire ach 1571 a bhruthadh air a' fòn nuair a ruigeadh i taigh a seanar an Tarsgabhaig. B' e aireamh às Inbhir Nis an aon tè a bha ga feitheamh – ach o Dhihaoine, nuair a bha i muigh air chuairt, feumaidh, aig 10:30 sa mhadainn, guth Auntie Peggy, a' faighneachd ciamar a bha i is an do dh'ith i an stiubha? "OK. So, cha robh duine a' feuchainn ri grèim fhaighinn orm o dh'fhàg mi an taigh, is tha mi air ais a-nis."

Sheirm am fòn is thug i leum aiste.

"Ola, Buenos Tardes," orsa David. "No emergency – just needed to hear your voice. I wasn't sure if you'd still be in Skye. I tried the house first. Had a wild time?"

"Very relaxing," orsa Caroline, a cridhe na beul. "It's so good to hear from you. How are you? How are the girls?"

"Inspired," orsa esan. "Catrìona's going to run the London Marathon with me next year."

Rinn i cupa tì ceart le duilleagan, is chuir i air TV Auntie Peggy airson beagan companais. Ann an ochd mionaidean bhiodh Màrtainn Ó Nìll is na Bhoys a' toirt leotha farpais na lìog airson an treas turais ann an ceithir bliadhna. Bha Rugby Park a' dol fodha ann an uaine is geal, is luchd-taic Celtic a' seinn 'Walk On' àird an cinn. "Cretins!" dh'èigh i. "Bunch of pathetic bigoted cretins! Why don't you all grow up?"

Thug i na b' fhaide na bha dùil aice air an taigh a chur air ais gu mar a b' fheàrr le Auntie Peggy e, is bha i a' dorchnachadh le truimead an uisge nuair a dhràibh i seachad air rathad a' Phluic. "Uair eile," smaoinich i. A beatha àbhaisteach, a taigh mòr brèagha is a teaghlach gaolach an Dùn Èideann gu math na bu tarraingiche dhi na baile beag aonaranach an iomall an iar na h-Alba.

Dh'fheuch i air an rèidio son na ciad uarach o fheasgar Dihaoine mun Drochaid Ruaidh – bha ministear às an Eaglais Shaoir a-mach air 'mathanas airson aideachadh peacaidh'. Bha Gàidhlig bhrèagha aige, ach cuideachd teachdaireachd aige ris nach b' urrainn dhi èisteachd. Air Radio 4, bha *The Money Programme* a' beachdachadh air saoghal caochlaideach: 'Fund Management'. Cha b' urrainn dhi èisteachd ris a sin a bharrachd. Cha do dh' èist i ri sìon ach naoimh is deamhain a cogais.

Bha e mu mheadhan-oidhche mun d' ràinig i an taigh. Is an dìle air cumail rithe fad an rathaid dhachaigh. Bha an teas air a dhol dheth is an taigh gun fhàilte sam bith aige roimhpe. 'S ann gu math brònach a bha na pinafores bheaga aig Catrìona a' coimhead nan laighe leotha fhèin am bonn na basgaid-nigheadaireachd. Chruinnich Caroline còmhla iad agus a dhà no thrì dhe a lèintean, is chaith i a-staigh dhan inneal iad aig D. Nam biodh an t-sìde mar seo a-màireach, bhiodh iad feumach air na b' urrainn dhaibh de thiormachadh fhaighinn. No, cha b' e seo an t-àm airson a h-inntinn a chur an sàs a-rithist ann an deasbad nan tumble-driers. Dìreach leabaidh. Sin uile. Leatha fhèin.

Diciadain 21 An Giblean

An oidhche roimhe sin bha Rebecca Loos, am PA a bha mionnaichte na cuimhne gur e tacsa glè phearsanta a thug i do Dhavid Beckham, an làthair am measg nam fìor rionnagan aig Première *Kill Bill: Vol 2* an Lunnainn.

Ach cha robh ise no Beckham no Victoria no Sting no Trudi no Susan no DJ no Caroline an làthair an ath latha an Druim a' Bhràighe an Dùn Èideann. Chuir Karen crois ri taobh Oighrig is Bhriain air a liosta ainmeannan. Chaidh aig a' chòrr dhen chloinn air tilleadh a dh'aindeoin cudthrom nan uighean Càsg.

"They two'll still be up in the Hielands," orsa Mary ri Henry, "drinking whisky, dancin' and frolickin' in the heather."

Sheall Willie dhaibh a dhà no thrì cheumannan dhen 'line-dancing' aige mun deach e a-mach a thaobh eile a' chunntair airson cupa beag tì.

Susan

Dh'fhaillich e air Susan appointment fhaighinn còmhla ri Dr Edmonds aig Ladywell Medical Centre ach aig fichead mionaid gu trì Diciadain. Thuirt a màthair gum biodh i a-staigh mu choinneimh nan nigheanan, nam biodh an surgery aice a' ruith air deireadh.

"Whether he's workin' or no, you'll no see'm aboot the hoose. Hame yin day, away the next. No as much as an explanation to the wee laddie aboot the gymnastics."

Bha Susan am beachd Brian a thoirt suas a Dhrum Brae i fhèin nuair a thuig i nach robh seo gu bhith (gun adhbhar) fa-near do Dhonald an latha sin, ach thòisich an trioblaid a-rithist is chuir i roimhpe bruidhinn ris an dotair mu dheidhinn.

'S ann rithese bu trice a bhruidhneadh Susan mu deidhinn fhèin, agus gu dearbha air an latha an dèidh do Dhonald falbh air an t-seachdain sa chaidh, thug an GP mu dhà fhichead mionaid a' feuchainn ris an t-eadar-dhealachadh eadar bròn, mì-thoileachas agus euslaint ris an canadh proifeiseantach 'depression' a mhìneachadh dhi a-rithist. Bha iad aontach gur e sin a bh' oirre nuair a rugadh Brian agus airson suas ri bliadhna às a dhèidh, 's dòcha. Ach a dh'aindeoin amannan doirbhe, dhuilgheadasan pearsanta, cion conaltraidh eadar i fhèin is an duin' aice, bha i, san fharsaingeachd, air a bhith cumail an ìre mhath o chionn ochd mìosan deug.

Dè mu dheidhinn nan seachdainean a bha i far a h-obrach is fo na cuibhrigean?

"Sometimes, Susan," orsa Sally Edmonds, "when we have too much going on, we can feel naturally overwhelmed. And one response is to pull the shutters down. That doesn't always equate with clinical depression." Is dh'ainmich i a-rithist na prìomh chomharraidhean a bh' air an tinneas.

A dh'aindeoin mionaidean is coibhneas a dotair, dh'aontaich iad gun Susan a thoirt far Lustral airson trì mìosan eile. Dh'aontaich iad cuideachd nach biodh Susan a' sìor bheachdachadh air Donald fhad 's a bhiodh e air falbh, is a' cur dragh no eagal air a' chloinn, ach gum bruidhneadh i fhèin ris latha no dhà an dèidh dha tilleadh feuch am biodh e deònach dad innse dhi. Chan e rud buileach ùr a bh' ann, ach cha robh e air a leithid a dhèanamh o ghluais iad air ais a Dhùn Èideann.

"It's the wee fellow today," dh'fhaigheachd an GP gu fosgailte. "How can I help?"

"He's wetting himself most nights and he soils himself fairly regularly as well."

"Once a week?"

"Sometimes mair like once every ten days."

"OK – any obvious triggers?"

"It seems to have some relation to his daddy's presence – but more than that, his interest and involvement in Brian. If his faither's, you know, aboot a bit and playin wi him and paying him a bit o attention, it's no sae bad – but if he's away or like a strange lodger, there's usually something happens."

"How do you feel when your Daddy's very busy or away, Brian?"

"Kindae sad. Kindae lonely. In a get aw worried aboot ma Daddy. A think he must be lonely tae, an missin me, his big boy. Then a dinnae ken – a git they bad dreams – an that's when it aw comes away fae me."

"I see," ors ise. "Can you not hold onto it when you feel it and run to the bathroom?"

"No really," orsa Brian a' cur suas is sìos a ghuailnean.

Cha d' fhuair iad air falbh on dotair gu mu leth-uair an dèidh trì – is chaidh iad gu soft-play aig Agenda. Ghabh Susan glainne fìon – rud nach dèanadh i sa bhitheantas tron latha. Bha dithis nighean beaga ann a bha gu math deònach cluich còmhla ri Brian, is bha film le Shirley Temple ga shealltainn. Thainig dealbh dhith fhèin na h-inntinn, is i a' dannsa air ùrlar na sguilearaidh am Broomhouse dha a seanair is a seanmhair. Cà 'n deach an nighean bheag bhrèagha chaol sin? Thug i Brian gu McDonalds aig PC World. Bha latha àlainn ann is a' ghrian a' deàrrsadh a-staigh air uinneagan lìonmhor an àite-bhìdh bhuidhe shaoir. B' e plèana purpaidh a fhuair am fear beag an cois a Happy Meal de chicken nuggets is coke.

"The girls will be jealous o yer wee treat," thuirt Susan.

"Will Daddy take me tae the Gymnippers next week?"

"Don't know, son."

"Kin we go tae Salamanca next year wi Yuric?"

"Who?"

"Yuric. She speaks Gallick to Daddy and her mummy."

"What's her mummy's name?"

"Caroline."

"Nice name."

"Yuric's ma girlfriend and Caroline's Daddy's girlfriend – in we aw git sweets fae the machine tae share thegither."

"An what am A?"

"Ma ma!"

"Did you hear whit the doctor said aboot lettin' us know about the toilet or if you're sad or upset?"

"Aye."

"Did you?"

"Watsits isnae good for ye, eh, no, Mummy? You're better to eat aipples. A'm gonnae eat aipples in Monster Munch in I'll be aw organic."

"Come on," orsa Susan. "Yer big sisters will be lookin for ye."

"Was that doctor a bit deef?"

"How do you ask?"

"She asked ma name three times and says 'Goodbye, Barry'."

"I think she was runnin a wee bit late, son."

Bha Granaidh air mions is buntàta a thoirt do Julie is Louise, is bha an dithis aca a' coimhead *Richard and Judy* còmhla.

"If yase two ate at McDonalds, I'll put that mince in the freezer," ors a màthair ri Susan. "It'll make a proper lunch for Brian for a change."

"Just leave it jist now, Mum. I'll sort it later on, OK?"

"Disnae deserve to hae his tea waitin' for him – I'm gled yer faither's no goat tae suffer this affrontery. Well, he can bile his ain tatties in the microwave!"

Diciadain 28 An Giblean

Fad mu dheich mionaidean shaoil le Caroline gu robh Gymnippers na seachdain seo gu bhith gu math soirbh. Agus sìtheil. Cha leigeadh an sgreamh leatha tighinn faisg air an àite an t-seachdain roimhe sin. Cha robh guth aig Oighrig air co-dhiù. Bha lathaichean is seachdainean na tè bige fhathast car nan aon chnap – gun cus mothachaidh no dragh aice mu fheadhainn shònraichte. Bha an turas do Bhutterfly World air an latha a b' àille air cothrom laghach a thoirt do Charoline faighinn air ais na saoghal beag is a stòiridhean mu Shalamanca a chluinntinn gu ceart. 'S ann air an Eilean Sgitheanach, Tarsgabhaig, taigh sinn-seanair Oighrig, a bu mhotha a bhruidhinn a màthair rithese.

'S i Oighrig a thug an aire do Bhrian a' gearradh shìnteagan seachad air a' chrèche.

"Sin e," dh'èigh i. "Sin Brian. Tha e air tighinn."

"Bheil thu ag iarraidh cupa cofaidh?" dh'fhaighneachd DJ, a' slaodadh sèithear chun a' bhùird aice, aig nach robh ach dà shèithear – am fear aicese is am fear air an robh seacaid is gnothaichean Oighrig air an cur.

"No, thanks," orsa Caroline, a' cumail oirre a' leughadh a

leabhair. Fear dhen fheadhainn nach deach fhosgladh san Eilean Sgitheanach – no, gu dearbha, an Uibhist.

"Cha chreid mi nach robh iad gar n-ionndrainn an t-seachdain sa chaidh."

"Really?"

"B' fheudar dhomh Adam fhaicinn is parts fhaighinn son an tagsaidh."

"Good for you."

"Dè rinn sibhse?"

"None of your business. It's none of your business what I choose to do of a day with my daughter." Thionndaidh i duilleag a leabhair.

"A' leughadh leabhar an t-seachdain sa. A' seachnadh naidheachdan trom a' *Ghuardian*. Bheil e math? Dè an t-ainm a th' air?"

Gun sealltainn ris, chuir Caroline a corrag air ainm an ùghdair is tiotal an leabhair – Joanne Harris, *Coastliners*.

"Trealaich gu leòr air na tràighean acasan cuideachd, tha e coltach. Chan fhaic mi botail phlastaig no botail uisge-bheatha air aghaidh no cùl na seacaid, ge-tà."

"If you've come here to harass me, then please remove yourself forthwith from my personal space. As a dutiful parent, I'm sure you'll appreciate how important these opportunities to relax are – and four minutes ago I was really quite relaxed."

"Bheil thu idir a' dol a bhruidhinn rium?"

"Cò mu dheidhinn?"

"Sinne!"

"Sinne?"

"Seadh, sinne."

"The last I was aware of, having enjoyed each other's company for thirty-six hours, and having then been joined by two delightful intelligent young students, you were busy undermining everything with some pretty nasty and focused insults – confirming that your charm, DJ, was really rather well disguised – and totally unnecessary mean-spiritedness. So, us – sinne? I don't really understand your question."

"Is tha thu ag ràdh rium nach do chuir e dragh sam bith ortsa nuair nach robh sinn gu bhith leinn fhìn san taigh oidhche Shathairne."

"Bha sinn leinn fhìn oidhche Haoine, nach robh?"

"Bha thu pòsta le dithis chloinne oidhche Haoine. Oidhche Shathairne, uill, mun deach do thionndadh nad phumpkin, làn càc mu Obar-Dheathain is cycling holidays, bha thu toilichte mo bhean a chluich. Susan, Trudi – ainm sam bith a bheireadh leisgeul dhut sodal a dhèanamh rium. Is dè a bha thu a' dol a dhèanamh le na coinnlean a fhuair sinn airson caithris mo mhàthar? Dè a bha thu a' dol a dhèanamh leotha?"

"Stop fantasising, DJ."

"Chan eil mi ach a' cur nad chuimhne na bha thu fhèin ag ràdh. Dè bha sinn gu bhith dèanamh, a Charoline – ag òl Ovaltine? A bheil e idir a' cur iongnadh ort gu robh mi beagan feargach gun deach an oidhche sin a ghoid oirnn?"

"Gu math feargach! Gu math grànda cuideachd ris an nephew agad! He's a lovely boy, DJ. I couldn't believe how awful you were to him. He and his girlfriend came all the way from Aberdeen to see you. And then you start taking it out on me. I didn't invite them."

"Cha do fhreagair thu mo cheist. Dè bha sinne a' dol a dhèanamh?"

"I didn't answer your question because it isn't relevant. What would we have done if it had snowed rather than blown a Force 9 gale? Some of the same – some bits completely different. Impossible to process through a suppositional retrospectoscope."

"'N ann far Drochaid an Eilean Sgitheanaich a thuit do Ghàidhlig?"

"I don't need to answer these questions. You are not my father – I'm not sure if you are even my friend. Yeah. That's all. This book is actually quite interesting."

Ghabh DJ balgam mòr às a chofaidh is choimhead e a-null rathad an amair-snàimh. Bha bannan air gàirdeanan a h-uile duine aca ach air aon nighinn bhig.

Chaidh e a-null is thog e *Metro* às an stand. Air an duilleig-aghaidh bha sanas son sgeulachd air d. 33. "If you want a date, you've got to make her laugh." Rinn iad sin, gu leòr a ghàireachdaich, air machraichean Uibhist.

Ri taobh an t-sanais seo bha dealbh de Mheghan Lippiatt, ban-Ameireaganach a bha a' fuireach an Cumbria, a dh'aidich gun do mharbh i a dithis ghillean beaga, aois a dhà agus ceithir mìosan. Air an 18mh dhen Ghiblean am-bliadhna. Sin an latha a dh'fhàg Caroline esan ann an Uibhist. Sin an latha a rinn e speuradh nach d' rinn e o chionn fhada dhan ghaoith.

"Deagh shìde."

"Yeah, lovely: too good to be indoors."

"Ciamar a chaidh dhaibh san Spàinn?"

"Fine, thanks." Bha i air an turas annasach aice fhèin a ghlasadh air falbh mun àm a chaidh i nan coinneimh aig a' phort-adhair Diluain.

"Tha an t-àite seo sàmhach an-diugh."

"Bheil?" Chaidh Caroline suas a dh'iarraidh cupa cofaidh. Bha Willie car dubhach a' coimhead – mì-àbhaisteach dhàsan. Bha Mary a' frithealadh air cuideigin eile.

"A telt him tae stoap fingerin' the cake afore we cut it – an he's gaun intae a big huff, eh, Willie? No speakin' tae yer boyfriend the day?"

"Seo," orsa Caroline. "Fhuair mi cupa cofaidh dhut. Dè th' againn ri bruidhinn mu dheidhinn son faighinn seachad air a seo? Have I got to admit that I felt quite randy in Uist with you and now I'm 100% relieved that fate on two bicycles intervened and prevented ... whatever? Does that move us on at all?"

"'N e sin uile e?"

"Dè tha thu ciallachadh?"

"Beagan sex saor 's an-asgaidh."

"An robh thu dol a dh'iarraidh airgead orm?"

"'N e sin uile a tha air a bhith fa-near dhut o thòisich sinn ri coinneachadh, a' feuchainn ri rud fhaighinn bhuam nach toir am public schoolboy dhut – ro thrang a' call a lùiths aig marathons?"

"Don't you dare make comments about people you've never met – especially my husband."

"Gu dearbha, cha chualar mòran mu dheidhinn an dèidh a' chiad oidhche, gus an do chuir na students an t-eagal ort. 'N ann mar sin a bha thu fhèin is David, a' falbh air dìollaid bhaidhsagalan is a' ghaoth a' sèideadh gu coibhneil nar gruaig? O, a Dhia, ciamar a dhìochuimhnich mi – 's ann a bha thusa aig an àm sin a' falbh feadh Èirinn is an t-saoghail nad ghroupie le actair, Gerry, à Glaschu. Gus an do thuig thu nach fhaigheadh tu taigh mòr am Barnton is BMW còmhla ris a' ghloidhc sin. Neo-ar-thaing nach dèan e deagh stòiridhean, ge-tà. Lathaichean m' òige – dè? Tha fhios gum feum a h-uile duine againn fàs suas uaireigin. Mura dèan an aois leatha fhèin e, nì na Direct Debits."

"You are a horrible man, DJ. You're a sad horrible man. Look in the mirror, mate, see who you see. I'll tell you who I see – good old ugly debauched Ruairidh Iain at his most repulsive. 'Cha chualar mòran mu dheidhinn an dèidh a' chiad oidhche!' You have hardly volunteered a single syllable about your wife or your two young daughters since January. Do they actually exist? Sure, I saw a woman collecting Brian one day. Was she really Susan, your wife? Na tòisich thusa ormsa. Yeah, take a good look at yourself. No different from all the other pathetic Gaels – deep in their snake pits of self-destruction. And what am I doing – I'm bringing my children up to endorse that very culture! Perhaps you could be invited to the school to tell the kids stories, sing them songs – rattle their anodyne middle class cages with the real fucked-up embodiment of the contemporary Gael."

"Cha robh sin a' cur cus dragh ort – thar nan seachdainean a dh'fhalbh 's ann a shaoileadh duine gu robh e a' còrdadh riut a bhith còmhla rim leithid. Nach e sin a thug ort tighinn an seo a h-uile seachdain. Nach e sin a thug ort tighinn a dh'Uibhist – rud nàdarra amh fhaighinn eadar do shliasaidean."

"'S tusa a thug dhomh àireamh-fòn do mhàthar. Thusa a chaidh a dh'Uibhist a dh'aona ghnothach aig an aon àm 's a bha mise san Eilean Sgitheanach."

"Thusa a dh'fhòn led thoil fhèin is a thàinig a-nall air a' bhàta – aig nach robh guth air fàgail no guth air cloinn. Carson a rinn thu sin?"

"Chan eil fhios a'm. I don't know." Thòisich Caroline air caoineadh. "Because I though we had quite a special friendship. There was no good reason not to come – and until you became a monster, it was really quite lovely being with you. Fun. Freeing."

"Fucked-up?" dh'fhaighneachd esan car socair.

"No, DJ. Nice. Open. Close. Real, in an unreal way. Listen, DJ. Tha mi duilich, thuirt mi rudan an sin a bha grànda – ach chuir e dìreach uabhas orm d' fhaicinn cho suarach is cho caca, an dèidh a h-uile rud a bhith cho brèagha. Chuir thu an t-eagal orm. 'S e sin a rinn thu. Cha robh an t-eagal riamh agam romhad thuige sin."

"Carson a bhitheadh?"

"Uill – cha robh."

"Bheil an t-aithreachas ort?"

"Cò mu dheidhinn?"

"Gun do thachair thu rium, gu robh thu ag iarraidh a bhith còmhla rium an Uibhist?"

"Chan eil. Chan eil idir. A thaobh a bhith ag iarraidh a bhith còmhla riut an Uibhist – nach e faireachdainn as motha a tha sin? Am faod an t-aithreachas a bhith ort son faireachdainn? Nach e na nì thu led fhaireachdainnean a dh'fhaodas an t-aithreachas a chur ort? Cha d' rinn mi sìonadh leotha an Uibhist a chuir orm e."

"Agus mura robh àsan air tighinn, am biodh an t-aithreachas ort, a bheil thu smaointinn?"

"Mar a thubhairt mi, DJ, chòrd e rium a bhith còmhla riut an Uibhist; tha e air còrdadh rium gu mòr a bhith gad fhaicinn an seo. Dè an diofar mòr a th'ann eadar bruidhinn a tha saor is fìrinneach is fosgailte agus pòg a tha a cheart cho saor? Cò an choreographer a chanas cuin a chaidh an dannsa againne an tràigh Dhalabroig nar broinn? Cà 'n sguir an dannsa? Cà 'n tòisich an ruidhle?"

"Is càit an tòisich an ruidhle – cuine a thòisicheas i? Ma tha sinn ga h-iarraidh? Cà 'm bi thu a-nochd?"

"Aig an taigh a' coimhead às dèidh mo chloinne, agus an duine agam air falbh ann an Leeds." Bha an t-aithreachas oirre a-nis.

"Càite ann am Barnton a bheil thu fuireach?"

"DJ! Don't. Please! Cha bhuin seo dhan chloinn. Tha mi air

ais nan saoghal-san, nam màthair. Cha ghabh e bhith. Chan eil gnothach aca rium mar dhannsair. Mar individual!"

"Tha leth-uair againn. Tha mise ag iarraidh crìoch cheart a chur air a' weekend an Uibhist – an ruidhle againne a chur gu dol gu ceart. Rud a bha an dithis againn ag iarraidh."

"Càite – a-muigh air an fheur? Air beulaibh coimhearsnachd Chlermiston? Càirdean na bean agad? Listen, DJ. Ma tha e na chuideachadh idir, smaoinich air na dh'fhaodadh a bhith air tachairt. Mura robh Alasdair is Siobhán air nochdadh mar chrìoch cheart an dannsa againne – an rann mu dheireadh dhen òran àlainn a ghabh thu dhomh am Poll a' Charra. Nach fòghain sin dhut? Tha mise OK leis a sin, ach seall mun cuairt ort: seo an saoghal fìor dha bheil sinn air tilleadh.

"Clann ann an Gymnippers, Willie is Mary a' trod ri chèile, bodaich is cailleachan ag òl tì is ag ithe chèicichean ann an tracksuits. Pàrantan dhen a h-uile gnè is a h-uile seòrsa a' cur an cèill, eh... am pàrantachd còmhla. Ag aideachadh, tro chòmhraidhean mu Early Learning Centre toys is Gap bargains, nach urrainn dhaibh dannsa an-dràsta. 'S e eucoir a bhiodh ann. Co-dhiù a thilleas e latheigin gun chiont gun chosgais, sin ceist air nach eil fuasgladh aig duin' aca. Sin ceist do thìm. Tìm a-màireach, chan e tìm an-diugh."

"Tha mise an-dràsta," orsa DJ, "a' dol a choiseachd a-null an sin dhan family toilet. Glasaidh mi an doras, ach aig fichead mionaid gu trì, air an uair, tha mi dol a dh'fhosgladh na glaise. Bu thoigh leam gun tigeadh tu a-staigh."

Gun feitheamh ri freagairt, dh'èirich e far a' bhùird is chaidh e null seachad air oifis a' Phulse Centre. Chunnaic Caroline i fhèin air latha eile: latha dùsgadh a' Phluic. Dè an seòrsa boireannaich a bh' innte? Tè shalach?

"Sorry to bother you," orsa Mark, a' suidhe air sèithear DJ, "still haven't heard the Salamanca Scandal."

"You will, don't worry. How did you and your Mum get on in Largs?"

"Really, really well. Never fails to gie ye a wee pick-up."

"Didn't pick up anything interesting on the beach?"

"What, with my Mum in tow?"

Ruith rudhadh teth an aodann Caroline. "Shells, pebbles, bottles?"

"Anyway," orsa Mark, "before that little frisson, I was going to ask yourself and Mr Currie to sign Karen's leaving card."

"She's leaving?" Bha an t-uaireadair aice aig 14.38. "I hope there's nothing wrong with the baby?"

"So you thought she was pregnant as well. Naw, she's been on a really high dose of steroids. Poor Karen – totally bloated, and now her Mum's taken no well. She's moving back to the West to be nearer to her. Lots of people dinnae bother wi their parents. But Karen's no like that."

"I'll put DJ's name on it as well," orsa Caroline, a' sgrìobhadh 'Brian's Dad' mu choinneimh am brackets agus 'Oighrig's Mum' ri taobh a h-ainm fhèin.

"When's she leaving?"

"Friday's her last day."

"Oh?" Bha e nist 14.47 is bha DJ fhathast gun tilleadh.

"Don't worry. The Gymnippers will still continue. Alasdair – you know, the young lad?"

"With the hair? Well, with and without the hair?"

"That's the one. What we're not sure of is if next week's class is going ahead. 'Cos he was due to sit a Sports Management module. He's a bright laddie. You know – I think, although it's terribly sad to lose Karen, that Alasdair will be a real asset to the team when he's here on a regular basis."

"Yeah," orsa Caroline. "Absolutely." 14.53. Bha a cridhe a' plosgartaich. Bha cuideigin a' feuchainn doras an taighe-bhig teaghlaich – boireannach le twins bheaga ag iarraidh na badain aca atharrachadh. Come on, DJ – mach às a sin! Please! Get back to reality!

"So what we'll do is assume next week's session's off. It's a full attendance today, so everyone's been informed. I left you two till last. I knew where I'd find you. DJ's taking his time. Is he OK?"

"Yeah, I'm sure he is."

"You'll all be refunded – or maybe Alasdair will be happy to offer the extra week at the end of June. That might suit some better than others. If he manages to swap the exam, we'll give you all a call – but I think it's unlikely, really. These college things tend to be, eh . . ."

"Fixed?" chrìochnaich Caroline gu luath dha.

"Yeah. That'll do."

"OK – thanks for that, Mark."

"Sin dà mhionaid gu dhà, DJ," dh'èigh Caroline an guth neoichiontach beag tro dhoras an toileat. Dh'fheuch i a' handle gun fhiosta dhi, ach bha e glaiste. Ach nuair a ràinig i doras na Gymnasium, bha DJ na sheasamh an sin roimhpe. Sheas i ri thaobh. Phaisg i a làmh, coma co-dhiù a chitheadh na boireannaich eile i. "Tapadh leat," orsa ise. "Bha sin uabhasach brèagha. Chan fhaic mi idir an ath-sheachdain thu. Tha Karen a' falbh. Chan eil a màthair gu math. Chuir mi d' ainm air a' chairt aice." Le sin dh'fhosgaileadh an doras do mhàthair Oighrig, athair Bhriain agus a h-uile màthair eile. Bha broth dearg mar dhealan-dè air aodann Karen, is coltas oirre gu robh na cuddles is na pògan a bha a' chlann a' toirt dhi ga goirteachadh.

"Thanks for everything, Karen," orsa Caroline rithe. "Hope your Mum's OK. Good luck. Dè chanas tu, Oighrig?"

"Thanks for evyfing – specially the tunnel."

"Bye, DJ; bye, Brian. Bidh sinn gur faicinn."

An oidhche sin dh'iarr Caroline air Adam fuireach an dèidh a leasain. Thug i lasagne dha. Thug i gin dha. Bhruidhinn iad air rudan inntinneach – referendum air Bun-stèidh na Roinn-Eòrpa, Bush is Blair an Iorag, òige Adam ann an Kenya. Duine gasta a bh' ann. Bha iad gu math cofhurtail le chèile. Ach uile-gu-lèir sàbhailte. Cha b' eagal dhi – cha d' rinn seinneadair cunnartach sam bith eile bagairt air an tèarmann.

"Can you ask," dh'fhaighneachd Caroline de Dhavid, nuair a dh'fhòn e gu leisgeulach aig cairteal an dèidh a deich, "the David Lloyd Centre to extend your membership to a family membership?"

"But I thought you preferred . . ." thòisich e.

"I know, I did, but that was in the winter; now the summer demands we all swim in an outdoor pool. You, too, marathon man!"

"What about the Corporate Gym bores, Caroline?"

"They won't venture out there! Too exposed and no Sky Sport!"

✶

Dh'aithnich i guth Mark sa bhad nuair a fhreagair e am fòn an làrna-mhàireach.

"Hi, Mark. Caroline Robertson here. Oighrig Barnes's Mum. Having a busy day? Please don't think there's anything personal influencing this, but if it's OK with you, I think I'll give up Oighrig's place at Gymnippers. It's just with the good weather, perhaps it would be nice not to be so tied. Might enrol her for the Gymsters in the autumn when she's a big schoolgirl. When is it on? Friday afternoon. Right. Well, we'll see – they all have a half-day on a Friday anyway, so that might work. Thanks for everything, Mark. Could you say thanks to Henry and the team – they've been really sweet. Sorry? Sure, of course I'll see them if I pop in for a swim – and yourself. Getting carried away with closure here. Finality. OK, look after that Mum of yours when the heatwave hits Portobello! Bye, Mark."

Odile agus David

Air oidhche Haoine, dh'fhalbh Odile agus Marjorie suas air a' TGV bho St. Brieuc gu Paris – rud a bu thoigh leotha a dhèanamh co-dhiù a h-uile sia seachdainean. Bha e air a bhith na b'fhaisge air trì mìosan on a bha iad ann an Opéra Garnier. An turas seo, air an latha mu dheireadh dhen Ghiblean, 's e luchd-ciùil às a' Ruis a bha gan toirt ann. Ach 's ann air oidhche Shathairne a bhiodh sin, ge-tà, a' toirt dhaibh ùine gu leòr na dh'iarradh iad fhèin a dhèanamh ron sin. Bhiodh iad an-còmhnaidh a' ruighinn a' bhaile mhòir ann an deagh àm son dìnnear oidhche Haoine. Bha e a' còrdadh riutha a bhith a' feuchainn diofar thaighean-bìdh a-mach air an Dihaoine is an Didòmhnaich, agus a' cumail ri fear chic a b'aithne dhaibh gu math san ochdamh arrondissement airson biadh aotrom ach blasta ro chuirm no consairt.

Bha coltas sgìth air Marjorie. 'S e tuilleadh 's a' chòir a ruith às deaghaidh a teaghlaich beachd Odile air a' chùis, mar a b' àbhaist – nach robh iad uile a-nis nan inbhich le cloinn is gu math comasach air a bhith frithealadh orra fhèin?

"Ça suffit, Odile, ce n'est pas nécessaire!"

Bha fios aig Marjorie nach robh cus leasachaidh aig Odile air: cha b' urrainn dhi sgur a' nochdadh a mì-thoileachais is a farmaid mu theaghlach Marjorie. Bha i air fàs na bu mhiosa o chaidh an deireadh-seachdain ann an Normandaidh a chur dheth air

sgàth 's gum feumadh i coimhead an dèidh clann na h-ighne aice –
nuair a bhrist i a cas. Nach robh nighean àlainn is dithis òghaichean
beaga bòidheach aig Odile. Chan e nach robh i measail orra – ach
nuair nach robh iad an seo còmhla rithe, cha mhòr gu robh guth
aice orra. Doirbh do Mharjorie a thuigsinn. Cha leigeadh i leas a
bhith cho fada bhuapa na h-inntinn.

Chuir bonhomie an fhir-frithealaidh agus biadh sònraichte Le
Ciel de Paris gach dragh a bh' orra is eatarra air dìochuimhn' airson
na h-oidhche co-dhiù. Dh'òl iad botal gu leth à Château Petit Bocq
agus dh'fhan iad deagh ghreis, air làmhan a chèile, ag èisteachd ris
a' cheòl bheò aig trio shunndach. Bha Mme Le Coeur, leis an robh
an taigh-òsta sna Gobelins dham biodh iad a' tighinn còmhla o
chionn sia bliadhna, gam feitheamh aig an doras le cognac mhòir
an urra.

"Pour ces dames," orsa ise, "à leurs amours!"

Bha an dealt air feur fìnealta an lios Zen an làrna-mhàireach
comasach air snuadh a' ghaoil Bhealltainnich is pàirt dhen òige a
chumail riutha.

Nochd Peter aig doras David mu cheithir uairean feasgar Diluain 3
Cèitean. May Day. Latha nach robh aigesan dheth.

"Hi, David," ors esan.

"Yes?" orsa David.

"Fancy a pint later on? You know, a quick one after work? Still
haven't heard your Salamanca chat, nor indeed your Prague story.
Gillian and I are thinking of going for a long weekend. What do
you think?"

"Yeah, great city," orsa David. "Christopher's been a couple of
times – may know more than I do."

"Do you fancy a pint, then?"

"Why?"

"You know, bit of bonding between desks, knock down those paper-thin walls. Looks like that'll be happening anyway. George has finally accepted a package – held out long enough, got one you and I won't get, I'll tell you that. Just shows you what dogged tenacity can achieve for the least gifted of us."

"So, what does that mean, then?"

"Christopher hasn't mentioned anything?"

"Not a thing."

"Well, essentially, there's going to be a wee bit of movement. Christopher will naturally assume George's position on the European Desk, and while I won't be completely relinquishing my involvement there, I've been put in charge of the Far East."

"The Far East desk?"

"Yeah. Christopher felt it needed a bit of extra energy, some new ideas. And the Far East looks cheap, so that should pull in the punters."

"So you're going to be my boss?"

"In a very team-like way. You've got a wealth of experience to offer, David. Let's have a pint on it tonight, David."

"Without Christopher!"

"If you like."

"I insist. I might smash a glass over his extending bald patch."

"Not going to hit me, are you?"

"What's the point? You're only doing what I would have done at your stage. Naked ambition, Peter. Seems such a long time ago. Congratulations!"

"Cheers, mate."

"I am still in the picture – or does that blow come after the aperitif?"

"Too bloody right you are, David. We're going to whip Christopher's desk – hold on tight, boyo. So is Prague a good place to take a woman for the weekend? She's into culture and stuff, so I thought it might keep her happy – during the day. I'm not overly concerned about the evenings."

"Yeah. Beautiful city. Wonderful architecture, Peter. Right up your, eh . . . street, I'd say."

Nuair a dh'fhalbh Peter, dh'fhòn David gu Caroline, a bha sna Botanics le Catrìona is Oighrig, airson innse dhi gum biodh e na b' anmoiche gun tighinn dhachaigh agus carson. Cha do shaoil i iomchaidh innse dha gu robh i a-nist dà latha air deireadh. Nàdarra gu leòr aig naoi deug air fhichead, 's dòcha? Ach dìreach gur e seo a' chiad uair a bha e air tachairt dhìse gun adhbhar sònraichte. Dh'fheuch Caroline ri toirt air a h-intinnn innse dhi nach robh i trom, ach leis mar a bha i a' faireachdainn na broinn, dhubh-fhaillich sin oirre.

Diciadain 5 An Cèitean

Leis nach robh Gymnippers gu bhith dol an t-seachdain sin, shaoil le Henry gun dùineadh e an cafaidh car tràth – mu leth-uair an dèidh a dhà. Dh'fhaodadh muinntir an t-snàimh an cuid airgid a thoirt dha na machines. 'S e sin pàirt de chultar amraichean-snàimh, nach e, fàileadh chlorine far gruaig fhliuch is fàileadh grod na cofaidh no a' mhinestrone a dhòrtadh a-mach aig a' bhonn a-staigh do chupa tana plastaig nach gabhadh a thogail ach air èiginn mu liop uachdrach – is gu dearbha fhèin nach gabhadh òl airson co-dhiù còig mionaidean a dh'aindeoin gach sèididh? Bha e na bu duilghe rudan a thoirt do Mhary is Willie a dhèanadh iad nuair nach robh sìon aca ri dhèanamh. Bha an t-àite marbh, dìreach.

"Where did all that Live Aid idealism go?" dh'fhaighneachd Henry dheth fhèin, is e a' toirt sùil air dealbh de Bhob Geldof air a dhinneadh eadar Blair is Brown air duilleag-aghaidh an *Daily Mail*. "If anything, Africa's now ten times worse." Band-Aid beag a chaidh a shuathadh air lot mòr a' bhàis. A' bhliadhna a sguir e fhèin a dhèanamh ciùil airson obair cheart fhaighinn. Nan robh an tàlant air a bhith ann dhà-riribh, bha e air cumail ris.

"My faither aye used to say 'Charity begins at hame!'" orsa Mary, feuch am putadh i Henry beagan na b' fhaide.

"Really? And was your father a very charitable man, Mary? Oh, early lunch, methinks," orsa Henry. "If I fix the sandwiches, will you do the coffees and Willie's tea, Mary? Can you organise the napkins and condiments, Willie? You do so know what they are: salt, pepper, sugar – same as last week, and the week before." "And every other week," theab e a ràdh, is chuir e a' choire air Higher Maths na h-ighne aige, a bha e fhathast a' stri ris aig uair sa mhadainn, son e a bhith cho crosta le Willie an-diugh.

"Is at wan?" dh'fhaighneachd Willie, a' togail sachet ime far an t-sàsair air a' chunntair.

"Is what one?" dh'fhaighneachd Henry, sgian mhòr a' chidsin na machete na làimh chlì. "Just a minute."

Ach cha robh mionaid aige. Chaidh an t-ìm a shadadh à làimh Willie nuair a dh'fhalbh e an comhair a' chùil sìos chun an ùrlair – spiorad fòirneartach teann air làn-ghrèim fhaighinn air a bhodhaig is e a' toirt crathadh gun rian air a' chreutair bhochd.

"Mark, 999 – NOW!" dh'èigh Henry. "Get an ambulance now – Willie's fucking fitting. Shite," orsa Henry. "You're OK, Willie boy, help is on the way. He'll be OK, Mary. Let's just make sure he doesn't injure himself further." Ghluais Henry na sèithrichean agus na bùird a bha goirid dha a-mach às an rathad, dh'fhosgail e coilear a lèine is dh'fheuch e ri chur dhan Recovery Position, ach leis cho trom 's a bha Willie agus leis cho dona 's a bha a' chrith air, cha b' urrainn dha a chumail ann. Ach an e sin a bha còir aige a dhèanamh? Cha robh cuimhne aige.

"You're sure you got through," mhaoidh Henry air Mark. "They're taking their bloody time. Try and not let his head slip back or that big tongue of his will throttle him. Five minutes, they said?"

"My mum's brother's an epileptic . . . " thòisich Mark.

"Shame she's not here," orsa Henry gun truas. "No-one mentioned epilepsy to me when I agreed to take Willie on in the café – what a bunch of incompetents, honestly."

Ged a thug balaich nan deiseachan uaine na bu lugha na còig mionaidean a' faighinn dhan Drum Brae, do Henry bha e mar uair a thìde. Bha e a' faireachdainn gur e fhèin bu choireach gun tàinig a' chuairt air Willie is gu robh e gu tur leibeadach leis nach robh sìon ann a b' urrainn dha a dhèanamh airson a chuideachadh.

Gun mòran a ràdh, spùt fear dhen fheadhainn a thàinig rudeigin suas tòn Willie, chuir iad masg ocsaidean air is thug iad leotha a-staigh dhan charbaid-eiridinn e.

Dh'fhòn Henry chun an ospadail nuair a ràinig e a dhachaigh an Ratho air a bhaidhsagal mu chairteal an dèidh ceithir. Dh'inns iad dha gun deach aca air stad a chur air a' chrathadh ach gun tug e am barrachd mòr Valium na bha iad an dùil. Dh'fheumadh iad a chumail a-staigh airson beagan lathaichean airson smachd fhaighinn air is grunn dheuchainnean a dhèanamh air, feuch dè bu choireach ris tighinn air aig aois.

Alasdair

Bha Alasdair air a bhith na bhoil o chionn latha no dhà, a' feuchainn ri taic a thoirt do bhuill na Comataidh sa Chomann Cheilteach. Bha an latha bu mhotha sa bhliadhna gu bhith orra oidhche Shathairne, 8 An Cèitean. An Dannsa Bliadhnail. Bha am fear sa na bu shònraichte cuideachd on a b' e seo an ceudamh gu leth bliadhna o chaidh an Comann a stèidheachadh le fir shòlamaichte nam feusagan. Bha fiosrachadh ri fhaighinn mu bhiadh dhaoine, sgaoilteach mhath dhuaisean rafail rin togail o chompanaidhean is daoine a bha gan toirt seachad an-asgaidh, is feadhainn eile rin ceannach. Bha obair brosnachaidh ri dèanamh an lùib cuid a bhuill – feuch an dèanadh iad na gheall iad. Bha sin gu h-àraidh doirbh do dh'Alasdair – earbsa a chur ann an daoine, 's dòcha, nach dèanadh an rud a dh'aontaich iad a dhèanamh no a dhèanadh iad e an dòigh cho luideach is gum feumte a dhèanamh a-rithist co-dhiù. Ach bha feadhainn mhath, mhath ann air a shon sin, agus b' ann orrasan a bha an t-uallach airson na h-oidhche. Mar sin, cha robh adhbhar sam bith do dh'Alasdair iomagain a bhith air mu deidhinn – ach bha.

Cha robh sgath iomagain no uallaich air Siobhán, a rèir choltais, is cha robh seo a' còrdadh idir ri Alasdair – gu h-àraidh an dèidh 's dha a bhith aig coinneimh mhòir oidhche Chiadain mun ghnothach is an t-acras air, is gun ise fiù 's air chomas beagan tomato soup a theasachadh dha.

"Dè tha thu ciallachadh, nach eil thu cinnteach an tig thu chun na dìnnearach? Tha àite air a chur air dòigh dhut – deichnear againn aig an aon bhòrd, partners aig a h-uile duine. So, tha thu a' dol gam fhàgail nam shuidhe an sin mar stooge, a bheil?"

"'S e tòrr mòr airgid a th' ann an ochd nota fichead dhòmhsa, Alasdair – agus tha an t-uabhas obrach agam ri dhèanamh. 'Fhios agad, 's e medicine a tha mi dèanamh, chan eil dìreach uair a thìde de dh'òraidean agam gach latha. Nine to five a th' agam – mar sin, feumaidh mi na h-oidhcheannan is gach deireadh-seachdain a chur gu feum. Tha na deuchainnean air an ath mhìos nam pàirt de dheuchainnean a' cheum. Mar sin, ma thig mise an dèidh na dìnnearach, bidh mi air m' obair a dhèanamh is a' faireachdainn saorsainneil dram no dhà a ghabhail. Madainn beagan nas socraiche againn Didòmhnaich, a ghràidh – dè?"

"The truth is actually that you don't like my friends. What's wrong with them?"

"Nothing – they're fine."

"Just not worth twenty-eight pounds to be with."

"Is dòcha nach eil."

"Chan eil iad pretentious gu leòr mar Gordon no cho làn cac ri Stammer – cosgaidh tu na th' agad a dh'airgead son a bhith còmhla riutha sin, is a bhith cumail suas riutha. Bha dùil a'm gu robh thu dol a reic raffle tickets còmhla rium?"

"Saoil a bheil duine idir am measg a' cheud gu leth a bhios san Northern Hotel a ghabhadh m' àite, no a bheil sgilean sònraichte agam nach eil aig càch?"

"Condescending bitch."

"'N ann an leabhar-labhairt Uncle DJ a lorg thu am fear sin, Alasdair?"

A dh'aindeoin a chuid leisgeulan is a mhìneachaidh air cho sgìth is a bha e, is gu robh e duilich gu robh e cho trom oirre, dhiùlt

Siobhán a bheò no a bhàs a dhol dhan dìnnear, is cha ghealladh i gun nochdadh i aig an dannsa.

B' e a' bhuil a bh' ann nach do chuir Alasdair air an t-èileadh is gun do shuidh e na aonar le a charaidean aig Bòrd a Sia. Nuair a bha a h-uile duine eile a' lachanaich is a' dèanamh gàirdeachais is ag òl na b' urrainn dhaibh, dh'fhuirich esan an staid an-fhoiseil is a shùil air doras nach do dh'fhosgail riamh gu ceart dha.

Bha a h-uile sìon a' toirt ro fhada dha. Ro fhada daoine a chur nan suidhe, ro fhada mun tàinig am biadh, òraid an fhir a thàinig a dh'aon ghnothach fada ro fhada, is e car làn dheth fhèin, a' smaointinn gu robh e tòrr mòr na b' èibhinne na bha e. Bha bùird làn dhaoine, feadhainn na bu shine aig grunn math dhiubh nach b'aithne dha. B' fheàrr leis gu robh e fhèin is a charaidean dìreach anns a' Bhlue Lamp còmhla – jeans is aodach mì-fhoirmeil orra – na b' fhasa bruidhinn. Thug an rafail cuideachd greis na b' fhaide na bha e an dùil, ged a bha Fear an Taighe òg à Barraigh làn spòrs is còir leis.

Thog seinn àlainn a dheagh charaid Calum Ailig a shunnd rud beag, ach cha do dhanns e ri ceòl aighearach Meantime fad na h-oidhche. Cha do fhreagair Siobhán a bhrath-teags. Chaidh e dhachaigh dha rùm fhèin leis fhèin aig cairteal an dèidh mheadhain-oidhche.

'S math gun deach. Oir nan robh e air a dhol an còir Hillhead agus Siobhán agus Gordon fhaicinn 's iad ag ionnsachadh Anatomy còmhla, bha an duine bochd air bristeadh na dhà leth.

Mar a thachair, leum e air an trèan aig a deich làrna-mhàireach, is bha e air ais na sheòmar-cadail fhèin ann an Sruighlea aig leth-uair an dèidh mheadhain-latha. Bha latha brèagha ann, is dh'fhalbh e fhèin is Niall gu King's Park le ball-coise a fhuair e fhèin airson a cho-là-breith o chionn trì bliadhna.

Chaidh iad an sàs ann an gèam le feadhainn a bha sa phàirc romhpa – gillean a b' aithne dha on bhun-sgoil – 's fhada o nach do chluich e ball-coise: dà uair a-mhàin o thòisich e an Obar-Dheathain. Ach bha seo coltach ri na seann lathaichean mun robh guth air colaiste no oilthigh is gun aige ri smaointinn mu dheidhinn sìon seach am ball, air an robh ainmeannan sgioba Arsenal sgrìobhte, a chur seachad air an luchd-dìon. Chuir Alasdair dà thadhal, fear aca a thug e dìreach seachad air an loidhne-leth is a bhreab e chun an oisein àird air an taobh dheas. Chaith a bhràthair beag a ghàirdeanan mun cuairt air, dìreach mar a dhèanadh tu air Thierry Henry, is dh'fhairich e math is fallain is slàn a-rithist. Ghabh iad Chinese, an teaghlach air fad. An uair sin chaidh iad uile dhan cinema. Rud nach do rinn e le dhithis phàrantan on a bha e car beag. Dhùin a shùilean a' mhionaid a leig e a cheann air a' chluasaig. Bha fàileadh ùrar fallain na sheòmar, is gu h-àraidh far aodach na leapa, a bha Sìneag air a nighe an dèidh dha bhith a-staigh ron Chàisg – 's dòcha gun nochdadh e gun fhiosta. An dearbh rud a rinn e! Cha do thuig e carson, ach cha do dh'fhaighneachd duine dheth mòran mu Shiobhán. 'N e nach bu thoigh leotha i? Cha robh fhios aige am bu thoigh leis fhèin i. Dh'fhaodadh i bhith cho diabhalta fada na barail fhèin – is coma mu dheidhinn-san.

Diciadain 12 An Cèitean

Cha robh ach aon bhòrd am meadhan a' chafaidh aig am faodadh DJ suidhe nuair a bha e air Brian a chur rathad na Gym. Feumaidh gu robh buidheann ùr de phensioners air tòiseachadh ri tighinn ann, o chionn bha an t-àite a' cur fairis leotha. Boireannaich bu mhotha – luncheon club, 's dòcha. Bha iad nan suidhe ann an cnapan beaga a' cabadaich son Alba no a' dèanamh stir mun chloinn bhig – a bha an dùil, feumaidh, gur e grunn Ghranaidhean ùra a bh' annta. Bha aon tè bheag ruadh mu dha bhliadhna gu leth le clasp uaine na gruaig a' faighinn a deagh thatadh aig na cailleachan còire.

Shaoil le DJ gum fuiricheadh e gu 'n tigeadh Caroline mun rachadh e suas a dh'iarraidh cupa cofaidh. Bha an latha cho teth – 's dòcha gun gabhadh e tì. Bha e fhèin is am fear beag ro anmoch airson coiseachd suas. Chan fhaiceadh e ach Mary air cùl a' chunntair. 'S dòcha gu robh Willie a' faighinn ionnsachadh sa phàirt nach fhaiceadh tu – far an robh iad a' cumail nan crogan mòra Mayonnaise is bhogsaichean làn phacaidean crisps. Is dòcha gu robh am bodachan beag gan cunntadh a-mach do Henry: "Wan-Too-Three!"

Doirbh a ràdh ciamar a bhiodh Caroline an-diugh. Doirbh a ràdh. Ciamar a bha e fhèin a' faireachdainn? Cha bu chòir dha a bhith air iongnadh sam bith a chur oirre. 'S i a bha ga iarraidh, a cheart cho mòr ris-san, ach ghabh i an t-eagal. Nach do ghabh?

Bha fhios aige nach tigeadh i a-staigh ga iarraidh an t-seachdain eile – ach thug e an cothrom dhi: leig e fhaicinn dhi na bha a dhìth air. Chuir e na faireachadh gu soilleir cuideachd na bha ise ag iarraidh bhuaithesan an Uibhist. Bha e ceart gu leòr dhìse a ràdh gum feumadh a h-uile sìon car tilleadh dhan àbhaist – sin a bha a' freagairt oirrese na taigh mòr is le a duine fansaidh a rachadh a-mach a chosnadh an airgid mhòir dhi is a chumadh ann an aodach Ragamuffin i. Cha robh e cho furasta dhàsan gabhail ris a sin. Ma bha rud sònraichte eatarra – rud a dh'aidich i a bh' ann – 's cinnteach gum feumadh e leantail an dòigh air choreigin.

"Ma tha thusa ga iarraidh mar an rann mu dheireadh dhen òran àlainn a ghabh thu dhomh. Nach foghain sin dhut. Tha mise OK leis a sin . . ."

Dè am feum a dhèanadh sin – ag iarraidh oirre tuilleadh òran, tuilleadh rann a bhith eatarra? Dè nan sgrìobhadh e faclan fear dhe na rannan sin is nan cuireadh e iad a dh'ionnsaigh David, an duin' aice – saoil am biodh sin a cheart cho OK leatha?

Bha i air a bhith a' cluich leis o chionn deagh ghreis – ga phutadh feuch dè cho fada 's a rachadh aice air a chur. Gèam a bh' ann, is bha i a' smaointinn gu robh i air a bhuinnig. Bha iad air falbh aig astar eagalach, mar a rinn iad sa film aig James Dean, *Rebel without a Cause*, càraichean an urra aca, ach bha ise air leum às an fhear aicese, òirlich ro oir na creige – bha esan air fuireach am broinn an fhir aigesan, a shìol ga fhrasadh ron ghaoith, ga mhaslachadh, a' dearbhadh an amaideis a bheir air fear fuireach gun mhoit, seach leum is mìr uaisleachd air a ghleidheadh.

Bha na thuirt i nuair a bha iad a' feitheamh na cloinne ceart gu leòr – laghach, math dh'fhaodte. Cò aige a bha fios nach robh i ga chiallachadh cuideachd. A-rithist, b' fhurasta dhi sin a ràdh, an dòchas, 's dòcha, nach nochdadh fear cracte ann am Barnton a' siubhal taighe aig an robh BMW leis an registration SL52 TYW na shuidhe gu sàbhailte sa gheata fharsaing. Cha ruigeadh i a leas eagal a bhith oirre. Cha robh e cho ìseal, cho dona dheth sin. Cha robh e ag iarraidh an t-eagal a chur oirre. Cha b' ann mu dheidhinn eagail a bha seo; chan obraicheadh sìon nam biodh an t-eagal oirre. Chailleadh e a h-uile sìon a bh' aige leatha. Dh'fheumadh e bhith gu math faiceallach nach cuireadh e an t-eagal oirre – no cha lasadh i aona choinneal gu bràth dha.

"There," orsa Mary, a' toirt dha cupa cofaidh is a' suidhe sìos air an t-sèithear mu choinneimh. "A wis away to throw it oot onywey – that new yin disnae keep: it gaes right wersh eftir aboot half an oor on the metal plate."

"Thanks, Mary."

"A made the banana cake masel – ir ye wantin a slice, DJ?"

"No – coffee's fine. How are you?"

"Same is you, A think: withoot ma sparrin'-partner. Yees missed a bit o excitement last week."

"With Willie?"

"Who else?"

"Telt naebody he wis epileptic, did he? – nor his ma. 'Mum's the word if A kin get a minute's peace fae Willie,' she thinks tae hersel. Then the next thing he's thrown a fit aw ower the flair here – jist where you're sittin the noo, DJ."

"For goodness's sake, is he all right?"

"They taen him tae the New Infirmary. Henry looked efter him, ken, made sure he didnae hurt himsel mair. He done well, Henry – made sure that eejit ower there phoned fir an ambulance. He begins to gie us a lecture aboot his uncle, ken, daen nothin, ken, sweet hee-haw, bit yappin. Anyway, the paramedics sorted him oot. Do ye ken where he goat his medicine?"

"Where?"

"Up eez erse – I never seen at afore, an A've seen a few things in ma time, I'll tell ye. Best place tae, wee Willie's airms wir aw ower a place, the wee sowl – hes hail body wiz shakin like he'd swallied a pneumatic drill. He's oot the hospital, like, bit he'll no be back here – they wullnae let him. Henry'd hae a fit!"

Thàinig gàire air aodann DJ, a' tuigsinn an fhealla-dhà nach robh Mary a' ciallachadh.

"In if he had a fit, there would only be me left tae look efter youse lot. No way. A dae enough as it is."

"We could ask Caroline to gie ye a hand – she's good at the sandwiches, apparently," mhol DJ.

"A dinnae think she's comin back either."

"What?"

"A dinnae think sae – she's taen the bairn oot the class onywey."

"Oighrig?"

"Aye, that's the wan – you say it right."

"How do you know?"

"Mister Tight Troosers ower there wis tellin tae Alasdair – ken, the laddie that's taen ower the day fae Karen? In he was askin us if we kent how tae say her name in at – an that there wis nou twa spaces. Somebody else's pulled oot an aw. Must a no liked the idea o Alasdair takin the wee lassie. He's aw right, Alasdair, tho that hair's a mess. Ken that wee laddie that dis the judo in the stupid specky woman that eats the carrots aw the time and celery sticks – his wee sister's no comin back either: they goat a fu refund, so they were quite happy. You'll jist hae tae talk tae Henry and masel. Maybe yin o the ither mothers ill take ye oan, DJ – tho dinnae bother speakin the Gaylick tae ony i thim: they're aw posh Edinburgh, they yins. Mair money than sense!"

Nuair a bha Mary air tilleadh dhan chafaidh, chaidh DJ suas dhan deasg an dèidh do Mhark falbh. 'S e nighean òg bhàn-dhonn a bha a' coimhead an dèidh an àite. Cha robh coltas cabhaig sam bith oirre.

"Just wondering," ors esan, "are there any spaces in the Gym-nippers class?"

"I think it's full," orsa ise. "Hold on – 'cos there was a couple of spaces and then the twins's mum called yesterday morning."

"Yeah," ors ise, a' cumail na càirt na làimh. "We're full again."

"Can I see?"

"Sure."

Chitheadh e gu soilleir: Oighrig Barnes ann am peann liath agus loidhne air a cur troimhe agus ainm eile air a sgrìobhadh os a chionn le peansail – Stephanie MacLaren. Bha Amy MacLaren sgrìobhte aig àireamh 3.

"Thanks," orsa DJ, is thill e chun a' bhùird.

Bha i air teicheadh air ceart gu leòr: nàdarra gu leòr, 's cinnteach. Cò tha ag iarraidh a bhith ag èisteachd ri leithid. Nàdarra gu leòr nach fhuiling thu ach na h-uimhir, 's an uair sin gun toir thu na casan leat a dh'àiteigin eile no gu cuideigin eile. Cha robh innte ach car de mhiddle-class snob co-dhiù – cha robh iad a' faighinn air aghaidh còmhla cho math sin.

Bha an t-àite cho blàth – gu tiachdadh leis a' phathadh a bha e. Chan e cupa cofaidh a bha e ag iarraidh – thog e a chupa falamh is thug e air ais chun a' chunntair e. Dh'iarr e cupa tì air Henry, is thug e leis a-mach às an Ionad-Spòrs e. Dh'fhosgail e doras na Cruinneige Duibhe – bha i fionnar na broinn a dh'aindeoin na grèine mòire. Thog e am pàipear-naidheachd a bh' air an ùrlar san toiseach – *The Scottish Sun* – is choisich e seachad air uinneig dhorcha a' Phulse Centre.

Air an duilleig-aghaidh, bha dealbh duilich de pheantair air a leòn gu dona mun aodann is bandage mhòr gheal mu cheann. Factoraidh phlastaigean am Maryhill san robh spreadhadh gas feasgar an-dè. Stockline an t-ainm a bh' air. Ceathrar marbh, bha e ag ràdh.

Bha nighean car òg an deisidh dheirg a' dannsa, bha e coltach, air Cross Trainer. Choimhead DJ oirre son greiseig, gus an tàinig i far an inneil is an do chuir i botal-uisge gu a beul – fallas gu leòr a' ruith air a bathais.

Bha i blàth a-muigh, ach bha gaoth an ear-thuath a' sèideadh – chaidh e gu cùl an togalaich far am biodh beagan fasgaidh is shuidh e air an fheur thioram ghoirid. Feur air nach bu thoigh le Caroline sìon a dhèanamh leis ach na cheadaicheadh a fealla-dhà sgaiteach. Feur a bha gun teagamh sam bith a' coimhead sìos os cionn mullaichean Chlermiston. Chitheadh tu Barnton gu soilleir cuideachd, ge-tà, mura b' e an dòmhlachas chraobhan.

Thog e a phoca tombaca às a phòcaid is las e toit bheag a bha e air a roiligeadh sa mhadainn an dèidh dha a shaorsa a bhuannachd bho na boireannaich sin. Creutairean àraid a bh' ann am boireannaich: gad iarraidh an dàrna mionaid is gad chur bhuapa a' mhionaid eile – mura bheil e gu bhith air chomas dhaibh do ghlacadh gu buileach nan lìon, do bheatha a riaghladh. Uill, tha e a cheart cho math dhaibh do chagnadh gud smior is an uair sin do thilgeil dhan t-sitig. Bu thoigh le na boireannaich Ruairidh Iain – tòrr mòr às a dheaghaidh aig dannsaichean an Uibhist.

An Lunnainn, a' chiad uair a bha girlfriend cheart aige fhèin, nighean à Èirinn, Noleen. 'Irish connection' aige fhèin cuideachd nach robh for aig Caroline air – a' phiuthar bu shine aig Brian. Bha i ag obair an uair ud ann am bùth bhròg ann am Bethnal Green.

'S i a thàinig a-nall a Shasainn an toiseach, dà bhliadhna

ro Bhrian. Chuir e annas mòr air DJ nuair a nochd Brian air a' bhuilding site.

"Can you talk to this young Paddy, DJ?" bha am foreman air a ràdh. "He's not got a word of English."

Bha beagan aige, mar a bha i aig Raghnall Bàn, ach cha robh e deònach a bruidhinn riuthasan gu 'm biodh e cinnteach asta. Fìdhlear math math a bh' ann, à Eilean Thoraigh an Dùn nan Gall. Duine gasta. Duine còir. Duine dibhearsaineach. Brian a chuir DJ is a phiuthar an aithne a chèile an dèidh gèam Chelsea is West Ham. 2–2 a chrìochnaich cùisean an dèidh nan ceithir fichead mionaid 's a deich, is mar sin bha Brian is DJ fhathast a' bruidhinn. Ged a dhealaich e fhèin is Noleen, is ged a dh'fhàg DJ Thames Construction airson nan carbadan dubha, dh'fhuirich esan is Brian faisg daonnan. Bha e an-còmhnaidh a' dol a dh'ionnsachadh snàmh, am fear beag – e fhèin is DJ còmhla. Rinn DJ an gnothach air, ach cha do dh'ionnsaich an leaprachan a thill dhachaigh a bhith na iasgair riamh e. Chuir siud an caoch air a' Chuan Siar, is ghabh e a dhìoghaltas buan bhuaithe. 'S e ainm-san a chaidh a thoirt air Brian beag gun fhiosta do Shusan. Cha bhiodh a màthair ach air a dhol na aghaidh.

Bha a' ghrian a' losgadh cùl amhaich a dh'aindeoin e a bhith ann am fasgadh an togalaich, is ghluais e e fhèin a dh'àite eile feuch am faigheadh e faothachadh bhuaipe.

"Lovely day," orsa fear a ghabh seachad air sìos an ceum a dh'ionnsaigh Parkgrove.

"Yeah," orsa DJ. "Beautiful."

Bha e fichead mionaid gu dhà, fichead mionaid ri mharbhadh, shaoil leis, is an uair sin smaoinich e gur e Beurla a bha sin is dè bhiodh iad a' dèanamh an Uibhist le ùine gun sìon ri dhèanamh. 'Ùine air an làmhan.' Cha b' ann idir ga marbhadh a bhiodh iad

– fichead mionaid ri ... ? Cha b' urrainn dha cuimhneachadh. 'S iomadh rud a bha e air a thiodhlacadh an cistidh a sheanar is fo rothan sgànrach a' charabhain aig Ruairidh Iain. 'S iomadh fear sin. Sin pàirt dhen ghnothach, nach e, gu robh ise air cuid dhe òige a thilleadh thuige is i air a glanadh bho dhìmeas is càineadh. Bha i air leigeil leis am pàirt bòidheach dhith fhaicinn is a thuigsinn. Faclan, fuaimean, seallaidhean, stòiridhean. Gaol gun cheist – o chuideigin? O sheanair is o mhàthair nuair a bha e òg, 's cinnteach. Is dè a bha e air a dhèanamh dha nan robh i air leigeil leis a dhol air a muin, agus 's ann gu math Gàidhlig a bhiodh sin air a bhith – am biodh e air an rathad eadar òige is inbheachd a dhèanamh sgath na b' fhasa, sgath na bu tlachdmhoire? Dè a bhiodh e air fhaireachdainn nuair a ràinig e doras-cùil an taighe an South Gyle is Brian beag a' leum air? Thoireadh iadsan Taigh na Galla orra, ach bha am fear beag, dhan tug e ainm an fhir a chaidh na bhràthair cus na b' fheàrr na bha Ruairidh Iain riamh dha, feumach air duine meadhanach deusant airson an saoghal a mhìneachadh dha.

Cha bhiodh teans air thalamh aige air Brian fhaighinn bhuaipe ged a dh'iarradh e sin– sin an cumhachd aicese. Is cà 'n rachadh iad co-dhiù – air ais a dh'Uibhist? Dh'fheumadh e tèile fhaighinn a choimheadadh às a dhèidh: cha bhiodh sin cho furasta – gu dearbha cha dèanadh Caroline sin, cha robh ise a' dol a charachadh. Bha tuilleadh 's a' chòir aicese ri chall – sin an rud dhan tug i an aire, sin a thug oirre clisgeadh nuair a fhuair iad dhachaigh. Bha i ga iarraidh, ge-tà. 'S dòcha gu robh iad air a dhèanamh nan inntinn – carson a dh'fheumadh e tachairt san dà-riribh – dè bheireadh sin a bharrachd dhaibh-san – dhà-san? Am biodh i sìon na bu dualtaiche fuireach còmhla ris – ma bha iad idir 'còmhla' an dòigh sam bith? 'S ann a bhiodh i na bu bhuailtiche buileach teicheadh bhuaithe. Saoil am faiceadh e a-rithist i – robh e ag iarraidh? Bha!

Bha gu dearbha! Bu thoigh leis i agus bu thoigh leathase esan
– bha e cinnteach às a sin, bha sin follaiseach fada mun do dh'fhàs
gnothaichean cho faisg, mas e sin a thachair. Ach cà 'm faiceadh e
i? Dh'fhaodadh e dràibheadh thro shràidean Bharnton gu faiceadh
e i – ach an uair sin ghabhadh i an t-eagal gu cinnteach is rachadh
esan na stalker, no creutair grànda mar sin, is cha b' ann mar sin
a bha e idir. 'S i a thàinig a dh'Uibhist, ise a dh'iarr is a dh'èist ri
sgeulachd neònaich a bheatha, ise a bha ro dheònach cluich còmhla
ris air an tràigh – ise a chuir a làmh air a shliasaid sa chàr air an
rathad dhachaigh à Poll a' Charra. Cha b' e ... cha b' e stalker a
bh' ann no a bhiodh ann. Cha robh Dùn Èideann cho mòr sin, is
cinnteach gum faiceadh iad a chèile an àiteigin uaireigin, ach dè
bhiodh eatarra? An t-sìde, naidheachdan na cloinne, cac mar sin
– bu neònach nam biodh i leatha fhèin co-dhiù. Bhiodh esan – cha
robh esan cho ceangailte, taing do Dhia.

Is ciamar a dhèanadh e an gnothach leathase, Susan, às aonais
Caroline. Ciamar a dh'fhuilingeadh e a h-aodann brònach is a guth
marbh, ciamar a b' urrainn dha leigeil le a màthair a bhith mun
cuairt air gun Charoline is còmhraidhean aoibhneach Caroline na
inntinn airson a cab dòrainneach grànda a mhùchadh?

Tuilleadh obrach – sin an aon dòigh. Bha e air a bhith car slac
mun Chruinneig Dhuibh, ga leigeil an dearmad gu mòr, an t-àm
aige faighinn air ais thuice, gu ceart is gu cunbhalach – e fhèin is
i fhèin, a' siubhal nan sràidean, gun duine a' tighinn eatarra, no
a' bagairt an cur fo chunnart no fo gheasaibh. Bha uair an Lunnainn,
1986, bha e smaointinn, is dh'obraich e sia mìosan oidhche an
dèidh oidhche gun aon latha dheth – dìreach ag èirigh, cupa tì, is
a-mach à seo. Sia uairean deug san latha – beò ann an saoghal nan
tagsaidhean is nan sràidean, gun àite sam bith ann nach ruigeadh e
le aithghearrachd no seòltachd air a' chuibhle. 'S iomadh seòladair

a chaidh air bhòidse son sia mìosan. An t-àm aige e fhèin fhaighinn air dòigh a-rithist, faighinn air ais dhan t-saoghal cheart – air ais gu Cruinneig nach dìobradh e is a rachadh gun cheist fo smachd a bhrìodail-beòil is a thapaidh. Cruinneag om faigheadh e spèis. Cruinneag a leigeadh leis a dhol na broinn.

Thog e nèapraig às a phòcaid is choisich e a-null far an robh an London Taxi na shuidhe na thàmh. "Adam a ghlan thu mu dheireadh, a ghràidh, nach e? Seall sin air do chraiceann àlainn – cò a dh'fhàg sin ort? Cha b' e mise a bh' ann." Shuath e pìos cruaidh de chac eòin far a' phàirt ìseal dhen doras-cùil. "Chan eil sinn idir air a bhith a' coimhead às do dheaghaidh mar a bu chòir dhuinn. Bha còir againn air a bhith gu math na bu chùramaiche mud dheidhinn, tòrr mòr na bu ghaolaiche ort. Ise a chuir ceàrr sinn, thug i an car asainn. Thug i ar n-aire dhìotsa, nach tug? Cha b' airidh thu idir air a sin – an toir thu mathanas dhomh? Èist ris a seo: tha mi fhìn is tu fhèin a' dol a bhith sgràthail fhèin dlùth, sna mìosan a tha romhainn bidh na tourists a' sìor thighinn, is falbhaidh sinn leotha gu Princes Street is a Holyrood is a-mach gu Rosslyn Chapel – tha i àlainn, nach eil? Is ma bhios i uabhasach fhèin teth, taghaidh mi craobh chòir is cuiridh mi foidhpe thu is faodaidh tu norrag a ghabhail fhad 's a tha sinn a' feitheamh luchd a' Holy Grail, agus ma bhios i na tuil uisge, cumaidh mise searbhadair is tiormachaidh mi thu lem làimh fhìn. Cha leig mi leat meirgeadh no le daoine eile do sgrìobadh le cion diù. Chan eil thu ag ràdh sìon. Cha chan ro thric. A' cur d' earbsa annamsa. 'N e sin e? Uill, cha leig mi sìos a-rithist thu – air m' onair. Bheil bargan againn? Thusa ag aontachadh ris a seo? Bidh obair gu leòr ann – ach bidh sinn còmhla ga dèanamh. Dè an còrr a dh'iarramaid?

Susan, David, Odile agus Alasdair

"Aw A'm sayin, hen, an A ken it's no the first time, is if you were tae need a place tae rest, tae think aboot things, A've telt ye afore – your home will always be your home. That disnae change, Susan. Think o that year yer Auntie Barbara steyed wi us – you two were well up, but we managed, didn't we? Five o us in a two apartment up the Loan. He needs you much mair than you need him. You dinnae need this neglect."

'S e co-là-breith Susain a bh' ann. Co-là-pòsaidh DJ is Susain. 13 An Cèitean, is bha i a' gal is a' gul mar phàiste aig leth-uair an dèidh aon uair deug sa mhadainn.

"I remember," ors ise, leth-ghàire a' feuchainn ri brùchdadh a-staigh na rànaich, "Dad pacing up and doun outside the bathroom door when Auntie Barbara wid be getting ready for the bingo."

"Learnt him some patience, so it did," ors a màthair. "I canna believe you're forty-five years old, hen – seems like yesterday ye were ridin yer wee bike doun the brae."

"Nou A'm ancient, wi a hyper wee boy, a four year old – he'll still be a teenager an his Maw an old decrepit hag o sixty."

"Haud yer tongue, will ye. Yer mother's aboot tae be seventy next year – an still up fir the dancin if she goat an offer."

"Yeah, but you're full o energy, Ma, jist like ye always were."

"An Brian's no hyper. A've seen hyper bairns – mind that Stephen

Halpin – nou, that's hyper. Maybe Brian needs a bit o peace tae – tae settle him, ken. Wis he dry last night?"

"Aye. It's no like him tae be sae quiet. A better go away up an check on him."

"You sit there, or pit the kettle oan, hen. A'll away up and play wi him for a meenit or twa."

Nuair a chaidh Granaidh a-staigh a sheòmar Bhriain, bha e na shuidhe air an ùrlar le seat-tì Louise air a chur air dòigh gu snog agus an t-Action-man aige agus tè dhe na seann Bharbies aig Julie nan suidhe aige.

Bha an dithis bheaga ann an domhainn-chòmhradh is iad a' sìor òl às na cupannan falamh aca. Cha b' urrainn do mhàthair Susain facal sam bith a thuigsinn ach gu robh iad tric ri car de ghàireachdaich.

"Tha, tha. O, tha. Tha, tha ma-thà."

Bha Caroline air David a shaoradh, madainn Dihaoine, bhon taisbeanadh Powerpoint aig Peter. Briathrachas blabhdaireach aige mu a mhodail ùr air Asset Allocation a bha còir aige a h-uile duine a chur air bhoil. Chuir e a' bhuidheach air David.

Bha an GP a' smaointinn nach e sìon ro mhòr a bh' anns a' chràdh na taobh, ach airson a bhith sàbhailte agus an deireadh-seachdain gu bhith orra, bha i ag iarraidh Caroline a chur suas chun an Early Pregnancy Unit. Am b' urrainn dhàsan Catrìona a thogail aig leth-uair an dèidh mheadhain-latha aig Toilcrois? Bheireadh ise leatha Oighrig a-mach chun na Frainge Bige.

Cha robh coltas ro thoilichte air aodann Pheter, oir 's cinnteach gur ann do Dhavid a bha e air tòrr dhen obair-dealbhachaidh a chur a-staigh dhan taisbeanadh – airson ìmpidh a chur air. "I'm young and super-IT literate – you better look out, or you'll be past it before you're forty, matey!"

Òinsealachd! Thigeadh an latha – agus 's dòcha nach robh e ro fhada air falbh – is bhiodh pàiste a' liacradh brochain is ìm is marmalaid air seacaid a dheise ùire Austin Reid, is eanchainn fhèin na bhobhla Rice Krispies. Thuigeadh am priog an uair sin cò ris a bha an saoghal coltach.

Cha robh mòran feum do Dhavid feitheamh ri bus nach tigeadh no a rachadh an sàs ann an snaidhmeanan trafaig Dhùn Èideann – *Cuireadh na trams an cac asaibh!*

Cha do rinn e ach gearradh suas on Bhaile Ùr gu Shandwick Place – sìos a dh'ionnsaigh Haymarket, suas Sràid Mhoireasdain. Bha e ann an àrainn Thoilcrois mun do nochd an fheadhainn bheaga aig 12:20. Gu dearbha, cha robh e air a bhith am broinn na sgoile tron latha bhon t-Samhain 2002 – greis mhòr! Nuair a sheall Catrìona suas is a chunnaic i gur e Dadaidh a bha na coinneimh, dh'fhalbh i na deann-ruith ga ionnsaigh. Thuit peansail is fàinne-iuchrach Harry Potter a-mach à pòcaidean a màileid. Chùm an dithis aca orra a-mach dhan ospadal ann an tagsaidh geal.

Chaidh cantail ri Caroline gu robh e car doirbh dèanamh a-mach on scan co-dhiù bha a bha am foetus a' fàs mar bu chòir na broinn no gu dearbha am faodadh e bhith air suidheachadh an àiteigin eadar an òbharaidh agus a machlag. Bha na ciad dheuchainnean-fala an taobh a-staigh chrìochan àbhaisteach, ach dh'fheumte tuilleadh a dhèanamh.

"If the HCG hasn't doubled in 2–3 days," ors an Registrar Sìonach, a' meuranaich, "then that would tend to indicate an ectopic. Perhaps if your bladder had been fuller, I would have got the better scan pictures." Cha do dh'amais Caroline air facal a ràdh.

Leig iad dhachaigh am feasgar sin i, ach bhiodh aice ri tilleadh

madainn Diluain is a dhol tron aon charry-on. Nas lugha na
thigeadh an grèim-mionaich oirre a-rithist – no nam faiceadh i fuil
a' tighinn aiste.

Rinn David pasta dhan chloinn is chuir e dhan leabaidh iad
le sgeulachdan gu math goirid. Dhèanadh e dìnnear le glasraich,
pesto dhearg agus salad do Charoline. Ged a bha i ag ràdh gu robh
an t-acras oirre, cha do ghabh i ach glè bheag dheth.

Thug David sùil làn gaoil air a mhnaoi is i na cadal aotrom
mu fhichead mionaid gu deich nan leabaidh mhòir chofhurtail.
Doirbh dha creidsinn, ga faicinn na laighe cho brèagha an sin, gum
b' urrainn dha leigeil le saoghal truagh Christopher is Peter tighinn
eatarra, no gu dearbha gun smaoinicheadh e air sìneadh còmhla ri
tè eile.

Bha an tè a bha air a bhith na sìneadh ri taobh Odile Robertson
oidhche Dhòmhnaich a cheart cho brèagha na beachd-se, ach bu
bheag for a bh' aice, nuair a bha i fhèin is Marjorie a' tionndadh
aiste air an socair madainn Diluain, gum biodh a h-aon nighean
a' dol fo lannsair an latha sin fhèin airson tùs pàiste nach robh còir
aice a bhith aice, 's dòcha, a thoirt bhuaipe.

Ged a dhèanadh iad sin air Caroline, cha cheangaileadh iad i air
dòigh is gum biodh e do-dhèanta dhi, tuilleadh, an còrr cloinne
a bhith aice. Chan e gun iarradh i sin orra. Ach 's e sin rud a thug
a màthair, Odile, air Docteur Debas a dhèanamh oirrese ann an
Clinique Les Jonquilles ann an 1965. Ach 's e sgeulachd eile a bha
sin. Tè a bhuineadh do shìol Albannach is chan ann do shiabann
cùbhraidh Frangach a bha an-dràsta ga ghluasad mu a colainn le
meòir mhaotha fo fhrois neartmhoir.

Thuirt Siobhán ri Alasdair gur e uallach nan deuchainnean a bh' ann is gu robh cus a' dol na ceann aig an dearbh àm seo. Bhiodh e na b' fhasa dhi as t-samhradh, 's dòcha, air beagan astair bhuaithe, obrachadh a-mach dè bha i faireachdainn mu dheidhinn. An e dìreach càirdeas a bha eatarra a-nist no am bu chòir dhaibh fhathast a bhith falbh còmhla? An leigeadh e leatha sin a dhèanamh? An toireadh e an ùine sin dhi?

Dè an rud eile a b' urrainn dha a dhèanamh? Cha b' urrainn dha toirt oirre sìon a dhèanamh. Bha na deuchainnean aigesan a' tòiseachadh ron fheadhainn aicese, an ceann seachdain, le Psych-eòlas. Cha robh e air na bha còir aige a dhèanamh de dh'obair, agus bha an t-eadar-theangachadh Diardaoin o Bheurla gu Gàidhlig a' dol ga chur gu dùbhlan mar a b' àbhaist. Ach cha robh dùil aige ris a seo. Deagh àm!

"Cheers, Siobhán. Abair psychological boost!"

"Uill, b' fheàrr leam," orsa ise, "an fhìrinn innse dhut seach a bhith a' gabhail brath ort."

"'N e sin a bha thu dèanamh? 'N e sin a rinn thu orm an Uibhist ann an taigh mo sheanmhar?"

"Tha mi smaointinn gur tusa," orsa ise, a' cur leabhar mòr *The Principles of Medical Biochemistry* na baga, "a thug air na springichean sgreuchail airson a' chiad uair, tha mi cinnteach, o chionn mòran bhliadhnachan. Let's talk after the exams, Alasdair. It might not be all over yet! Go n-éirí an bóthar leat, a ghrá."

Diciadain 19 An Cèitean

An Lunnainn, aig 12.17, bha 'Father for Justice' feargach an impis dà chondom làn min phurpaidh a shadail air Tony Blair, is e a' cur sàbhailteachd sheann-fhasanta nan Cumantan fon phrosbaig a-rithist. Beagan is uair a thìde às dèidh sin, bha tagsaidh dubh, gun smal air, an impis Taigh-Spòrs eile a ruighinn an Dùn Èideann. 'S ann gu ciùin, cùramach a thàinig i sin, mar a thigeadh i gach Diciadain – "Cheers, Alasdair" – chun an latha mu dheireadh dhen Ògmhios.

'S e an t-aon ghille beag, Brian Currie, a leumadh aiste is a ruitheadh a-staigh air an doras mhòr, seachad air a' chrèche is air a' phrìomh-dheasg, is an dèidh dha sùil mhòr a thoirt air innealan làn seòclaid is deoch is chrisps, a dhèanadh air an Gymnasium mhòr. Chitheadh tu an t-aon fhear glas, athair, còmhla ris a' dèanamh cinnteach gun rachadh a mhacan dìreach gu far am bu chòir dha a dhol, agus gu robh inbheach an sin ga fheitheamh is gu robh e deònach coimhead às a dhèidh. Aig trì uairean, thigeadh an t-aon duine a-staigh ga iarraidh, is dh'fhuiricheadh e gu sàmhach foighidneach air cùl sreath nam màthraichean a' feitheamh nan dorsan fosgladh. Chitheadh tu san dòigh sam biodh e a' làimhseachadh a' ghille bhig, a' cur air aodaich, a' ceangal a bhrògan dha, gu robh iad dlùth is gu robh cùram mòr air mu dheidhinn.

Cha mhòr nach canadh Henry is Mary gur e DJ a bh' ann, Dòmhnall Sheumais, an teuchter toilichte sin a b' àbhaist a bhith suidhe daonnan leis an tè mhaisich bheairtich, Caroline. Ach bho nach biodh e tighinn nan còmhradh tuilleadh – no a' leigeil air, fiù 's, ach na dh'fheumte, gum b'aithne dha iad – math dh'fhaodte nach e a bh' ann idir. Saoil an robh bràthair aige, twin, a bha diùid, fad' às mar a bha am fear seo? Cumail gu tur aige fhèin a bha e, a' cur seachad na h-uarach, a rèir Mhark, na shuidhe san tagsaidh a' smocadh no a' leughadh a' phàipeir no ag èisteachd ris an rèidio. Nuair a mhiontraigeadh e às a charbad, 's ann airson mion-sgrùdadh a dhèanamh air a bhiodh e – feuch an robh giamh na ghleans, eagal air an-còmhnaidh gum biodh creuchd air nach gabhadh a shliobadh is a shlànachadh le neart a nèapraig.

'Gymnippers Diciadain' a b' àbhaist a bhith aige air. Gach Diciadain, ach a dhà no thrì a chailleadh is a ghoideadh on chiad fhear às deaghaidh na Bliadhn' Ùire. Bha e doirbh ri ràdh an e sin a bhiodh aige air a-nist, ge-tà – ged a b' ann air Diciadain a bhiodh e a' nochdadh fhathast; agus 's e Gymnippers an t-ainm ceart a bh' air an rud.

David, Alasdair, Susan agus Odile

Dà latha an dèidh do DJ Brian a thoirt gu Gymnippers airson na h-uarach mu dheireadh na bheatha bhig, bha David Barnes na sheasamh còmhla ri cus phàrantan eile a' feitheamh an cloinne an Toilcrois. Bha Oighrig a' breabadh ball-coise mun raoin-cluiche aonranach, is chlisg i nuair a dh'fhalbh an clag is a thòisich gleadhraich na cloinn-sgoile. Prìosanaich bheaga dheònach gan leigeil mu sgaoil, mu dheireadh thall, airson an t-samhraidh.

Dhrùidh e air cridhe David a bhith a' faicinn feadhainn bheaga Clas a h-Aon is a Dhà a' pògadh an tidsearan is a chèile is a' guidhe bheannachdan dùrachdach dha chèile, mar gum b' e sia bliadhna is nach e sia seachdainean a bha iad gu bhith far na sgoile. Sin Oighrig an ath-bhliadhna! Bliadhnachan a' falbh aig astar eagalach, dìreach.

Aig leth-uair an dèidh mheadhain-latha nochd Catrìona agus a caraid Ella is iad a' seòladh cho àrd ri sùlairean. Thug David taing car luath is mì-dhòigheil dhan tidsear, Mgr Kelly – cha d'fhuair e gu gin dhe na h-oidhcheannan phàrant aige am-bliadhna.

Bha Caroline air iarraidh airsan a' chlann a thoirt gu *Shrek 2* fhad 's a chuireadh ise an t-aodach is a h-uile trealaich eile air dòigh airson na Frainge. Dh'fheumadh Catrìona a caraid a thoirt leatha, is sheinn iad is leum iad is ghàir iad gach ceum sìos an rathad gu Fountainpark. Bha e follaiseach nach robh Oighrig a' tuigsinn dè bh' orra – ach air a shon sin, rinn i oidhirp mhath cumail ris an dithis nighean mòra, is cha do dh'fhàg iad a-mach às an geamaichean buileach i.

Leig an triùir aca na sgreadan asta nuair a chaidh 'donkey' na each rìomhach geal an dèidh dha brothais a' bhòidhchid òl. Bhuail Catrìona uilinn a h-athar is thuit spleuchd mhath de Khetchup air briogais a dheise glaise. 'S math nach robh aige ri seo a dhèanamh a h-uile Dihaoine. Ach am blàths a bha san àite!

Chaidh a' chlann a chur dhan leabaidh aig cairteal gu seachd is a dhùsgadh a-rithist aig aon uair deug, is an càr deiseil is deònach a sholais a chur an rathad Phoole. Bha iad nan suain chadail a-rithist mun robh Caroline air Penicuik a ruighinn. Fhuair iad peatrail is cupa cofaidh beagan ro dhà uair sa mhadainn ann an Carlisle agus dhràibh David gun stad far chòig uairean an uaireadair bhon sin gu stèisean ghoireasan còig mile on phort Shasannach airson braiceist.

Bha an t-aiseag tarsainn Caolas na Frainge mòr, trang, is ro bheòthail an dèidh na h-oidhche a bh'ann. Ach cha tug i ach ceithir uairean gu leth. Leig Caroline le David a cheann a chur sìos is sìneadh, mar a b' fheàrr a b' urrainn dha, oir 's esan a bhiodh a' dràibheadh air an taobh eile dhen rathad eadar St Malo agus taigh a màthar ann am Plélauff.

"Je suis knackered, Madame," orsa David ri Odile feasgar, a' cur pòig air gach gruaidh aice. "Avez-vous un grand lit just pour moi?"

Bha na sia latha a lean aig amannan sìtheil, aig amannan làn deasbaid, aig amannan eile gu tur fo bhuaidh na cloinne agus sìde chaochlaideach Kreiz Breiz. Bha Catrìona is Oighrig air leth cofhartail len Granaidh Fhrangaich, a bha car teann leotha a thaobh bìdh is na dh'fheumadh iad ithe dheth ach cuideachd a dh'fhalbhadh leotha air cuairtean nàdair is gu taighean dhaoine nach b' aithne dhi fhèin ro mhath ach aig am biodh rudeigin nam broinn (gu h-àraidh coin) a bhiodh ùidheil dhan chloinn. Mar a gheall i, thairg i an saorsa do Charoline is David agus thagh iadsan falbh leatha air baidhsagalan air an ath Dhisathairne.

"We should," orsa David, "be back within the month, but I can't promise."

"Les hommes," orsa Caroline, "on leur en donne long comme le doigt . . . we'll be back in a few days and we'll phone daily."

"Your French is still really quite good, Caroline. We should make more of an effort."

"Wait till you hear my Gaelic," orsa Caroline, is thàinig crith fhuar oirre. Car an aon seòrsa crith, is dòcha, 's a thàinig air a màthair.

"I don't want to see or hear from either of you two for at least a week. In the unlikely event of an emergency, I'll call you on my mobile. Keep it on and charge it!" ors ise, a' sìneadh dhaibh fòn-làimhe Marjorie, a bhiodh còmhla ri a piuthair an Canada gu deireadh na Sultain. A h-aon phiuthar, is aillse air tighinn oirre. Cha bhiodh Odile is Marjorie idir a' cur bhrathan-teags gu càch-a-chèile!

"So," orsa David, a' tionndadh a' bhaidhsagail chun na làimhe deise a dh'ionnsaigh Canal Nantes-Brest, "does that mean we can plan to come back on Monday or Tuesday?"

"No way," orsa Caroline, "that means she expects us back for Sunday dinner at the very latest."

"Je comprends," ors esan, a' cur bonaid-ghoilf uaine air a cheann.

Cha robh iad air a dhol na b' fhaide na mìle gu tuath nuair a thòisich i a' dòrtadh orra.

"Coffee break?" dh'fhaighneachd David aig drochaid an ath bhaile, Gouarec.

"Perhaps a quick one," fhreagair Caroline, a' suathadh a h-aodainn fhliuich le muilichinn a seacaid.

Dh'òl iad an dà espresso làidir gu math luath san tabac air oisean rathad Charhaix, ach mhair am 'break' fad seachd uairean an uaireadair, eadar a bhith ag òl Rossé is leanna is Duvoigner is ag ithe aran is feòil shaillte is a' bruidhinn ris a h-uile duine fon ghrèin a nochdadh, is gu h-àraidh a' coimhead an Tour de France air an sgàilean bheag os cionn sgeilp nan Gitanes.

"Now this is really what you call freedom," orsa David, a' fosgladh doras-aghaidh Hotel du Blavet aig ochd uairean. 'S e Yann, fear an tabac, a bh' air fònadh tarsainn an rathaid dhaibh.

"Don't dare sit on the bed, David," orsa Caroline, "or you'll be asleep in two seconds. Tha Mme le Loir a' feitheamh."

Bha i sin, is chuir i am biadh a b' fheàrr sìos air an tubhailt ghil air am beulaibh; bho bhrot-èisg gu casserole choineanach is crème caramele na dachaigh is tuilleadh fìona.

"Do you think the drowned drunks behaved according to etiquette?" dh'fhaighneachd David an dèidh dha aodach a chaitheamh gu cabhagach air ùrlar seòmair-cadail 16 beagan ro dheich uairean.

Ach bha Caroline na cadal mar-thà san leabaidh mhòir dhùbailte. Is dòcha, nan robh i air a fhreagairt, gum biodh i air cur na chuimhne gun do stad an t-uisge mun do dh'òrdaich esan an dàrna tè dhe na glainneachan beaga laghach bho Yann.

Air Didòmhnaich bha an t-ochdamh latha dhen Tour de France gu bhith tighinn tron sgìre acasan air a rathad gu Quimper, is bha tòrr dhaoine a' còmhradh mu dheidhinn eadar croissants agus café au lait. Chuir David is Caroline romhpa gun rachadh iad gu Plounevez Quintin, mu uair gu leth air falbh air baidhsagal, ga fhaicinn. Cha bhiodh seòid luath-chasach nan rothairean a' ruighinn a' bhaile gu mu dhà uair feasgar – ach chaidh coimhearlachadh dhaibh faighinn ann goirid an dèidh mheadhain-latha eagal 's gun cailleadh iad dad dhe na bha muinntir a' bhaile ag ullachadh airson an latha mhòir.

"Nous … sommes … ici … aussi … ce … soir? D'accord?" dh'fhaighneachd no mhìnich David do Mhadame le Loir – gach facal ga shlaodadh le spàirn às a chuimhne laig.

Bha Caroline gu sracadh, ach cuideachd car toilichte le misneachd an duine aice.

"D'accord, Monsieur. Une autre nuit. En la chambre 16."

"Kenavo!" orsa David, a bha air nèapraig làn fhaclan am Bretón fhaighinn le a bhreacast.

"You trying to be political, son?" dh'fhaighneachd Caroline.

"No, just culturally polite," ors esan, a' cur a bhaga air a dhruim.

"Mmm," orsa ise. "I'm definitely not eating the same food as you tonight."

Bha Plounevez-Quintin na bhoil mu choinneimh an Tour, nach robh air tadhal orra o chionn grunn bhliadhnachan. Eadar na frasan troma bha pìobaire is talabarder a' cluich fhad 's a rinn mu ochdnar (ceathrar dhiubh an aodach dualchasach) dannsaichean air beulaibh na h-eaglaise mòire.

Nochd iomadh seòrsa càir is bhan sìos a' phrìomh shràid airson leithid Disney Paris, Nescafé is seòrsachan toothpaste a shanasachadh, is chaidh tòrr mòr shuiteas is dhèideagan a chaitheamh dhan t-sluagh a bha a' feitheamh gu foighidneach a dh'aindeoin na droch shìde. Chaidh an nighean bheag rin taobh tro chasan dithis à Paris airson ceap Coca-Cola a spìonadh far staran Le Mairie. Aig còig mionaidean an dèidh a dhà nochd ceithir carbadan-taice, fear aca làn bhaidhsagalan, agus mionaid no dhà às a dheaghaidh sin, chunnacas a' chiad triùir a bh' air bristeadh air falbh on chòrr dhe na farpaisich. Bha iad sin seachad ann am priobadh na sùla agus iolach mòr leotha. Bha David dhen bheachd gur e Lance Armstrong a bh' ann am fear aca – cha robh Caroline cho cinnteach. Bha iad fhathast a' feuchainn ri dearbhadh cò dìreach an triùir a bh' ann nuair a chualas èigheachd mhòr eile airson còrr air ceud gu leth sàr neach-spòrs, roid orra mar aon rocaid mhòr ioma-chuibhleach, ioma-dhathte a bhiodh an ceann mionaid no dhà a' siubhal gu h-àrd san adhar.

Ghabh iad biadh ann an café a bha a' reic lèintean-tì Tour de France, is cheannaich David tè bhuidhe dha fhèin. An aon lèine bhuidhe a gheibheadh e! Theab e tè a cheannach cuideachd do dh'Oighrig is do Chatrìona, oir bha feadhainn-cloinne aca – ach chrath Caroline a ceann. "Early days, a bhalaich!"

Bha i tioram air an rathad air ais gu Gouarec, agus b' ann leis a' bhruthach gu beagnaich a bha iad a' falbh fad na h-ùine.

Bha an dithis aca san leabaidh san Hotel du Blavet aig leth-uair an dèidh a h-ochd, an dèidh dhaibh dìnnear beagan na bu shìmplidhe a ghabhail sa bhàr. Cha do dh'òl iad fiù 's aon demi-carafe de dh'fhìon dearg an taighe eatarra.

Diluain is Dimàirt chaidh aig David is Caroline air gluasad barrachd air tri cilemeatairean air falbh o Odile is a' chlann. Agus 's ann air dìollaid baidhsagail a rinn iad a h-uile srad dheth. 'S e fear Geoff a bha a' fuireach am Plélauff, is aig an robh gnìomhachas-turasachd, a bha air an toirt dhaibh air iasad – seadh, iasad fiach £120 dhàsan.

"Bloody good bikes, though," orsa David. "Twenty-eight gears. Bonjour, ça va bien?" dh'èigh e ri màthair mu dheich bliadhna fichead le nighinn bhig air a cùlaibh air tandem. "Kenavo," bheannaich David dhaibh, a' gabhail seachad orra gun strì.

"The girls would just love that," ors esan ri Caroline nuair a bha i air tighinn ri thaobh mu dheireadh thall.

"I wouldn't, though," ors ise, a h-anail ga dìth. "And can you cut out the Kenavo crap, especially with the locals. Anybody would think you had an interest in minority languages."

Diciadain, ràinig iad Quintin, seann bhaile brèagha, agus aon 73k bho Ghouarec. Bha an taigh-òsta sin ùr-nòsach, fuar is daor seach an fheadhainn san robh iad air a bhith, agus chan fhaigheadh iad ach twin-room beag bìodach, oir bha am baile làn gu bheul son Latha na Bastille a chomharrachadh. Ach abair fèis!

Bha daoine a' dannsa sa phàirc-chàraichean mu choinneimh na h-aibhne ri còmhlan a chluicheadh, a rèir choltais, a h-uile fonn Frangach riamh a bha air a chur ri film no sanas-reic. Bha Kronenburg fuar a' sruthadh à barailte is biadh BBQ blasta ga reic sa h-uile oisean. Nuair a chaidh a' ghrian buileach fodha, thòisich taisbeanadh iongantach de chleasan-teine a bhiodh a' soillseachadh an t-seann Chateau agus a' stialladh gu h-eireachdail san adhar nan dannsairean nèamhaidh.

Thug neart ceòl Handel an cois nan dathan air David làmh Caroline a ghabhail, is bhuilich an t-Ar-a-mach Frangach beagan dhen Liberté, Égalité is Fraternité orrasan cuideachd.

Chan e Altan an còmhlan a b' fheàrr le Caroline air an t-saoghal, ged a bu toigh leatha iad – cha b'aithne do Dhavid idir iad – ach leis gu robh iad gu bhith a' cluich mar phàirt de dh'Fhèis-Chiùil Mur de Bretagne air oidhche Shathairne is iadsan air an neo-ar-thaing, b' fheudar dhaibh am faicinn air an rathad dhachaigh. Gheall Caroline gun roghnaicheadh i a dhol gam faicinn an ath turas a bhiodh iad an Alba – nam b' urrainn dhi.

Bha guth Mairéid Ní Mhaonaigh cho tiamhaidh drùidhteach. Thàinig DJ an cuimhne Caroline son na ciad uarach an t-seachdain sin: bha an aon langan na ghuth-san cuideachd – cha bhiodh sin aicese gu bràth. Saoil cà 'n robh DJ? An robh e idir a' smaoineachadh mu deidhinn? Am faiceadh i gu bràth tuilleadh e? Neònach mura faiceadh, is Dùn Èideann cho beag. Dè chanadh iad ri chèile? An d' rinn iad gaol air tràigh Dhalabroig? An robh rud aice a bu chòir dhi innse do Dhavid? Cò leis a bha am pàiste a theab a bhith aice? Am faod òran a bhith cho cumhachdach is gum fàg e trom thu? Gu h-àraidh na faclan nach cluinnear dheth? Thàinig crith eile oirre. Chuir David a làmhan mun cuairt air a leannan àlainn a-rithist. Bha seo a' còrdadh ris fìor mhath. An Fhraing. Cycling. Na daoine. Am biadh. A bhith leis fhèin le Caroline gun ùpraid no uallach no obair. Sgath mòr sam bith eatarra a-nis a dh'fheumte a chumail am falach.

Air an rathad dhachaigh Didòmhnaich stad iad ann am baile beag mu letheach eadar Mur is Plélauff airson reòiteagan. Cha robh boinneag uisge air tuiteam gu talamh o chionn còig latha.

Dh'fheuch Caroline taigh-seinnse air an robh Ty Mad.

"Is that Taigh Math?" dh'fhaighneachd David.

"Royaume-Uni, douze points," fhreagair Caroline, a' cur a baidhsagail ris a' bhalla.

"Vous avez des glaces?" dh'fhaighneachd i gu soilleir, shaoil leatha.

"Parlez-vous anglais?" fhreagair fear a' bhàir.

"Have you got ice cream?" dh'fheuch Caroline, diomb oirre.

"Sorry, love," orsa Barry à Lincolnshire, "They've quite a good selection in the supermarket just down the street."

Dh'innis an tè aig an till sa bhùthaidh, Berhed, gun deach Ty Mad a cheannach o chionn sia bliadhna. Dh'inns i cuideachd do Charoline gu robh fìor dheagh Fhrangais aice airson Sasannach.

"Écossaise," cheartaich i i. "Je suis Écossaise." Bha an stuirc fhathast gun a busan fhàgail nuair a thill i far an robh David leis na Cornettos.

Bha coltas air Catrìona is Oighrig gum biodh iad air a bhith a cheart cho toilichte nan robh am pàrantan air am mìos slàn a ghabhail, mar a dh'iarr David. Ach bha na cudailean aca mòr is àlainn agus las an sùilean ri doileagan Quintin. Bha coltas air Odile gum b' fheàirrde i a bhith air David is Caroline fhaicinn o chionn latha no dhà, ach cha tuirt i sìon. Bha an dìnnear a thug i dhaibh cho math, cha mhòr, is a gheibheadh tu anns an Hotel du Blavet.

Fhad 's a bha David agus Caroline ag èisteachd ri ceòl Èireannach sa Bhreatainn Bhig, bha Alasdair Conaigean a' ruidhle ri Kíla, feadhainn a cheart cho Èireannach, ann an Steòrnabhagh.

Bha e fhèin agus Kirstin fhathast gun chadal on oidhche fhiadhaich a-raoir an cuideachd còig mile gu leth eile sa mharquée fo Chaisteal Leòdhais. Sònraichte a bha iad, na Saw Doctors. Dìreach sònraichte. Bha Alasdair cho toilichte is a bha e riamh na bheatha.

Cha robh sìon a dhùil aige a bhith ann fiù 's ceithir latha ro Fhèis Cheilteach Innse Ghall; agus gum biodh Kirstin còmhla ris ann an Leòdhas. Annasach fhèin!

B' ann à Dùn Dèagh a bha Kirstin, ach bha i san treas bliadhna de chùrsa MA ann an Eòlas Film na Roinn-Eòrpa ann an Oilthigh Shruighlea. Bha i fhèin agus e fhèin air tòiseachadh air an aon latha am meadhan an Ògmhios ann an Café Klondyke faisg air Larbert, is bha iad nan deagh charaidean a-nist. Bha an dithis aca taingeil nach robh aca ri dhol an còir an liuthad planntraisg is flùir a bha a' fàs sa h-uile oisean mun cuairt orra, ach anns an taigh-bhìdh.

"I know nothing!" bhiodh Kirstin a' sgiamhail eadar fiaclan

teanna is i a' cleasachd air an luchd-turais a bhiodh a' feuchainn ri lus-eòlas fhàsgadh aiste len cofaidh is cèic. Bha Alasdair fhathast a' diùltadh 'backie' a ghabhail bhuaipe air cùl a Suzuki 650, ged a bhiodh i a' dol seachad air an taigh aige a h-uile madainn. Gheibheadh e am pàipear a leughadh air an trèan, bha e a' cumail a-mach.

Bha an naidheachd mu chois a bhràthar, John-Eàirdsidh, a' toirt deagh leisgeil do dh'athair Alasdair gun a dhol dìreach a dh'Uibhist le Sìneig is Niall.

"Tha iad ag ràdh gum faodadh i a bhith briste – is co-dhiù tha i briste gus nach eil, chan eil esan gu bhith ruith an dèidh chaorach son seachdain no dhà. 'S fheàrr dhomh hand a thoirt dha, is chì mi mar a thèid dhomh. Thig mi a Ghèirinis airson an dàrna seachdain. 'S fheàrr dhutsa tighinn còmhla rium, Alasdair, airson latha no dhà – nach robh thu ag ràdh nach robh feum aca oirbh sa Gharden Centre gu seachdain Dihaoine air sgàth a' Ghlasgow Fair?"

"I was going to start studying for my resits – with an empty house and a few days off," fhreagair a mhac bu shine.

"Nach toir thu leabhar no dhà leat? Cha bhi dùil aca gun dèan thusa mòran dhaibh air a' chroit co-dhiù – faodaidh tu a dhol am falach air cùl na cruaiche. Sin a bhithinn-sa a' dèanamh. Thighearna, sin a dh'fheumainn a dhèanamh, is deichnear eile a-staigh – is cha robh . . ."

"Aon resit agam riamh nam bheatha," chrìochnaich Alasdair dha.

"Speaking of cùl na cruaiche," arsa Teàrlach Conaigean, "carson nach iarr thu oirrese tighinn còmhla rinn?"

"Cò?" dh'fhaighneachd Alasdair.

"Am biker beag cruinn a tha sin."

"Chan eil sìon ceàrr air bodhaig Kirstin," ors Alasdair. "Tha

i toilichte gu leòr mar a tha i seach na h-òinsichean a tha gan
stèarbhadh fhèin airson a bhith caol. Do dh'fhir."

"Nach buidhe dhi," orsa Teàrlach. "Tha beagan spòrs innte.
Bhiodh laugh againn leathase. Chòrdadh i glè mhath ri John-
Eairdsidh agus Doilìona – uill, nan glanadh i i fhèin beagan."

"*Tha* Kirstin glan! Tha i ag obair le biadh. Feumaidh tu bhith
glan ma tha thu ag obair le biadh!"

"Carson idir nach deach thu gu T in the Park còmhla rithe – ma
bha dòigh aice air tiogaid fhaighinn an-asgaidh dhut?"

"A chionn 's nach robh mi ag iarraidh. Mar a thubhairt mi aig
an àm."

Mhair Alasdair agus Kirstin dà latha ann an Sealladh a' Chuain
an Sgalpaigh mun do theich iad tarsainn na drochaid gu saorsa an
rathaid mhòir.

B' ann len òrdaig a fhuair iad gu tuath. Dà lioft a-mhàin. Dùitsich
a thug dhan Tairbeart iad agus minibus làn Peat Bog Faeries fans
à Port Rìgh a chaidh tarsainn a' Chliseim leotha. Dhùin Kirstin a
sùilean mòra uaine nuair a ghabh i milsead na spliof a bha ga cur
mun cuairt a-staigh gu bonn a sgamhain.

"Havana!" thuirt i le osna shona, is i ga toirt gu sgiobalta dhan tè
bhig dhuibh ri taobh gun leigeil fhaicinn do dhuine nach do thairg
i do dh'Alasdair i.

"It's gone, long, long gone,
All my lovin' is gone, long, long gone -
I have fallen for another,
She can make her own way home,"

sheinn Alasdair is Kirstin a-rithist is a-rithist is iad a' buiceil dearg-
rùisgte an taobh a-muigh agus an taobh a-staigh teanta Nìll òig
anns a' Gheàrraidh Chruaidh; grian mhòr na Sàbaid ag èirigh gun
dad a ghamhlas aice riutha.

"You don't even like Celtic music, Kirstin. You were a still recovering Goth only four weeks ago."

"It must be in the air, ma-thà," ors ise, a' cur a cìche fialaidh na bheul, "or else in the fish."

Chan e an t-aon àite a bh' ann an Café Klondyke riamh tuilleadh.

Cha robh Susan Currie ag iarraidh beatha na cloinne a chur troimh-a-chèile gu 'm biodh an sgoil a-mach. Bha iomagain oirre gu h-àraidh mu Louise, an tè bu shine, a bha daonnan air a bhith cho glic is fosgailte ach a bha o chionn ghoirid air teannadh ri fàs cho sàmhach neònach dhith fhèin. A h-aois, is cinnteach. Cò ris a bha i fhèin coltach aig ceithir-deug? Clann a' fàs suas cho luath, ge-tà, an-diugh seach mar a bha iadsan. Leithid a chunnartan timcheall orra an-còmhnaidh. Ach dè ghabhadh dèanamh airson an cumail sàbhailte? Dhèanadh iad na bha iad fhèin ag iarraidh a dhèanamh, agus sin e.

Air a' chiad Diluain dhen Iuchar, thug i leatha a' chlann dhachaigh gu a màthair ann an Clermiston. Bha iad ann beagan is mìos, gun charachadh fiù 's airson 'A wee day trip, hen,' nuair a nochd Donald.

Oidhche Chiadain a bh' ann – bha e air coiseachd. Bha e air a bhith ag obair gun stad chun an latha sin, thuirt e. Bha e ag iarraidh bruidhinn rithese leatha fhèin. Am falbhadh i a-mach air chuairt leis? Bha oidhche bhrèagha ann.

"You watch yourself, Susan," ors a màthair rithe. "After a month they're missin all the care and attention. It's not you he wants back. It's a wife."

Dh'fhalbh iad suas Parkgrove Avenue, a-staigh dhan Chrescent

is suas a-rithist eadar na taighean ùra is dachaigh nan seann daoine
– cha robh lorg air faclan. Sheall Donald le làimh dheis dhi an ceum
fo Dhrum Brae. Lean ise e. Ràinig iad cùl an Ionad-Spòrs – bha
an t-àite gus dùnadh, ach thug Donald leis i, a' gabhail grèim air
a làimh is e a' fosgladh an doras-aghaidh. Ghabh iad a-staigh air
an doras, seachad air a' chrèche is am prìomh dheasg, sìos chun
na làimhe clì gu Gym nan Gymnippers, air ais suas seachad air na
maisinichean suiteis is sùgh, air ais seachad air a' phrìomh dheasg
gu cunntair a' chafaidh, mun cuairt gach oirleach de dh'uinneig
mhòir an amair-snàimh, is air ais a-null seachad air a' Phulse
Centre chun an dorais a-muigh.

"Long time no see, DJ," thuirt fear beag sgiobalta a' tighinn
a-mach às oifis, làn na cròige de dh'iuchraichean na làimh.

Ach cha do dh'fhreagair Donald am fear sin. Chùm e fhèin is
ise orra a-mach às an àite. Chaidh iad an uair sin tarsainn dhan
fheur a bha air beulaibh an togalaich. Feur a bha a' coimhead sìos
air Clermiston.

An sin thòisich e a' bruidhinn air Uibhist is air a theaghlach is
air a bhràthair is air Laideann is air caravans agus air Gàidhlig,
Gàidhlig bhrèagha a bh' aig an duine seo, Dougal, a bhiodh
a' tighinn air chèilidh orra nuair a bha iad beag, is gu robh mac aige
a bha na chef ann an ceann an deas an eilein, agus a bha, mar a bha
iad fhèin, ùine mhòr ann an Sasainn.

Is dh'inns e dhi mu Bhrian Ó Dubhchain às Eilean Thoraigh, is
mar a ghabh e àite Ruairidh Iain nuair a bha Donald an Lunnainn,
is cho math 's a bha e air an fhidhill is cho dlùth 's a bha iad, is cho
coltach is a bha Brian beag ris. "An uncanny likeness – and not just
his appearance, Susan."

Is dh'inns e cuideachd dhi nach deach e dhachaigh o dh'fhàg i, is
nach robh e ach beò san tagsaidh – a' dràibheadh a dh'oidhche 's a

latha o Ghranton gu Colinton gu Morningside gu Pencaitland gu Lìte gu Wester Hailes gu Barnton is chun a' Chaisteil, chun a' Chaisteil, chun a' Chaisteil.

Cha bhiodh e fiù 's a' snàmh sa Chommonwealth Pool – dìreach fras.

Agus 's ann nuair a bha iad ann an taigh a mhàthar, an taigh san do thogadh e fhèin agus Ruairidh Iain is Sìneag is Seonaidh nach maireann an Gèirinis, an Uibhist a Deas, a dh'inns e dhi mu dheidhinn Caroline – tè aig an robh nighean bheag a bhiodh a' dol gu Gymnippers còmhla ri Brian.

"Yuric?" dh'fhaighneachd i, is ghnog esan a cheann.

Bha an tè sin, Caroline, air gabhail ris mar charaid. Caraid a bhiodh aig duine fallain. Is bha ise sin, fallain na h-inntinn, agus beairteach. Bhiodh iad a' bruidhinn a-null is a-nall sa chafaidh a sheall e dhi – a h-uile seachdain, fhad 's a bha a' chlann aig Gymnippers.

Dìreach uair an uaireadair gun uallach gun chabhaig, gun adhbhar eile fuaighte ris. Cuine a bha sin aige roimhe? Riamh?

Bha an tè sin air tighinn a dh'Uibhist às deaghaidh na Càsg. An uair mu dheireadh a dh'fhalbh esan gun innse. Bha i air a bhith san Eilean Sgitheanach.

Bha e air an t-àite a shealltainn dhi, tour guide, car de rud, bha obair nan tagsaidhean na deagh-thrèanadh air a shon.

Chòrd an t-àite rithe – bha i ag iarraidh a dhol gu tràigh – thug e a Dhalabrog i – bha an t-sìde air feasgar brèagha a thoirt dhaibh an dèidh na droch mhaidne. Ruith iad is sheinn iad. Sheinn esan *Mo Nighean Donn na Cornaig* dhi, na fianais agus am fianais an t-saoghail.

"Don't tell me any more, Donald," orsa Susan.

"But . . . it's not . . ." dh'fheuch esan.

"I don't care. If it's not anything. I just don't want to hear any more."

Chitheadh Susan an aon sealladh sgleòthach air Ruaidheabhal is a chunnaic Caroline. A-mach air uinneig a' chidsin, an t-uisge pailt cho trom.

"What was your mother's name?" dh'fhaighneachd i gun tionndadh thuige

"Flora. Flòraidh 'Ain Sheumais." A ghuth aige.

"Can we go back to that jewellery shop again tomorrow, Donald – I definitely want to buy that Celtic Cross for my mum now. What about wee bracelets for the girls?"

"What about Brian?" bha esan air faighneachd.

"Brian'll get his Daddie," bha cuideigin no rudeigin air freagairt dhise.

Leis gu robh dùil rithe agus gum bu thoigh le Odile L'Île de Sein cho mòr, chaidh i ann air an dàrna seachdain dhen Lùnastal mar a bha i fhèin is Marjorie air a dhèanamh o choinnich iad air an eilean as t-samhradh an dèidh do Chatrìona a bhith aig Caroline.

'S ann san Iuchar a choinnich iad, faisg – ro fhaisg – air deireadh na seachdain aig Marjorie, is cha robh an duine aice gu math is e ag iarraidh air ais dhan bhaile mhòr, mas e sin a bha ann an Rennes.

Marjorie a dh'iarr air Odile a seòladh is a h-àireamh-fòn a thoirt dhi: bha i air ùine a chur seachad ann an cridhe na Breatainn Bige nuair a bha i òg – Pontivy, Cléguérec. Is dòcha gun tadhaileadh i.

Cha do thadhail, an uair ud – abair gun do thadhail i a-rithist, nuair a bha iad na b' eòlaiche air a chèile. 'S e fònadh a rinn i an latha sin. Bha i a' tilleadh gu L'Île de Sein, bha an duine aice, Michel, a' falbh air seachdain goilf gu Gleneagles – a dh'aindeoin comhairle nan dotairean. Bhiodh e a' gluasad mun cuairt an raoin ann am bugaidh, gheall e. An robh Odile ag iarraidh a dhol air ais còmhla rithe airson latha no dhà – cha leigeadh i a leas a bhith ann fad seachdain?

Bha a' chuimhne sin cho ùr fhathast an inntinn Odile Robertson, cuideigin – boireannach àrd dorcha, a h-aois fhèin, cuideigin inntinneach, co-fhaireachail ag iarraidh oirrese a bhith na cuideachd, ag iarraidh air tè a bha . . . dè . . .? Nach e sin an rud: dè? Dè a bh' innte? Dè a bh' ann dhith? Dè, dè?

Chuir iad seachad an t-seachdain air an eilean a' falbh chladaichean is chreagan, a' glacadh an èisg a b' ùire – bha an t-iasg daonnan beagan sean nuair a ruigeadh e meadhan na dùthcha. Seachdain àlainn. Seachdain an fhuasglaidh.

B' aithne do Mharjorie gu leòr a dhaoine an Sein, an dà chuid an t-seann fheadhainn a bhuineadh dhan eilean agus cuid dhe na daoine (deannan luchd-ealain) a bha air gluasad a-staigh dhan àite bho na Seachdadan.

Bha Marjorie air a bhith fosgailte ach faiceallach: bha an duine aice car greannach is air a dhreuchd a leigeil dheth sna Gendarmes air sgàth cion na slàinte. Ach bha esan a' cluich (no a' coimhead) goilf faisg air Peairt ann an Alba.

"Cha bhi," orsa Odile, nuair a chaidh fhaighneachd dhith am biodh Uilleam a' cluich goilf. "Dè bhios e a' dèanamh?" Cha b' urrainn dhi cuimhneachadh. Sìon ach na sùilean truagha sin nach robh a' tuigsinn carson nach bu chòir dhaibh a bhith toilichte.

Air an oidhche mu dheireadh bha iad air àite-fuirich fhaighinn ann an taigh-òsta nach do choisinn idir a dhà rionnaig an taobh a-muigh Audierne. Dithis bhràithrean – baidseilearan dhen dà sheòrsa – a bha a' ruith an àite leisg.

Ach deagh bhiadh, ge-tà. Abair thusa biadh – am fear a b' òige dhiubh, Alain, an còcaire. Thug e fhèin chun a' bhùird robaich thuca e. Cha b' eagal dhaibh anns a Hotel du Roc. Bha iad air an deagh choimhead às an dèidh.

Dà uair sa bhliadhna on uair sin. Fad sia bliadhna. San Lùnastal agus san Fhaoilteach nuair a bhiodh an t-sìde fiadhaich – gaoth a dhèanadh cogair de chalan. Cha bhiodh iad daonnan a' cur seachad oidhche sa Hotel du Roc – a rèir 's co-dhiù a dh'fhuilingeadh iad na gillean neònach: bhiodh iad uaireanan tuilleadh 's a' chòir dhaibh.

Ach air an latha bhrèagha shamhraidh seo bha am Penn Ar Bed a' dlùthachadh air a' chidhe mheanbh shocair. Cidhe a leig soraidh le gach fireannach a bh' air an eilean nuair a thug iad Sasainn orra airson dìlseachd a nochdadh do General de Gaulle an àm an Dàrna Cogaidh. Bha na leumadairean ag iathadh is a' mireadh ri taobh a' bhàta agus luchd-turais a' dèanamh greadhnachas riutha.

Ach bha Odile Robertson leatha fhèin a' dol air tìr air L' Île de Sein. Trì fichead 's a seachd am-bliadhna is i leatha fhèin. Thuirt Marjorie gum fònadh i thuice fhad 's a bhiodh i air an eilean. Bha fios gu fònadh cuideachd.

A' tighinn a-nuas on chidhe seachad air a' chiad bhùth chairt-puist, stad i air beulaibh an taigh-tasgaidh bhig ionadail.

"Vous êtes ici, Madame Robertson!" dh'èigh guth tè a dh'aithnich i sa bhad, Brigitte, is am boireannach òg leis an robh an guth a' gabhail ga h-ionnsaigh gu sgiobalta.

"Et les petites, elles vont bien?"

"Elles sont adorables, mais de retour en Écosse." Chuir Odile pòg air gach gruaidh aig Brigitte is leig i leatha fear dhe na bagaichean a thogail is naidheachdan an t-samhraidh innse dhi air an rathad chun an taighe aice.

Is dòcha nan tigeadh Caroline gu L' Île de Sein leatha uaireigin gun innseadh gaoth na mara dhi barrachd na bha tuigse aig a màthair air.

Dimàirt 17 An Lùnastal

An oidhche roimhe sin bha Caroline a' feuchainn ri Catrìona fhaighinn à bath san robh barrachd dhèideagan plastaig na uisge nuair a chuala i am fòn.

Jenny a bh' ann, a caraid bho NCT. Bha coir aice fhèin is a màthair a bhith dol a dh'fhaicinn Alexander McCall Smith aig Fèis nan Leabhraichean, ach bha am boireannach bochd air a bhith a' cur a-mach fad an fheasgair. An tigeadh Caroline ann còmhla rithe?

Fhuair David obair an tiormachaidh agus obair nam màileidean-sgoile – tè ùr aig Catrìona agus Oighrig. Bha Grandmère Odile air an ceannach dhaibh san Fhraing – 'Poivre Blanc' a bha sgrìobhte air tè Catrìona.

"When did you start reading the No. 1 Ladies' Detective series?" dh'fhaighneachd Caroline de Jenny is iad dìreach air àite-parcaidh gu math fortanach fhaighinn aig Charlotte Square fhèin.

"Ages before he became famous," fhreagair a caraid, a bha daonnan, a rèir choltais, comasach air sùil a chumail air an t-saoghal mhòr a dh'aindeoin a triùir chloinne.

Gheall Caroline dhi fhèin is dhan ùghdar, 's iad a' coiseachd seachad air sreath fhada de dhaoine a' feitheamh thiogaidean air an tilleadh, gun tòisicheadh i fhèin air a leughadh. Air an trèan, 's dòcha, gu consart Altan ann an Glaschu?

Leis nach biodh sìon a' dol san Traverse oidhche Luain, chaidh iad an sin an dèidh làimh airson deoch. Am meadhan a' chòmhraidh, dh'inns Jenny do Charoline gu robh i an amharas gu robh an duin' aice, Charles, a' faicinn tèile. Cha do shaoil Caroline gu robh a' chomhairle a thairg i dhi ach gu math cearbach, is bha droch bhlas fhathast na beul nuair a ràinig i dhachaigh an cùl aon uair deug.

Bha David na laighe air a' chaise-longue a' coimhead an TV a bha e air fhaighinn air iasad, dìreach airson nan Oiliompaigs.

"Just in time, Caroline," ors esan, "to see your favourite Bhoys put four more past Kilmarnock."

"What boys?" dh'fhaighneachd i gu clis.

"The Celts," orsa David. "Saturday's game – Killie got the first goal as well!"

"I don't give a shit about Celtic," ors ise, "or men that are really just wee boys. Good night!"

★

"You OK?" dh'fhaighneachd David dhith is iad nan stad aig solais air Queensferry Road is dithis nighean brèagha sgoile nan suidhe air an cùlaibh. Latha eireachdail samhraidh gam beannachadh.

"Yeah. I was just listening to that piece about the storyteller at the British Library – half a million lines in one story, all retained and delivered orally. Where's the Kyrgyz Republic?"

"Sorry, love? My mind was elsewhere."

"Where?" dh'fhaighneachd Caroline.

"Near the one-way system at Tollcross," fhreagair David. Rinn Caroline gàire.

"Bheil fhios agaibhse gur e the Meatmarket a chanadh iad ris an togalach mhòr sin mu choinneimh na sgoile agaibh – o chionn 's, sin far am b' àbhaist dhaibh a bhith a' reic na feòla."

"Still selling plenty of meat in the night club next door," orsa David is iad a' gabhail seachad air a' West End Hotel. "A few inveterates hair-of-the-dogging it in there, I bet," chuir e ris.

"Come off it," orsa Caroline. "At twenty to nine! They still won't have gone home!"

Dh'fhàg iad an càr shuas faisg air Arnold Clark, air cùl na sgoile, is chuir iad dà fhichead mionaid air a' mhaisin. Bhathar a' leagail togalach eadar an sgoil is An Lochrin Nursery, is b'fheudar dhaibh coiseachd aon air cùlaibh aoin tro cheum làn fheansaichean iarainn is scaffolding.

"Seall," ors Oighrig, nuair a chaidh JCB mhòr buidhe an sàs ann am balla, "a' tuiteam, clachan mòra a' tuiteam!"

"Fhad 's a stadas iad ron sgoil," orsa Caroline, car de dh'iargan na guth.

"Cha dèanadh iad sin," orsa Catrìona. "Seo an aon sgoil Ghàidhlig ann an Dùn Èideann."

"Prime real estate these days!" orsa David.

Leis gu robh an obair sin a' dol air adhart, bha a' chlann uile, ach Clas a h-Aon, ri dhol ann an loidhne san raon-chluich air taobh deas na sgoile. Bha iad air sèithrichean beaga le bùird bhuidhe phlastaig a chur ann tron t-samhradh. Bha an t-àite a' coimhead gu math sgiobalta.

Theich Catrìona is Oighrig bhom pàrantan, agus còmhla, a dh'ionnsaigh na frèam-streap. Bhruidhinn Caroline ri dithis mhàthraichean a b' aithne dhi, tè dhiubh aig an robh gille, Jason, ann an clas Catrìona.

Dh'fhalbh an clag. Chaidh a' chlann àlainn ghlan ann an

loidhnichean is nochd tidsear ùr mu choinneimh gach loidhne. Mrs NicLeòid a bha gu bhith aig Catrìona – bha i air a bhith bliadhnachan a' teagasg san sgoil-àraich, ach ghabh i Clas a h-Aon an-uiridh. Boireannach laghach is deagh thidsear, bha e coltach.

"Let's go, David. We're going to be late!" orsa Caroline. "Greas ort, Oighrig, tha fhios a'm gu bheil thu ag iarraidh a dhol còmhla ris an fheadhainn mhòra. Nì thu sin an ath-sheachdain, ach feumaidh Dadaidh is Mamaidh do thoirt suas an-diugh. 'S e seo dìreach do chiad latha, m' eudail."

Bha pàrantan eile a' dèanamh tron doras eadar an t-Ionad-Coimhearsnachd agus an sgoil, is chaidh David, Caroline is Oighrig troimhe còmhla riutha – suas seachad air oifis a' mhaighstir-sgoile gu trannsa na Gàidhlig is sìos chun an dorais mu dheireadh.

'S e ainm os cionn còta beag molach a chunnaic Caroline an toiseach nuair a bha i a' crochadh seacaid Oighrig san aite aice fhèin, ach 's ann nuair a dh' èigh e dhi o bhroinn Clas 1 Gàidhlig a chaidh fìrinn a h-eagail a dhearbhadh.

"We wis in Blackpool," orsa Brian beag Currie rithe, "in we're goin tae the Outer Hebrides in October!"

Chitheadh i seacaid dhenim DJ shìos foidhpe on uinneig, agus e fhèin agus boireannach reamhar ruadh a' coiseachd a dh'ionnsaigh geata dubh na sgoile.

Seach gu robh David a' dol a dh'obair, ghabh Caroline cupa cofaidh leatha fhèin ann a Waterstone's air Sràid a' Phrionnsa. "Sàbhailte!" Cupa saorsa. Ghabh i a dhà. Dhorchnaich an iarmailt.

Dh'fhòn is fhuair i àireamh-fòn an Isle of Skye Estate Agents. Oifis a' Chaoil. Mun deach i air ais a thogail Oighrig aig meadhan-latha bha i air taigh a ghabhail air màl air an Druim Bhuidhe, dà mhìle gu leth on Phloc. Taigh ùr, ceithir seòmraichean-cadail, gàrradh brèagha, sealladh àlainn, dìreach £400 sa mhìos. "You can move in," orsa Babs Jolly, an tè aig an robh e, "any time after the September weekend – that's the end of our season."

"Tapadh leat," orsa Caroline, ach bha am boireannach air falbh. "Tapadh leat, DJ," thuirt i rithe fhèin agus ris-san.

Ged a dh'fhaighneachd i de Dhavid an oidhche sin am biodh e deònach gluasad, chan e ceist idir a chuir i air.